MARION DEMME-ZECH

Saarbotage

FINSTERE PLÄNE Eine Reihe von kuriosen Anschlägen im Saarland gibt den Kommissaren Antonia Kuppertz und Wolfgang Forsberg Rätsel auf. Ob nun bei einem Saarbrücker Volksfest, dem Stadtlauf in Dillingen oder beim Dreh eines Saarkrimis an der Daarler Brücke in Saarbrücken, der Saboteur zeigt sich äußerst fantasievoll bei seinen Attacken. Richtig brenzlig wird es für die beiden Kommissare, als ein vergifteter saarländischer Krimmelkuchen sie von Jägern zu Gejagten werden lässt. Mit einem Mal findet sich Wolfgang Forsberg auf der Intensivstation des Krankenhauses wieder und Antonia Kuppertz steht vollkommen allein da. Doch sie lässt sich nicht unterkriegen und heftet sich mit dem eigenwilligen Dackel Günther an die Fersen des Serientäters. Fast sieht es aus, als wäre er so gut wie gefasst. Da allerdings wendet sich das Blatt …

Die Saarländerin Marion Demme-Zech ist Erziehungswissenschaftlerin. Folgerichtig nahm ihre Laufbahn als Autorin mit pädagogischen Fachbeiträgen ihren Anfang. Dann allerdings entdeckte sie ihre kriminelle Ader. Alles begann mit Kurzgeschichten in verschiedenen Anthologien. 2020 erschien Marion Demme-Zechs erster Kriminalroman. Noch im gleichen Jahr ging mit »Letzter Ausstieg Saar« ihre Saarland-Krimireihe um das Kommissarenduo Forsberg und Kuppertz sowie den Dackel Günther an den Start. Wenn die Autorin nicht gerade Morde »anzettelt«, widmet sie ihre Zeit ungewöhnlichen Reiseführern und Gesellschaftsspielen über ihre Heimat.

MARION DEMME-ZECH

Saarbotage

KRIMINALROMAN

GMEINER

Immer informiert

Spannung pur – mit unserem Newsletter informieren wir Sie regelmäßig über Wissenswertes aus unserer Bücherwelt.

Gefällt mir!

Facebook: @Gmeiner.Verlag
Instagram: @gmeinerverlag

Besuchen Sie uns im Internet:
www.gmeiner-verlag.de

© 2022 – Gmeiner-Verlag GmbH
Im Ehnried 5, 88605 Meßkirch
Telefon 0 75 75 / 20 95 - 0
info@gmeiner-verlag.de
Alle Rechte vorbehalten
2. Auflage 2025

Lektorat: Katja Ernst
Satz: Mirjam Hecht
Umschlaggestaltung: U.O.R.G. Lutz Eberle, Stuttgart
unter Verwendung eines Fotos von: © Petair / stock.adobe.com
Druck: Custom Printing Warschau
Printed in Poland
ISBN 978-3-8392-0097-1

»Nein, nein. Die Abenteuer zuerst, Erklärungen nehmen solch eine schreckliche Zeit in Anspruch.«

Lewis Carroll

GLUCK-GLUCK-GLUCK

Antonia Kuppertz

Tbilisser Platz, Saarbrücken. 7. August um 18:11 Uhr

Wo bleibt Wolfgang bloß? Es ist schon gute 20 Minuten her, dass ich meinen Kollegen angerufen habe. Nervös knabbere ich an meiner Unterlippe.

Um mich herum, auf dem Tbilisser Platz vor dem saarländischen Staatstheater, wird es immer enger. Die Musik, die von der Bühne herüberschallt, ist ohrenbetäubend. Überall sind Stände aufgebaut, überall drängen sich Menschen. Jugendliche, Familien, Senioren – es ist ein einziges Gewimmel.

Ein schöner Mist, urteile ich. In manchen Jahren gab es an die 300.000 Besucher. Einen besseren Ort und eine passendere Zeit als den Samstagabend hätte er sich nicht aussuchen können.

Ich schaue erneut auf mein Smartphone. Nichts! Wenn Wolfgang nicht bald auftaucht, muss ich das allein erledigen. Nochmals lasse ich ihn nicht entwischen.

Da endlich sehe ich Wolfgang. Mein Kollege kommt über die alte Brücke auf mich zu. Wahrscheinlich hat er irgendwo oben am Schloss geparkt, was heute Abend eine echte Herausforderung gewesen sein dürfte. Ich gehe ihm durch das Getümmel entgegen.

»Mensch, Toni. Ich war schon auf Höhe Völklinger Hütte, als dein Anruf kam«, legt er sofort los. »Bist du dir sicher, dass das Schreiben von Mister Surprise ist? Wir haben seit Monaten nichts von ihm gehört. Das Attentat auf der Burg Dagstuhl dürfte fast ein Jahr her sein.«

»Schau es dir selbst an«, erwidere ich und halte Wolfgang das Handy mit dem Foto vom Brief entgegen. Das Original liegt bereits bei Chris, dem Leiter der Spurensicherung, auch wenn es eher unwahrscheinlich ist, dass der Verfasser uns auf dem Blatt irgendwelche Hinweise hinterlassen hat. So dumm ist der Kerl nicht.

GLUCK-GLUCK-GLUCK

Mehr steht da nicht auf dem Stück Papier, das am Mittag, als ich nach der Dienstbesprechung wieder in mein Büro kam, auf dem Schreibtisch lag. Die Großbuchstaben sind von Hand geschrieben. In einer recht unbeholfenen Schrift.

»Das ist Mister Surprise. Er plant wieder irgendeinen Sabotageakt – gar kein Zweifel!«

Wolfgang schaut sich das Bild auf meinem Handy genau an, während ich darüber nachdenke, dass es nicht leicht sein wird, den Verfasser der Nachricht hier in der Menge zu entdecken. »Möglicherweise sollten wir die SEKler dazu rufen und den Platz räumen lassen.«

»Toni, du weißt schon, dass das lediglich drei Worte sind. Das ist das dritte Mal im letzten halben Jahr, dass du Alarm schlägst, weil du dir sicher bist, Mister Surprise sei wieder am Werk.«

»Ich hab ein komisches Gefühl. Das ist wie ein Déjà-vu. Genau so hat es mit dem Psycho jedes Mal angefangen. Mit einem Rätsel und kurz darauf ging der Ärger los.«

Während ich das sage, wandert mein Blick über die Menschenmenge. Mittlerweile drängen sich die Besucher des beliebten Saarbrücker Volksfestes dicht an dicht.

»›Gluck-Gluck-Gluck!‹ Das ist kein Rätsel! Prinzipiell kann das alles Mögliche bedeuten. Es heißt weder, dass das Schreiben von ihm sein muss, noch, dass es heute genau an diesem Ort einen Anschlag geben wird.« Ich setze an zu antworten, doch Wolfgang gibt mir keine Gelegenheit. »Vielleicht ist das einfach ein Dumme-Jungen-Streich. Sollen wir deswegen eines der beliebtesten Feste des Landes aufmischen?« Wolfgang stockt und blickt mich ernst an. »Und das einzig und allein mit der Begründung, dass du ein komisches Gefühl hast.«

»Okay, okay, ich verstehe ja, was du mir sagen willst. Aber was, wenn ich recht habe, und wir haben nichts unternommen? Schau dich um, so viele Menschen, die alle gekommen sind, um ein paar schöne Stunden zu verbringen. Willst du das Risiko eingehen, dass einige davon die Heimreise nicht mehr antreten? Hast du die vielen Kinder gesehen?«

Wolfgang atmet schwer aus und schüttelt den Kopf. »Mensch, Toni! Was meinst du, was wir zu hören kriegen, wenn wir das SEK umsonst anfordern und die Veranstaltung ruinieren? Da können wir demnächst die Akten im Archiv ordnen.«

Ich lege die Stirn in Falten. Wolfgang hat nicht ganz unrecht. Dennoch gebe ich nicht auf: »Mister Surprise hat seine Taten vorab immer angekündigt, und immer waren es solche rätselhaften Botschaften. Das kannst du nicht abstreiten.«

»Das stimmt.« Wolfgang reibt sich mit seiner Hand über den Vollbart. »Ich halte es trotzdem für unwahrscheinlich und außerdem: Das Sicherheitskonzept vor Ort ist extrem ausgereift, das hast du in den letzten Wochen selbst mitbekommen. Eine Menge Kollegen sind heute Abend im Einsatz und halten die Augen offen. Außerdem Feuerwehr, THW, Malteser und obendrein ein Riesentrupp privater Sicherheitsleute. Sogar ein extra Funknetz gibt es, mit dem alle dauerhaft in Verbindung stehen. Über 800 Personen, die einzig und allein für die Sicherheit der Besucher verantwortlich sind, wenn ich die Zahl richtig im Kopf habe. Das ist eine Menge. Überall stehen Betonwände und mobile Sperren. Die Eingänge sind bewacht ...«

»Das weiß ich, Wolfgang.«

»Was die Sicherheit angeht, ist man quasi auf den Empfang der Queen vorbereitet.«

»Aber möglicherweise nicht auf die schrägen Ideen von Mister Surprise.«

Wolfgang stöhnt und nimmt sein Handy aus einer der hinteren Hosentaschen. »Ich kann dir sagen ... Gabriele reißt mir den Kopf ab. Eigentlich wollten wir heute Abend essen gehen, und ich war sowieso schon spät dran. Den Tisch für das Romantikdinner auf dem Linslerhof habe ich vor Wochen reserviert.«

Na toll! Wenn ich eins nicht will, dann ist es, die Beziehung zwischen Wolfgang und Gabriele durcheinanderzubringen, die zurzeit wieder halbwegs repariert scheint. Schlimm genug, dass bei mir jede Liaison im Chaos endet, da wäre es wenigstens nett zu sehen, dass es woanders im Großen und Ganzen funktioniert. »He, stopp!«, sage ich deshalb. »Tut mir leid. Das wusste ich nicht. Fahr nach Hause, ich seh mich allein um.«

»Jetzt ist es so oder so zu spät«, wendet Wolfgang ein und hält sich das Smartphone ans Ohr. »Hallo, Gabriele. Schatz, es wird ein bisschen ...« Weiter kommt er nicht. Klar erkennbar wurde am anderen Ende aufgelegt.

»Super!«, brummt Wolfgang.

»Verdammt! Tut mir echt leid.«

Wolfgang steckt sein Handy zurück in die Jeans. »Genug geredet, schauen wir uns um. Falls du falschliegst, spendierst *du* den Riesenblumenstrauß, den es jetzt mindestens braucht, um das jemals wieder in Ordnung zu bringen.«

Dazu bin ich gerne bereit. Das wäre mir weit lieber, als richtigzuliegen. Beide gehen wir die alte Sandsteintreppe zu den Saarwiesen hinunter. Ich werde Gabriele später erklären, dass das alles allein meine Schuld gewesen ist. Jetzt kontrollieren wir erst einmal das Gelände. Das ungute Gefühl in meinem Bauch will nicht verschwinden. »Am besten fangen wir auf der Festwiese an«, schlage ich vor.

»Gegen acht tritt der Top Act auf. Irgendein Fast-Superstar-Gewinner oder so.«

Knappe zwei Stunden später, in denen wir uns beinahe ausnahmslos durch dichte Menschenmengen gezwängt haben, stehen wir etwas abseits am Saarufer, nahe der Römerbrücke, und blicken über das belebte Gelände. Ich fühle mich mies. Richtig mies sogar.

»Bist du immer noch davon überzeugt, dass Mister Surprise hier seine üblen Spielchen treiben möchte?«, fragt Wolfgang ziemlich angesäuert.

Ich antworte nicht. Was soll ich sagen? Wie es scheint, habe ich überreagiert.

»Nimm mir das nicht krumm, Toni, aber vielleicht wären ein paar Tage Urlaub, schlicht und einfach zum Ausspannen, nicht das Dümmste.« Er schaut mich auf diese väterlich besorgte Weise an, die ich so gar nicht mag. »Wie viele Überstunden hast du denn diese Woche gemacht?«

Ich zucke mit den Schultern. »Keine Ahnung«, lüge ich. Mir ist sehr wohl bewusst, dass ich viel zu viel Zeit auf der Arbeit verbringe. Aber zu Hause fällt mir die Decke auf den Kopf, seit Harald nicht mehr da ist.

»Vielleicht verabredest du dich mal wieder. Das wäre doch gar nicht so …«

»Und vielleicht kümmerst du dich einfach mal um deine eigenen Angelegenheiten«, sage ich schärfer als beabsichtigt. Ich hasse es, wenn man sich in mein Leben einmischt.

»War ja nur so ein Gedanke«, erwidert Wolfgang. »Dafür muss man nicht gleich in die Luft gehen. Am besten wechseln wir das Thema. Okay?«

Ich nicke.

»Du stimmst mir sicher zu, dass wir hier auf dem Fest nichts Außergewöhnliches entdecken konnten?«

Ich nicke noch mal.

»Demnach hatte ich recht: Die Zeiten von Mister Surprise sind passé. Ich verstehe wirklich, weshalb du überreagiert hast. An dem Abend in Dagstuhl, als Mister Surprise diese Riesenmenge an Sprengstoff auf dem Dixi-Klo deponiert hatte, war es verdammt knapp. Das ist gerade noch mal so gutgegangen. Obwohl es schon ein Jahr her ist, träume ich heute noch davon und wache manchmal nachts schweißgebadet auf.« Mit heiserer Stimme spricht er weiter. »Hättest du mich nicht in letzter Sekunde gerettet, würde ich jetzt nicht hier stehen. Das weiß ich sicher. Ich bin dir was schuldig.«

»Unsinn«, antworte ich. »Du hättest das Gleiche für mich getan.«

»Ich hoffe, ich hätte den gleichen Mumm wie du. Aber das kann man nie wissen, wenn es um Leben und Tod geht. Was ich jedoch damit sagen wollte, ist, dass man so ein Erlebnis, selbst als Profi, nicht einfach so vergisst. Das steckt uns beiden in den Knochen. Trotzdem solltest du dir bewusst machen: Die Sache ist vorbei. Bei seinem letzten Anschlag hätten wir Mister Surprise beinahe geschnappt. Er ist dem SEK fast in die Arme gelaufen und nur um Haaresbreite entkommen. Seitdem ist Funkstille. Seit einem guten Jahr. Vermutlich ist ihm die Sache schlichtweg zu heiß geworden.«

»Kann sein«, gestehe ich ein, während ich meinen Blick auf die Saar richte, die, seitdem die Dunkelheit eingesetzt hat, in buntes Licht getaucht ist. Ebenso wie die Römerbrücke und die Uferpromenaden auf beiden Seiten. Alles völlig friedlich. Wolfgang hat vermutlich recht mit allem, was er sagt.

Während ich noch über Wolfgangs Worte nachdenke, merke ich, dass mir jemand seine Hand auf die Schulter legt. »Toni?«, fragt eine Männerstimme.

Überrascht drehe ich mich um. Wolfgang hat den Neuankömmling offenbar schon erkannt und begrüßt ihn mit: »Ach, Jan-Alexander. Hi. Ewig nicht mehr gesehen.«

Nun kann ich den athletischen und bestimmt fast zwei Meter großen Mann auch zuordnen. Es ist Dannhäuser, einer der Gruppenführer bei den Saarbrücker SEKlern. Wie es aussieht, ist er mit Freunden auf dem Fest unterwegs.

»Definitiv! Ist schon etwas her unser letztes Zusammentreffen. War das nicht damals in Dagstuhl bei der Aktion mit diesem Psycho, als dir das Dixi fast um die Ohren geflogen ist?« Dannhäuser lacht. »Wie hieß der Kerl noch?«

»Mister Surprise«, antworte diesmal ich. Dannhäuser war bei diesem Einsatz an der Burg mit seinen Kollegen keine enorme Hilfe gewesen. Er hat Mister Surprise entkommen lassen, was ihn damals nicht darin hinderte, weiter großspurig Sprüche zu reißen.

»Kein Wunder, dass wir uns länger nicht gesehen haben, bei den großen Aktionen sind schließlich meist nur wir vom SEK gefragt«, sagt er zu Wolfgang und stemmt seine Hände in die Hüften. Er hat sich offenbar kein bisschen verändert. Das angeberische Achselshirt lässt die muskulösen Arme und die breite Brust unverhüllt. »Heute allerdings bin ich in privater Mission unterwegs.« Nachdem er das gesagt hat, wandert sein Blick zu mir. Für meinen Geschmack bleibt er viel zu lange haften. »Und ihr so?«

»Auch rein privat«, schwindelt Wolfgang. »Ein Feierabendbier unter guten Kollegen.«

»Klasse. Dann kann ich euch ja was ausgeben. Einen Sekt vielleicht?«

»Schade«, beeile ich mich zu sagen. »Aber leider wollten wir in der Sekunde nach Hause gehen. Ich bin todmüde. War ein langer Tag.«

»Sehr, sehr schade. Vielleicht bei anderer Gelegenheit?« Dannhäuser zwinkert mir zu, und Wolfgang grinst. Das sehe ich aus dem Augenwinkel.

»Mal schauen.« Ich gebe mir Mühe, betont kühl zu klingen. Es zeigt Wirkung. Endlich verabschiedet sich die Clique. Ich kenne Wolfgang, er wird gleich seine dummen Sprüche reißen. Also nehme ich ihm vorab den Wind aus den Segeln: »Gnade, Wolfgang. Was immer du sagen willst, behalte es bitte einfach für dich! Der Abend war so oder so schon blöd genug. Echt!«

Als ich in seine gut gelaunte Miene blicke, ist mir klar, dass er sich die Chance nicht entgehen lassen wird. »Ach Mensch, und dabei hätte der Abend doch so schön enden können«, behauptet er, und das Grinsen in seinem Gesicht wird noch breiter. »An Gelegenheiten für Verabredungen fehlt es dir jedenfalls nicht.«

»Pff.« Mehr sage ich nicht und verdrehe die Augen. Nach dem Ehefiasko mit Harald, der mich gleich mehrfach hintergangen hat und ein selbstgefälliger Egomane war, ist mein Bedarf an Idioten für Jahrzehnte gedeckt. Von Männern lasse ich zukünftig meine Finger.

Aber Wolfgang hört nicht auf. »Rein optisch ist er doch ein Hingucker, dein Jan-Alexander. Du darfst halt keine Unterhaltung mit ihm führen, Abstriche muss man immer machen. Und das Alter passt auch prima, Mitte 30. Ein Prachtkerl in den besten Jahren. Was meinst du, wie sich deine Mutti freuen würde, wenn du mit lauter süßen kleinen Jan-Alexanders in Achselshirts daherkämst?«

»Wolfgang, hör auf, das will ich mir gar nicht vorstellen.«

»Und ein paar süßen Tonis natürlich auch.«

»He, es reicht!«, warne ich ihn.

Tatsächlich gibt er klein bei. »Ist ja gut! Ein bisschen verstehe ich dich sogar. Dannhäuser wäre auch nicht mein Typ. Dann schlage ich vor, wir zwei machen uns jetzt wirklich auf den Heimweg.«

»Mir recht, ich habe hinten am Theater gepar...«, setze ich an zu antworten, da übertönt mich die Stimme des Ansagers: »... und nun folgt eine spektakuläre Darbietung mit einem echten Düsenjäger«, preist der Moderator der Veranstaltung, dessen blecherne Stimme das ganze Gelände beschallt, den nächsten Programmpunkt an. Im Moment steigen die Fackelschwimmer aus dem Wasser. »Es erwartet Sie eine nie dagewesene, phänomenale Show mit einem Flyboard Air. Nervenkitzel und Wasserspaß pur. Bis zu 15 Meter hoch und mit mehr als 50 Stundenkilometern wird unser legendärer Wasserartist mit Düsenantrieb über die Saar fliegen.« Gegen Ende wird die Stimme des Moderators noch schriller. »Bitte einen tosenden Applaus für Monsieur de la Lune, den Starartisten aus Frankreich.«

Die Menge macht, was ihr aufgetragen wird. Erst folgt jubelnde Beifallsbekundung, dann wird es deutlich stiller. Auf dem Wasser tut sich was. Alle recken gespannt ihre Hälse.

»Hört sich spannend an! Ich würde sagen, das schauen wir uns noch an und dann ist Feierabend«, sagt Wolfgang und weist mit dem Finger auf einen sich auf dem Wasser nähernden Jetski. Das dahinter, mit den bunten Streifen und dem schwarzen Neoprenkomplettanzug, scheint der angekündigte Flyboardartist zu sein. Er schwebt vier, fünf Meter über dem Wasser und zündet in dieser Sekunde eine orangefarbene Rauchfackel. Der Nebel, die mehrfarbige Beleuchtung und dahinter einfach nur Dunkelheit – ein bizarrer Anblick.

»Erinnerst du dich an das Hoverboard von Marty McFly in ›Zurück in die Zukunft‹? Das war so ähnlich. Nicht übel die Nummer.«

»Ja. Richtig«, antworte ich nicht ganz so euphorisch. Meine Stimmung ist und bleibt im Keller.

»Zieh bloß nicht so ein Gesicht«, fordert mich Wolfgang mit einem breiten Lächeln umrahmt von seinem dunklen Vollbart auf. »Du brauchst doch keine Trübsal zu blasen, nur weil du mir und Gabriele den seit Wochen geplanten romantischen Abend ruiniert hast. So was machst du doch hobbymäßig.«

Ich schlucke herunter, was mir Freches auf der Zunge liegt. Leider hat Wolfgang völlig recht. Ich habe den beiden den Abend verdorben. Also halte ich mich zurück.

Aber Wolfgang gibt den Versuch nicht auf, mich auf seine ganz spezielle Art aufzumuntern, obwohl er eigentlich stinksauer sein müsste. »Wahrscheinlich muss ich heute Nacht in der Garage schlafen. Oder draußen im Gartenhaus, direkt neben dem Rasenmäher.«

»Freunde wie dich braucht man«, kontere ich. Sich mit Wolfgang zu kabbeln macht Spaß, weil es ohne einen Funken Feingefühl funktioniert. Also setze ich noch eins drauf. »Sei doch ehrlich, du bist nicht gerade der gefühlvolle Robert-Redford-Typ, der den ganzen Abend ein Kompliment nach dem anderen raushaut. Hundertpro habe ich Gabriele eine enorme Enttäuschung erspart.«

»Pah. Hast du eine Ahnung. Wenn du wüsstest, wie …« Wolfgang verstummt. Irgendetwas am Himmel zieht seine Aufmerksamkeit auf sich. »Verdammt!«, zischt er.

»Was ist passiert?«, will ich wissen und wende meinen Kopf ebenfalls nach oben. »Oh mein Gott!« Jetzt sehe ich es auch. Der Artist auf dem Board schwebt hoch in der Luft und kämpft mit dem Gleichgewicht. Er wankt gefährlich hin und her. In das Rauschen der Triebwerke hat sich ein Surren gemischt. Ich erkenne nichts Genaues, nur vier kleine, leuchtend rote Punkte. Aber der Ton ist prägnant. Dort oben fliegt eine Drohne, und wie es aussieht, attackiert sie den Flyboardartisten.

Als der Artist nach vorn kippt und mit seinem Board geradewegs in die Tiefe stürzt, geht ein Raunen durch das Publikum.

»Warum hilft ihm keiner? Ich kann gar nicht hinschauen«, murmelt eine Frau neben mir.

Als schon kaum Hoffnung mehr besteht, dass die Sache glimpflich ausgehen wird, gelingt es dem Stürzenden, sich mit einem beherzten Schwung aus der Hüfte wieder aufzurichten. Unfassbar, er hat die Kontrolle über das Board zurückerlangt. In einer langen Kurve fliegt er dicht über der Wasseroberfläche und erneut hinauf in die Höhe. Einige Leute klatschen und pfeifen laut. Womöglich vermuten sie, das gehöre zur Show. Aber ich glaube das nicht.

Mir bleibt fast die Luft weg, als ich erkenne, wie die vier roten Punkte der Flugdrohne zum zweiten Mal auf den Mann zusteuern.

Wolfgang zieht mich am Arm. Er hat sich unter dem Absperrband in Richtung Saarufer hindurchgezwängt. »Das geht nicht gut! Beeil dich, Toni.«

Ich folge ihm, ohne den Artisten aus den Augen zu lassen. Ich habe ebenfalls kein gutes Gefühl.

Mit einem röhrenden Geräusch fliegt die Drohne erneut auf den Flyboardfahrer zu. Dieses Mal mit neuem Ziel. Mit voller Wucht knallt sie gegen den Helm des Fahrers und nun gibt es kein Halten mehr. Der Artist stürzt schnurgerade in die Tiefe. Nach dem dumpfen Klatschen, als er die Oberfläche durchdringt, erobert sich das verdrängte Nass seinen Raum wieder zurück. Es rauscht und wirbelt. Luftblasen steigen gluckernd auf und werden weniger. Die stockfinstere Saar hat den Mann verschluckt.

REIN GAR NICHTS MITBEKOMMEN

Eine Person

Landtagsgebäude, Saarbrücken, 7. August um 22:08 Uhr

Ich schließe das Fenster zur Straßenseite im ersten Ober-geschoss.

Schade, denke ich mit Blick auf den malträtierten Quadrocopter und lege ihn zurück in den schwarzen und gewissenhaft ausgepolsterten Alukoffer, der auf dem Tisch vor mir bereitsteht. So wie es aussieht, hat die Kamera einen Schlag abgekommen. Bedauerlich um das gute Stück, trotzdem hat sich der Einsatz gelohnt. Die Aufnahmen sind vermutlich vom Feinsten. Ein Jammer, dass ich das Video nur für mich selbst verwenden kann. Im Netz würde es viral gehen, bombensicher. Aber was nicht drin ist, ist nicht drin. In jedem Fall ist es in diesem Jahr ausnahmsweise ein hübsches Spektakel, auch wenn ich solchen Festen normalerweise aus dem Weg gehe. Ich schließe den Deckel und lasse die Schnappschlösser zufallen. Alles erledigt!

Den Rollkoffer hinter mir herziehend, verlasse ich den Raum, der Hund folgt mir. Braves Tier, da braucht es keine Worte. Wir sind ein Team. Wie ein Schatten bewegen wir uns vorbei an der Tür zum Plenarsaal, die imposante weiße

Treppe mit dem schwarzen Geländer hinab. Unten am Eingang schiebe ich den Koffer in einen kleinen Nebenraum. Den hole ich später nach Dienstschluss ab. Einen Schlüssel für das Landtagsgebäude habe ich schließlich.

Als ich durch die hohe zweiflügelige Holztür mit den Glaselementen nach draußen trete, dreht sich mein Kollege um.

Hans-Conrad ist viel zu einfältig, um etwas zu ahnen. »Ah! Da bist du ja endlich. Das war vielleicht ein langer Rundgang. Ich dachte schon, du kommst gar nicht mehr. Ist drinnen alles okay?«

»Ja. Sicher«, gebe ich zur Antwort. »Nichts Auffälliges. Und bei dir?«

»Du hast ordentlich was verpasst. Typisch. Im Augenblick gibt es ein Riesenspektakel da drüben auf der Saar bei einer Wassershow.« Er zeigt auf den Fluss. Die Musik auf dem Festgelände ist verstummt. Man hört nur den Lärm vorbeifahrender Autos auf der Stadtautobahn. Blaue Lichter nähern sich. »Schaut nicht gut aus. Einer ist von so 'nem fliegenden Skateboard ins Wasser gestürzt. Der war enorm weit oben. Bestimmt 20 oder 30 Meter, oder noch mehr, und dann ist er einfach in die Tiefe gerauscht. Schwupps, weg war er. Seitdem herrscht da eine Menge Hektik. Polizei, Notarzt und so weiter. Ich hoffe nur, die finden den Kerl.«

»Ui«, gebe ich mich erstaunt. »Seltsam. Davon habe ich nichts mitbekommen.«

PAS DE PANIQUE - KEINE PANIK

Antonia Kuppertz

Saarufer Höhe Alte Brücke, Saarbrücken, 7. August um 22:08 Uhr

Mit offenem Mund starre ich auf die fast schwarze Saar, die anscheinend nicht plant, den Mann, den sie vor ein paar Sekunden verschluckt hat, wieder freizugeben.

»Dass für uns gleich Feierabend ist, nehme ich zurück«, sagt Wolfgang und wendet sich an einen der Bootsführer am Saarufer. »Sie müssten uns bitte behilflich sein.«

Noch bevor der Mann antworten kann, ist Wolfgang an Bord. »Los, Toni. Steig ein! Schnell«, fordert er mich auf, was ich tue, ohne groß nachzudenken. Das Schaukeln an Bord von Schiffen und mein Magen – die beiden Dinge harmonieren leider ganz und gar nicht. Doch egal, Notfall ist Notfall.

Die Familie des Bootsführers, die sich die Show vermutlich von der Saar aus ansehen wollte, rückt erschrocken zusammen.

»Rainer, jetzt lass endlich den Motor an«, fordert die Frau. Rainer jedoch scheint von den Ereignissen um sich herum viel zu schockiert und zu keiner Reaktion fähig, weshalb seine Frau ihn kurzerhand vom Fahrersitz drängt und selbst das Steuer übernimmt. »Festhalten!«, fordert sie.

Das Motorboot nimmt rasant Fahrt auf. Es wankt unangenehm. Ich umklammere mit beiden Händen die Reling, während ich die aufsteigende Übelkeit im Zaum zu halten versuche und die Wasseroberfläche mit den Augen absuche.

Dort vorn, ein Stück flussabwärts, rund 50 Meter von der eigentlichen Showfläche entfernt, ist der Mann in die Saar eingetaucht. Als wir uns der Stelle nähern, gibt es keine Spur von ihm.

»Wahrscheinlich ist er abgetrieben«, murmelt Wolfgang neben mir. »Wir müssen weiter flussabwärts«, richtet er sich an die Frau. »Seien Sie aber bitte vorsichtig. Nicht, dass wir ihn mit dem Boot streifen.«

Was die Strömung betrifft, ist ein Fluss wie die Saar nicht zu unterschätzen, selbst für geübte Schwimmer, geht mir durch den Kopf, während ich auf die andere Seite des Bootes wechsle und dort Ausschau halte. Flüsse sind tückisch, das habe ich als Kriminalkommissarin im Rahmen meiner Ermittlungen häufiger erfahren müssen. Ich beuge mich über die Reling und gebe mir Mühe, das Schwanken des Bootes zu ignorieren.

Der Jetski-Fahrer, der den Artisten vermutlich aus Sicherheitsgründen begleitet hat, schaut sich ebenfalls aufgeregt um und ruft etwas auf Französisch. Hinter uns höre ich Motoren, die sich nähern. »Haben Sie vielleicht irgendwo eine Taschenlampe?«, frage ich die Familie.

»Ja, Sekunde«, sagt die halbwüchsige Tochter und verschwindet für einen Moment unter Deck, um kurz darauf mit einem Handscheinwerfer wiederzukommen. »Ich hoffe, die Akkus sind voll.«

»Prima. Danke!« Gottlob funktioniert die Lampe. Ich leuchte über die Wasseroberfläche. Nun rücken auch die anderen Hilfskräfte näher heran, ebenfalls mit Strahlern ausgerüstet. Aber nichts – der Artist bleibt spurlos verschwunden.

»Nicht gut«, raunt Wolfgang und fasst damit meine Befürchtungen in zwei Wörtern zusammen. Je länger es dauert, desto aussichtsloser ist so eine Suche.

»Vielleicht sollten wir noch ein Stück flussabwärts fahren«, fordere ich und deute in die von mir angepeilte Richtung. Die Dame am Steuer reagiert sofort.

Ich leuchte über den Bug hinweg in die Schwärze hinein. Da ist nichts, rein gar nichts. Nur Wasser. Wir sind schon recht weit von unserem Ursprungsort entfernt, geht mir durch den Kopf, als ich die Freitreppe der Berliner Promenade in der Ferne ausmache. Verdammt noch mal, irgendwo muss der Kerl doch sein.

»Da!«, sagt mit einem Mal der Bootsführer, der offenbar wieder zum Leben erwacht ist. »Ich glaub, da hinten ist eine Hand.« Er weist mit dem Finger auf die Stelle im Wasser und tatsächlich: Das könnte eine Hand sein. Doch was auch immer es ist, es taucht in dieser Sekunde unter.

Die Dame am Steuer nimmt Fahrt auf und hält auf den Punkt zu. Wir nähern uns. Schneller, denke ich, trotz meiner Übelkeit. Der Hilferuf einer erstickten Stimme hallt durch die Nacht: »À l'aide!«

Wolfgang hat den rot-weißen Rettungsring bereits in der Hand. »Pas de panique!«, versucht er, den Schwimmenden zu beruhigen. Als der Mann den zugeworfenen Ring zu fassen bekommt, ist an Deck ein Aufatmen spürbar.

Kurze Zeit später liegt der Flyboardfahrer erschöpft auf den feucht glitzernden Bootsplanken. Die Rettung kam keine Sekunde zu früh. Die Lippen des Mannes sehen aus, als wären sie in blaue Farbe getaucht worden.

»Wir kümmern uns um Sie. Nous vous aidons. Tout de suite«, sage ich und habe damit die wenigen Französischkenntnisse aufgebraucht, über die ich nach der Schulzeit noch verfüge. Der Mann ist unterkühlt und braucht schleunigst Hilfe.

Zum Glück sind die Rettungskräfte kurze Zeit später, als wir das Ufer erreichen, bereits vor Ort und übernehmen die Versorgung.

»Das wird wieder«, sagt der eintreffende Arzt, nachdem er sich zum Artisten hinuntergebeugt hat. »Sie sind in guten Händen.«

Ich bin erleichtert. Zum einen, dass wir den Mann gefunden haben, aber auch, dass ich festen Boden unter meinen Füßen spüre. Als die Sanitäter den Artisten auf einer Trage in Richtung Krankenwagen abtransportieren, kommen Kollegen auf uns zu. Diesmal sind wir die Zeugen. Ein komischer Rollentausch, denke ich, während wir alles Beobachtete zu Protokoll geben.

Etwa eine Stunde später werden wir entlassen. Was für eine verrückte Nacht, sage ich mir, als ich mit Wolfgang allein am Ufer stehe und die seltsamen Ereignisse Revue passieren lasse. »Was denkst du?«, frage ich ihn. »Du glaubst jetzt doch auch, dass Mister Surprise zurückgekehrt ist, oder?«

Wolfgangs Blick ist starr auf die Saar gerichtet, wo für heute Abend keine Show mehr zu erwarten ist. Die Reihen haben sich nach dem Vorfall schnell gelichtet, und die Musik und der Lärm sind weitgehend verstummt.

»Na ja«, beginnt Wolfgang. Er sieht mitgenommen aus. »Was die Sabotage mit der Drohne angeht, hattest du das richtige Gefühl. In jeder Hinsicht. An die Version mit Mister Surprise glaube ich trotzdem nicht. So eine Flugdrohne bekommen eine Menge Kinder und Jugendliche zu Weihnachten geschenkt, die kosten heute nicht mehr viel. Wahrscheinlich wollte sich ein Halbwüchsiger wichtigmachen und hatte keine Ahnung, was er damit anrichten würde.«

»Na ja, das finde ich allerdings eher …«

Wolfgang wendet den Kopf und zieht beide Augenbrauen hoch. Ich breche den Versuch ab, ihn von meiner Meinung zu überzeugen. Wenn Wolfgang und ich eins gemeinsam haben, dann sind es unsere Dickschädel. Für heute Abend fehlt mir die Kraft für weitere Diskussionen. Das klären wir morgen. Deshalb sage ich bloß: »Weißt du was, Wolfgang? Ehrlich gesagt hätte ich rein gar nichts dagegen, wenn du – ausnahmsweise – recht behältst.«

EINE EXTRAPORTION
SAARLÄNDISCHE TRADITION TEIL I

Eine Person

Irgendwo im Saarland, 8. August um 15:17 Uhr

Einen saarländischen »Krimmelkuchen« habe ich noch nie gebacken. Das ist Neuland für mich. Ich lese mir das Rezept abermals durch. Alle Zutaten stehen auf der Arbeitsplatte bereit, zusammen mit dem neuen Handrührer und der silbernen Schüssel.

»Wenn Sie so etwas eher selten machen, reicht ein Handrührgerät völlig aus«, hat mir die Verkäuferin im Elektroladen vor ein paar Tagen geraten, und ich habe genickt. Was heißt hier selten, dachte ich mir. Es ist zwar das erste Mal, dass ich backe. Was den Rest des Vorhabens angeht, bin ich aber kein Laie. Das dürften meine beiden Freunde, für die ich die Überraschung vorbereite, mittlerweile wissen.

Ein Paket Mehl, einen zerbröselten Würfel Frischhefe, einen Becher lauwarme Milch. Dazu kommt ein Löffel vom bereits abgewogenen Rohrzucker. Der karamellisiere besser, hat mir der Mitarbeiter im Supermarkt verraten. Ziemlich seltsam, dass er mich so offenkundig gemustert hat. Als hätte er etwas von meinen Plänen geahnt. Darum würde ich mich später kümmern.

Ich werfe einen Blick in die Schüssel. Das Gemisch sieht nicht aus wie Teig, zumindest nicht wie die, die ich aus den Backsendungen im Fernsehen kenne. Vielleicht nach dem Umrühren, hoffe ich und schiebe den Stecker des Handmixers in die Steckdose.

RASTEN SIE DIE KNETHAKEN EIN – STUFE 2 – FUENF MINUTEN.

Ich stelle die Eieruhr ein. Dann schalte ich den Handrührer an. Die Knethaken wirbeln los und ich stecke sie in die Masse. Teigstücke jagen aus der Schüssel an meinem Kopf vorbei und landen auf der Arbeitsplatte, der Fensterscheibe und natürlich auch auf dem Boden. Ein einziges Chaos, trotzdem halte ich durch. Fünf Minuten Stufe 2. Ich hoffe, es bleibt noch etwas in der Schüssel. Ein schöner Mist, hätte mir jemand vorab verraten, welche Sauerei so ein bisschen Backen verursacht, hätte ich mir eine andere Überraschung ausgedacht.

Kurz vor Ablauf der Zeit habe ich den Dreh raus. Man darf die Rührer nicht anheben. Warum hat mir das niemand gesagt? Das war Unterlassung oder – und das glaube ich viel eher – volle Absicht!

Ich blicke auf das Blatt.

LASSEN SIE DEN TEIG GEHEN: 20 MINUTEN: ZUGEDECKT:

Aber womit? Das steht wieder nirgendwo. Jemand hat sich einen Spaß daraus gemacht, unvollständige Informationen zu veröffentlichen. Das ist Schikane.

Ich schaue mich um und überlege. Die Tageszeitung

muss herhalten. Die mit den Nachrichten von dem Chaos an der Saar. Ich lege sie obenauf, wird schon passen, entscheide ich.

Während der Teig »geht«, so steht es in der Anleitung, reinige ich die Knethaken unter heißem Wasser. Mit einem guten Schuss Spülmittel. Was für eine Schmiererei. Die Masse ist wie Kaugummi, kaum ist sie von den Haken gelöst, klebt sie auch schon am Topfreiniger oder an meinen Fingern. Klebriges mag ich nicht. Ich werfe den Schwamm kurzerhand in den Mülleimer und wasche mir die Hände mit purem Spülmittel. Es klebt weiterhin, erst mit dampfendem Wasser löst sich der Teig von meiner Haut.

Ein Blick auf die Uhr verrät: noch elf Minuten.

Nun gut. Ich gehe ins Wohnzimmer und nehme mir die Fernbedienung. Der Hund liegt im Korb und hebt kurz seinen Kopf. Der Fernseher klickt und der Bildschirm wird hell.

Nachrichten.

»Muss nicht sein« murmele ich in Richtung Hund. »Das tun wir uns nicht an. Oder? Ist viel zu schlimm, was auf der Welt passiert.«

Ich schalte um. Ah, Küchenschlacht. Das passt doch wunderbar. Uns bleiben fünf Minuten. Dort gibt es heute Krimmelkuchen – was für ein Zufall.

AZUBI – UND DAS IN MEINEM ALTER

Günther, der Dackel

In einem Mehrfamilienhaus, Tholey, 8. August um 15:42 Uhr

»Prima, dann ist das abgemacht. Günther lebt die Woche über, bis der Kurs zu Ende ist, bei mir und Gabriele.«

»Okay, Wolfgang. Und du denkst nicht, dass er für die Ausbildung ein bisschen zu alt ist?«

»Ne! In seinem Fall sind das spezielle Umstände, schließlich haben wir sein Talent erst spät entdeckt. Das ist alles längst mit den Zuständigen im Präsidium geklärt. Die machen eine Ausnahme. Habe ich dir eigentlich gesagt, dass die wirklich nur die Besten aufnehmen, Siggi?«

»Ja. Hast du. Also gut, hoffen wir, er hat ein bisschen Spaß dabei.«

»Ach, sicher, hier ist er doch komplett unterfordert. Das ist eine Riesenchance für den Jungen.«

»Wenn du meinst …«

»Unbedingt! Er wird aufblühen unter all den anderen.«

»Na, ich bin gespannt. Ein bisschen störrisch kann er ja manchmal sein.«

»Das gewöhnt er sich dort ab. Dann sehen wir uns morgen gegen halb sieben?

»Halb sieben. Echt? Das wird ihm nicht schmecken.«

»Jetzt komm aber! Um die Zeit habe ich längst meine Joggingrunde hinter mir. Du und Hanne, ihr lasst euch zu sehr von dem Kerlchen auf der Nase herumtanzen. Dieses ganze Verpäppeln ist nicht gut. Und außerdem: Das Aufstehen wird wohl von allem, was ihn die kommenden Wochen erwartet, die leichteste Übung sein.«

»Das sagst du so.«

»Du wirst dir doch von so einem Vierbeiner nicht die Butter vom Brot nehmen lassen! Zeig mal, wer bei euch die Hosen anhat.«

»Ist ja gut! Ich krieg das hin! Morgen früh ist er pünktlich fertig, gestriegelt und abfahrbereit, keine Sorge.«

»Und er soll vorab nicht so viel futtern. Mit vollem Bauch kann man nicht gut trainieren …«

Nicht dass das Gequatsche von wegen verzogen und verhätschelt nicht schon eine einzige Taktlosigkeit gewesen wäre, seit der Punkt Verpflegung zur Sprache gekommen ist, habe ich die Nase gestrichen voll. Wie kann es sein, dass die zwei dort an der Tür stehen und in aller Selbstverständlichkeit über mich verfügen – und das, ohne dass ich das kleinste bisschen daran beteiligt bin?

Nix da, sage ich mir. Morgen in aller Früh erwartet den Herrn Oberkommissar eine glatte Dienstverweigerung, denn vor zehn geht gar nichts, das macht mein Biorhythmus nicht mit. Und was soll dieses Gerede von wegen Unterforderung und Riesenchance und so weiter? Wen juckt das? Von solchen Ambitionen bin ich völlig frei. Nicht jeder strebt nach Höherem. Ich bin, was das angeht, eher der maßvolle Typ. Ja! Das beschreibt es treffend. Ein Asket, der seinen Minimalismus pflegt und nicht wie die große Masse dem Erfolg nachjagt.

Solange Speiseplan und Fernsehprogramm stimmen, bin ich mit meinem Leben – genau so, wie es jetzt ist – rundum zufrieden. Wunschlos glücklich.

Punkt. Aus. Und Ende! – Ende mit drei Ausrufezeichen. Mindestens.

EINE EXTRAPORTION
SAARLÄNDISCHE TRADITION TEIL II

Eine Person

Irgendwo im Saarland, 8. August um 15:47 Uhr

Ausgerechnet in dem spannenden Moment, als die Jury ihr Urteil zum Dessert der drei Kandidaten abgeben möchte, fordert die Eieruhr meinen zweiten Einsatz in der Küche ein.

Als ich den Raum betrete, riecht es seltsam. Irgendwie bitter. Das ist die Hefe, vermute ich. Ich hebe die Zeitung an und werfe einen Blick in die Schüssel. Erstaunlich, der Teig hat sich deutlich vergrößert, genau wie es auf der Backseite im Internet angekündigt wurde. Bis jetzt scheine ich alles richtig gemacht zu haben.

Ich nehme erneut das Rezept zur Hand, das ich in Druckbuchstaben auf einem Blatt notiert habe.

ERHITZEN SIE DIE BUTTER UND VERMISCHEN SIE SIE MIT DEM VANILLEZUCKER, EINEM EI, EINER PRISE SALZ SOWIE DEM RESTLICHEN ZUCKER.

Den Vanillezucker schütte ich zusammen mit der soeben in einem kleinen Topf erhitzten Butter in die bereitstehende silberne Schüssel. Dazu kommt der Rest des Rohrzuckers, die geforderte Prise Salz und ein frisches Bio-Ei vom Markt. Das war zwar ein bisschen teurer, aber letzten Endes will man doch auch gesund leben. Ein zweites Mal stecke ich die Knethaken in den Handmixer und stelle die Eieruhr ein. Fünf Minuten. Diesmal spritzt es nicht mehr. Ich bin schon fast Profi, was das betrifft. Als es piepst, schalte ich den Mixer aus und schaue abermals auf das Rezept.

IST EIN ELASTISCHER TEIG ENTSTANDEN, HABEN SIE ALLES RICHTIG GEMACHT.

Elastisch, wann ist ein Teig elastisch, frage ich mich und drücke widerstrebend meinen Zeigefinger in die weiche Masse. Sie gibt nach, das könnte durchaus mit Elastizität gemeint sein. Ich wende meinen Blick auf das Blatt. Was ist die nächste Anweisung?

NEHMEN SIE DEN TEIG AUS DER SCHUESSEL.

Oh, ne! Nicht unbedingt beherzt greife ich zu. Einmal mehr pappt die Masse an meinen Händen. Erst jetzt lese ich die Notiz in der Klammer.

(BESTAEUBEN SIE HAENDE UND ARBEITS-PLATTE MIT MEHL, DAMIT ES NICHT KLEBT.)

»Verdammt!«
    Ich reibe über die Teigreste an meiner Hand, was für noch mehr Kleberei sorgt. Als alles nichts hilft, wasche ich mir erneut die Finger. Diesmal unter dampfendem Wasser. An einem Geschirrtuch trockne ich mir die Hände ab. Die

Haut ist rot und am karierten Leinenstoff pappt überall Teig. Entnervt werfe ich das Tuch in den Mülleimer. Vom Mehl nehme ich mir eine gute Handvoll, verteile es auf meinen Handflächen und der Arbeitsplatte. Weißer Staub steigt auf. Fast eine richtige Wolke.

Wenn ich fertig bin, darf ich nochmals die ganze Wohnung putzen. Backen ist eine Megaschweinerei. Hätte ich das geahnt! Doch jetzt, wo ich schon so weit gekommen bin, ziehe ich es durch, schließlich dient es einer höheren Sache.

Ich versuche, eine Kugel zu formen, so wie früher im Kindergarten. Der Teig wird nicht rund, er gleicht weit eher einer Röhre.

»Rolle, rolle, keine Bange – immer länger wird die Schlange« – so lautete der Spruch, den Frau Schluter, meine Erzieherin, früher beim Ausrollen vor sich hingesagt hat. Für Frau Schluter habe ich eine Schwäche gehabt. Sie war streng und machte keine Kompromisse. Die anderen Kinder haben sie nicht gemocht – mich aber auch nicht.

Aufs Neue drücke ich die Masse zusammen und beginne von vorne. Diesmal nimmt der Teig eine halbwegs runde Form an. Mit dem Lineal ermittle ich an verschiedenen Stellen den Durchmesser und schneide mit dem Messer Überlängen ab. Das Überflüssige landet im Mülleimer.

LASSEN SIE DIE TEIGKUGEL EIN WEITERES MAL IN EINER ABGEDECKTEN SCHUESSEL GEHEN.

Das steht auf dem Zettel. Wie lange, allerdings nicht. Ich stelle die Uhr auf 25 Minuten und entsorge die mit Teig verschmierten Knethaken im Müll. Für die Zukunft hat sich das Thema Backen erledigt.

Zeit für den Mörser entscheide ich. Das ist der Part, auf den ich mich am meisten freue. Die Samen waren ohne großen Aufwand zu bekommen. Außerdem sind sie ebenfalls aus biologischem Anbau, könnte man sagen.

Frau Wiesberger, meine von krankhafter Neugier befallene Nachbarin, hat mir vorgestern den Wunsch nach Saatgut auf der Stelle erfüllt. »Sie interessieren sich für Pflanzen. Das wusste ich ja gar nicht«, hat sie sofort losgeplappert, als ich gefragt habe, ob ich davon Samen haben könne. »Christrosen sind aber auch wirklich zauberhaft. Die Hummeln lieben sie, und sie lassen sich kinderleicht selbst im Garten ziehen.« Ohne weitere quälende Worte schüttelte die Wiesberger eine der Blüten sanft. Sofort purzelte rund ein Dutzend schwarz-weiße Samen mit gelbem Köpfchen in ihren offenen Handteller, das sie gleich an mich weiterreichte. Mir schauderte, als sich unsere Hände berührten.

»Bitte schön. Bloß in ein bisschen Erde setzen und regelmäßig gießen, ist nicht viel Aufwand. Nächstes Jahr blüht es dann auch in ihrem Garten. Aber waschen Sie sich nach dem Pflanzen unbedingt die Hände. Die Samen sind verdammt giftig.«

»Ach«, sagte ich und zeigte mich erstaunt. Dabei wusste ich genau über dieses Detail bereits Bescheid. Die Hände wollte ich mir ohnehin gründlich waschen, nachdem mich Frau Wiesberger angefasst hat. Das hätte sie nicht extra erwähnen müssen.

Vielleicht sollte ich ernsthaft ein paar der Samen beiseitelegen und diese, wie von Frau Wiesberger empfohlen, pflanzen, überlege ich, während ich mit dem Stößel und leichtem Druck die erste Portion trockener Saatkörner gegen die steinerne Reibschale presse. Es knistert zart, als die Samen aufplatzen und in feine Teile zerfallen. Ich fülle nach. Was am Ende übrig bleibt, ist nicht viel, vielleicht ein halber Teelöffel voll Pulver, das in der Mitte der Schale verweilt. Harmlos wirkt das, ist es aber nicht. Christrosen sind zauberhafte Pflanzen, genau wie die Wiesberger gesagt hat.

Die Schüssel mit dem Pulver schiebe ich beiseite, denn das Schrillen der Eieruhr gibt das Ende der Wartezeit bekannt. Jetzt folgen die letzten Arbeitsschritte. Ich stelle nochmals alles, was es braucht, in eine Reihe vor mich: Mehl, ein Päckchen Butter und wieder Rohrzucker. Außerdem einen Teigroller aus Holz, frisch erworben.

LEGEN SIE DAS BACKBLECH MIT BACKPAPIER AUS UND ROLLEN SIE DEN TEIG AUF EINER BEMEHLTEN FLAECHE IN DER GROESSE DES BLECHS AUS.

Mit dem Lineal, das noch auf der Arbeitsplatte bereitliegt, messe ich die Innenfläche des Backbleches aus.

41,4 mal 33,7 Zentimeter notiere ich auf einem Extrablatt. Ziemlich ungerade Maße. Das werde ich trotzdem hinbekommen. Ich nehme den Teigroller zur Hand und überlege, ob ich so etwas jemals benutzt habe. Es braucht ein kleines bisschen Zeit, bis ich den Dreh raushabe. Immer wieder zieht sich die gummiartige Masse zusammen. Wie soll man da den exakten Umfang erlangen? Das Thema Backen ist mir ein einziges Rätsel.

In meiner Not rolle ich den Teig großflächiger aus. Fertig! Nun stellt sich die Frage, wie er von der Arbeitsplatte aufs Backblech kommt. Anheben, mein erster Impuls, funktioniert nicht. Allein beim Versuch entstehen überall Risse. Es ist zum Verzweifeln.

Also nehme ich nochmals Mehl, aufs Neue staubt es höllisch. Ich streue es weiträumig rund um den Teig, klemme mir das Kuchenblech zwischen Bauch und Arbeitsplatte und strecke die Arme aus. Was für ein Elend! Vorsichtig ziehe ich den ausgerollten Teig in Richtung Blech. Aus dem Oval wird eine geometrisch nicht mehr einordbare Form. Ich bugsiere die Masse trotzdem weiter – was für eine Wahl habe ich? Backen ist Schwerstarbeit. Mit angehaltenem Lineal, hinzugenommenen Geodreieck und Fleischmesser wird aus dem Ärgernis zu guter Letzt ein mäßig erkennbares Rechteck.

Jetzt fehlen nur noch die Streusel – das Allerbeste am Kuchen, wenn man dem Rezept glauben möchte. Daran besteht kein Zweifel, denn genau hier kommt meine neue Lieblingszutat ins Spiel. Jedoch erst ganz am Ende, zu Beginn folge ich noch exakt dem Rezept:

GEBEN SIE MEHL, ZUCKER UND WEICHE, ZERKLEINERTE BUTTER IN EINE SCHUESSEL UND KNETEN SIE DIE ZUTATEN MIT DEN HAENDEN ZU EINEM KRUEMELIGEN TEIG.

Das Füllen der Zutaten in die Schüssel ist schnell erledigt, darin habe ich mittlerweile Übung. Allerdings steht nun das Kneten an. Mit den Fingern. Es kostet mich Überwindung, in die Masse hineinzugreifen. Doch mit dem Gedanken an meine Mission gebe ich mir einen Ruck. Es handelt sich schließlich um eine Herzensangelegenheit. Viel zu viel Zeit habe ich unnötig verstreichen lassen.

Als die Zutaten vermischt sind, folgt der schönste Part. Das feine, blumige Pulver, das in aller Seelenruhe auf der Arbeitsplatte auf seinen Einsatz gewartet hat, hat seinen

Auftritt. Das hebt meine Stimmung. Von nun an wäre es nicht mehr ratsam, den Teig mit den Fingern zu bearbeiten. Die besondere Streuselmischung für besondere Freunde ist schnell kreiert: Mit einem Rührlöffel hebe ich die Zusatzkomponente vorsichtig, ja fast feierlich unter. So lange, bis niemand mehr auf den Gedanken kommen könnte, in der Schüssel wäre etwas anderes als schlichte Streusel. Ich hebe das Gefäß an meine Nase und rieche daran. Völlig neutral! Man könnte fast versucht sein, ein wenig zu kosten. Interessieren würde mich der Geschmack schon, um freiwillig davon zu probieren, müsste ich allerdings verrückt sein. Und der Umstand trifft auf alle anderen, aber garantiert nicht auf mich zu.

Die auf so außergewöhnliche Weise abgeschmeckten Streusel gebe ich mit einem Schöpflöffel auf den Hefeteig. Perfekt. Wenn mich nicht alles täuscht, bin ich fertig. Ich spicke abermals auf mein Rezeptblatt.

BACKEN SIE DEN KUCHEN 30 MINUTEN LANG. OBER- UND UNTERHITZE 200°C

Das ist ein Arbeitsschritt, mit dem ich mich leicht anfreunden kann. Ich schiebe das Backblech in den Ofen und stelle die Uhr auf die angegebene Zeit ein. Jetzt heißt es von Neuem warten und Aufräumen. Der Teigroller, Schopf- und Rührlöffel und die Schüssel landen umgehend im Müll wie schon die Knethaken zuvor.

Obwohl heute Sonntag ist und damit gestern Putztag war, nehme ich den Bodenwischer erneut aus der Abstellkammer und putze zweimal über die weißen Fliesen. Danach fahre ich mit einem feuchten Lappen und einem Spritzer Desinfektionsmittel über die Schränke und die

Arbeitsplatte. Die Küche sähe nun halbwegs passabel aus, wäre da nicht der viele Mehlstaub an den Fenstern.

Also mache ich mich auch hier ans Werk, dabei bemerke ich Frau Wiesberger. Trotz Sonntagsruhe werkelt sie im Vorgarten in der Nähe der Christrosen, die mittlerweile längst verblüht sind. Typisch! Ich werde das Gefühl nicht los, die liebe Frau Nachbarin arbeitet einzig und allein im Garten, um mich durch das Küchenfenster hindurch beobachten zu können. Da! Schon wieder. Sie schaut verstohlen in meine Richtung. Als sie mich die Scheiben mit dem Geschirrtuch trockenreiben sieht, winkt sie sogar. Jetzt reicht's! Mal ernsthaft, was denkt die sich? Ich ziehe die Vorhänge zu. Neben der Wiesberger zu wohnen, fühlt sich an, als sei man das Opfer einer 24-Stunden-Observation.

Im Schutz des schweren Stoffs blicke ich zu ihr hinüber. Irgendetwas stimmt mit der Frau nicht, so viel Unkraut kann es in einem wenige Quadratmeter großen Vorgarten gar nicht geben. Womöglich hat sie einen ersten Verdacht. Dass sie immer so unbedarft daherkommt, ist vielleicht bloße Masche. Um das Problem werde ich mich wohl oder übel kümmern müssen, entscheide ich. Die Angelegenheit ist längst überfällig.

Ich wende mich wieder dem Backofen zu. Noch drei Minuten. Der Geruch nach Frischgebackenem hat sich im ganzen Haus ausgebreitet. Selbst den Hund hat es aus dem Wohnzimmer gelockt.

»Na, sieht nicht schlecht aus. Oder?«, frage ich und beuge mich zu ihm hinunter. Wir blicken beide durch das Sichtfenster auf das kleine Meisterwerk, das dort im Herd seine letzten Minuten verbringt. »Allerdings ist dieser Leckerbissen nicht für uns bestimmt.«

Die Uhr zeigt noch zehn Sekunden an.

Um keine Verzögerung zu riskieren, postiere ich mich vor dem Backofen. Mit dem Erklingen des Alarms öffne ich die Backofentür und greife nach dem Kuchenblech.

»Autsch.« Sofort ziehe ich meine Hände wieder zurück. Das Backblech ist höllisch heiß. Meine Fingerspitzen brennen. Ein seltsames Gefühl. Ich hebe meine Hand vors Gesicht und frage mich, ob es klug wäre, sie unter dem Wasserhahn zu kühlen. Doch dann entscheide ich mich, den Schmerz zu genießen, und schaue dabei zu, wie sich meine Hautfarbe in tiefes Rot wandelt. An den Rändern kräuselt sich die Haut. Zwei Blasen wölben sich auf und werden größer. Und da, mit einem Mal und viel zu schnell, ist dieser besondere, bittersüße Moment auch schon wieder vorbei.

Jammerschade.

Es kann also weitergehen. Ich greife mir das nun weit kühlere Blech und stelle es auf zwei Korkuntersetzern auf der Arbeitsplatte ab. Einwandfrei sieht das aus, urteile ich mit einem Blick auf mein erstes eigenes Backwerk. Nun muss es nur noch kalt werden und natürlich auch schmecken, aber das sollen andere beurteilen, sage ich mir.

Eine Stunde später schiebe ich den fertigen Kuchen vom Backblech in den extra für diesen Anlass verwahrten Kuchenkarton vom »Café Lolo«. »Genuss mit Tradition«, steht auf dem Deckel. Bei der Verpackung wird niemand Verdacht schöpfen, wenn es »Café Lolo« heißt, greifen immer alle zu.

Ich fühle mich fantastisch. Vorfreude dürfte das vermutlich sein – und warum auch nicht? Ein saarländischer Krimmelkuchen, das ist eine wunderbare Tradition und ein äußerst passendes Präsent für meine alten Wegbegleiter! Ich bin riesig gespannt, wie das Geschenk ankommt. Diese kleine Überraschung steht schon viel zu lange aus. Wie könnte man besser seine Dankbarkeit zeigen?

MITTEN IN DER NACHT

Günther, der Dackel

In einem Mehrfamilienhaus, Tholey, 9. August um 6:03 Uhr

Es ist mitten in der Nacht, als es läutet. Hanne geht zur Tür. Ich kann jede ihrer Handlung anhand der Geräusche zuordnen. Erst die Schritte, dann die Pause, als sie durch den Türspion schaut, und schließlich das Scheppern der Schlüssel beim Aufsperren der Tür.

»Moin, ist er startbereit?« Das ist das Ekel, unüberhörbar.

»Morgen, Wolfgang, du bist aber früh dran«, erinnert ihn Hanne an die eigentliche Abmachung und informiert ihn auch gleich über die Sinnlosigkeit seines Kommens. »Es ist erst kurz nach sechs. Bis jetzt konnte ich ihn nicht überzeugen aufzustehen. Frühstück steht auch noch aus, sonst hat er schlechte Laune.«

»Schlechte Laune? Siggi und du habt wirklich gar keine Ahnung von Tieren.« Hanne erwidert nichts. Das passt dem Haarspalter Wolfgang gut in den Kram, denn Ratschläge zu meiner Erziehung hat er reihenweise parat. »Hunde sind keine Menschen, von daher haben sie auch keine miese Laune. Dass ihr das einfach nicht einsehen wollt. So ein Tier braucht Orientierung und Führung. Jemanden, der ihm zeigt, wie der Hase läuft.«

Mit diesen Worten bringt Wolfgang meinen Kreislauf schneller als jeder Espresso in Schwung. Was erlaubt der sich? Wir drei verstehen uns dufte – niemand braucht seine Ratschläge, die wohl noch aus dem Altertum der Hundeerziehung stammen. Moderne Menschen wollen einen selbstbewussten Hund mit Ecken und Kanten.

»Willst du einen Kaffee?«, fragt Hanne, das Thema ignorierend. Man hört sie schlurfen, sie geht in Richtung Küche. In dieses Geräusch mischen sich schwere Schritte. Wie es klingt, stapft ihr Wolfgang hinterher.

»Kaffee wäre super, schwarz und ohne Zucker«, sagt er, und ich denke nur: Ja, schwarz, das wundert mich überhaupt nicht. Das passt zu seiner Seele.

Ich lausche weiter. Hanne nimmt eine Tasse aus dem Schrank und gießt ein. »Bin gleich wieder da«, sagt sie, woraufhin Schritte folgen, die stetig lauter werden.

Och nö. Gnade! Ich will liegen bleiben. Die Taktik ist klar: Ich gebe keinen Ton von mir und kuschle mich mit geschlossenen Augen tief in meine Decke. Ich nächtige noch, das ist unübersehbar.

Doch das zieht heute offenbar nicht. Hanne ist, offenkundig aufgestachelt von Wolfgangs harschen Worten, äußerst ungnädig mit mir. Ohne Vorwarnung und die nötigen Streicheleinheiten, um gut in den Tag zu starten, hebt sie mich hoch und entreißt mich meinem urgemütlichen Paradies im Schlafzimmer.

Siggi schnarcht vor sich hin. Gilt hier das Gebot der Gleichbehandlung nicht? Vor neun schält er sich nicht aus den Daunen, das ist amtlich. Ich frage mich, warum man ihn nicht zum Training schickt? Ein bisschen Sport würde dem Schreibtischtäter deutlich besser tun als mir.

Aber heute scheint das Mitspracherecht ausgesetzt zu

sein. »Guten Morgen, Güntherlein«, flötet Hanne, während sie mich auf ihrer Schulter abgelegt und durch den Flur trägt. Als ob das Gesäusel jetzt noch irgendetwas gut machen könnte. »Heute ist dein großer Tag«, behauptet sie.

Hanne ist ein Schatz, doch was diesen Spruch angeht, liegt sie so was von daneben. Heute ist viel eher einer der finstersten Tage meines gesamten Lebens. Es muss Jahre her sein, dass ich um die Zeit wach gewesen bin. Ich hätte nicht mal bescheinigt, dass es diese Uhrzeit überhaupt noch gibt.

Was das Thema »schlechte Laune« anbelangt, liefere ich dem Herrn Oberkommissar ein praktisches Beispiel. In der Küche angekommen, würdige ich ihn keines Blickes und lasse demonstrativ die Ohren hängen. Soll er ruhig mal merken, wie wenig Ahnung er von Hunden hat.

Selbst sein Spruch »He, da ist ja unser Held« mag mich nicht erweichen. Pustekuchen – mein Lieber. Die Sache mit dem Kurs kann er sich abschminken. Heute bin ich unpässlich. Und das werde ich allen beweisen. Als mich Hanne neben meinem Fressnapf auf den Boden setzen will, fange ich an zu wimmern.

»Oh! Was hast du denn Güntherlein?« Sofort nimmt sie mich wieder hoch. Prima, es fruchtet, freue ich mich. »Ich glaube, es geht ihm nicht gut«, wendet sich Hanne mit besorgtem Blick an unseren ungebetenen Gast, der am Küchentisch Platz genommen hat.

»Ach, I wo! Das ist bestimmt die Aufregung.« Typisch. Schlaufuchs Forsberg weiß wieder alles besser. »Lass mich mal sehen!«

Hanne gibt mich nur ungern frei, das spüre ich, doch Wolfgang lässt nicht locker und streckt die Pranken nach mir aus. Ich winsle lauter, in einem hohen Ton.

Aber auch das kann das Eisenherz dieses Kommissars nicht erweichen. Kaum hat Wolfgang meinen hauchzarten Körper zwischen seinen Klauen, dreht er mich in alle Himmelsrichtung und betrachtet mich argwöhnisch. Durch das rabiate Hin- und Herwirbeln geht es mir jetzt wirklich hundsmiserabel.

»Nix zu sehen!«, behauptet er. »Alles tipptopp, das ist einzig die Vorfreude.«

Pah, von wegen, du Ahnungsloser. Als ob ein grober Klotz wie du in so ein zartes Seelchen wie das meine einfach hineinschauen könntest. Hanne scheint die Argumentation ebenfalls nicht zu überzeugen. »Na, ich weiß nicht, so ist er sonst nie. Ich hole was zu futtern. Wenn er keinen Appetit hat, müssen wir uns echte Sorgen machen.«

Im Zuge dessen startet ein wahrer Nervenkrieg. Hanne geht zum Kühlschrank und nimmt einen Ringel frischen Lyoner, direkt vom Metzger um die Ecke, heraus. Wie gemein ist das denn?

Doch ich muss widerstehen! Sie kommt zum Tisch und fingert nur ein wenig an der Verpackung, schon schleicht sich der sanfte Duft in meine Nase. Auf einem Teller schneidet sie eine Scheibe ab, umgehend ist der komplette Raum vom Aroma der Wurst erfüllt. Mir wird ganz anders.

»Na, da wirst du doch nicht nein sagen, Güntherlein.« Hannes Hand, zwischen deren Fingern der Traum eines jeden Hundes steckt, nähert sich mir. Jetzt ist das Gourmethäppchen nur noch wenige Millimeter von meiner Schnauze entfernt. Ich halte den Atem an. Wie fies ist das denn?

Beiß die Zähne zusammen, Junge, beschwöre ich mich selbst. Ich bin Herr meiner Sinne und all meiner Handlungen. Diese Prüfung wird ein Sonntagsspaziergang für mich.

»Wenn er es nicht möchte, esse ich es«, schlägt Wolfgang vor.

Und da passiert es. Es ist ein archaischer Reflex. Fern vom eigenen Willen. Ich schnappe zu und die komplette Scheibe ist von einer Sekunde auf die nächste verschwunden. Ich bereue es schon, während sich das unvergleichliche Bouquet von frischer Wurst noch in meinem Mund ausbreitet. Ich schmecke einen Hauch von Petersilie, aber auch Kardamom, Koriander und – wenn mich meine Sinne nicht täuschen – Knoblauch. Dies alles in exakt den angemessenen Mengen. Der Biss ist so meisterlich zart, wie es bei jedem guten saarländischen Lyoner zu sein hat. Das volle Aroma. Das ist wahre Metzgerskunst, urteile ich in Gedanken. Auch wenn ich mich gegenwärtig selbst in den Schwanz beißen könnte, kaue ich weiter. Jetzt ist es ohnehin egal.

»Na siehste, alles in Butter«, zieht Wolfgang umgehend seine übereifrigen Schlüsse und fügt hinzu: »Und gegessen hat er damit auch schon!«

Er nimmt mich auf den Arm, sämtlicher Protest ist zwecklos. Der Typ ist kein echter Mensch, eher eine Art Mensch-Maschine, bei der man aus Kostengründen auf das Seelenleben verzichtet hat. Der beste Beweis dafür ist, dass er den Rest seines dampfenden Kaffees in einem Zug hinuntergießt, und das, ohne eine Miene zu verziehen. Darauf packt er mich fester, obwohl ich ein Klagen anstimme, das Hanne Tränen in die Augen treibt.

»Tschüss. Bis bald Güntherlein«, stammelt sie traurig, während der deutsche Schwarzenegger-Verschnitt kaltblütig mit mir in Gefangenschaft durch den Flur in Richtung Schattenreich stampft. Ich fühle mich, als ginge es zur Fremdenlegion.

»Alles klar?«, erkundigt sich da jemand und Hoffnung keimt in mir auf. Es ist Siggis Stimme. Mein Held Siggi!

»Jaja, es ist nur Günther«, fühlt sich Wolfgang genötigt zu antworten, um völlig grundlos Entwarnung zu geben. »Keine Sorge, der ist schlicht und einfach ein bisschen zickig heute Morgen.«

Wie kann sich Wolfgang erdreisten, so etwas über mich zu sagen? Seine Aussage entbehrt jeder Grundlage – das ist ein absoluter Notfall. Ich jaule lauthals. Doch aus Richtung Schlafzimmer naht keine Rettung. Nicht unwahrscheinlich, dass mein hartherziges Herrchen den Kopf zurück aufs Kissen gelegt hat und geradewegs wieder eingeschlummert ist. Mieser Verräter!

Zumindest Hanne wirkt beim Abschied an der Wohnungstür nicht gerade glücklich. »Schau, da sind die Sachen für den Günther drin«, sagt sie und hält Wolfgang einen Rucksack hin. »Auch seine Lieblingsdecke und der kleine Hase.« Hanne hebt Oskar hoch.

Wolfgang verzieht beim Blick auf Oskar angewidert das Gesicht. Zugegeben, er hat in den letzten Jahren an Schönheit eingebüßt. Das ist der Lauf der Dinge. Das linke Ohr hat es erwischt, das Fell ist ein wenig lädiert – aber, wenn man sich mag, sieht man über so etwas hinweg. Wolfgang wohl eher nicht. »Also, Hanne, sei mir nicht böse …«, sagte er.

»Komm schon, damit er abends gut einschlafen kann«, bittet Hanne mit ihrem allerschönsten Lächeln.

»Glaub mir, nach dem, was wir heute an Programm absolvieren werden, wird euer Hündchen super schlafen.«

Hanne schaut bedrückt und Wolfgang stöhnt. »Na gut, ich nehm's mit!« Er greift nach der Tasche und dann nach der Türklinke.

Huch – jetzt wäre das mit der Rettung überaus dringend, denke ich und stimme ein verzweifeltes Wehklagen an. Doch nichts! Die ganze Welt lässt mich im Stich.

»Tschüss«, sagt Hanne und streichelt mir über den Kopf. Sie will mich doch gar nicht gehen lassen. Das ist überdeutlich. »Du wirst bestimmt einen Riesenspaß haben«, beharrt sie weiter auf ihrer falschen Annahme. Mehr danebenliegen kann man nicht. Rette mich, Hanne, denke ich verzweifelt, noch ist Zeit.

Ich werfe ihr einen letzten beschwörenden Blick zu, aber auch den Moment weiß Herr Supertaktlos zu zerstören. »Wenn er am Wochenende zu euch zurückkommt, werdet ihr ihn nicht wiedererkennen. Dann ist aus dem Güntherlein ein knallharter Hund geworden.«

Hanne schiebt ihre Unterlippe nach vorn. Sie macht nicht den Eindruck, als würde er ihr damit einen langgehegten Wunsch erfüllen.

Kaum sind wir im Treppenhaus außer Sicht- und Hörweite, setzt mich der Oberkommissar von seinen Armen auf den eiskalten Stufen ab. »So, Güntherlein. Verhätscheln und vertätscheln und sich behandeln lassen wie ein Baby, das gehört nun der Vergangenheit an – ab jetzt heißt es Kondition aufbauen! Nur durch Training wird man stark.«

Was für ein doofer Spruch, denke ich nur.

WENN SCHON HUND, DANN EINEN RICHTIGEN

Antonia Kuppertz

Landeskriminalamt Saarbrücken, 9. August um 7:33 Uhr

»Guten Morgen, Toni.«

»Moin, Wolfgang, du bist aber spät dran«, grüße ich mit Blick auf die Uhr zurück und linse hinter meinem PC hervor. Ich bin bereits vor anderthalb Stunden im LKA eingetroffen und habe schon die dritte Tasse Kaffee intus. Die Angelegenheit mit der Drohne lässt mir keine Ruhe. Vor allem nicht in den Nächten, und so bin ich heute noch früher als sonst ins Präsidium gestartet. Morgens, wenn kaum jemand hier ist, kann ich ohnehin am besten arbeiten. Normalerweise gehört mein Kollege Wolfgang ebenfalls zu den Frühaufstehern.

»Ja, Entschuldigung. Heute Morgen lief nicht alles nach Plan. Ich habe es ziemlich eilig und muss gleich wieder weg. Ganz kurz nur, damit ich informiert bin: Gibt es irgendetwas Neues von der Aktion auf der Saar, die mit dem Flyboardfahrer? Zeugenaussagen oder Spuren oder sonst was, das uns weiterhelfen könnte?«

Ich höre Wolfgang lediglich mit halbem Ohr zu. Dass

er diesen eigensinnigen Dackel in seiner Gefolgschaft hat, verwirrt mich. »Ui, warum hast du denn den Günther dabei? Bist du heute sein Hundesitter?«

»Ne, ne, Unsinn. Aber wie gesagt, ich hab gleich einen wichtigen Termin. Bring mich bitte schnell auf den neusten Stand, bevor ich wegmuss.«

Ich bin verwundert. Hat dieser bedeutsame Termin, von dem ich nichts weiß, mit dem Dackel zu tun? Günther wird wohl kaum eine Zeugenaussage zu Protokoll geben. Obwohl das bombig wäre, denn er ist vermutlich derjenige, der am nächsten am Terroristen Mister Surprise dran war. Damals in Dagstuhl, als der irre Psycho uns an der Burg fast eine Ladung Sprengstoff um die Ohren gejagt hat. Doch was will man groß von einem Hund erwarten? Höchstens, dass er den Täter am Geruch wiedererkennt. Das würde vielleicht einem ausgebildeten Polizeihund gelingen, aber nicht diesem Quertreiber Günther, der ausschließlich das tut, worauf er Lust hat – essen und schlafen.

»Die Kollegen, die am Samstagabend ermittelt haben, haben nichts Auffälliges finden können«, antworte ich Wolfgang. »Aber weißt du, genau dieser Umstand spricht nur noch mehr für meine Theorie, dass es Mister Surprise gewesen sein muss. Er plant seine Anschläge immer mit Perfektion.«

Wolfgang blockt sofort ab, als er diesen Namen hört, und verdreht genervt die Augen. »Toni, du gibst einfach nicht auf.«

»Nein, natürlich nicht. Das würdest du auch nicht, wenn du von einer Sache überzeugt wärst. Ich bin mir sicher, dass der Täter kein Jugendlicher war, der wäre garantiert irgendeinem aufgefallen oder er hätte Spuren hinterlassen.

Jemand Unerfahrenen hätten wir innerhalb kürzester Zeit geschnappt, das weißt du! Die machen immer Fehler.«

»Und weil sich dieser Jemand nicht dumm genug angestellt hat, muss es Mister Surprise gewesen sein – ist das deine Art von Logik?«

Ich zucke mit den Achseln. »Ja, so ungefähr ist tatsächlich mein Gedankengang. Mister Surprise hat sich uns, ohne dass ich ihm Bewunderung zollen möchte, immer als klug präsentiert. Eine gewisse Genialität kann man ihm nicht absprechen, und der Angriff am Samstag passt genau in dieses Bild.«

Wolfgang wiegt den Kopf hin und her. »Das am Samstag war ein anderer Typ Krimineller. Da wollte irgendwer witzig oder cool sein und hat es übertrieben. Du verrennst dich.«

»Oder du willst etwas sehr Offensichtliches nicht wahrhaben«, halte ich dagegen. Der Abend in Dagstuhl war ein einziger Albtraum. Mister Surprise hatte es auf Wolfgang abgesehen. Es war haarscharf, fast wäre er nicht mit dem Leben davongekommen. Seitdem ist zwar nichts mehr Derartiges vorgefallen, aber ich würde darauf wetten, dass der Psycho nicht bekehrt ist. Wenn er damals, aus welchem Grund auch immer, eine Stinkwut auf Wolfgang hatte, warum sollte sich das inzwischen geändert haben?

»Egal wie, wir müssen uns später darüber unterhalten. Ich bin jetzt erst einmal mit Günther für die nächsten drei Stunden auf dem Trainingsgelände«, informiert mich Wolfgang und wendet sich zum Gehen um.

»Auf welchem Trainingsgelände?«

»Na, in Bexbach. Günther wird zum Polizeihund ausgebildet. Ich bring ihn hin. Hab ich wohl vergessen zu erwähnen.«

»Ist nicht dein Ernst. Und welcher Irre ist sein Hundeführer?«

Wolfgang antwortet nicht, sondern zuckt nur mit den Achseln.

»Du bist der Irre!« Ich lache los, während sich Wolfgangs Miene verfinstert.

»Wenn du das so nennen willst. Wir reden später. In Ordnung, Toni?«

Ne! In Ordnung ist das überhaupt nicht. Ich bin von einem Moment auf den anderen stinksauer, und das sage ich Wolfgang auch deutlich: »Ehrlich gesagt nicht. Wie stellst du dir das vor?« Ich weise auf den Stapel an Unterlagen, der so hoch ist, dass er mir fast den Blick auf Wolfgang versperrt. »Soll ich mich um das alles allein kümmern? Und außerdem: nix gegen Günther. Aber findest du nicht, dass das die pure Zeitverschwendung ist? Er macht doch noch nicht mal Platz oder bringt ein Stöckchen, wenn ihm nicht die Laune danach steht. So ein Schoßhündchen mag vielleicht ein netter Zeitvertreib sein, aber mal ehrlich, für echte Polizeiarbeit braucht es einen verlässlichen Partner. So einen Fiffi würde ich mir nie im Leben anschaffen. Wenn schon Hund, dann einen richtigen.«

EINEN WOLFGANG WÜRDE ICH MIR AUCH NICHT ANSCHAFFEN

Günther, der Dackel

Landeskriminalamt Saarbrücken, 9. August um 7:38 Uhr

Was für ein Tag. Erst nicht ausschlafen, dann kein Frühstück, und jetzt erlebe ich Diskriminierung in ihrer reinsten Form. Diese Schnepfe Toni, die ich ohnehin nie leiden mochte, stellt meine Fähigkeiten infrage und geht obendrein voll unter die Gürtellinie, was meine Größe betrifft.

Als Fiffi hat sie mich betitelt und darauf auch noch ihre dilettantische Meinung herausposaunt. »Wenn schon Hund, dann einen richtigen«, sagte sie. Bei so viel Boshaftigkeit ist wohl im Gegenzug auch die Frage erlaubt, wie eine talentfreie, inkompetente und einfältige Person wie diese Toni jemals Karriere bei der Polizei machen konnte. Dass die es geschafft hat, auf der Erfolgsleiter hochzuklettern, bedeutet, dass das gesamte System marode ist! Irgendwem hätte doch auffallen müssen, dass die Frau keinen Funken Spürsinn oder Intuition hat.

Und überhaupt, was heißt hier »richtiger Hund«? Jedes Wort, das Miss Selbstgefällig von sich gibt, ist hundsgemeines Mobbing. Reine Schikane und das noch auf der

Arbeit. Doch für die Rechte von uns Vierbeinern interessiert sich wieder mal niemand.

Mein Begleiter Wolfgang tut es jedenfalls nicht. Statt dieser Toni die Meinung zu geigen, fällt er mir sogar in den Rücken: »Das stimmt! Einen Dackel würde ich mir freiwillig auch nicht zulegen wollen. Die sind viel zu eigensinnig«, gibt er zum Besten.

Pah, was für ein Zynismus, sage ich mir. *Einen Wolfgang* würde ich mir garantiert auch nicht freiwillig zulegen. Genauer betrachtet hat sich *mir* nämlich dieser Wolfgang heute Morgen aufgezwungen und nicht umgekehrt. Er war es, der mich in meinem Quartier in aller Herrgottsfrühe aus dem wohlverdienten Schlaf gerissen und gekidnappt hat. Ja, entführt hat er mich. Man hat mich gewaltsam verschleppt, nur um mich dieser kaltherzigen Umgebung auszusetzen. Kein Fernseher, kein anständiges Frühstück, keinen Funken Zuspruch. Wenn einer unken darf, dann ja wohl einzig und allein ich.

»Was Günther betrifft, musst du allerdings zugeben, dass er kriminalistisches Gespür mitbringt. Das ist unbestreitbar.« Gegen Ende lässt Wolfgang zwar noch ein paar lobende Worte über mich fallen, aber die können mich nicht versöhnen.

Die Trine Toni grinst spöttisch. »Du machst Witze, oder?«

»Ne, natürlich nicht! Was war das denn damals, als er auf der Halde Victoria die Zange aufgespürt hat und sich am Ende auf den Mörder von deinem Exmann stürzte?«

Tonis Gesicht verdunkelt sich. Ganz schlechtes Beispiel, denke ich. Ganz schlecht. Ich kann Toni zwar nicht ausstehen, aber auf die Ermordung ihres untreuen Exmannes anzuspielen, ist trotzdem nicht sehr einfühlsam.

»Tut mir echt leid, das war dumm.« Wolfgang hat seinen Schnitzer ebenfalls erkannt und hebt beschwichtigend die Hände. Schnell wechselt er das Thema. »Aber beim Bombenanschlag im Garten der Sinne in Merzig hat er Gabriele und den anderen Geiseln das Leben gerettet. Es steht doch völlig außer Frage, dass das …«

»… dass das purer Zufall war.« Toni beendet Wolfgangs Satz in spitzem Ton. Das selbstgefällige Lächeln danach macht sie mir noch unsympathischer.

Zufall, du Schnepfe, rege ich mich auf. Wo denkst du hin? Womöglich war ja die Lösung jedes Falls, den du je in deinem Leben abgeschlossen hast, ein Riesenzufall. Würde mich nicht wundern. Was mich angeht, basiert jeglicher Schritt und Vorstoß auf hervorragender Kombinationsgabe, und das wohlbemerkt, ohne dass man mich jahrelang auf einer Polizeischule ausbilden musste. Naturtalent nennt man so was. Genialität trifft es womöglich sogar noch besser.

Aber um so etwas einordnen zu können, braucht es eben ein gewisses Maß an kriminalistischem Instinkt, und da sind wir auch gleich beim Grundproblem unserer Sprücheklopferin Toni.

Wolfgang setzt nicht mehr auf Gegenwehr, obwohl er doch genug Argumente zur Hand haben müsste. Er zuckt lediglich mit seinen Schultern, und das nutzt Toni sofort, um weitere Dreistigkeiten loszuwerden. »Versuch's eben, wenn du dir die Blöße geben willst! Ich wette, das wird voll die Pleite.« Sie zieht ihre Augenbrauen in die Höhe. Hässlich und gespielt schaut das aus.

»Da halte ich dagegen«, erwidert Wolfgang und zeigt endlich Rückgrat. Seine Brauen stehen in dieser Sekunde sogar noch ein Stück steiler als die von Toni.

»Warten wir's ab!«, zischt die Kratzbürste und lehnt sich im Stuhl zurück. »Ich geb dir zwei, allerhöchstens drei Tage, dann bist du mit deinem Latein am Ende und bringst den Kläffer wieder nach Hause.«

»Die Wette gilt. Wer verliert, muss den anderen in die Kantine einladen.«

»Wenn du das durchziehst, lade ich dich eine ganze Woche ein, plus Nachtisch und Espresso«, sagt die Tante rotzfrech.

»Dann fang schon mal zu sparen an.«

Was für eine Kampfansage. Zum ersten Mal an diesem Tag sind Wolfgang und ich einer Meinung, und ich stelle fest, dass ich, von einem Moment auf den nächsten, hochmotiviert bin.

Gebt mir was zum Schnüffeln, lasst mich Sprengstoff aufspüren, Vermisste, von mir aus einen ganzen verlorengegangenen Kegelclub – ich werde alles und jeden finden und sämtliche Rätsel lösen, weit besser als diese Profiler aus den amerikanischen Serien, die immer viel zu blutig sind. Wir werden es der Ketzerin zeigen! Und wenn das erledigt ist, gibt es hoffentlich endlich Frühstück in dieser Trauerbude.

Arbeitswillig bis in die Krallenspitzen machen Wolfgang und ich uns auf den Weg, ohne auch nur ein weiteres Wort an die beratungsresistente Kollegin zu verlieren.

Während wir beleidigt in Richtung Parkplatz marschieren, komme ich nicht umhin, mir einzugestehen, dass ich Toni in einem Punkt recht gebe: Was die Mister-Surprise-Theorie betrifft, liegt sie gar nicht so daneben. Wolfgang hat von Besseringen bis zum LKA in Saarbrücken durchweg mit Freisprechanlage telefoniert. Nach all dem, was ich vom Vorfall an der Saar mitgehört habe, kann ich Toni

nur zustimmen: Die Aktion am Samstag passt hundertprozentig zur Vorgehensweise des Psychos. Ausnahmsweise – und ich betone hiermit deutlich, dass es sich um
einen seltenen Sonderfall handelt – bin ich ihrer Meinung.
Es würde mich nicht wundern, wenn uns Mister Surprise
in naher Zukunft wieder über den Weg laufen würde.

DAS PAKET IST AUSGELIEFERT

Eine Person

Landeskriminalamt Saarbrücken, 9. August um 7:54 Uhr

Unerfreulicherweise ist diese Toni ebenfalls früh zur Arbeit. Fast überlege ich, die ganze Sache abzublasen. Äußerst bedauerlich wäre das nach all der sorgfältigen Vorbereitung. Trotzdem, alles andere könnte riskant werden.

Durch die halbhohe Scheibe im Gang mache ich im Vorbeigehen die dunklen Haare von Toni aus. Sie sitzt in ihrem Büro am PC, allein, der zweite Schreibtischplatz ist leer. Ein Stapel voller Unterlagen liegt auf ihrem Tisch. Es hat nicht den Anschein, als plane sie, in der nächsten Zeit ihr Büro zu verlassen.

Enttäuscht blicke ich auf die große Tragetasche in meiner Hand. All die Arbeit umsonst. Möglich, dass sich gegen Mittag noch eine Gelegenheit bietet. Ich gehe in gleichbleibendem Tempo weiter. Fast habe ich den Gang komplett durchquert, da ertönt eine männliche Stimme hinter mir.

»Du, Toni, kannst du bitte für einen Moment zu uns rüberkommen? Wir haben da was, das dürfte dich interessieren.«

»Ja, Chris, bin gleich da.«

Ich werde langsamer. Es dauert ein paar Sekunden, da vernehme ich Schritte hinter mir. Im Anschluss daran fällt eine Tür ins Schloss, und mir fällt ein Stein vom Herzen. Es wird leiser. Nur gedämpftes Gemurmel ist noch zu hören.

Das ist gut. Besser könnte es gar nicht laufen!

Ich wende mich um.

Wenige Augenblicke später ist das Paket ausgeliefert.

KEIN TOPEINSTIEG, WÜRDE ICH
BEHAUPTEN

Günther, der Dackel

Trainingsgelände der Polizeihundestaffel, Bexbach, 9. August um 8:31 Uhr

Gegen halb neun, also immer noch mitten in der Nacht, finde ich mich mit Wolfgang und vier weiteren Hunde-Polizisten-Paaren auf einer riesigen grünen Wiese wieder. Am Rand des ehemaligen Sportplatzes stehen zahlreiche Hindernisse und andere Foltergeräte speziell für Hunde bereit: Slalomstangen, lange, enge Plastiktunnel, Oxer wie beim Pferdesport, sogar mit Wassergraben, und das Allerschlimmste: Schrägsprungwände mit utopischen Abmessungen. Die Cavalettis, die mir bis zum Scheitel reichen, sehen auf diesem Outdoor-Trainingsgelände noch am freundlichsten aus.

Das i-Tüpfelchen an Grauen ist jedoch unsere Trainerin. Fast habe ich das Gefühl, ich sei in einem Armyfilm. Diese typische Szene, in der die Neulinge das erste Mal begrüßt und »rundgemacht« werden. Frau van der Pütten, unüberhörbar aus dem hohen Norden, steht dem klassischen Drill Instructor in nichts nach, wenn man den friesischen Dialekt und den wilden blonden Lockenkopf außen vor lässt. »Moin. Still stahn. Up d' Stee!«

Was für eine kernige Stimme! Sie geht durch Mark und Bein. Auch wenn ich kein einziges Wort verstanden habe, ahne ich, was die Botschaft sein dürfte. Wir sollen aufstehen, und zwar nicht zu langsam. Vergiss es, denke ich. In dem Ton schon mal nicht mit mir.

Ich mustere Wolfgang. Er macht keinen sonderlich entspannten Eindruck. »Du sollst stillstehen. Ste-hen! Nicht sitzen!«, zischt er mir leise zu, während sein Blick nach vorn gerichtet bleibt.

Er glaubt doch wohl kaum, dass ich mir von der Küstenschwalbe etwas sagen lasse. Egal, wie die sich aufplustert. So lange es nichts zu erledigen gibt, sitze ich. Ressourcenschonung, nennt man das. Alles andere wäre völlig dusselig.

Frau van der Pütten mag anscheinend Dusseliges. Wutentbrannt stampft sie mit ihrer dunkelbraunen Cargohose und dem Nirvana-Shirt, das der Optik nach aus längst vergangenen Jugendzeiten stammen dürfte, auf mich zu.

»Wat hett dat Hundje?« Sie stemmt ihre Hände in die Hüften und bläst sich eine Locke aus dem Gesicht. Jetzt, da sie so vor mir steht, mit diesem seltsam verbissenen Ausdruck, überlege ich, ob – aufgrund der speziellen Umstände – aufstehen nicht auch Ressourcen sparen könnte.

»Still stahn. Up d' Stee!«, brüllt die Militante, noch bevor ich einen eigenen Entschluss treffe, und obwohl ich mir nicht hundertprozentig sicher bin, ob sich hinter diesem Wortgebilde tatsächlich eine Aufforderung zum Aufstehen versteckt, hebe ich reflexartig mein Sitzfleisch vom Boden.

»Good! Un nu stellen wi uns vör.« Sie weist mit dem Finger auf das erste Hunde-Polizisten-Paar in der Reihe.

Wenn mich nicht alles täuscht, ist der Hundeführer ein junger Beamter, der mir und Wolfgang schon öfter begegnet ist. Ein unscheinbarer Typ. Die Hundedame an seiner Seite ist jedoch das exakte Gegenteil. Ein selten hübsches Prachtexemplar von einem Weimaraner. Seitdem ich die Rasse in einem dieser Ostseekrimis mit Hinnerk Schönemann gesehen habe, bin ich hin und weg von dem glänzend silbrigen Fell. Unter dem edlen Pelz zeigt sich der schlanke und wohldefinierte Körper der Hundelady. Und wow – in den blauen Augen der Hundedame kann man sich für immer verlieren. Ich versuche, meinen Blick abzuwenden, aber es geht nicht. Wie sie da steht, anmutig und zu allem bereit, zeigt sich die klassische Jägerin in ihr. Jeder Rüde wäre unter den Umständen wohl gerne ihre Beute. Sogar mich lässt diese engelsgleiche Erscheinung nicht kalt. Mehr sogar: Ich bin schockverliebt, ganz ehrlich, auch wenn sie ein klein wenig sabbert. Aber mein Gott, wer ist schon perfekt?

»Wie bitte?«, hakt der Polizist verunsichert nach und grätscht damit in meine Gedanken hinein. Wenn mich nicht alles täuscht, ist sein Name Flieder oder so ähnlich.

»Nu stellen wi uns vör«, versucht es die van der Pütten wieder.

Der Polizist legt den Kopf schief. Immer noch nichts verstanden, das ist offensichtlich.

»Mann, Junge, du sollst dich vor-stel-len!« Die stechende Stimme des Typen, der direkt neben dem eingeschüchterten Kerlchen steht, kommt mir bekannt vor. Als er den Kopf in unsere Richtung wendet, um ein blasiertes Lachen in die Runde zu werfen, erkenne ich ihn. Och nö! Es ist einer der Gruppenführer vom Sondereinsatztrupp. Heute zeigt das Leben kein Pardon. Es ist schon eine Weile her, da sind wir drei – Wolfgang, der Armleuchter und ich – bei einem Bombenanschlag im Garten der Sinne in Merzig aufeinandergetroffen, und daran habe ich keine gute Erinnerung. Kurz darauf war er am Fiasko in Wadern an der Burg Dagstuhl beteiligt: Genau genommen hat der Knabe die Festnahme von Mister Surprise in den Sand gesetzt, indem er mich in letzter Sekunde ausbremste. Sonst hätte ich den Psycho mit Sicherheit geschnappt.

Dass diesem Dannhäuser ein XXL-Hund zur Seite sitzt, wundert mich kein bisschen.

»Ach so«, schaltet nun der schüchterne Polizist neben ihm. Als er zu sprechen beginnt, versagt ihm kurz die Stimme. »Ich bin Elias Fiedler und das ist meine Hündin Blues.«

Stimmt, er heißt nicht Flieder, sondern Fiedler. Auch egal. Der zweite Name war ohnehin weit wichtiger. Blues, das passt so ganz und gar nicht, denn die Hündin ist bestimmt kein Kind von Traurigkeit. Die Hundedame ist leibhaftiger Sprengstoff.

Ich wende meinen Kopf in ihre Richtung. Wenn mich nicht alles täuscht, haben mich ihre blauen Augen, die tiefer sind als jedes Meer, ins Visier genommen. Geschmack und Urteilsvermögen hat die Dame, was will man mehr? Der Ausflug heute hat offenbar auch sein Gutes. Augenblicklich gebe ich mir sogar freiwillig Mühe, Haltung zu bewahren.

»Yoshi«, ist nun der SEKler an der Reihe. »Wie man sieht, ein reinrassiger Rottweilerrüde.«

Stimmt, diese Tatsache ist unübersehbar. Eine weitere Hündin wäre mir entschieden lieber gewesen, insbesondere da Yoshi mir in dieser Sekunde ebenfalls seine volle Aufmerksamkeit widmet. Allerdings mit einem fiesen »Ich fress dich mit einem Happs«-Blick. Eins ist sicher: Der Name »Yoshi« ist viel zu knuffig für die Bestie, die sich dahinter verbirgt.

»Der Prachtkerl hat perfekte Papiere und eine beachtliche Ahnentafel. Sein Vater war bereits im Polizeidienst.« Der Hundeführer macht eine kurze Pause. Womöglich will er allen genügend Zeit zum Bewundern und Staunen lassen, bevor er mit seiner Vorstellung fortfährt: »Mein Name ist Jan-Alexander Dannhäuser, mein Vater war beim BKA. Organisierte Kriminalität, Sie wissen schon, die ganz großen Sachen …«

Van der Pütten nickt wissend und Dannhäuser protzt weiter. »Ich bin beim LPP 122 Spezialeinsatzkommando Saarbrücken. Gruppenführer.« Das letzte Wort sagt er besonders laut. Als ob wir alle schwerhörig wären. Zum Abschluss addiert er einen weiteren Protzsatz hinzu: »Vorerst natürlich. Bin ja noch jung.«

»Good!«, sagt die van der Pütten mit offenkundiger Sympathie. Dannhäuser und sein Ungeheuer sind nach ihrem Geschmack, wie könnte es anders sein? Vermutlich war man auch in ihrer kompletten Ahnentafel durchweg militant, sage ich mir.

Nun ist die Polizistin mit der Schäferhündin neben uns dran.

Zackig rattert sie ihren Text herunter: »Mira Jablonska. Deliktsorientierte Kriminalitätsbekämpfung. Rauschgiftkriminalität. Meine Hündin heißt Juri und ist anderthalb Jahre alt.« Erst jetzt holt sie wieder Luft.

»Dat is mooi!«, sagt unsere Ausbilderin, was ein Kompliment sein könnte. Oder auch nicht. Wer weiß das schon?

Nun ist die Reihe an uns. Van der Pütten kräuselt ihre Stirn.

»Wolfgang Forsberg. Hauptkommissar, hier beim Landeskriminalamt in Saarbrücken …«

»Un dat da?« Sie zeigt mit dem Finger auf mich.

»Das ist Günther, er ist ein Dackel.«

Das hat, wenn mich nicht alles täuscht, die van der Pütten auch schon gesehen. Sie kneift die Augen zusammen.

»Ein Rauhaardackel«, ergänzt Wolfgang.

»Dat Hundje is ziemlich klein«, wagt sie sich zu sagen. Wieder eine Anspielung auf meine Größe und damit gleich der zweite Fall von Diskriminierung bei der saarländischen Polizei, und das an einem einzigen Morgen. Ein Skandal.

Immerhin verteidigt mich Wolfgang. »Ja, aber die Größe hat doch nicht viel zu sagen. Dafür ist er ein fixer Kerl mit Spürsinn. Günther hat schon bei einigen Fällen Schützenhilfe geleistet und er …«

»Ach ja«, sagt unsere Ausbilderin kaltschnäuzig und kaut auf ihrem Kaugummi herum.

Schließlich ist die Reihe an dem Paar rechts neben uns. Eine relaxte tiefschwarze Riesenschnauzerdame mit einem ziemlich klein geratenen Polizisten, dem sie mindestens bis zum Bauchnabel reicht.

»Bernd Schöpfer. Deliktsübergreifende Kriminalitätsbekämpfung. Schleusungskriminalität und Menschenhandel. Und die Kleine neben mir«, als er das sagt, kichert er selbst über seinen Witz, »die heißt Olea. Eine Riesenschnauzer-Hündin. Seit vorgestern 15 Monate alt.«

»Dat is mooi antokieken.«

»Wie bitte?«, fragt Schöpfer nach. Dabei müsste er doch mittlerweile gelernt haben, dass es nicht das Schlechteste ist, nicht zu verstehen, was unsere Ausbilderin von sich gibt.

»Sie sagt, dass ihr zwei zusammen lächerlich ausseht. Und da kann ich nur zustimmen«, mischt sich Dannhäuser ein. »Könnten wir die interne Kommunikation vielleicht auf Hochdeutsch verlegen, das würde alles enorm abkürzen.«

Die Militante atmet tief durch. Ihrer Gesichtsfarbe nach zu urteilen, werden wir gleich ein paar Liegestützen machen müssen, zumindest die Zweibeiner unter uns.

Überraschenderweise entschließt sich die van der Pütten wohl letztlich doch, die Bemerkung zu ignorieren, und dem Wunsch nach Verständnis nachzugeben. Ab jetzt spricht sie Hochdeutsch, soweit es ihr möglich ist. »Dann verlieren wir keine Zeit mehr mit Kokolores. Legen wir los! Sie wissen bestimmt, dass maximal einer von 100 Hundje zum Polizeihundje geeignet ist.« Van der Pütten schaut in die Runde. Jeder nickt brav. »Am Ende unserer gemeinsamen Zeit steht die Eignungsprüfung an, und ich prophezeie Ihnen schon jetzt, dass in dieser Gruppe nicht alle bestehen werden.« He, frage ich mich, warum bleibt ihr stechender Blick an mir hängen? »Das sage ich, damit Sie später nicht enttäuscht sind.« Ihre Augen wandern weiter zu Wolfgang. »Fangen wir mit ein bisschen Theorie für Anfänger an. Was sind die Wesensmerkmale, die ein Polizeihundje mitbringen sollte?«, richtet die van der Pütten eine Frage in die Runde.

»Mut, Wachsamkeit und Intelligenz.« Dannhäuser antwortet zackig wie aus der Pistole geschossen. Ein typischer Musterknabe, der sich gut Fakten einprägen und wiedergeben kann und dabei verlernt hat, seinen eigenen Kopf einzuschalten. Zufällig beschreibt der SEKler mit seinen Worten quasi mich. Was meine Eignung angeht, brauche ich mir also keine Gedanken zu machen.

»Korrekt«, stimmt ihm unsere Ausbilderin zu. »Alles richtig. Aber ein Aspekt fehlt noch.«

»Absoluter Gehorsam.« Die Antwort kommt von der Jablonska.

Schade, falsch, und zwar so was von, stelle ich fest. Im Polizeidienst braucht niemand ein willenloses, charakterschwaches Tier, das stumpf Befehle ausführt. Gehorsam sind nur die, die nicht selbst denken gelernt haben. Ein kluger Hund weiß instinktiv, wie er handeln muss. Die van der Pütten wird der Jablonska nach dieser einfältigen Äußerung vermutlich gleich die Leviten lesen.

Genau danach sieht es aus. Ohne ein Wort zu sagen, stapft die Militante auf die Polizistin zu und bleibt dicht vor ihr stehen. Oh je. Die tut mir jetzt schon leid. Andererseits, wie kann man auch so eine besemmelte Antwort geben?

»Bravo! Sie haben es verstanden«, sagt da die van der Pütten und outet sich damit ebenfalls als Ahnungslose. Das hält sie jedoch nicht davon ab, weiterhin Unsinn von sich zu geben. »Ein Hundje, der nicht aufs Wort gehorcht, hat im Polizeidienst nichts verloren. Kompromisslose Ergebenheit – dat ist die erste Grundvoraussetzung.«

Wolfgang neben mir atmet tief ein. Vermutlich ist er meiner Meinung: Wir sind inmitten einer Horde Dilettanten gelandet.

»Und darum setzen wir gleich an diesem Punkt an: Gehorsamkeitstraining. Klären Sie mit dem Hundje die Rangordnung – wer ist in Ihrem Team der Boss?«

Was für eine Verschwendung von Lebenszeit, denke ich. Das haben Wolfgang und ich längst geklärt. Ich bin natürlich der Chef, was logisch ist, da ich der Klügere von uns beiden bin. Wenn jemand Probleme mit dem Unterordnen hat, dann der Herr Oberkommissar. Daher kann er gerne ohne mich üben.

Doch die Militante kennt keine Gnade. Eine Sekunde später heißt es, sich paarweise trainieren. Hund und Hundeführer stellen sich mit etwas Abstand im Kreis um unsere Ausbilderin auf.

»Sitz, Platz und steh, dat sind die Basics, dat kann wohl jeder«, behauptet sie. Wolfgang nickt, so wie alle anderen. Grundsätzlich bekannt sind uns beiden diese Kommandos.

Unsere Ausbilderin kramt ein kleines rosa Plastikteil aus ihrer Jackentasche. »Clickertraining ist Ihnen ein Begriff?«

Wiederum einhelliges Nicken.

Ich indessen hatte bis zu dem Moment, in dem das alles durchdringende »Knick-Knack« zum ersten Mal meinen Gehörsinn strapazierte, noch keine Kenntnis von dieser Foltermethode. Nun allerdings hat sich das Geräusch in mein Gehirn gebrannt. Weiß diese Perle nicht, wie empfindlich Hundeohren sind?

Dass es der van der Pütten an Empfindsamkeit mangelt, erstaunt nicht. Sie referiert munter weiter: »Immer wenn dat Hundje etwas gut macht, signalisiert der Clicker ihm auf den Punkt: ›Klasse, dafür gibt es eine Belohnung!‹«

Was die Entlohnung betrifft, bin ich mit der Militanten, voll auf einer Linie. Doch warum muss man den hübschen Moment mit diesem furchtbaren Geräusch ruinieren?

»Fangen wir mit was Einfachem an.« Nochmals drückt sie das Ding. Aua, das fiese Knallen bringt mein Trommelfell an die Belastungsgrenze. »Nehmen wir mal die Bleib-Übung …«

Aha, sage ich mir. Die Bleib-Übung! Von mir aus hätten wir schon am Morgen mit der Bleiben-wir-alle-zu-Hause-Übung beginnen können. Aber mein lieber Begleiter Wolfgang hatte ja anderes im Sinn.

»Dat Hundje steht neben Ihnen und dann kommt das Signal ›bleib‹.«

»Dabei richten sie die flache Hand nach unten aus, das ist ihre Geste. Die Geste unterstützt das Gelernte. Und der Clicker verstärkt diesen Lernprozess noch mal. So vergisst dat Hundje den Befehl nie mehr wieder.« Sie verteilt die Clicker reihum an die anwesenden Zweibeiner. »Alles verstanden?«

Man nickt rings um mich herum, und ich denke nur: Nö! Gnade, tut es nicht! Bitte drückt das Ding nicht alle auf einmal.

Aber sie tun es.

»Bleib!«

Klick-Klack.

Ich schüttle mich reflexartig.

»Nicht bewegen! Verdammt. Forsberg, dat Hundje machts gleich noch mal. Auf der Stelle!«

Klick-Klack.

Ich flüchte einige Schritte nach hinten. So weit weg, wie es nur geht von diesem Ding. Kennt die Frau kein Pardon?

Anscheinend nicht, nun stellt sie sich auch noch neben mich. »Geh mal weg!« Wolfgang rückt zur Seite. »Bleib«, sagt die Militante und streckt ihre Pranken mit dem Clicker in meine Richtung.

Klick-Klack.

Fast ertaubt, treffe ich eine Entscheidung. Diese Veranstaltung ist nichts für mich! Ich kündige. Oder quittiere den Dienst, oder wie auch immer das bei den Irren hier heißt. Postwendend dackle ich los, so schnell es geht. Die Wette mit Toni und selbst die dynamitmäßige Weimaranerdame sind mir zum gegenwärtigen Zeitpunkt völlig egal. Ebenso wie der Umstand, dass ich zig Kilometer von meinem arg vermissten Zuhause entfernt sein dürfte. Trotzdem, eins weiß ich: Alles ist besser, als noch länger an diesem Ort zu verweilen. Außerdem habe ich einen fabelhaften Orientierungssinn. Tholey liegt im Süden des Saarlandes. Dort wo die Sonne aufgeht. Meine Instinkte werden mich sicher nach Hause führen.

»Bleib! Günther bleib!«, kräht die van der Pütten in meinem Rücken. Vergiss es, Kommandeuse, sage ich mir. Offenbar hat sie immer noch Hoffnung, dass ich ihre sinnfreien Befehle ausführen könnte, was für mich als Fahnenflüchtigen durchaus von Vorteil ist, denn so wächst mein Vorsprung. Dass niemand darauf geachtet hat, das Tor vom Trainingsplatz zu schließen, kommt mir ebenfalls sehr entgegen. Da liegt er direkt vor mir – der Weg in die Freiheit.

»Yoshi«, mischt sich eine finstere Stimme unter die Rufe der Trainerin. »Fass!« Mit der Ansage ändert sich die Lage und diesen Befehl habe ich deutlich verstanden. Er ist das Kommando, volle Suppe zu geben. Meine Pfoten wirbeln über den Rasen.

Als der Bluthund auf mich zurollt, fühlt es sich an, als rücke ein Unwetter unaufhaltsam immer näher. Der Schatten des Hünen legt sich über das Areal. Ich spüre die Gefahr in meinem Nacken, dabei müsste ich doch mindestens 30 bis 40 Meter Vorsprung haben. Das dürfte reichen, um zu verduften. Ich muss durchhalten und mir das Tier noch ein paar Sekunden vom Leib halten. Sobald ich das Gelände verlassen habe, werde ich untertauchen.

Yoshi allerdings, und das stellt sich in diesem Augenblick als amtlich heraus, ist gar kein Tier. Mit hoher Wahrscheinlichkeit ist er eine Kreatur aus einer anderen Welt, in der Zeit und Raum keinerlei Bedeutung mehr haben.

Er ist eine hochentwickelte, brandgefährliche Kampfmaschine, die es auf mich abgesehen hat.

»Fass!«, höre ich abermals aus der Ferne Dannhäusers Stimme.

Den Appell hätte es gar nicht mehr gebraucht. Der hundeähnliche Organismus ohne Seelenleben führt Dannhäusers finsteren Plan bereits aus. Ich drehe meinen Kopf. Ich sehe die riesigen Zähne, den kräftigen, breiten Oberkiefer und das Flirren in den dämonischen Augen meines Verfolgers. Das Monstrum ist astronomisch groß. Trotz hochschießender Panik zwinge ich mich, nicht aufzugeben. Kapitulation ist keine Option. Ich laufe schneller und schneller, aber auch Yoshi hat noch Steigerungspotenzial. Er schließt auf. Als er sich hinabbeugt, um seine Reißer in mich zu hauen, flattert eine Flut Speicheltropfen auf mich herab.

Woah, barbarisch. Was für ein Tod, denke ich mir! Sterben, das ist eine Sache, aber wenn schon, dann doch bitte mit ein bisschen Stolz.

Einen schnellen Exitus hat Yoshi allerdings gar nicht im Sinn. Zwar fasst er pfeilschnell zu, allerdings nur so fest, wie es braucht, um mich mitten im Lauf zu stoppen und mit seinem Mördermaul zu ergreifen. Der Muskelklops hält meinen zarten Körper in seinen Fängen und trägt mich ohne Skrupel oder einen Funken von Kameradschaftlichkeit schnurstracks zurück. Ich bin machtlos und habe die Zeit, mir die Frage zu stellen, was schlimmer wäre – der Tod oder diese Frau van der Pütten, die ihren Clicker griffbereit in den Händen hält.

Das Donnerwetter, das jetzt folgt, würde ich selbst meinem ärgsten Rivalen nicht wünschen. Ich ducke mich weg, schließe die Augen, schalte die Ohren auf Durchzug und rede mir ein, es gäbe Grauenvolleres. Bestimmt! Auch wenn mir im Moment kein Beispiel einfallen will. Eins schwöre ich mir, während die van der Pütten weiterwettert, bei der erstbesten Gelegenheit, die sich bieten wird, bin ich auf und davon. Beim nächsten Mal wird die Flucht gelingen.

Diesen letzten Strohhalm raubt mir die Militante jedoch prompt: »Dat Hundje kommt ab jetzt an die Leine. Bis dat mal besser wird mit der Disziplin.«

Wolfgang reagiert artig. Als wäre ich ein Psycho in einem Hochsicherheitsgefängnis, wie dieser Lecter in dem Film mit den Lämmern, werde ich in Ketten gelegt. Dabei scheine ich, ganz sachlich betrachtet, der einzig Normale in diesem Klub der Unzurechnungsfähigen zu sein.

Kaum ist Wolfgang fertig, steht auch schon das nächste Würdefreie an: Apportieren! Welchen Lattenschuss muss man haben, um sich die Seele aus dem Leib zu rennen, nur um etwas, was Sekunden vorher mit Absicht weggeworfen wurde, nachzuhecheln und wieder einzusammeln? Einzig damit das Bällchen, Stöckchen oder sonst was Nutzloses erneut geworfen wird. Das ist Beschäftigungstherapie auf unterstem Level.

Ein Hauch Sinn und Verstand dürfte in meinem derzeitigen Umfeld, wie mir scheint, eher hinderlich sein. Die vier Mitläufer finden die Idee super und rennen wie vom Teufel geritten über den Platz. Da wird gelobt und Leckerlis verteilt, was das Zeug hält.

Zwischen mir und Wolfgang ist die Stimmung hingegen … nun, wie könnte man sie am besten beschreiben …? Vielleicht mit dem Wort »frostig«.

»Bring!«, kommandiert Herr Oberkommissar. Um nicht die van der Pütten auf den Plan zu rufen, trabe ich halbherzig los und deute Interesse an. Ich schlendere auf den neongelben Wurfring zu, mache auf dem Weg dorthin ab und an ein Päuschen, setze mich hin und schaue Blues beim Training zu. Ein bisschen Ablenkung tut gut.

»Bring!«, verlangt Wolfgang erneut und mit noch mehr Vehemenz in der Stimme.

Mach ich doch, Junge, denke ich mir. Irgendwann früher oder eher später wird er seinen Ring schon bekommen. In der Ruhe liegt die Kraft, heißt es so schön, und ich bin schließlich hochkonzentriert bei der Sache. Keine Sekunde wende ich meinen Blick von Blues, ähm natürlich von dem Wurfring. Diese traumhafte Figur und dann erst die Augen und ihr edles, glänzend graues Fell, das paralysiert mich.

Als ich, zugegeben leicht abgelenkt, mit meinen Zähnen nach dem neonfarbenen Etwas greifen möchte, sehe ich das Paar Springerstiefel keine Handbreit neben mir. Ich schrecke zurück.

»Dat Güntherje mal wieder«

Och ne. Die Militante – *mal wieder*!

Sie verdeckt mir die hübsche Fernsicht. Zu meckern hat sie natürlich auch etwas: »Wenn dat Hundje hier jemals die Prüfung zu einem Polizeihundje besteht und ein entführtes Kind aufspüren soll, dann ist der Sprössling bis zu seinem Fund schon in der Rente.«

Die anderen gackern los. Dannhäusers fieses Lachen höre ich besonders gut heraus. Nur Wolfgang sieht nicht amüsiert aus. Ich tue ihm den Gefallen und nehme den Wurfring auf. Pah. Igitt, Plastik. Schon mal was von gefährlichen Weichmachern gehört? Wurde der Ring vorab gereinigt und desinfiziert? Wer weiß, wer den vorher alles im Mund hatte.

Augenblicklich lasse ich die Bakterienschleuder fallen.

»Mensch, Günther«, sagt Wolfgang, als ich ohne Beute, aber gut gelaunt und in Erwartung eines Leckerlis zu ihm zurücktrabe. »Ich glaub, ich hab einen Riesenfehler gemacht.«

NA DANN, GUTEN APPETIT

Antonia Kuppertz

Landeskriminalamt Saarbrücken, 9. August um 14:54 Uhr

»Und? Ist unser Polizeihunde-Dreamteam erfolgreich gewesen?«, erkundige ich mich, als die zwei am Mittag zurückkehren. Die Frage hätte ich mir sparen können, denn die Miene von Wolfgang spricht Bände. Fast tut er mir leid, aber nur fast, denke ich amüsiert.

»Na klaro«, erwidert er und versucht sich an einem fröhlichen Gesichtsausdruck, was ihm nicht besonders gut gelingt. Er lächelt schief. »Alles super gelaufen. Die Trainerin war begeistert.«

»Aha!«

»Den spöttischen Unterton kannst du dir sparen.«

»Ich weiß gar nicht, was du meinst«, schwindle ich und krame in meinem Stapel nach einem alten Polizeibericht zu Mister Surprise.

»Hast du eigentlich gesehen, was unten am Schwarzen Brett los ist? Da treten sie sich gegenseitig auf die Füße.«

»Nö, *ich* arbeite ja schon den ganzen Morgen ohne Pause«, erwidere ich spitz.

Wolfgang lehnt sich nach vorn und stützt dabei seine

Hände auf meinem Schreibtisch ab. »Nun, dann interessiert es dich bestimmt auch nicht.«

Ein bisschen schon, muss ich zugeben. »An sich nicht. Aber wenn du es unbedingt loswerden musst, lass dich nicht aufhalten.«

»Ach.« Jetzt ziert er sich, typisch. Erst neugierig machen und dann auf stur schalten.

»Na los! Sag schon, Wolfganglein«, bettle ich übertrieben.

»Ein Regisseur aus dem Saarland dreht einen neuen Regionalkrimi.«

»Und? Das ist doch jetzt nichts so Außergewöhnliches. Das kommt öfter vor.«

»Schon, aber …«, das »Aber« zieht er in die Länge, »… er sucht eine Polizeikraft als Statisten für eine Actionszene. So ganz genau konnte ich es nicht lesen. Ich weiß nur, dass die Bewerber eine persönliche Vorstellung, ihren polizeilichen Werdegang und ein Passbild einreichen sollen. Das wird ein richtiges Casting à la ›Saarland sucht den Supercop‹. Der Regisseur verkündet später offiziell, wer die Rolle bekommen wird.«

»Pff. Wer macht sich denn den Stress? Statisten in Polizeiuniform sind schon häufiger angefragt worden.«

»Klar. Aber da war noch nie ein Film dabei, bei dem Hinnerk Schönemann mitgespielt hat.« Vielsagend zieht Wolfgang die Augenbraue hoch.

»Wer?«

»Hinnerk! Der zweite Kommissar bei Marie Brand. Der, der immer sein Sakko ablegt, bevor er die Gangster verfolgt.«

»Hm. Keine Ahnung. Kenn ich nicht.«

»Klar, kennst du den. Bei ›Nord bei Nordwest‹ spielt

der auch mit – die Serie an der Ostsee mit den beiden Rot-
haarigen. Auf den Hinnerk stehen doch die Mädels. Wenn
Gabriele das mit den Dreharbeiten wüsste ... Die lässt sich
keine Folge entgehen.«

»Also, ich kenn den nicht. Zumindest nicht, dass ich
wüsste.« Ich zucke mit den Schultern. In meine knappe
Freizeit passt kein Krimi, davon habe ich tagsüber schon
genug.

»Würde dir vielleicht ganz gut stehen, wenn du mal wieder auf einen stehen würdest«, sagt Wolfgang für meinen
Geschmack ein bisschen zu frech.

»Ja. Mutti«, antworte ich und füge scharf hinzu, »und
dir würde es super stehen, wenn du dich um deinen eigenen Kram kümmern würdest.«

Wolfgang hebt abwehrend die Hände vor seine Brust.
»Ist ja schon gut. Bist du eigentlich weitergekommen?«,
lenkt er das Gespräch auf ein anderes Thema.

»Klar. Alles prima«, entgegne ich. Dabei hat sich in den
letzten Stunden, die Wolfgang mit Günther auf dem Trainingsgelände in Bexbach verplempert hat, rein gar nichts
getan. Leider gibt es nicht einen Hinweis, der auf Mister
Surprise hindeutet. Nur mein komisches Gefühl, dass da
etwas vor sich geht.

»Aha«, sagt Wolfgang knapp und setzt sich an seinen Platz mir gegenüber. »Und was ist das da?« Er zeigt
mit dem Finger auf einen gelben Karton, der auf seinem
Schreibtisch steht.

Ich zucke mit den Achseln. »Der war plötzlich da, nachdem ich heute Morgen kurz mal aus dem Büro war. Ich
dachte, du wüsstest was davon.«

»Nö.« Wolfgang zieht den Karton mit der Aufschrift
»Café Lolo« zu sich heran. »Ist bestimmt von Jürgen, der

wurde letzte Woche 60. Das ist nicht etwa der legendäre Butterkuchen?«

»Keine Ahnung. Schau doch rein.«

Wolfgang klappt den Karton auf. »Ne, schade. Aber auch was Feines: Krimmelkuchen. Gleich ein ganzer für uns zwei.«

»Aso« sage ich nur. Meine Gedanken sind woanders. Gerne würde ich Wolfgang nochmals auf das Thema Mister Surprise ansprechen. Eventuell könnten wir einen Zeugenaufruf starten oder besser noch: Wir befragen die Anwohner von der gegenüberliegenden Seite der Saar. An irgendeiner Stelle muss der Attentäter Posten bezogen haben. Vielleicht steuerte er die Drohne von dort aus. »Was ich dir noch sagen wollte …«, beginne ich.

»Willst du ein Stück?« Wolfgang steht auf. Günther, der sich in eine Ecke des Büros verkrümelt hat, wird nun auch munter.

»Nein, danke. Geht nicht. Du weißt doch, Gluten-Unverträglichkeit. Wenn ich das esse, veranstaltet mein Bauch ein mehrstimmiges Konzert. Aber, um wieder auf das Thema zurückzukommen, könntest du dir vorstellen, dass wir …?«

»Hast du eine Ahnung, wo das Messer hin ist?«

»In der Küche, wo es hingehört.«

»Eins habe ich hier deponiert. Da bin ich mir ziemlich sicher.« Er schaut sich im Raum um.

»Keine Ahnung«, gebe ich genervt zurück. Wolfgang hört mir nicht richtig zu und hat nur den Kuchen im Kopf. Der Reihe nach öffnet und schließt er die Schubladen unseres alten grauen Büroschranks. »Da ist nix.« Nun sucht er in den Regalen. »Ah, schau! Da ist es. Was wolltest du sagen?«

»Ich würde vorschlagen, dass wir heute Nachmittag die Anwohner von der anderen Saaruferseite befragen. Aus der Franz-Josef-Röder-Straße. Da liegen das Amtsgericht und der Landtag. Von dort aus könnte der Täter die Drohne …«

»He! Vergiss es, Günther, du kriegst nix und du weißt auch, warum«, zischt Wolfgang dazwischen. Der Dackel hat seine Vorderpfoten an den Schreibtisch gestellt und streckt den Kopf in die Höhe, um näher an den Kuchen heranzurücken. »So mitten im Training ist Süßes pures Gift für einen Hund«, ergänzt Wolfgang mit einem Blick auf mich. Darauf macht er sich mit dem Messer im Inneren des Kartons zu schaffen. Nach ein paar Sekunden hievt er ein überdimensional großes Stück Kuchen auf einen Teller, der noch von gestern auf dem Tisch steht. »Mensch, Toni. Krimmelkuchen. Du weißt nicht, was du da verpasst.« Mit diesen Worten schiebt er die erste Gabel in Richtung Schlund. Genüsslich kauend behauptet er: »Ich wollte dich nicht unterbrechen, red ruhig weiter.«

»Na gut«, setze ich neu an, mittlerweile ziemlich giftig. »Nehmen wir mal an, Mister Surprise war in einem der gegenüberliegenden Gebäude und hat von dort das Attentat auf den Flyboardfahrer verübt, wo könnte der Psycho deiner Meinung nach am ehesten …?«

»Toni, Wenn jetzt diese Leier wieder anfängt, bin ich raus«, platzt mir Wolfgang dazwischen. So inbrünstig, dass er zu husten beginnt. »Das war nicht Mister Surprise, lass dir das endlich gesagt sein …

VERWÜNSCHT UND ZUGENÄHT

Günther, der Dackel

Landeskriminalamt Saarbrücken, 9. August um 15:01 Uhr

»Und? Ist unser Polizeihunde-Dreamteam erfolgreich gewesen?«, die bissige Frage hat mir bei der Ankunft im Präsidium in Saarbrücken gerade noch gefehlt. Diese Toni würde es natürlich riesig freuen, wenn wir die Sache mit der Hundestaffel verpatzen, was, falls Wolfgang und die van der Pütten mir weiterhin Steine in den Weg legen, keineswegs unwahrscheinlich ist.

Aber im Augenblick will ich darüber nicht nachdenken. Ich habe Sehnsucht. Heimweh. Ich will nach Hause. In mein Refugium, wo Siggi und Hanne und mein kuscheliges Körbchen auf mich warten. Oskar fehlt mir, Wolfgang hatte noch nicht mal den Anstand, den Jungen aus der von Hanne so sorgsam gepackten Tasche zu nehmen. Aus Mangel an Alternativen lege ich mich auf den Fußabtreter in der Ecke des vollgestopften Büros. Was für ein Hundeleben!

Ich spüre erst wieder Leben in mir, als der charakteristische Geruch von frischen Krümeln auf saarländischem Krimmelkuchen meine Nase streichelt. Fast automatisch erhebe ich mich und folge der Fährte bis zu Wolfgangs

Schreibtisch. Butter, ein Hauch Vanille, feinster Rohrzucker und eine mir nicht bekannte, aber bestimmt ebenfalls sehr genussreiche Zutat.

»Willst du ein Stück?«, wendet sich Wolfgang an Toni, die den ganzen Tag stillvergnügt im Präsidium gehockt hat.

He, und was ist mit mir, denke ich in dieser Sekunde. Was ist mit dem arbeitenden Volk, das sich den ganzen Morgen lang auf dem Outdoorgelände halb tot geschuftet hat? Die wahren Helden werden natürlich wieder vergessen.

Mit der Behauptung, während des Trainings sei Süßes absolutes Gift, versucht sich Mister Oberschlauberger den Kuchenvorrat in seiner Gesamtheit unter den Nagel zu reißen. Dabei gibt es nichts Besseres als Zucker, um die leeren Akkus eines athletischen Hundes aufzuladen. Das kann ich anhand jahrelanger Süßkosterfahrung empirisch belegen.

Mit Argumenten braucht man dem Futterneider Wolfgang allerdings nicht zu kommen. Er schiebt sich süffisant die Feinkost in den Mund, wohingegen bei mir der Zuckerspiegel auf ein bedenklich niedriges Niveau absinkt. Schon fangen die ersten unkontrollierten Zuckungen an. Ich kratze mit meinen Pfötchen am Stuhl des Egomanen.

»Zu Hilfe, hier zeigt der Hungertod in Kürze sein grausames Gesicht«, soll das heißen.

»Günther, nein!«, lässt der Tierfeind verlauten und mampft weiter.

Ich hasse, nein, ich verabscheue den selbstgerechten Oberkommissar Wolfgang abgrundtief. Gegen meinen Willen hat er mich aus meinem Zuhause gezerrt und sieht sich nun noch nicht einmal zur Befriedigung der allerniedrigsten Grundbedürfnisse verpflichtet. Ich könnte ihm den Tod an den Hals wünschen, während ich notgedrungen dabei zuschaue, wie das Stück Kuchen in seinem Schlund verschwindet. Wäre er doch nur so giftig wie dieser Apfel in dem Märchen mit dem hübschen Mädchen. Ich würde in dem Fall garantiert nicht den Prinzen spielen und ihn retten.

Tonis Gedanken scheinen in eine ähnliche Richtung zu gehen. In ihren Augen blitzt es wütend, als Wolfgang ihr mit dem Satz: »Das war nicht Mister Surprise, lass dir das endlich gesagt sein«, von Neuem eine Abfuhr erteilt. Sie holt tief Luft, um zu antworten, und was macht Wolfgang?

Er tut es ihr gleich. Nur ein bisschen anders, als man es von ihm gewohnt ist. Sein Mund steht offen, aber kein einziger Ton kommt heraus. Mit einer Hand greift er sich an den Hals und zieht am Kragen seines Polohemds, dabei sitzt der gar nicht so eng. Irgendetwas stimmt nicht mit ihm.

»Wolfgang? Was ist mit dir?« Toni springt auf.

So ernst war das mit dem Verwünschen nun auch wieder nicht gemeint. Sein Zustand ist beunruhigend. Ich lecke an Wolfgangs linker Hand, die kraftlos herabbaumelt, während er röchelt und weitere, kaum in Worte übersetzbare Geräusche von sich gibt.

He, Wolfganglein, ich nehme alles zurück, wir sind doch Freunde, würde ich ihm in diesen Sekunden gerne sagen. Da das nicht geht, sende ich ein Eil-Stoßgebet in Richtung Himmel. Wenn da irgendwer meinen Wunsch, der mehr Spaß als Ernst war, irrtümlich entgegengenommen hat, besteht da irgendeine Hoffnung, den noch zu stornieren? Das geht sonst auch überall. Bitte, bitte, bitte! Ich werde zukünftig alles machen, was der Wolfgang von mir verlangt. Sitz, Stöckchen anschleppen und all den anderen Unsinn. Hauptsache, dem Jungen passiert nichts.

Mitten hinein in meine Gedanken fällt der Rest des Kuchenstücks aus Wolfgangs Hand auf den Boden, und allerlei Butterkrümel kugeln über den abgenutzten grünen Büroteppich. Überdeutlich nehme ich nun das mir unbekannte Aroma wahr. Was immer das für eine Zutat sein sollte, ich bin mir mittlerweile sicher, sie stand definitiv nicht auf dem Rezeptblatt für traditionellen saarländischen Krimmelkuchen. Irgendetwas stimmt mit dem verdammten Kuchen nicht.

»Wolfgang, bleib ruhig, ich hol Hilfe«, beschwört Toni unseren gemeinsamen Freund, der zunehmend nach Atem ringt. »Mach keinen Quatsch, ich brauch dich!«, murmelt sie, während sie nach dem Festnetzapparat tastet. »Du hältst gefälligst durch! Hörst du?«

Wolfgang antwortet Toni mit einem Röcheln – ich schätze, das war ein Ja.

Es dauert keine zehn Minuten und der Rettungswagen ist vor Ort. Das volle Programm. Dem Gesichtsausdruck des eingetroffenen Notarztes nach zu urteilen, ist es verdammt ernst. »Puls unregelmäßig. Pupillenerweiterung. Krämpfe, Speichelfluss, Atemnot und die Sauerstoffsättigung ist erniedrigt.«

»Was hat er?«, will Toni wissen. Chris ist nun auch bei uns im Büro, ihm steht der Schreck ins Gesicht geschrieben.

»Sieht nach einer Vergiftung aus. Ich tippe auf ein Alkaloid, den Symptomen nach zu urteilen. Mehr kann ich im Moment noch nicht sagen. – Er krampft. Schnell! Geben wir ihm eine Ampulle Diazepam«, wendet er sich an die Notfallsanitäter und zieht eine Spritze auf, während der Kollege eine Braunüle legt. »Sauerstoff über die Nasenbrille, Ringer-Lösung und ab in die Klinik mit ihm. Verdacht auf Intoxikation. Er muss auf die Intensiv. Ich fahr zur Sicherheit mit euch mit. Wir müssen den Kreislauf stabil halten, sonst …« Er unterbricht sich und schaut in die Runde. Toni ist fix und fertig. Ihre Hände, die sie weit von sich gestreckt hat, zittern. Chris, der als Kriminaltechniker einiges gewohnt ist, ist leichenblass. »Na ja«, fährt der Arzt mit einem Mal weniger dramatisch fort. »Das wird schon wieder. Lassen Sie uns nur machen. Hat er irgendetwas zu sich genommen?«

»Ein großes Stück Krimmelkuchen«, erwidert Toni und weist auf den Karton.

Chris' neue Mitarbeiterin Eliza tritt in der Sekunde hinzu. »Was ist denn hier los?«, erkundigt sie sich. Doch im Moment hat niemand Zeit, ihr die genauen Umstände zu erklären.

Der Arzt antwortet Toni: »Klingt ja erst mal eher ungefährlich. Krimmelkuchen. Hat er eine Allergie?«

»Nein, das wüsste ich.«

»Von wo stammt der Kuchen?«

»Das ist eine gute Frage.« Toni zuckt mit den Schultern. »Wir dachten eigentlich, der sei von einem Kollegen in einer Bäckerei gekauft worden, aber da würde ich jetzt nicht mehr drauf wetten.«

»Wir nehmen eine Probe zur Bestimmung mit. Das könnte uns weiterhelfen«, weist der Notarzt an. Einer der Sanitäter greift sich ein Stück aus dem Karton und packt es in eine von Chris hingehaltene Plastiktüte.

»Kann ich mit ins Krankenhaus?«, erkundigt sich Toni mit einer Stimme, der jegliche Kraft fehlt.

»Sie können gerne nachkommen. Gegebenenfalls fährt Sie lieber jemand, Sie machen momentan nicht den besten

Eindruck. Und bitte informieren Sie die direkten Angehörigen. Ja?«

»Geht klar! Ich kümmere mich darum.« Diesmal übernimmt Chris das Antworten. »Und ich fahre dich natürlich in die Klinik«, bietet er Toni an. Er legt einen Arm um sie, als die beiden Notfallsanitäter die Trage mit Wolfgang anheben und hinausgehen. Innerhalb weniger Sekunden sind alle vier im Gang verschwunden.

Zurück bleiben das absolute Chaos im Büro und eine traumatisierte Kollegin, die sich mindestens genauso viele Vorwürfe macht wie ich. »Verdammt, warum habe ich Wolfgang bloß den Kuchen essen lassen? Wie kann man so sorglos sein? Ich hatte schon die ganzen Tage so ein blödes Gefühl. Wenn ihm was passiert, ist es meine Schuld.«

»Was? So ein Unsinn! Pass auf, Toni, ich sage schnell Gabriele Bescheid und fahr dich danach gleich auf den Winterberg. Ist das okay für dich?«

Toni nickt.

»Leitest du bitte in der Zwischenzeit die Spurensuche ein und schickst auf schnellstem Weg eine Probe vom Kuchen nach Homburg in die forensische Toxikologie?«, richtet sich Chris an Eliza. »Und am Tatort tragen alle Mundschutz. Sicher ist sicher!« Er deutet auf den angeschnittenen Kuchen. »Sobald ihr herausgefunden habt, was sich in diesem Teufelsbackwerk versteckt, rufst du mich an. In Ordnung?«

»Klar. Mach dir da keine Gedanken. Ich regle alles hier vor Ort. Kümmert ihr euch um Wolfgang.«

»Eliza, ich kann dir jetzt nicht genau sagen, warum, aber tust du mir bitte einen Gefallen?«, mischt sich Toni ein.

»Klar!« Eliza sieht Toni erwartungsvoll an.

»Das mit dem Kuchen bleibt vorerst unter uns.«

»Sicher, wenn das wichtig ist. Ich erzähl keinem was. Ich bin gespannt, was da drin ist.«

Genau wie ich, denke ich. Außerdem würde ich gerne wissen, was nun mit mir geschieht. Mich beachtet nämlich schon seit geraumer Zeit niemand mehr. Und das, obwohl sich doch jedermann leicht ausmalen kann, was so ein Vorfall für ein sensibles Hündchen wie mich bedeutet. Ich will gar nicht darüber nachdenken, was passiert wäre, wenn nicht Wolfgang, sondern ich vom Kuchen gekostet hätte. Das hätte ein schlimmes Ende genommen.

»Was sollen wir mit Günther anstellen?«, fragt Toni, als könne sie Gedanken lesen.

»Günther fahr ich später heim«, schlägt Chris vor. »Ich schätze, das mit der Polizeihundestaffel liegt jetzt erst mal auf Eis.«

Na so was, denke ich. Da passt der Spruch: Alles Schlechte hat auch sein Gutes. Ich hätte die Sache fraglos durchgezogen, aber wenn die Umstände dagegen sprechen … Da bin ich machtlos. Mit einem Hauch von Schuldgefühl Wolfgang gegenüber, aber mit weit mehr Vorfreude auf mein altes Leben, laufe ich Toni und Chris hinterher. Ach, Siggi und Hanne – ich bin auf dem Weg! Die Zeit der Trennung hat für uns ein Ende.

Als wir durch den Gang in Richtung Treppenhaus traben, alle stillschweigend ihren Gedanken nachhängend, kommt uns eine Frau mit Pferdeschwanz entgegen. Das Licht von draußen blendet, und so erkenne ich erst, als sie fast unsere Höhe erreicht hat, dass ich ihr heute schon mal begegnet bin.

»Hallo«, grüßt die Polizistin leise. Sie wirkt verschüchtert oder nervös, ich bin mir nicht sicher.

»Hallo, Mira.« Toni zeigt sich überrascht. »Das ist ja ein Ding. Ich habe dich ewig nicht mehr hier gesehen.«

»Ja, ist schon ein paar Jahre her, die Polizeischule. Ich bin seit Kurzem zurück im Saarland.«

»Aha. Super«, antwortet Toni, wobei ihre Stimme gar nicht zu ihren Worten passt. Kein Wunder, denn derzeit steht ihr vermutlich nicht der Sinn nach Small Talk mit alten Bekannten. »Sei mir nicht böse, Mira. Ich muss dringend los. Ich hoffe, wir laufen uns bald wieder über den Weg.«

»Würde mich freuen.«

Wir setzen uns in Bewegung, da wendet sich Toni nochmals zu Mira Jablonska um. »Sag mal, in welcher Abteilung bist du denn jetzt überhaupt?«

»Deliktsorientierte Kriminalitätsbekämpfung. Rauschgiftkriminalität.«

»Oh, klasse! Klingt spannend. Aber was machst du dann hier? Ihr seid doch woanders untergebracht.«

Um Jablonskas Mund zuckt es. Sie überlegt. Für meinen Geschmack einen Moment zu lange. »Einfach nur was abgegeben.«

»Ach so«, sagt Toni und gibt sich mit der Antwort zufrieden.

AUF DEM WINTERBERG

Antonia Kuppertz

Haupteingang des Winterbergklinikums, Saarbrücken, 9. August um 16:16 Uhr

»Ich warte hier auf dich.«

»Ne, das brauchst du nicht, Chris.«

»Ich weiß, ich mach es trotzdem. Du findest mich gleich da drüben.« Er zeigt aus seinem Seitenfenster. »Wir sind auf dem Besucherparkplatz. Günther bleibt noch so lange bei mir. Den fahre ich später nach Hause. Wenn du drin bist, gehen wir erst mal eine Runde Gassi.«

»Chris, das ist lieb, aber …«

»Nix aber. Mir macht es nichts aus zu warten. Außerdem will ich, genau wie du, wissen, was mit Wolfgang los ist.«

Ich gebe auf. »Also gut.«

Chris hat seinen Wagen vor dem Eingangsportal der Klinik gestoppt. Ich öffne die Autotür und hole tief Luft. Vor dem, was mich dort drin erwartet, habe ich Riesenmanschetten. Hoffentlich hat sich Wolfgangs Zustand gebessert.

»Hallo, ich suche Herrn Forsberg. Wolfgang Forsberg. Ich bin seine Kollegin. Er wurde vor etwa einer halben Stunde als Notfall eingeliefert«, wende ich mich im Eingangsbereich an den mich freundlich anblickenden Herrn, der am Empfangsschalter sitzt.

»Mit F oder mit V?« Er schaut auf den Bildschirm vor sich und hält die Finger über die Tastatur.

»F.«

Es klackt rhythmisch, als er den Namen eintippt.

»Ah ja, hier habe ich ihn.« Er zögert und legt die Stirn in Falten.

»Alles in Ordnung?«, hake ich sofort nach. Falls Wolfgang die Sache nicht überlebt hat, sterbe ich ebenfalls, gleich hier in diesem Moment.

»Nun, wenn ich richtig sehe, ist er derzeit in der zentralen Notaufnahme. Eine Verlegung auf die Intensivstation wurde bereits angefragt …« Er drückt noch mal eine Taste und überlegt. »Hm. Ich schlage vor, Sie nehmen im Wartebereich der zentralen Notaufnahme Platz. Da gibt es eine Anmeldung. Der Arzt oder die Schwestern können Ihnen bestimmt mehr zum Behandlungsstand sagen.«

»Mach ich. Vielen Dank.« Beim Betreten des Foyers steigt mir der typische Krankenhausgeruch in die Nase. Ich fühle mich flau, doch dies ist der absolut falsche Moment, um schlappzumachen. Ich gehe in die Richtung, in die der Mann mich geschickt hat. Als ich im Aufenthaltsraum eintreffe, ist weit und breit niemand zu sehen. Durch die verschlossenen Krankenhaustüren dringt mehrstimmiges Gemurmel. Ich denke darüber nach, mir einen Kaffee aus dem Automaten zu holen, und entscheide mich dagegen. Stattdessen setze ich mich auf einen der Stühle. Nur kurz, dann stehe ich auf. Verdammt. Es gibt nichts Schlimmeres, als zu warten und nicht zu wissen, was los ist. Wie ein Tiger im Käfig laufe ich in dem kleinen Warteraum auf und ab. Ruhig sitzen ist im Moment einfach nicht drin. Ich muss mich bewegen, sonst gehen mir die Nerven durch.

Ich höre Schritte, die lauter werden, und bleibe stehen, um zu lauschen. Endlich tut sich was. Jemand kommt durch den Gang in meine Richtung.

»Toni, was ist mit Wolfgang?«, fragt mich die Frau, die nun um die Ecke biegt. Es ist Gabriele, völlig aufgelöst, und es gibt nicht das Geringste, was ich ihr zur Beruhigung sagen könnte.

»Ich weiß es nicht genau. Er ist noch drin, sie untersuchen ihn gerade. ›Das wird wieder‹, hat der Notarzt vorhin gemeint.«

Ab da warten wir gemeinsam. Ich versuche, Gabriele die Ereignisse in aller Kürze zu schildern. Je mehr ich erzähle, desto verwunderter bin ich selbst darüber, dass wir uns so wenige Gedanken über die Herkunft des Kuchens in unserem Büro gemacht haben. Natürlich hat ständig jemand auf der Wache Geburtstag und bringt etwas mit. Jubiläum, Hochzeit, Kindtaufe, was weiß ich, aber einen ganzen Kuchen für ein Zweierbüro – da hätten wir eigentlich stutzig werden müssen. Wir haben es unbekümmert hingenommen. Um genau zu sagen: ich! Ich hätte herumfragen können. Nichts leichter als das. Ich war viel zu nachlässig.

»Da ist jemand«, unterbricht Gabriele meine Gedanken und weist mit dem Kinn zu einer der Türen, die sich soeben geöffnet hat. Ein Mann mit weißem Kittel tritt auf uns zu.

»Dr. Frank Kuhn-Dietz. Guten Abend«, stellt er sich vor und zieht seine OP-Maske unter das Kinn. »Ich bin der diensthabende Arzt. Wer von Ihnen ist die Ehefrau?«

»Nun …« Gabriele stockt. »Keine eigentlich. Ich bin die Exfrau. Aber na ja, ist eine längere Geschichte, wir sind jedenfalls wieder zusammen.«

»Okay«, der Arzt nickt. Er sieht nicht aus, als hätte er

Zeit, die genauen Familienverhältnisse zu klären. »Nun gut, Herr Forsberg wurde mittlerweile auf die Intensivstation gebracht.«

»Ist es so schlimm?« Gabriele blickt den Arzt mit großen Augen an.

»Gemäß seiner Symptome gehen wir, wie auch schon der Kollege vor Ort vermutet hat, von einer Vergiftung aus. Ihr Exmann hat von der toxischen Substanz, welche im Kuchen zu vermuten ist, eine nicht unerhebliche Menge zu sich genommen.« Der Arzt macht eine kurze Pause, da Gabriele zu schluchzen beginnt. Ich lege meine Hand auf ihre, während er uns weiter informiert: »Wir tun alles, was wir können. Er ist unter ständiger Beobachtung. Vor ein paar Minuten haben wir ihm Aktivkohle verabreicht, und im Labor läuft eine Gaschromatographie, um die giftige Substanz zu ermitteln. Ich schätze, das dauert noch etwa eine halbe Stunde. Wenn wir mehr wissen, können wir ihn gezielter behandeln. Nicht ausgeschlossen, dass eine Magenspülung notwendig sein wird. Wie gesagt, wir haben Ihren Mann …«, der Arzt zögert, »… ich meine Ihren Exmann genau im Blick.«

»Und wie geht es ihm?«

Der Arzt überlegt, bevor er antwortet. »Den Umständen entsprechend, würde ich sagen.«

So vorsichtig, wie er sich ausdrückt, vermutlich nicht besonders gut, folgere ich. Diese Hypothese behalte ich allerdings für mich, denn Gabriele ist sowieso kaum mehr zu beruhigen. Ihre Hand, die meine Finger umklammert, ist feucht und zugleich kalt. Mit der anderen wischt sie sich mit einem Papiertaschentuch über die Wangen. »Aber er kommt doch wieder in Ordnung?«, fragt sie und wirft einen beschwörenden Blick in Richtung Arzt.

»Wie gesagt, wir tun alles, was möglich ist. Das verspreche ich Ihnen.« Nochmals versucht sich der Mediziner daran, sich bei seiner Prognose nicht allzu sehr festzulegen und gleichzeitig positiv zu klingen. »Wir müssen abwarten. Sobald sich das Labor meldet und wir das Gift kennen und die Dosis davon besser einschätzen können, kann ich Ihnen mehr sagen. Ich halte Sie auf dem Laufenden.«

»Was das Gift angeht, haben Sie da eine erste Vermutung?«, mische ich mich ein. »Ich bin Herrn Forsbergs Kollegin vom Polizeipräsidium. Wenn wir Einzelheiten wüssten, würde uns das bei den Ermittlungen sehr helfen. Die Rechtsmedizin ist zwar ebenfalls an der Sache dran, doch je mehr Informationen, desto besser.«

»Aus der Erfahrung heraus würde ich auf ein pflanzliches Gift, also ein Alkaloid, tippen. Das Problem ist, dass da eine ganze Reihe von Pflanzen infrage kommt. Blauer Eisenhut beispielsweise, die Beeren von Efeu, Herbstzeitlose.« Er zuckt mit den Achseln. »Die Möglichkeiten sind schier unendlich. Das Labor wird es genauer eingrenzen können. Vorausgesetzt natürlich, das Gift ist im Kuchen enthalten.«

»Da bin ich mir fast sicher«, entgegne ich. »Danke. Und bitte, bringen Sie meinen Kollegen wieder auf die Beine.«

Statt einer Antwort wirft mir der Arzt ein verhaltenes Lächeln zu. »Ich muss zurück auf die Station«, verabschiedet er sich und verschwindet kurz darauf hinter einer der Türen.

Stumm sitzen Gabriele und ich nebeneinander. Ihr Schluchzen ist leiser geworden, nur der Druck auf meiner Hand ist geblieben.

»Wer hat das getan? Wer macht denn so was?«, sagt sie irgendwann in die Stille hinein.

»Ich habe eine Vermutung, aber nichts Konkretes. Erinnerst du dich noch an den Einsatz in Dagstuhl, auf der Burg, als Wolfgang in dem Dixi-Klo feststeckte?«

»Das mit Sprengstoff gefüllt war?« Gabriele lacht bitter. »Klar, wie sollte ich das vergessen! Du glaubst, es ist dieser Attentäter von damals? Den, den ihr nicht fassen konntet, dieser Mister Surprise?«

»Hm. Ja, das wäre möglich. Das Vorgehen würde zu ihm passen.«

»Okay.« Gabriele atmet tief durch. »Das heißt, er oder vielleicht auch sie wird nicht aufgeben?«

Oh Gott! Was soll ich darauf antworten? Ehrlich gesagt glaube ich nicht, dass die Geschichte mit Mister Surprise mit dem heutigen Tag zu Ende sein wird. Welchen Grund sollte er haben, jetzt aufzuhören?

Doch diese nüchterne Einschätzung der Situation will ich Gabriele nicht zumuten. »Ich weiß es nicht, keine Ahnung«, erwidere ich stattdessen.

»Dann solltest du jetzt gehen und zusehen, dass ihr diesen Irren aus dem Verkehr zieht. Wer weiß, was sonst noch passieren wird. Ich bin hier bei Wolfgang. Es reicht, wenn einer wartet.«

»Ne, ich lass dich auf keinen Fall allein. Wenn ich ein bisschen mehr bei der Sache gewesen wäre, wäre das …«

»So ein Unsinn. Wolfgang ist alt genug, und was das Thema Kuchen angeht, ist er kaum zu bremsen. Das war ganz sicher nicht deine Schuld.«

Das sagt sich so leicht, denke ich. Wolfgangs Gesichtsausdruck, als er nach Luft gerungen hat, und dieses hilflose Gefühl, das sich in dem Moment in mir ausgebreitet hat, haben sich bei mir eingebrannt.

»Nun geh schon. Ist Chris auch an der Sache dran?«

»Na, allemal. Er wartet draußen auf mich.«

»Umso besser. Ich melde mich, sobald ich etwas erfahre. Versprochen!«

»Na gut.« Ich nehme sie zum Abschied in den Arm. Als ich sie so nah an mir spüre, merke ich, dass mir die Tränen kommen. Wolfgang und Gabriele sind für mich wie meine Familie. Sonst habe ich niemanden, geht mir in diesem Augenblick durch den Kopf. Das macht die Angelegenheit nicht wirklich besser. Bloß nicht sentimental werden, sage ich mir. Ich muss mich zusammenreißen. Heulen hat noch keinem geholfen!

»Es wird alles gut«, flüstere ich Gabriele ins Ohr. Ich bin mir nicht sicher, wen ich mehr damit beruhigen möchte: sie oder eher mich selbst.

MIT DEN ALLERBESTEN GRÜSSEN

Chris Tümmler

Parkplatz Winterbergklinikum, Saarbrücken, 9. August um 16:47 Uhr

»Gibt es Neuigkeiten?«, frage ich Eliza am anderen Ende der Leitung. Ich habe sie angerufen, um nachzuhören, ob sie schon etwas herausgefunden haben. Vielleicht auch, um mich abzulenken, denn leider habe ich immer noch nichts von Toni gehört. Ich habe nur kurz mit Gabriele gesprochen, die vor rund 20 Minuten fix und fertig hier am Parkplatz eingetroffen ist.

»Sag mir bitte zuerst, wie es Wolfgang geht«, will Eliza wissen.

»Ich habe keine Ahnung. Toni ist vor einer halben Stunde rein. Seitdem ist Funkstille. Ich hab kein gutes Gefühl.«

»Warte mal ab, da wird bestimmt alles okay sein. Wolfgang ist ein zäher Bursche.«

»Ja, das hoffe ich sehr«, murmele ich und schaue Günther dabei zu, wie er an einem Busch schnüffelt. »Und wie sieht es bei euch aus? Habt ihr schon erste Ergebnisse?«

»Nun ja, die Analyse vom Kuchen braucht ihre Zeit. Daran ist wenig zu ändern«, antwortet Eliza. »Trotzdem, eine positive Nachricht hab ich für dich: Sigrid von der Rechtsmedizin hat mir versprochen, einen Zahn zuzulegen, als ich erzählt habe, dass unser Wolfgang das Vergiftungsopfer ist. Die macht gerade Überstunden.«

»Wer nicht?«

»Ja, stimmt. Ich hätte heute eigentlich auch meinen freien Nachmittag gehabt. Übrigens, da war noch was …«

»Ja?«

»Das wird dir nicht gefallen, ich habe einen ziemlich eindeutigen Hinweis auf dem Karton gefunden.«

»Eindeutig. Das ist doch eigentlich gut«, wundere ich mich. Wir müssen für jeden Anhaltspunkt dankbar sein. »Was war es genau?«

»Eine Widmung … formal betrachtet. Jemand hat Grüße ausgerichtet. Das habe ich erst entdeckt, als ich den Kuchen aus dem Karton gehoben habe.«

»Eine Spur! Wie kannst du da sagen, es wird mir nicht gefallen? Mach es nicht so spannend, verrat schon: Was waren das für Grüße?«

»Tja …« Eliza hört sich nicht glücklich an. »Da stand: ›MIT DEN ALLERBESTEN GRUESSEN AN MEINE BEIDEN FREUNDE ANTONIA UND WOLFGANG; MISTER SURPRISE‹.«

»Ui, das ist mies.«

»Ja, Chris, so sehe ich das auch. Das war ein gezielter Mordversuch. Und was nun? Bringst du es Toni schonend bei?«

»Hm. Ja. Nachher. Wir müssen dringend einen Wachdienst vor Wolfgangs Zimmertür postieren. Kümmerst du dich bitte darum und sagst bei den Kollegen Bescheid?«

»Ist so gut wie erledigt, gar kein Problem. Agnes und Harald vom Kriminaldienst haben mit ersten Ermittlungen begonnen. Sie halten sich bedeckt, das ist alles mit dem Chef geklärt. Das mit dem Wachdienst gebe ich sofort weiter, und sobald sich Sigrid meldet, ruf ich dich an.«

»Ist gut! Dank dir, dass du Burkhard eingeweiht hast. Agnes und Harald sind genau die Richtigen für den Job. Die machen Ihre Sache ordentlich. Wir telefonieren später.«

Ich wende mich an Günther, der mittlerweile dazu übergegangen ist, die Wurzeln der Bäume am Straßenrand mit seiner Nase auszukundschaften. »He, nicht nur schnüffeln. Mach mal dein Bächlein. Wir müssen ans Auto, falls Toni eintrifft.« Als wir kurz darauf losgehen, höre ich plötzlich hinter mir meinen Namen: »Chris, du bist doch wohl nicht unter die Teckel-Fans gegangen?«, will jemand wissen. Die Männerstimme kenne ich.

Als ich mich umdrehe, rennt ein Hund auf mich zu. Ein ziemlicher großer sogar. »He, Süße! Olea, was hast du denn hier verloren?«, frage ich die Hündin, als sie mich mit einem freundlichen Bellen begrüßt und an mir hochspringt. Günther tritt bei so viel Überschwang den Rückzug an und zieht an der Leine.

»Na, unseren Abendspaziergang. Wir wohnen doch in St. Arnual«, antwortet Bernd anstelle der temperamentvollen Riesenschnauzerhündin, die sich direkt vor mir niederlässt, um sich ausgiebig das Fell kraulen zu lassen.

»Ach so. Stimmt ja«, erwidere ich. Bernd ist ein langjähriger Kollege, wenn auch aus einer anderen Abteilung. Außerdem sehen wir uns einmal die Woche privat beim Fährten- und Apportiertraining, an dem ich mit unserem Hund teilnehme.

»Und du? Hast du jemanden besucht?«

»Ich warte auf Toni. Man hat Wolfgang eingeliefert.«

Bernds Lächeln friert ein. »Oh, echt? Was Schlimmes?«

Ich zucke mit den Schultern. »Ich hoffe nicht. Hab noch nichts Genaues gehört.«

»Das hoffe ich auch. Ist ja seltsam, Wolfgang war heute Morgen noch in Bexbach beim Training für die Polizeihundestaffel. Da war so weit alles in Ordnung. Na ja, fast alles.« Bernds Blick wandert zu meinem vierbeinigen Begleiter. »Dieser Dackel – Günther heißt er, richtig …?«

Ich nicke.

»Wie soll ich das am besten ausdrücken …?« Bernd zögert. »Sagen wir mal so: Euer Günther ist kein Naturtalent.« Er lacht über seinen Scherz und wird kurz darauf wieder ernst. »Aber trotzdem komisch. Wolfgang wirkte heute Morgen fit und munter. Was ist denn passiert?«

»Wissen wir auch nicht so genau. Ihm war mit einem Mal unwohl. Vielleicht eine Magenverstimmung, kann sein, dass er zu viel Kuchen gegessen hat oder zu viel Kaffee getrunken oder sonst was. Kann mal vorkommen. Dass er ins Krankenhaus eingeliefert wurde, war nur zur Sicherheit«, schwindle ich, denn über die genauen Umstände sollen erst einmal so wenige Personen wie möglich erfahren. Besser ist das, schätze ich. Auch wenn Bernd an sich ein vertrauenswürdiger Kollege ist.

»Hoffen wir, es ist nichts Schlimmeres. Sag ihm liebe Grüße und gute Besserung von mir. Den Kleinen da …«, er zeigt auf Günther, »… den werden wir dann vermutlich morgen nicht noch mal im Training begrüßen.«

»Nein, wahrscheinlich nicht. Günther zieht zurück nach Hause.«

»Na ja«, sagt Bernd. In seiner Stimme schwingt mit, dass das womöglich kein großer Verlust für die Polizeihundestaffel ist. »Noch was anderes, bewirbst du dich für den Regionalkrimi?«

Ich schüttle den Kopf. »Die suchen ja eigentlich eine Polizeikraft und niemanden aus der Spusi. Schätze deshalb eher nicht. Und du?«

Bernd legt den Kopf zur Seite. »Ach, ich überlege noch, ob ich die Zeit für so was habe. Wäre an sich für mich schon das Richtige. Diesmal ist Hinnerk Schönemann mit dabei. Eine große Nummer wird das.«

»Hab ich gehört.«

»Schauen wir mal«, beendet Bernd das Thema. »Ich muss los. Abendessen. Wir sehen uns spätestens Mittwochabend.«

»Ja, stimmt. Bis bald, Bernd.«

Er trabt mit Olea los.

Was für ein verschrobenes Bild, denke ich, als ich den beiden hinterherblicke. Die Riesenhündin, neben dem vielleicht knapp über 1,50 Meter großen Bernd.

»So, Junge. Packen wir's?«, wende ich mich an Günther, der entspannt am Grünstreifen herumschnüffelt. Nach einer halben Stunde Gassi gehen hat er immer noch keinen passenden Ort für sein Bächlein gefunden. Er ist die Ruhe selbst, während ich zunehmend nervöser werde.

»Na los, es wird Zeit.« Beneidenswert, so sorglos wie ein Dackel müsste man mal sein, denke ich bei mir.

SO SORGLOS WIE DIESE ZWEIBEINER MÜSSTE MAN MAL SEIN!

Günther, der Dackel

Parkplatz Winterbergklinikum, Saarbrücken, 9. August um 17:04 Uhr

So sorglos wie diese Zweibeiner müsste man mal sein, geht mir durch den Kopf, nachdem Chris das Telefonat mit Eliza, seiner Mitarbeiterin aus der Spurensicherung, beendet und sich auf ein Schwätzchen mit diesem Bernd eingelassen hat. Um zu prüfen, ob sich Mister Surprise vielleicht in der Nähe der Winterbergklinik herumtreibt, gehe ich alle Grünflächen um den Parkplatz herum ab und halte nach Spuren Ausschau. Nichts zu finden! Aber ehrlich gesagt weiß ich auch gar nicht so genau, wonach ich suchen soll.

Eins jedoch ist klar und macht mir Sorgen: Zu denken, ein Polizist, den man vor der Zimmertür von Wolfgang postiert, könne Mister Surprise aufhalten, ist naiv. Selbst mich mit meinen feinen Sinnen hat der Psycho heute mit seinem Präsent an der Nase herumgeführt. Die Lust auf Krimmelkuchen ist mir jedenfalls für immer und ewig vergangen.

Weiß der Geier, was dieser Mister Surprise als Nächstes

plant. Eins ist bombensicher: Das gestern war bestimmt nicht das Ende der Fahnenstange. Ich frage mich schon die ganze Zeit, wie es der Psycho in die Polizeiwache geschafft hat. Völlig unbehelligt ist er in das Büro von Toni und Wolfgang geschlichen, während der Laden nur so von Polizeikräften brummte. Mumm scheint Mister Surprise zweifellos zu haben, was die Angelegenheit nicht besser macht. Es gibt da jemanden, dem ich so was zutrauen würde. Jemanden mit einer ziemlichen Fehlzündung. Falls dieser Knallkopf, den ich im Visier habe, tatsächlich Mordabsichten hegen sollte, dann gute Nacht.

Nun allerdings, da Wolfgang ausfällt und die ganze Aufklärungsarbeit an der ignoranten Toni hängenbleibt, geraten die Ermittlungen vermutlich erst einmal ins Stocken. Aber was soll ich machen? Maximal bin ich ein Auszubildender bei der Polizei und ein Hund noch dazu. Mein Einsatz bei der Hundestaffel wird mit Wolfgangs Ausfall sowieso ein Ende haben.

Einerseits ein Grund zur Freude, andererseits fühlt es sich an, als würde ich jemanden im Stich lassen. Während ich an einem der Büsche herumschnüffle, mitunter um meinen Freund Chris, der mich Gassi führt und nervös wirkt, ein bisschen abzulenken, treffe ich eine Entscheidung. Auch wenn ich mir nach dem heutigen Tag die Ruhe in meinem kuscheligen, beschaulichen Zuhause mehr als verdient habe, gibt es jetzt und hier noch kein Happy End für mich. Irgendwer muss Mister Surprise ausbremsen. Das war bereits der zweite Mordversuch an Wolfgang, und so gezielt, wie der Täter vorgegangen ist, war es garantiert nicht der letzte. Falls Wolfgang überhaupt heil aus der Sache rauskommen wird. Aber an einen anderen Ausgang will ich gar nicht denken.

Es gibt nur eine Option. Ich muss bleiben. Ganz egal wie, irgendwie muss ich Toni davon überzeugen, mit mir die Polizeihundeschule zu besuchen.

MANCHMAL MUSS MAN
UNGEWÖHNLICHE WEGE GEHEN

Antonia Kuppertz

**Parkplatz Winterbergklinikum, Saarbrücken,
9. August um 17:08 Uhr**

Ich suche auf dem Parkplatz nach Chris' Kombi.

Den Wagen finde ich, allerdings keine Spur von ihm und dem Dackel. Ich gehe ein paar Schritte hinüber in Richtung Straße, da sehe ich ihn mit Günther an der Leine. Ein Mann steht neben ihm. Ich bin mir nicht sicher, aber ich glaube, es ist unser Kollege Bernd Schöpfer.

Komisch, wieso ist er hier, frage ich mich und werfe, während ich auf Chris warte, einen Blick auf mein Handy. Nichts Neues. Nur zahlreiche besorgte Nachfragen aus dem Präsidium, wie es Wolfgang gehe und was denn passiert sei. Ich schaue erneut zu Chris, jetzt ist er allein und scheint mich bemerkt zu haben.

»Hi, alles klar?«, fragt er, als er näher kommt.

»Geht so. Sorry, du hast ziemlich lange warten müssen. Gabriele ist eben eingetroffen, ich wollte sie nicht gleich allein lassen.«

»Ja. Ich habe sie auch gesehen. Gar kein Problem. Und, was war los? Was haben die Ärzte gesagt?«

»Na ja, nichts so wirklich Erbauliches. Er liegt auf der Intensiv. Die warten ab, was das Labor über das Gift herausfindet, und tun alles, was sie können.«

»Aha, na ja, nicht so gut.« Chris verzieht den Mund. Er hat sich wohl bessere Nachrichten und eine Entwarnung von mir erhofft.

Also nutze ich die Floskel, die immer in so einer Situation verwendet wird, auch wenn ich mir bei der Aussage selbst nicht sicher bin: »Wird schon wieder werden.«

»Ja, garantiert. Und Gabriele?«

Statt einer Antwort schnaufe ich und hebe hilflos die Hände. Wenn ich noch ein Wort sage, heule ich los.

»Ist okay, ich kann es mir denken«, nimmt mir Chris das Reden ab. »Ich würde vorschlagen, wir steigen ein und ich fahre euch nach Hause.«

Während er Günther einlädt, setze ich mich auf den Beifahrersitz. Durch das Seitenfenster schaue ich nach draußen. Als Chris seinerseits Platz nimmt, gehorcht mir meine Stimme wieder, und ich kann mich nach den Fortschritten bei den Ermittlungen erkundigen: »Und bei dir etwas Neues? Hast du was von Eliza gehört?«

»Äh, ja.«

»Und? Lass dich nicht bitten.«

»Das wird dir nicht gefallen«, warnt mich Chris.

»Dann passt es ja wunderbar zum Rest des Tages«, erwidere ich. Sarkasmus hat etwas Tröstendes. »Sag endlich! Und danach bringen wir Günther nach Hause.«

»Der Kuchen war von Mister Surprise.«

»Mist, verfluchter! Wusste ich es doch. Das mit dem Flyboardfahrer war also nur der Anfang.«

»Womöglich.« Chris zieht die Stirn in Falten. Irgendetwas brennt ihm auf der Seele, das ist unübersehbar. »Das war allerdings noch nicht alles. Es ist so, dass er Grüße auf dem Kuchenkarton für Wolfgang hinterlassen hat.« Chris druckst herum. »Und leider auch für dich. Der Kuchen … und das Gift, waren offensichtlich für euch beide bestimmt.«

»Hui!« Ich verschränke meine Arme im Nacken. Das ist alles gerade ein bisschen viel. Ich atme tief durch und schaue abermals aus dem Seitenfenster. Ruhig Blut, sage ich mir. Jetzt, da mit Wolfgangs Unterstützung erst einmal nicht zu rechnen ist, hängt alles an mir. Auch Wolfgangs Leben, falls das nicht die einzige Attacke bleiben sollte – was ich sachlich betrachtet für unwahrscheinlich halte. »Jemand muss Wolfgang im Blick haben, er braucht Personenschutz.«

»Den bekommt er, Eliza kümmert sich darum. Agnes und Harald sind mittlerweile auch involviert.«

»Wieso denn das? Das ist unser Fall.«

»Was heißt hier ›unser‹?«, erinnert mich Chris und weist mit den Augen in Richtung Klinik. »Willst du ebenfalls da landen? Du bist in Gefahr. Mister Surprise hat es auch auf dich abgesehen. Vielleicht wäre es dir wohler, wenn ich heute auf deiner Couch übernachten würde. Du solltest nicht allein sein.«

»Humbug, so weit kommt's noch! Fahr du nach Hause. Du hast Familie.« Es ergibt absolut keinen Sinn, eine weitere Person in die Sache hineinzuziehen und in Gefahr zu bringen, denke ich. Chris soll und muss aus der Schusslinie. Er ist Familienvater, auf mich wartet zu Hause niemand.

Auch wenn es schwerfällt, ich versuche, meine Gedanken zu ordnen. Mister Surprise ist hinter Wolfgang und mir her, und das jetzt schon zum zweiten Mal. Keine Ahnung, wieso. Eins ist klar: Da seine Strategie diesmal nicht aufgegangen ist, wird er etwas Neues, möglicherweise noch Heimtückischeres planen. Es gibt keinen Zweifel daran, dass das passieren wird. Die Frage ist nur wann und wo.

So wie es aussieht, hat der Psychopath uns wieder einmal keinerlei Spuren hinterlassen, die Rückschlüsse auf seine Person zulassen. Eine Sache ist durch den Giftanschlag erneut erwiesen: Mister Surprise ist äußerst gefährlich, skrupellos und unberechenbar. Weshalb er eine solche Stinkwut auf Wolfgang und mich hat, ist mir allerdings ein Rätsel. Vielleicht wegen eines alten Falls und es geht ihm um Rache oder sonst irgendetwas Krankes. Was treibt Mister Surprise nur an, frage ich mich. Das muss der Schlüssel zu ihm sein, und nur so kann ich ihn aufhalten. Einen Verdacht habe ich, wenn auch einen sehr unbestimmten. Dieser verflixte Dackel, an dem Wolfgang einen Narren gefressen hat, muss mir dabei helfen, mehr zu erfahren.

»Soll ich lieber zuerst dich nach Hause fahren statt Günther?«, fragt Chris, als er den Wagen startet.

»Nichts von beidem. Setz mich bitte bei meinem Auto ab, das steht am Präsidium.«

»Na gut.« Chris fährt los.

»Günther bleibt übrigens fürs Erste bei mir. Ich werde das Hundestaffeltraining übernehmen, bis Wolfgang wieder gesund ist.«

»Im Ernst?«, erwidert Chris überrascht. »Das ist nett von dir. Das wird Wolfgang freuen.«

Hoffentlich, schließe ich in Gedanken an. Hoffentlich bekommt Wolfgang noch die Chance, sich über irgendetwas zu freuen.

EINE ZWANGSZUSAMMENKUNFT

Günther, der Dackel

Parkplatz Landespolizeipräsidium, Saarbrücken, 9. August um 17:56 Uhr

Was auch immer diese Toni plant, wir scheinen ausnahmsweise einer Meinung zu sein. Ganz so inkompetent wie erwartet ist sie vielleicht gar nicht. Für Wolfgang würde sie alles tun, das finde ich bei aller Antipathie beachtlich, und dass sie Chris nach Hause schickt, um ihn vor Mister Surprise zu schützen, ist mir auch nicht entgangen. Toni hat Prinzipien, das muss man ihr lassen.

All das macht uns jetzt eher unfreiwillig zu einem Team. Eine Zweiergemeinschaft, die aus der Not heraus geboren wurde, aus purer Vernunft. Vielleicht trifft es das Wort »Zwangszusammenkunft« am besten.

»Pass schön auf das Güntherlein auf«, verabschiedet sich Chris am Parkplatz. Klug und weitsichtig, wie er ist, fügt er noch hinzu: »Falls du Fragen hast, melde dich bei mir. Ich habe Hunde, solange ich mich erinnern kann. Ich gebe dir gerne Tipps.«

»Ach, i wo. Das krieg ich hin. Was soll denn bei so einem kleinen Kläffer groß schieflaufen? Ich hab noch ein paar Dosen Katzenfutter zu Hause von letztem Frühjahr, als ich auf die Katze von der Nachbarin aufgepasst habe.

Katze oder Hund – da wird es kaum Unterschiede geben, und die hat es damals auch überlebt.«

Oh, mein Gott, denke ich nur. Miezenfutter! Chris, bitte lass mich nicht bei dieser Personifikation an Ahnungslosigkeit. Ich habe schon viel überstanden, aber das hier könnte mein sicherer Tod sein.

Chris startet seinen Wagen mit einem Schulterzucken und den unerwartet brutalen Worten: »Wirst du schon hinkriegen.« Nix kriegt die Frau hin. Das sieht und hört man doch. Wieder mal fehlt mir die Lobby.

Bei einer hochentwickelten Spezies wie mir kann man nicht nur nahrungstechnisch etliches falsch machen – und anscheinend hat Toni vor, in jedes denkbare Fettnäpfchen hineinzutreten. Mit Chris fährt in diesen Sekunden der letzte Hauch von Vernunft auf und davon.

»Hopp! Rein mit dir!« Toni öffnet die Heckklappe ihres strahlend weißen, jungfräulich riechenden A1 und zeigt mit dem Finger in die von ihr anvisierte Richtung. »Knabber bloß nichts an, das Auto ist nigelnagelneu.«

Das ist nicht mein Problem, sage ich mir und frage mich, ob die Dame jemals von Rekordsprüngen bei Dackeln gelesen hat? Oder davon, dass wir von Kängurus oder Heuschrecken abstammen? Unsere Qualitäten liegen woanders.

Das hindert Toni nicht daran, weiter Kommandos zu geben. »Jetzt aber. Los! Hinein – sofort!«

Selbst nach dieser Aufforderung wachsen mir keine Flügel. Ich sehe sie erwartungsvoll und mit enttäuschten Dackelaugen an. Sie checkt rein gar nichts und wird obendrein noch sauer: »Verdammt, Günther, schau, dass du endlich da reinkommst. Sonst gibt es ein Donnerwetter!«

Tja, selbst das würde nichts ändern, ich warte geduldig ab und rühre mich nicht vom Fleck.

Was also macht Toni? Statt ihr Denkzentrum einzuschalten, greift sie sich das Handy, um Chris anzurufen, der uns vor knappen zwei Minuten verlassen hat.

»Da bleibt dir echt die Spucke weg. Was hat das sture Vieh denn in der Hundestaffel verloren? Der spurt kein bisschen. Dabei soll er nur ins Auto springen. Wie schwer kann das …?«

Ich höre nicht, was Chris Toni entgegnet, aber ich vermute, er erklärt ihr zum gegenwärtigen Zeitpunkt die physikalischen Zusammenhänge zwischen Größe und Sprungkraft. Wie wenig Charakterstärke diese Toni hat, beweist sich, als sie, anstatt sich schuldbewusst zu zeigen, einen arroganten Spruch von sich gibt. »Ein Grund mehr, mir nie im Leben so einen leidigen Dackel anzuschaffen. Tschüss, Chris«, beendet sie das Gespräch.

Ist bestimmt auch besser für den Hund, urteile ich angesäuert. Immerhin, endlich tut Toni das Richtige. Mit spitzen Fingern, als wäre ich eine Unke oder eine Riesenspinne, hebt sie mich an. Wenigstens liegt im Kofferraum eine weiche Decke, auf die ich mich kuscheln kann. Meine Rettung, denke ich und mache es mir bequem. Endlich eine Auszeit nach diesem furchtbaren Tag.

Normalerweise mag ich es nicht, wie ein Kasten Bier im Laderaum transportiert zu werden, doch alles ist besser, als sich im direkten Umkreis von Miss Selbstgefällig aufhalten zu müssen, und dies hier ist der Punkt im Auto, der am weitesten von ihr entfernt ist. Während der Fahrt werde ich ein bisschen dösen – verdient habe ich mir das.

Die Hoffnung auf ein Time-out schwindet, als Toni den Motor anlässt. Umgehend springt das Radio an, die Mordsteile von Verstärker sind direkt über mir montiert. Der dumpfe Bass dröhnt in meinen Ohren. Es fühlt sich an, als wäre ich auf einem dieser Rapkonzerte, nach dem es viele Stunden braucht, bis der hämmernde Klang und die sinnfreien Zeilen wieder den Gehörgang verlassen. Das Schlimmste an allem ist der Text. Warum singen die nicht auf Englisch, frage ich mich. Es wäre von großem Vorteil, nichts zu verstehen.

Was mir den letzten Nerv raubt, scheint Toni zu entspannen. Mit lauter Stimme singt sie mit und hämmert mit den Fäusten auf dem Lenkrad den Monsterbeat mit. Hallihallo, denke ich. Ist ja klasse, dass meine neue Teamkollegin da vorne solchen Spaß hat, ich frage mich nur, wer lenkt in der Zwischenzeit den Wagen? Toni, die Einzige mit Führerschein in diesem Fahrzeug, hat offensichtlich Besseres zu tun.

Passend zur Musik ist der gangstermäßige Fahrstil. Gute 200 haben wir grob geschätzt auf dem Tacho, während wir über die Autobahn rasen, und Toni tritt immer noch aufs Gaspedal. Womöglich braucht es keinen Mister Surprise, um uns um die Ecke zu bringen – das schafft Toni auch ohne fremde Hilfe.

Als ob das alles nicht genug wäre, fällt mir ein, dass niemand die von Hanne gepackte Tasche aus dem Büro mitgenommen hat. Die hat Wolfgang heute Morgen dort abgestellt.

Das bedeutet, der kleine Oskar muss mutterseelenalleine im Präsidium übernachten. Mir kommen die Tränen. Ohne mich macht das arme Kerlchen bestimmt kein Auge zu.

OFFENBAR EIN NATURFREUND

Chris Tümmler

A8, kurz vor der Ausfahrt Spiesen-Elversberg, 9. August um 18:26 Uhr

Das Handy verkündet lautstark einen Anruf. »Eliza«, sehe ich mit einem Blick auf mein Display.

»Jep.«

»Hi, Chris, ich bin's noch mal. Störe ich dich? Bist du schon zu Hause?«

»Nein, aber auf der Heimfahrt. Ich habe Toni und Günther vorher noch am Präsidium abgesetzt.«

»Ah, okay! Bei Wolfgang was Neues?«

»Er liegt auf der Intensivstation und wird beobachtet. Die Ärzte warten auf die Ergebnisse ihrer Untersuchungen. Hört sich alles eher mittelprächtig an.«

»Warte ab, das wird schon wieder«, erwidert Eliza. Daran würde ich gerne glauben, doch Tonis finstere Miene eben hat mich beunruhigt. Eliza redet weiter: »Übrigens kümmern sich die Kollegen von der Kripo darum, dass immer zwei Kräfte vor Wolfgangs Zimmer postiert sind. Das ist geregelt.«

»Bestens. Prima gemacht. Danke schön!«

»Und Sigrid von der Rechtsmedizin hat sich eben gemeldet. Das ging verdammt schnell. Ich hab dir doch gesagt, die steht auf Wolfgang.«

»Ach, Unsinn. Erzähl mir lieber, was dabei herausgekommen ist. Vielleicht hilft das bei Wolfgangs Behandlung weiter, wir sollten die Ärzte gleich informieren.«

»Ist schon passiert. Sigrid steht mit dem behandelnden Arzt in Verbindung. Sie meinte, es sei pflanzliches Gift, da wäre sie sich sicher. Nieswurz vermutlich. Das Kraut sei auch als Christrose bekannt und würde in jedem zweiten Garten wachsen. Da bin ich blank, von Grünzeug hab ich null Ahnung.«

»Geht mir genauso. Ich frag später mal meine Frau.«

»Keine schlechte Idee. Was unseren Mister Surprise angeht, so scheint er ein echter Naturfreund zu sein. Möglicherweise hat er die Samen in irgendeinem Garten gesammelt, vermutet Sigrid, sie zerkleinert und in den Kuchen getan.«

»Oh«, sage ich. Was die Ermittlungen angeht, ist das natürlich ungünstig. Wenn die Pflanze fast überall wächst und problemlos von jedem entnommen werden kann, kommen wir in der Richtung nicht weit. »Sonst noch was? Waren Fingerabdrücke oder sonst was Verwertbares auf dem Karton? Irgendeine Spur muss Mister Surprise uns doch hinterlassen haben.«

»Nein, bisher rein gar nichts. Leider!«

»Hm. Das ist nicht so erfreulich. Schöner Mist.«

»Sigrid meinte übrigens, die Menge, die im Kuchen zu finden war, hätte ausgereicht, um einen Elefanten zu töten. Damit wollte Mister Surprise Wolfgang und Toni nicht nur Angst machen. Er hat den Kuchen mit klarer Tötungsabsicht in ihrem Büro abgestellt. Wer weiß, wen es schlimmstenfalls noch hätte erwischen können. Wir haben Glück, dass Wolfgang lediglich im Krankenhaus gelandet ist.«

Bei dieser Bemerkung wird mir unbehaglich. Nicht vorstellbar, was alles hätte passieren können. Normalerweise greift in der Wache fast jeder zu, wenn Kuchen herumsteht. Mister Surprise kennt keine Skrupel, das ist offensichtlich. Ich bereue, dass ich Toni allein nach Hause habe fahren lassen. Möglicherweise sind wir alle in Gefahr. Wer es ein Mal unbehelligt in unser Präsidium geschafft hat, dem gelingt das vielleicht auch ein zweites Mal. Wir müssen vorsichtig sein.

»Du hast doch niemandem von dem Kuchen erzählt?«

»He! Natürlich nicht. Ich hab jedem, der gefragt hat, gesagt, keiner wisse, warum es Wolfgang plötzlich so schlecht gegangen sei. Das mit der Aufschrift im Karton habe ich logischerweise auch für mich behalten. Davon weiß nur der Chef. Und Agnes und Harald, da sie zum Fall hinzugezogen wurden.« Etwas empört fügt Eliza hinzu: »Ich bin ja nicht blöd.«

»Sorry, das wollte ich damit nicht sagen. Da habe ich mich unglücklich ausgedrückt«, lenke ich sofort ein. »Es war ein furchtbarer Tag. Und Alex hat heute ausgerechnet Geburtstag.«

»Oh, Mensch. Tut mir echt leid. Ist okay. Ich nehm dir das nicht krumm. Dann feiere schön mit deinem Sohn. Trotzdem!«

»Ja, Dank dir«, antworte ich. Dabei weiß ich genau, dass zu Hause in diesen Sekunden niemand gut auf mich zu sprechen sein wird. Ehrlich gesagt verstehe ich meine Familie sogar. Aber was soll ich tun?

»Für mich wird es jetzt auch langsam Zeit für den Feierabend. Ich bin total alle«, redet Eliza in meine Gedanken hinein. »Ist das in Ordnung für dich?«

»Natürlich. Sorry. Danke nochmals, Eliza, dass du deinen freien Nachmittag geopfert hast.«

»Kein Thema. Das ist doch klar nach so einer Aktion. Bis morgen, Chris.«

»Ja. Schönen Abend noch für dich, auch wenn er kurz ist.«

Ich lege auf und rufe gleich darauf meine Frau an.

Statt mit einem »Hallo« werde ich mit »Ach. Bist du endlich auf dem Heimweg?« begrüßt.

»Ja, eigentlich schon«, antworte ich Katja und nehme die Autobahnausfahrt. »Aber … na ja, tut mir echt leid, ich glaube, ich muss zurück nach Saarbrücken.« Ich beiße mir auf die Unterlippe, denn sicher erwartet mich gleich ein nicht unberechtigtes Donnerwetter.

»Ist nicht dein Ernst, oder? Der Kleine hat Geburtstag. Er hat dir extra ein Stück vom Kuchen aufgehoben. Die anderen sind schon weg. Alle haben nach dir gefragt. Das kann echt nicht …«

»Wolfgang liegt im Krankenhaus«, falle ich ihr ins Wort.

»Wolfgang?« Ihr Tonfall ändert sich sofort. »Wieso denn das?«

»Er wurde vergiftet.«

Auf der anderen Seite bleibt es still. Erst nach ein paar Sekunden sagt Katja: »Das kann doch nicht wahr sein!«

»Leider doch. Und zwar in seinem Büro.«

»Ach du Mist.«

»Das fasst es gut zusammen«, erwidere ich. Wie die exakten Umstände waren, erzähle ich ihr lieber nicht. Das braucht sie gar nicht so genau zu wissen. »Katja, ich muss jedenfalls noch mal ins Präsidium.« Ich warte. Von Katja ist nichts zu vernehmen, deshalb rede ich weiter. »Tut mir leid. Ich beeil mich, Ehrenwort.«

»Ist schon okay«, lenkt Katja ein. »Aber pass bitte auf dich auf.«

»Klar, mach ich. Und gib Alex einen Kuss von mir. Ich bring das wieder in Ordnung. Irgendwie.«

Ich nehme die nächste Ausfahrt und wende auf dem Mitfahrerparkplatz den Wagen, um mich auf die Autobahn nach Saarbrücken zu begeben. Ich muss einen Blick ins Büro von Wolfgang und Toni werfen. Niemand ist so perfekt, dass er keine Spuren hinterlässt. Irgendwo findet sich immer ein Anhaltspunkt, und wenn er noch so klein ist. Das habe ich in all den Arbeitsjahren gelernt, und falls ich mich später einmal an diesen grauenhaften Tag zurückerinnern sollte, dann hoffentlich nicht mit dem Gedanken, dass ich nicht alles dafür getan habe, die Sache aufzuklären.

Falls es etwas gibt, das dieser verfluchte Mister Surprise für uns hinterlassen hat, werde ich es finden. Und wenn ich die ganze Nacht dafür brauche.

DACKELGLÜCK

Antonia Kuppertz

Landespolizeipräsidium, Saarbrücken, 10. August um 7:46 Uhr

»Und ihr zwei? Habt ihr die Nacht gut hinter euch gebracht?«, erkundigt sich Chris, als wir am Morgen in sein Büro kommen.

Statt einer Antwort verdrehe ich nur die Augen. Dieser Hund ist ein Albtraum. Drei Dosen Katzenfutter habe ich geöffnet. Rind, Geflügel und am Ende Hirsch. Nichts hat er angerührt. Stattdessen veranstaltete er ein solches Jaulkonzert, dass ich Angst hatte, dass bald schon die gesamte Nachbarschaft des Mehrfamilienhauses, in dem ich lebe, an die Tür klopft. In meiner Not habe ich die kompletten Wurstvorräte an ihn verfüttert. Sogar die Pizza, die ich eigentlich für mich in den Backofen geschoben habe, hat er vertilgt.

Was für ein Abend. Ich wollte nur noch ins Bett und schlafen. Aber auch das ist mit einem Hund wie Günther keine Selbstverständlichkeit. Er fiepte so lange aus dem Wohnzimmer, bis ich den lebenden Flohzirkus letztlich mit ins Bett genommen habe. Kaum zu glauben, doch aus Verzweiflung macht man so einiges. Immerhin ist er dort irgendwann eingeschlafen und hat mir dabei den Beweis erbracht, dass auch Hunde schnarchen. Wenn ich letzte Nacht vier Stunden geschlafen habe, ist das viel. Zumal ich Wolfgang und den Vorfall gestern einfach nicht aus meinen Gedanken verscheuchen konnte.

Aber all diese Details will ich Chris, der selbst übernächtigt wirkt, ersparen. Wolfgangs Zustand ist unverändert, das hat mir eben Gabriele am Telefon berichtet. Sie will sich noch mal melden, sobald sie mit dem Arzt gesprochen hat. Bis dahin brauche ich Ablenkung. Mir steht der Sinn nach Arbeit. »Gibt es neue Erkenntnisse zu dem Vorfall gestern? Irgendetwas, und wenn es nur eine Kleinigkeit ist?«, frage ich.

Chris schüttelt den Kopf. »Bisher leider nicht. Aber es steht noch einiges an Untersuchungsergebnissen aus. Ich bin gestern Abend nochmals zurück in euer Büro und habe das Zimmer und den Flur ein weiteres Mal abgesucht. Ich habe eine Reihe von Haaren gefunden. Aber bei euch gehen so viele Kollegen den ganzen Tag ein und aus, das muss nichts heißen. Die paar Hundehaare, die ich aufgelesen habe, stammen vermutlich von Günther.«

»Ja, bestimmt.«

»Hast du übrigens über Personenschutz nachgedacht?« Chris setzt, während er das sagt, wieder diesen Sei-vernünftig-Blick auf.

»Das ist doch albern. Ich bin Polizistin. Da kann ich mich wohl selbst schützen.«

»Das hätte Wolfgang bis gestern garantiert auch gesagt.«

Ich schweige. Mir ist bewusst, dass ich in Gefahr bin, und zu sagen, mich würde das nicht kümmern, wäre gelogen. Trotzdem, eins ist klar, Personenschutz würde Mister Surprise vermutlich nicht aufhalten und brächte nur eine weitere Person in Gefahr. Er hat es gestern ungesehen bis in unser Büro geschafft. Das einzige Mittel, ihn zu stoppen, ist, ihn ausfindig zu machen, und das möglichst bald.

Dass sein Vorgehen kein klares Schema aufweist und er nie brauchbare Hinweise hinterlässt, erschwert die Arbeit ungemein. Wie soll man ihm da zuvorkommen?

»Ich muss los«, sage ich mit einem Blick auf die Uhr. »Der Giftzwerg und ich haben einen Termin in Bexbach. Wenn was sein sollte, ich hab mein Handy dabei. Wünsch mir Glück, das kann ich brauchen.«

»Ach was, wer braucht denn Glück, wenn man einen so knuddeligen Glücksbringer wie unser Güntherlein dabeihat?«, antwortet Chris und beugt sich herunter, um Günther mit beiden Händen am Hals kraulen. Der wiederum streckt seinen Kopf so weit vor, wie es nur geht, und wackelt mit seinem kurzen Schwanz. »Auf das süße Güntherlein ist doch Verlass.«

Ich rümpfe die Nase. Ganz eindeutig, bei manchen Menschen setzt der Verstand aus, wenn es um Hunde geht. Für mich ein Mysterium. So ein lebender Teppichvorleger macht nichts als Ärger, sogar so ein winziges Dackeltier.

»Ein bisschen von deinem Optimismus hätte ich echt gerne«, sage ich halb im Scherz, halb im Ernst. »Eventuell willst du die Sache übernehmen?« Ich halte ihm die Leine hin, die ich Günther gerade angelegt habe.

»So weit geht die Liebe nun auch wieder nicht.« Chris grinst frech. »Ich habe heute Morgen eine Menge zu tun. Haare analysieren, mit Sigrid telefonieren. Du weißt schon. Und außerdem bin ich mir sicher: Das meistert ihr zwei bestimmt wunderbar ohne mich.«

»Jaja, alles Ausreden. Bis später dann, Chris.«

»Melde dich, wenn du zurück bist. Ich sehe in der Zwischenzeit zu, dass du bald zurück in dein Büro kannst.«

Gemeinsam mit Günther, der, obwohl wir verdammt knapp dran sind, nicht einsieht auch nur ein klein wenig schneller zu dackeln, gehe ich in Richtung Ausgang. Als wir am Parkplatz ankommen und ich den Hund in meinen Kofferraum hieve, steht urplötzlich Dannhäuser neben mir.

Erstklassig, denke ich. Der hat mir zu meinem Glück noch gefehlt! Ein hünenhafter Rottweiler, den er an einer überdimensionierten silbernen Halskette zurückhält, knurrt mich an. Das beweist wieder einmal, dass alles relativ ist. Im direkten Vergleich muss ich zugeben, dass mir Günther um Längen sympathischer ist.

»So ein Zufall, Toni. Wie toll, dich zu sehen«, sagt Dannhäuser.

Da bin ich anderer Meinung. Außerdem frage ich mich, was macht Dannhäuser hier? Seine Abteilung ist in einem abgelegenen Gebäudetrakt untergebracht. »Was machst du denn in dieser Ecke?«, frage ich ziemlich unverblümt.

»Ich musste einem Kollegen etwas vorbeibringen. Dass ich dir dabei zufällig begegne, ist wohl einfach nur Glück.« Er grinst. »Oder ein Wink des Schicksals.«

Die letzten Tage waren nicht leicht, aber dass es irgendeine höhere Gewalt so schlecht mit mir meint, kann ich mir nicht vorstellen. Ich zucke mit den Schultern. Was soll man auf so einen dummen Spruch auch antworten?

»Hast du jetzt etwa den Kläffer am Hals?«, übernimmt Dannhäuser wieder das Sprechen. Dass er sich wagt, so über meinen Hund zu reden, versetzt mir einen Stich. Wenn jemand über Günther lästern darf, dann ich. »Was heißt hier am Hals …?«, setze ich an zu antworten, doch er lässt mich nicht ausreden.

»Wie geht es Wolfgang eigentlich? Ich hab gehört, er ist

gestern mit Blaulicht und allem Drum und Dran ins Krankenhaus eingeliefert worden. Wisst ihr schon, was er hat?«

Dannhäuser ist für meinen Geschmack viel zu gut informiert und um Längen zu forsch. Wenn er denkt, von mir
würde er etwas erfahren, dann hat er sich getäuscht. »Nein,
die Untersuchungen im Krankenhaus laufen noch.«

»Oh, wenn ich irgendwie helfen kann – immer gerne.«

»Danke, das ist nett, ich muss jetzt leider los.« Ich mache
Anstalten, an Dannhäuser vorbeizugehen, da bricht sein
Höllenhund nach vorne aus und blafft mich an.

»He, Yoshi. Mach mal halblang«, fordert sein Herrchen
und zieht ihn mit einem kräftigen Ruck zurück. »Was soll
denn das? Benimm dich!« Darauf wendet er sich wieder
an mich: »Ganz schön schreckhaft bist du für eine Polizistin, Toni! Hätte ja nicht gedacht, dass es überhaupt etwas
gibt, wovor du Angst hast.«

»Hm. War wohl eher Reflex«, antworte ich. Dabei
merke ich deutlich, wie dieser kurze Schreck meinen Puls
in die Höhe getrieben hat. Wenn ich ehrlich bin, hatte ich
immer schon ziemlichen Respekt vor Hunden. Aber das
reibe ich dem selbstherrlichen Typen vor mir bestimmt
nicht unter die Nase. Zumal ich ihm nicht das kleinste
bisschen über den Weg traue.

»Sag nur, du gehst mit dem sturen Dackelvieh auch noch
zum Training?« Dannhäuser lacht herablassend. Ich kneife
die Augen zusammen. Wie kann er es wagen, derart gegen
meinen Partner zu hetzen? Er treibt es sogar noch weiter.
»Da kann man dir tatsächlich nur viel Glück wünschen.
Eine Sache ist dabei natürlich super – wir sehen uns gleich
wieder.« Über diesen Umstand scheint er weit erfreuter
als ich. Auf Dannhäusers Gesicht zeigt sich ein unsym-
pathisch breites Grinsen. »Ich hoffe, du weißt, worauf du

dich da einlässt mit dem Training. Falls du einen professionellen Hundetrainer brauchst …«

Ich krieg das allein hin, möchte ich am liebsten dazwischenfahren. Stattdessen höre ich mir sein selbstgefälliges Gequatsche bis zum Ende an, denn mir kommt ein Gedanke. Es ist seltsam, dass Dannhäuser in der letzten Zeit so oft in Wolfgangs und meiner Nähe auftaucht. Was, wenn das kein Zufall ist? Es könnte doch sein, dass er in irgendeiner Weise mit den Vorfällen der vergangenen Tage zu tun hat.

Für ihn wäre es ein Leichtes gewesen, den Kuchen unbehelligt in unserem Büro abzustellen.

Es wäre also unklug, es sich mit ihm zu verscherzen. Ich nicke ihm brav zu. Auch wenn mir der Spruch »Ich helfe dir gerne. Ich gebe meine Erfahrungen gerne an junge, wunderhübsche Kolleginnen weiter« mehr als sauer aufstößt.

Was denkt der sich? Mit viel Überwindung ringe ich mir ein »Danke, das ist nett von dir. Aber ich muss jetzt wirklich los« ab.

»Stimmt. Ich ja auch. Dann bis gleich«, freut sich mein Gegenüber.

Ich steige ein und schlage die Tür hinter mir zu.

»Idiot«, zische ich leise, während ich den Wagen anlasse. Wie ich solche Kollegen hasse, die glauben, nur weil sie Männer sind, haben sie die Polizeiarbeit und die Weisheit für sich allein gepachtet und dürfen andere belehren. Das erlebe ich schon seit Jahren.

In einer Arbeitswelt, in der die meisten höheren Posten von Männern besetzt sind, ist es nicht leicht, sich als Frau durchzukämpfen und ernstgenommen zu werden. Um überhaupt so weit zu kommen, habe ich eine Menge geopfert. Kein Wunder, dass es inzwischen nicht mehr viel außer Arbeit in meinem Leben gibt, sage ich mir bitter und fahre vom Parkplatz.

»So, Güntherlein, eins verspreche ich dir: Wenn wir es heute diesem selbstherrlichen Kerl zeigen, dann hast du was gut bei mir. Hörst du?« Ich schaue in den Rückspiegel. Die Hutablage habe ich am Morgen abmontiert. In diesen Sekunden sehe ich, dass Günther seine Vorderpfoten auf das Polster der Rücksitze stellt und seinen Kopf in die Höhe reckt. Dumm ist der Junge nicht, das muss ich zugeben. Tatsächlich habe ich bisher immer gedacht, Hunde seien recht einfältige Tiere. Wer willenlos Bällchen apportiert und sich selbst in den Schwanz beißt, beweist schließlich nicht unbedingt Intelligenz. Bei Günther kommt es mir allerdings vor, als würde er jedes Wort verstehen. Ich muss aufpassen, dass ich mich mit diesem Hundevirus, der einige auf der Wache befallen hat, nicht auch noch infiziere.

Was allerdings meinen Pakt mit Günther angeht, trete ich nicht zurück. Diesem Dannhäuser will ich eins auswischen. »Wenn du mir keine Schande machst, fahren wir heute noch beim Metzger vorbei, und du hast freie Wahl. Ist das ein Deal?«

Kaum habe ich das Wort »Metzger« ausgesprochen, öffnet sich Günthers Mund und seine lange rosa Zunge hängt schief aus dem Maul. Er hechelt aufgeregt. Zumindest erkennt er jedes kulinarisch angehauchte Wort, da bin ich mir hundertprozentig sicher, und ich vermute, seine Reaktion war ein klares »Ja«. Sehr schön. Wir sind uns einig.

»Auf in den Kampf«, sage ich und schalte die Musik ein. Die bringt uns beide in die richtige Stimmung.

AUF IN DEN KAMPF

Günther, der Dackel

A6, zwischen Saarbrücken und Bexbach, 10. August um 8:11 Uhr

Gerade hat Toni ein paar Punkte gutgemacht, da schaltet sie wieder die sinnfreien Rap-Verse ein. Ich weiß gar nicht, wie viele Schrauben verloren gegangen sein müssen, damit man sich solche Reime ausdenkt?

Mental bin ich bereits jetzt, am frühen Morgen, auf dem Tiefpunkt, als der Klingelton von Tonis Handy mich errettet. Die Musik verstummt.

»Hallo, schön von dir zu hören. Was hat der Arzt gesagt?« Ich spitze die Ohren. Das muss Gabriele sein.

»Immerhin, Gabriele. Das hört sich doch recht erfreulich an«, sagt Toni, nachdem Gabriele sie anscheinend kurz über den Stand der Dinge in Kenntnis gesetzt hat.

Wieder eine Pause.

»Ja, so weit alles okay. Mach dir wegen mir keine Gedanken«, sagt Toni schließlich. »Ich höre mich nur so an, weil mich Günther die halbe Nacht wachgehalten hat. Schläft der normalerweise in einem Körbchen oder sonst was?«

Wieder verstummt sie.

»Tasche? Ne, hab ich keine. Im Büro stand was …« Toni nickt, obwohl nur ich sie sehen kann. »Ja, kann sein, dass die von Hanne ist. Okay, Decke hört sich gut an, und wer ist Oskar …?«

Als ich den Namen höre, macht mein Herz einen Hüpfer. Ich stell die Füße gegen die Rückbank und linse aus dem Kofferraum. Die reden von meinem Oskarlein.

Mit einem Mal lacht Toni unverschämt auf. »Ein Kuscheltier! Nicht euer Ernst. Ich glaub's nicht.« Sie schüttelt den Kopf. »So eine Bakterienschleuder kommt mir nicht in meine Wohnung …« Nochmals eine Unterbrechung. »Okay, okay. Ich werde drüber nachdenken. Sag Wolfgang ganz liebe Grüße von mir. Und melde dich sofort, falls was sein sollte … Tschüss.«

Sie schaltet das Handy aus. »Oskar, also ehrlich. Wie lächerlich ist das denn?«, murmelt sie. Sie lacht noch einmal teuflisch auf und stellt dann wieder die Musik aus der Unterwelt an.

Ich erwache aus einer tiefen Depression, als wir in Bexbach auf dem Parkplatz des Trainingsgeländes eintreffen und sich die Heckklappe öffnet. Toni hebt mich aus dem Auto. In der gleichen Sekunde trifft ein zweiter Wagen ein. Es ist ein fast schon antiker dunkelblauer Peugeot 107 mit einer Reihe von Beulen, der mir von einem Moment auf den anderen neue Energie schenkt. Das Leben hat seine Schattenseiten, unbestritten, aber es gibt auch immer wieder Licht, und das nähert sich uns gerade in seiner hellsten Form. Kaum zu fassen, was sich Majestätisches in diesem in die Jahre gekommenen Gefährt verbirgt. Die hinteren Sitze sind umgelegt, und dort harrt ein einziger Traum von Hündin aus. Das alte Auto wird dem fast königlichen Auftreten der Lady ganz und gar nicht gerecht.

»Moin«, begrüßt Toni Fiedler, als sich dessen Fahrertür öffnet.

»Morgen.« Wie immer zeigt sich der junge Polizist wortkarg. Ein stiller, blasser Typ. Ich frage mich, wie so ein Prachtexemplar von Hündin an ihn geraten konnte, die beiden passen gar nicht zusammen.

Er öffnet den Kofferraumdeckel und die reine Ästhetik auf vier Pfoten erhebt sich – es ist, als gehe die Sonne heute ein zweites Mal auf. Dieses silbrige Fell, das bei jedem Schritt neue Schattierungen zeigt, ist faszinierend. Und diese Augen: Es fühlt sich an, als schaue man in ein bodenloses Meer. Ich bin wie gelähmt. Genau in dieser Sekunde könnte ich sterben, es wäre völlig okay, denn etwas Anmutigeres wird mir wohl nie wieder gegenübertreten.

»Gehen wir heute noch?«, unterbricht Toni gefühllos diesen überirdischen Moment und zieht brüsk an meiner Leine. Wie kann man als Frau bloß so unromantisch sein?

Fiedler geht neben Toni her und ich dicht an dicht neben Blues. Ich gebe mir alle Mühe, gelassen zu wirken, und Blues macht es mir gleich. Sie kennt das Spiel. So ein apartes Geschöpf zeigt – das versteht sich von selbst – nicht unverhohlen seine Gefühle.

»Wo ist denn Wolfgang heute?«, bricht Fiedler das Schweigen.

»Ist verhindert«, erwidert Toni knapp. »Deshalb übernehme ich an seiner Stelle das Training.«

»Ach so.«

Nach diesen Worten ist Fiedler wieder stumm wie ein Fisch. Umso besser, damit kann ich meine Aufmerksamkeit voll und ganz seiner Begleitung widmen. Ab und zu werfe ich ihr einen meiner entwaffnenden Dackelblicke zu. Ansonsten konzentriere ich mich weitestgehend darauf, cool zu bleiben. Ein gewisses Maß an Desinteresse zieht in der weiblichen Hundewelt immer am besten. Zu leicht darf man den Ladys das Flirten nicht machen.

Die gute Stimmung ist schnell dahin, als wir auf dem Trainingsplatz eintreffen und ich die friesische Kampfhyäne van der Pütten entdecke. Heute trägt sie eine Tarnstreifen-Cargohose und Nirvana wurde gegen Motörhead eingetauscht. Ansonsten das gleiche Bild. Es fehlen nur noch Stahlhelm und Maschinengewehr und man könnte die Frau für ein Remake von »Apocalypse now« engagieren. Der Duft von Napalm am Morgen ist bestimmt ebenfalls ihr liebstes Aroma.

Das »Ich hab hier ganz allein das Sagen«-Auftreten beherrscht sie jedenfalls perfekt. »In Reih und Glied aufstellen, sofort. Und Haltung. Auch dat Dackeltier. Und dat alles am besten noch heute«, schallt es aus der Kommandozentrale van der Pütten. »Wir haben neue Besatzung an Bord. Antonia Kuppertz aus dem Landeskriminalamt Saarbrücken übernimmt die Ausbildung vom Güntherje.« Die Anwesenden nicken Toni freundlich zu. »Da kann man ihr nur viel Glück wünschen.« Den aufmunternden Spruch konnte sich die Militante offensichtlich nicht sparen. Das Training hat noch gar nicht richtig angefangen, da erreicht mein Wutlevel schon 180. Dass sich Dannhäuser mit seinem Speichler in diesen Sekunden zwischen mich und meine Herzdame zwängt, verbessert die Lage nicht unbedingt.

Der Spruch, dass Hund und Herrchen oder Frauchen sich in ihrem Wesen mit den Jahren aneinander angleichen, wird in Anbetracht der beiden einmal mehr bestätigt. Dannhäuser wirft Toni schmachtende Blicke zu, und eine Etage darunter hechelt Yoshi *meine* Blues an. Absolut falsche Liga, Jungchen, erkenne ich schadenfroh. Hätte er sich mal die Taktik der Zurückhaltung zu eigen gemacht, dann würde ihm vielleicht manche Enttäuschung erspart bleiben. Die kalte Schulter zeigen ist das moderne Werben, denn die Steinzeit ist längst überwunden und in der Hundewelt hat die Emanzipation Einzug gehalten. Die Damen wollen nicht mehr erobert werden, sie erobern heutzutage lieber selbst.

Fast tut mir Yoshi leid. Bleibt zu hoffen, dass er den Korb, den er von Blues erhalten wird, gut wegstecken kann. Das lasse ich mir jedenfalls nicht entgehen! Ich beobachte die beiden aus dem Augenwinkel. Ungünstigerweise muss ich feststellen, dass meine zukünftige Lebenspartnerin den einfältigen Flirtversuchen dieses schlichten Geistes nicht ganz so trotzt wie erwartet. Viel zu begeistert für meinen Geschmack stellt sie die Ohren auf Empfang und ihr Schwanz klopft rhythmisch auf den Rasen. Pfui! Das kann doch nicht wahr sein! Die hübsche Weimeranerin ist völlig auf dem Holzweg. So billig darf man sich nicht verkaufen! Allerunterste Schublade ist das, was dieser Yoshi hier abzieht.

»So, am heutigen Tag geht es mit einem straffen Programm weiter«, fährt die van der Pütten zwischen das schaurige Schauspiel. »Wir wagen uns an die Vorübungen für Rettungshundje. Wer weiß, welche Arten von Rettungshundje es gibt?«

Sofort schnellt der Arm der Jablonska in die Höhe. Dannhäuser, der sich für den Mittelpunkt der Welt hält, hat das nicht nötig und brüllt die Antwort frei heraus: »Trümmersuchhunde, Rettungshunde und Mantrailer«, rattert er runter.

»Verdammt!« Es ist schön zu beobachten, dass selbst der SEKler beim Losdonnern der Militanten zusammenzuckt.

»Die Antwort ist richtig. Aber was wir von den Hunden einfordern, erwarten wir auch von den Hundeführern: Ein bisschen Disziplin kann doch wohl nicht so schwer sein. Hier tanzt niemand aus der Reihe. Das nächste Mal melden Sie sich gefälligst, sonst heißt es zehn Runden um den Platz.« Dannhäuser nickt artig und die van der Pütten referiert im Befehlston weiter. »Egal, ob dat Hundje in Trümmern nach Überlebenden sucht oder eine entführte Person ausfindig machen soll, es muss trittsicher sein und souverän. Es darf sich nicht aus der Ruhe bringen lassen.«

Kein Problem für mich, sage ich mir. Ich bin ein Leitbild der Souveränität, solange es mindestens drei Mahlzeiten am Tag gibt, und auftreten kann ich schon seit Jahren.

»Dat heißt, dat Hundje muss sich in enge Röhren oder in stockfinstere Räume wagen, genau so wie in hundert Meter Höhe oder Tiefe, wenn *Sie* dat Kommando dazu geben. Mit ein wenig Übung kann dat Hundje auch problemlos Leitern hochsteigen.«

Oh. Ich muss schlucken. Bei diesen Schilderungen steht mir der Pelz zu Berge. Wenn ich eins nicht mag, dann ist das Dunkelheit. Und Höhe. Und natürlich Enge. Höhlen sind nicht unbedingt mein Ding, obwohl allgemein ja immer behauptet wird, Dackel würden gerne in Fuchsbauten einsteigen. Das halte ich für ein Gerücht.

Somit verunsichern mich die Ausführungen der van der Pütten ein wenig. Ich schaue in die Mienen der anderen. Irgendwer wird doch diesem Wahnsinn ein Ende setzen wollen? Komischerweise sehen die Kollegen bei diesen schlechten Nachrichten nicht allzu bewegt aus. Wenn mich nicht alles täuscht, steht Dannhäuser sogar die Vorfreude ins Gesicht geschrieben.

»… hier sind Sie als Trainer gefordert. Sie müssen Ihrem

Hundje dat nötige Gefühl von Sicherheit vermitteln. Wenn Ihnen Ihr Tier vertraut, wird es tun, was Sie ihm befehlen. Vertrauen, dat ist die Basis von allem.«

Prima, denke ich. Da taucht gleich das nächste Problem auf. Toni verzieht den Mund. Nicht zu Unrecht, denn was unsere Vertrauensbasis betrifft, könnte man grob zusammengefasst sagen: Wir haben da bisher keine sehr hohe Stufe erreicht. Um es in ein anschauliches Bild zu verpacken: Wir befinden uns, was das Vertrauen zueinander angeht, maximal im Erdgeschoss, wenn nicht sogar noch im Keller.

»Ich glaube, Sie haben alle verstanden, was nötig ist. Deshalb würde ich vorschlagen, wir üben an unserem Geräteparcours. Paarweise.«

Immerhin, was das Thema Paare bilden angeht, bin ich gerne mit dabei. Ich schlage vor, wir schnappen uns Blues. Den gleichen Plan hat offenbar auch Yoshi. Er zieht sein Herrchen in Richtung Fiedler, der seinerseits unbewegt dasteht und wohl darauf wartet, gefunden zu werden. Partnerarbeit ist, das würde ich schätzen, nicht so sein Spezialgebiet.

Dannhäuser wiederum hat, wen wundert es, schon eine bestimmte zweite Hälfte für sein Team im Visier. Er kommt schnurstracks auf uns zu. Bitte nicht! Gnade.

»Keine Ahnung, warum, doch beim Thema Paar musste ich sofort an dich denken«, sagt er schnulzig zu Toni und mich schüttelt es. Wie abgedroschen klingt das denn?

Toni schnappt nach Luft. Jetzt mal in die Vollen, denke ich, sag dem Kerl endlich die Meinung und dann nix wie los. Blues ist noch frei, das Paradies steht uns offen!

Doch zu meinem Schreck antwortet Toni: »Na gut, okay. Warum nicht?«

Ich könnte ihr tausend Gründe nennen, warum nicht! Tief enttäuscht muss ich dabei zuschauen, wie Bernd Schöpfer und Olea den Platz einnehmen, der eigentlich für uns bestimmt war. Blues sieht auch nicht glücklich aus. Mit ihren großen blauen Augen schaut sie wehmütig in unsere Richtung. Yoshi, der dies offensichtlich auf sich bezieht, trippelt aufgeregt von einer Monsterpranke auf die andere. Hochpeinlich ist das, ich bleibe bei meiner Coolness-Masche. Damit werde ich zu guter Letzt als Sieger aus dem Rennen gehen. Am Ende dieses Intermezzos wird Blues mein Mädchen sein. Yoshi kriegt sie nicht, da bin ich mir sicher.

Unsere Trainerin erklärt weiter: »Den Anfang machen störende Umwelteinflüsse.« Ein äußerst störender Umwelteinfluss hockt direkt neben mir, denke ich bei dieser Ankündigung. Feucht, dumm und furchtbar hässlich – damit vereint Yoshi gleich drei negative Eigenschaften unter nur einem Fell. »Wir fangen mit einem hohen Geräuschpegel an. Ganz egal, was um sie herum passiert, Ihr Hund soll besonnen bei der Sache bleiben.«

Lärm und Getöse ist das kleinste Problem für mich, befinde ich. Nach dem Rapkonzert im Auto bin ich sowieso halb taub.

Van der Pütten stattet jedes der Paare mit einer Kiste aus. »Da ist alles drin, was ihr braucht. Wir fangen mit der Pfeife an. Einer der Partner führt seinen Hund an dem anderen Paar vorbei und pfeift unangekündigt. Die Hundje sollen darauf keine Reaktion zeigen und gleichmütig bleiben. Das übt ihr jetzt.«

»Ich oder du?«, richtet sich Toni an Dannhäuser und nimmt eine Pfeife aus der Kiste.

»Ich«, antwortet der und streckt die Hand aus. Die Pfeife zur Pfeife, denke ich. Das passt doch fabelhaft.

Wir stellen uns mit ein bisschen Abstand auf, und wie aus dem Bilderbuch spaziere ich an Dannhäuser und seinem Bluthund vorbei, natürlich ohne mit der Wimper zu zucken. Auch dann nicht, als der SEKler neben mir ein wahres Pfeifkonzert veranstaltet. Ich ruhe in mir selbst wie ein buddhistischer Mönch, der seit Tagen meditiert. Sogar die van der Pütten nickt zufrieden in unsere Richtung und stellt fest: »Vielleicht wird's doch noch was mit dat Hundje.«

»Recht passabel«, urteilt Dannhäuser am Ende unseres Parts und reicht die zweite Pfeife an Toni. »Jetzt könnt ihr schauen, wie es die Profis machen.« Er zieht seine Trainingsjacke aus. Darunter kommt ein weißes hautenges Shirt zum Vorschein. Selbstzufrieden wirft er einen Blick auf seine dicken Oberarme. »War heute Morgen schon beim Training.«

»Aha. Doll«, sagt Toni und ringt sich ein Lächeln ab. Dabei ist ihr garantiert, genau wie mir, eher nach Zähneknirschen. Die Frau muss man für ihre stoische Ruhe bewundern. Mir ist klar, dass ihr die Show von Dannhäuser und seine plumpen Annäherungsversuche genauso wenig gefallen wie mir. Anscheinend ist sie ebenfalls zum Äußersten bereit, um die Sache mit Wolfgang aufzuklären. Könnte sein, dass das der Grund war, warum sie mit der Paarung einverstanden war, dämmert es mir allmählich. Wie auch ich hat sie diesen Dannhäuser in Verdacht. Das Einzige, was gegen ihn spricht, ist die Tatsache, dass er viel zu einfältig ist, um Mister Surprise zu sein.

Als wäre Dannhäuser Terminator 2.0, stapft er mit breiten Armen und ausladendem Gang auf uns zu. Toni wartet, bis er auf ein, zwei Meter an uns herangekommen ist. In dem Moment pfeift sie los.

Wer erwartet hätte, so ein SEKler habe Nerven wie Drahtseile, wird in diesen Sekunden eines Besseren belehrt. Mit offenem Mund und großen Augen fährt Dannhäuser zusammen, parallel dazu springt Yoshi zurück und bringt sich in Kampfposition. Er kläfft wie ein Irrer. Mann, Mann, Mann, denke ich. Kann bitte wer das Gehirn dieses Tieres auf »Play« schalten? Das gibt es doch nicht. Das war ein banaler Pfiff. Wenn da mal bei einem Kindergeburtstag ein Luftballon platzt, packen die zwei ihre Atomwaffen aus.

Ich schaue erwartungsvoll in Richtung van der Pütten. Glatt durchgefallen, schätze ich. Ich wäre dafür, die beiden, nur der Milde halber, ohne Zeitverzug der Gruppe zu verweisen, denn die Erfolgsaussichten streben gegen null. Doch die van der Pütten denkt nicht daran.

»Gleich wiederholen«, fordert sie gnädig. »Beim nächsten Mal wird's klappen.«

Erstaunlicherweise scheint die van der Pütten doch weit geduldiger zu sein, als man vermuten würde. Außerdem kann sie gut lügen. »Das war viel besser«, lautet ihre Fehleinschätzung nach dem zweiten Durchlauf.

Pff, heißt da mein Urteil. Man muss schon von sehr optimistischer Natur sein, um die Tatsache, dass Yoshi bei diesem Versuch höchstens noch zwei, drei Minuten durchbellt, als Erfolg zu betrachten. In meinem Fall wäre die Militante sicher nicht so nachsichtig gewesen. Eins freut mich trotzdem ganz besonders. Blues, die diese Übung wie ich ebenfalls mit Leichtigkeit und Eleganz absolviert hat, ist bei diesem Schauspiel live dabei. Dass sie den Blindgänger Yoshi in Aktion sieht, kann definitiv nicht schaden.

Yoshi ist am Ende augenscheinlich ziemlich geknickt und Dannhäuser ist angenehm still geworden.

»Ein paar müssen das die Tage wohl noch üben«, sagt van der Pütten mit Blick zu unserem »Hammerhart-Team«, das heute bewiesen hat, dass Muskeln eben nicht alles sind. »Kommen wir zur nächsten Anforderung: Feuer.«

Ups, sagt da mein Kopf. Lärm – das ist harmlos. Aber Feuer! Das ist höchstens nützlich, um Schwenker oder Lyonerpfanne zuzubereiten. Ansonsten sollte man einen großen Bogen darum machen.

»Ihr Tier an Feuer zu gewöhnen, ist enorm wichtig, denn es kann jederzeit vorkommen, dass man Vermisste in einem brennenden Haus finden muss. Oder dass ein Einsatz bei einer Demo mit Brandkörpern gefordert ist.«

Sonst geht es der Frau noch gut? Eine Demo mit Brandkörpern, wer wäre denn so wahnsinnig, dahin zu gehen, frage ich mich. Ich bin doch nicht lebensmüde.

»Denken Sie immer daran, Ihr Hundje ist zu allem bereit. Ein treuer Vierbeiner würde im schlimmsten Fall sein Leben für Sie riskieren.«

Äh hallo? Woher hat die Kampfhyäne nur all ihre klugen Erkenntnisse? Warum sollte ich jemals mein Leben für diese Toni aufs Spiel setzen. Vergiss es – never!

»Wer will anfangen?« Diesmal drängelt sich niemand vor. Alle senken die Blicke. Die van der Pütten marschiert vor unserer Reihe auf und ab. »Was, keiner traut sich?«

Schweigen. Yoshi neben mir hat seinen Kopf eingezogen und die Ohren angelegt, womöglich um ein bisschen kleiner zu wirken.

Heute zahlt es sich aus, eher kleinformatig zu sein. Ich sitze im Windschatten dieses Monstertiers und bin bestens geschützt.

Denke ich zumindest, denn in der Sekunde sehe ich etwas auf mich zukommen. Es ist das Grauen. Sabber, der sich unterhalb der Schnauze von Yoshi sammelt. Boah! Es wird mehr und mehr, bleibt aber noch an Ort und Stelle. Die Betonung liegt auf: noch! Ich schaue ängstlich in die Höhe. Nein, nicht jetzt, bete ich und beobachte, wie sich Tropfen um Tropfen vereint. Sie werden der Schwerkraft nicht mehr lange widerstehen.

»Wenn keiner freiwillig möchte, muss ich mir ein Paar aussuchen«, warnt unterdessen die Militante.

Um nicht von Yoshis Spucke getroffen zu werden, bleibt mir nur der Weg nach vorn.

»Dann würde ich sagen …«

Ein rettender Sprung verhindert das Schlimmste. Der Sabber schlägt kurz hinter mir ein. Ich bin gerettet. Gerade so!

»… ach, schau an. Ich brauch gar keinen auszuwählen. Unser Güntherje kann es gar nicht erwarten.«

Wo, wie, was? Kaum bin ich einer Gefahr entronnen, folgt gleich die nächste. Das ist ein Missverständnis. Kommunikationsprobleme nennt man so etwas, die kann man allerdings leicht beheben. Ich stelle mich liebend gern hinten an.

Doch die Entscheidung ist bereits gefallen. Die van der Pütten winkt uns zu sich und Toni gehorcht. An der Leine zerrt sie mich hinterher. Meine Krallen kratzen über den Rasen und ein paar Löwenzahnblätter verfangen sich darin.

»Ist halb so wild, wie es sich anhört«, prophezeit unsere Trainerin und steckt den Reifen in ihrer Hand in eine Halterung am Boden. »Günther muss nicht mehr tun, als einfach nur durch den Kreis zu springen – ein Hopp und es ist überstanden.« Mit diesen Worten zündet sie ein Streichholz an und hält es an den Ring, der zischend zu brennen anfängt. Von einem Moment zum nächsten brennt er lichterloh. Durch die Menge der Wartenden geht ein Raunen. Mir bleibt die Spucke weg.

»Vertrauen – das ist das Erfolgsgeheimnis«, behauptet die van der Pütten. Jetzt wird sie auch noch seltsam esoterisch. Das dunkle Geheimnis der Militanten ist nicht Vertrauen, sondern der blanke Wahnsinn, der in ihr wohnt. Ich kokle mir ganz sicher nicht mein feines Fell an für so eine Kamikazeaktion.

Doch die parapsychologischen Auswüchse der van der Pütten sind noch nicht beendet: »Frau Kuppertz, sprechen Sie in aller Ruhe mit Ihrem Hund und schenken Sie ihm Zuversicht. Versprechen Sie ihm, dass ihm nichts passieren wird.«

»Na, ich weiß nicht …« Toni wirkt nicht überzeugt.

»Vertrauen«, predigt unsere Trainerin erneut. »Geben Sie schlicht und einfach Ihr Zutrauen weiter. Halten Sie Zwiegespräch mit Ihrem Hund.«

Toni schluckt und beugt sich zu mir herunter.

»Sehr gut. Und jetzt kommunizieren Sie mit Ihrem Hundje. Nur Sie und dat Güntherje. Sie sind ein Team. Eine eingeschworene Gemeinschaft.«

»Okay, Günther, hör mir zu. Die Frau ist komplett irre, das liegt auf der Hand«, flüstert Toni und schaut mir ernst in die Augen. »Wir bringen die Sache gemeinsam hinter uns, damit wir hierbleiben können und Dannhäuser im Blick haben. Ich trau ihm nicht. Verstehst du? Wir machen das für Wolfgang.«

Bei aller Liebe, was hätte Wolfgang davon, wenn ich mir das Fell ansenge, frage ich mich. Nö. Das Argument überzeugt mich nicht. Ich bewege mich keinen Millimeter.

»Na, was ist denn? Muss ich nachhelfen?«, triezt uns die van der Pütten.

Toni erhöht den Einsatz. »Okay, Günther, ich mache dir einen Vorschlag. Zwei Ringel Lyoner und du darfst heute Nacht wieder in meinem Bett schlafen.«

Ich überlege.

»Und außerdem holen wir deine Tasche aus dem Büro. Gabriele meinte, da wäre ein Meerschwein oder so was von dir drin.«

Hase! Das ist ein Hase. Mit einem Mal sehe ich Oskar vor mir. Meinen alten Freund. Ich überlege nicht mehr lange, sondern presche los. Ohne Zögern hinein in die Feuersbrunst. Ich werde es schaffen – für Oskar, für Wolfgang und für alle Dackel dieser Welt. Ich bin fest entschlossen.

Mit jedem Schritt wächst die Hitze an. Sie schlägt mir in Wellen entgegen, aber das stoppt mich nicht. Während ich an Tempo zulege, schätze ich den Sprung ab. Es braucht eine klare Berechnung, um den lodernden Feuerzungen zu entgehen. Kaum bin ich in der Luft, greifen die Flammen nach mir, schlagen in die Höhe und züngeln, wie das Lasso eines Cowboys, der ein junges Wildpferd jagt. Mich erwischt das Feuer nicht! Mein Ziel habe ich fest im Blick, die andere Seite ist fast erreicht. Als meine Pfoten wieder Boden berühren, kann ich es kaum fassen: Ich habe es tatsächlich geschafft.

Wo bleibt der Applaus, frage ich mich, bremse meinen Lauf und wende den Kopf. Überall nur erschrockene Gesichter. Was ist denn los? Die Show eben war zwar zweifellos großartig, aber deswegen in ein ewiges Schweigen zu fallen, ist nicht nötig.

Auf einmal verstehe oder besser gesagt spüre ich, was los ist – meine Leine brennt. Au weh. Ich spurte los. Volle Lotte, als wäre der Teufel hinter mir her. Und das ist er sogar, es ist der Feuerteufel. Die Flammen verfolgen mich, sie kommen näher. Alle weichen zurück, als ich an ihnen vorbeifege. Keiner unternimmt etwas.

Nur Dannhäuser scheint den Ernst der Lage zu erkennen. Er greift sich den Eimer, der neben der van der Pütten bereitsteht – womöglich für Notfälle wie diesen. Der Schwall aus kaltem Wasser trifft mich wie ein Schlag ins Gesicht. Ohne jede Frage hätte man das auch behutsamer angehen können. Kurz schwemmt es mich über den Boden.

Erst ist das Lachen noch verhalten, dann prusten alle los. Alle – sogar Toni, diese falsche Schlange.

»Einmal bitte lächeln, du begossener Dackel«, treibt Dannhäuser es auf die Spitze und knipst Handyfotos von mir. Ich hasse den Kerl, und zwar abgrundtief. Genauso wie Yoshi, der meine Abwesenheit genutzt hat, um sich bei Blues einzuschleimen. Sie stehen Seite an Seite und amüsieren sich prächtig.

Eins ist aufgrund dieser Sache für mich entschieden: Für den Fall, dass dieser elende SEKler Mister Surprise ist, ist nun das Match eröffnet. Ich werde ihn dingfest machen, und damit ihn und sein Monstrum für immer aus meinem Leben verbannen, und wenn es das Allerletzte ist, was ich tue.

ZURÜCK ZUR NATUR

Eine Person

Wanderparkplatz zwischen Wörschweiler und Bierbach, L111, 10. August um 14:38 Uhr

Exakt um 14:38 Uhr erreiche ich den Treffpunkt, den Wanderparkplatz außerhalb von Wörschweiler in Richtung Bierbach.

»Ist es nicht schön heute? Da haben wir uns einen traumhaften Tag für unseren Ausflug ausgesucht. Einfach herrlich«, begrüßt mich die Wildkräuterexpertin, die anders aussieht, als ich erwartet habe. Alt und ein bisschen entstellt, wie die Hexen in Märchen, habe ich mir diese Lilian Franz vorgestellt. Stattdessen stehe ich einer völlig normalen Frau mit langen blonden Haaren in Jeans und T-Shirt gegenüber, die noch dazu ausgesprochen gesprächig ist.

»Sie sind der erste Teilnehmer. Quasi überpünktlich«, sagt die Dozentin und lächelt. »Ich bin Lilian Franz, Ihre Kräuterhexe für den heutigen Tag. Wir können uns gerne duzen, das finde ich immer unkomplizierter.«

Das wiederum finde ich kompliziert. Ich bin ganz bestimmt nicht zum Spaß hier, das heute ist ein wichtiger Arbeitseinsatz. Deshalb nenne ich auch ausschließlich meinen Familiennamen – natürlich nicht den echten.

»Müller, freut mich«, behaupte ich, obwohl von Freude bei einer Gruppenveranstaltung bestimmt nicht die Rede sein kann.

Meinen richtigen Namen nicht preiszugeben, kann nur klug sein, denn die Polizei ermittelt in einem oder bestenfalls gleich mehreren Mordfällen für gewöhnlich in alle Richtungen. Da ist es angeraten, sorgsam mit privaten Informationen umzugehen.

Das sieht Frau Franz anders. »Und von wo kommen Sie?«, löchert sie mich.

»Perl.« Das ist das Erste, was mir einfällt, und es erscheint mir ausreichend weit entfernt, um zu keinen zusätzlichen Fragen zu ermuntern.

»Ach, wie toll! Da wohnt meine Schwester mit ihrer Familie.«

Wie mich das freut, denke ich und sage: »Aha.« Das fasst mein mangelndes Interesse an dieser Aussage hoffentlich am besten in Worte.

»Reizend ist es da. Die Weinberge, die Mosel …«

»Ja, ist ganz okay.«

»Und Sie haben bereits Erfahrungen mit Wildkräutern oder Pflanzen allgemein?«, fragt die Dozentin weiter. Ich fühle mich wie bei einem Verhör. Warum will die Frau so viel von mir wissen? Das lässt mich misstrauisch werden.

Ich antworte brav, denn alles andere würde verdächtig wirken: »Wenn man es genau nimmt, schon. Ich habe einige Gartenpflanzen ins Herz geschlossen.«

»Oh! Großartig! Da werden Sie heute sicher Ihren Spaß haben.«

»Eher unwahrscheinlich!«, sage ich, und damit kommt das Gespräch ins Stocken. Wie so oft, wenn ich meine Ansichten offen vertrete.

Dabei sage ich nur die Wahrheit. An Spaß ist mir nicht gelegen. Mal ehrlich: Wem macht es Freude, in der Gesellschaft anderer durch die Natur zu stapfen, wo es von Zecken, Stechmücken und sonstigem Ungeziefer nur so wimmelt? Wer so was mag, ist doch schon von Grund auf seltsam und verdächtig. Aber was sein muss, muss sein, und deshalb kann es meiner Meinung nach gar nicht schnell genug losgehen.

Was das anbelangt, ist Geduld gefordert. Warum man den Deutschen die Tugend der Pünktlichkeit nachsagt, ist mir ehrlich unerklärlich. Um 15:03 Uhr treffen die letzten Teilnehmer ein, und das völlig sorglos und ohne jegliches Schuldbewusstsein.

Um 15:07 Uhr geht es endlich los. Die Heilpflanzenexpertin ergreift das Wort: »Ich heiße euch herzlich willkommen zur Kräuterwanderung ›Heilsamer Klostergarten‹. Ich freue mich, euch in unserer wunderschönen und artenreichen Biosphäre Bliesgau begrüßen zu dürfen. Hier gedeiht die Pflanzenvielfalt besonders üppig. Demnach haben wir die besten Voraussetzungen, verschiedensten Wildkräutern zu begegnen. Da wir jetzt vollzählig sind, würde ich vorschlagen, wir machen uns sofort auf den Weg zur Ruine des Klosters Wörschweiler.«

Sofort – das muss man mir nicht zweimal sagen. Endlich! Flotten Schrittes gehe ich los. Die Klosterruine war eben bei der Anfahrt durch Wörschweiler schon auf einem Bergrücken zu sehen. Der Aufstieg dürfte kurz sein, vielleicht eine halbe Stunde oder womöglich auch nur 20 Minuten, wenn man nicht trödelt.

Was das angeht, zeigt sich schnell, dass die anderen Teilnehmer es weit weniger eilig haben als ich. Offensichtlich ist für viele der Weg das Ziel. Alle paar hundert Meter kommt die Gruppe ins Stocken.

»Die etwas Älteren aufschließen lassen«, nennt das die Franz blumig. Ich bin der Ansicht, wenn man beim Bummeln verloren geht, ist man selbst schuld, und der Verlust würde sich ohnehin in Grenzen halten.

Das Schneckentempo zehrt an meinen Nerven, und die einfältigen Gespräche tun ihr Übriges. Ich ahne allmählich, dass dieser Tag weit mehr an zwischenmenschlichen Herausforderungen bereithalten wird, als ich ohnehin schon erwartet habe.

Dass die Vermittlung von Heimatkunde zum Programm dazu gehört, hätte ich ebenfalls nicht erwartet. »Links von uns seht ihr übrigens Schloss Gutenbrunnen, auch Schloss Louisenthal genannt«, berichtet Lilian Franz und weist auf ein imposantes Gebäudeensemble. »Im 18. Jahrhundert befand sich an dieser Stelle die Porzellanmanufaktur der Zweibrücker Herzöge. Eines der dort gefertigten Stücke findet man heute im Metropolitan Museum of Art in New York.«

»Wow, das hätte ich hier, so mitten im Grünen, nicht erwartet«, sagt eine Teilnehmerin verblüfft, und andere nicken zustimmend.

»Übrigens, habt ihr alle einen Korb oder eine Stofftasche zum Sammeln dabei?«, fragt die Kräuterfrau.

Die Mitwanderer bejahen. Ich auch. Klar habe ich daran gedacht, garantiert möchte ich nicht mit leeren Händen nach Hause kommen. Dort wartet einiges an Arbeit auf mich, und es bleibt zu hoffen, dass ich auf dieser Kräuterwanderung endlich ein paar hilfreiche Anregungen erhalte, was die konkrete Ausgestaltung meiner Projekte angeht.

»Sehr gut«, freut sich Lilian Franz. »Denn ich kann euch versprechen, unterwegs treffen wir auf allerlei Heilsames.«

Heilsames, denke ich, das hat mir noch gefehlt! Gesundheitsförderung liegt eher weniger in meinem Interesse. Doch manchmal muss man wohl auch Nebensächliches ertragen, um wichtige Dinge offenzulegen, sage ich mir.

Bald erreichen wir ein Waldstück, der Weg führt steil bergauf. Das macht die Gruppe noch traniger. Es ist zum Aus-der-Haut-Fahren, es fühlt sich an, als würde ich auf der Stelle treten. Um das Ganze auf die Spitze zu treiben, legt die Kräuterexpertin erneut einen Stopp ein. »Na fabelhaft, hier kann ich euch gleich ein paar der üblichen Verdächtigen zeigen: Die hübschen Gänseblümchen beispielsweise.«

Gänseblümchen, wiederhole ich in Gedanken. Wir flechten doch jetzt hoffentlich keine Kränzchen aus Blüten und tanzen barfuß auf der Wiese?

Ganz so schlimm kommt es zum Glück nicht.

»... das Bellis perennis oder Tausendschön schmeckt leicht nussig und es ist ein ausgezeichneter Vitamin- und Mineralstofflieferant.« Mit Widerwillen geselle ich mich in den Kreis, der um die Kräuterexpertin entstanden ist. Ich möchte nicht riskieren, etwas Interessantes zu verpassen.

Auch die zweite Pflanze, auf die Frau Franz deutet, haut mich nicht vom Hocker. »Dort vorne, seht ihr die blaue Wegwarte?«

»Die mit den blauen Blütenköpfchen?«, fragt eine ältere Teilnehmerin.

»Ja, genau! Die Wegwarte war Heilpflanze des Jahres 2020 und ist vielen auch bekannt als Zichorie. Das war damals der Kaffeeersatz in den Nachkriegsjahren. Radicchio und Endivie stammen übrigens von der Wegwarte ab. Ihre blauen Blüten eignen sich wunderbar zum Garnieren von Wildkräutersalaten.« Die Teilnehmer hören interessiert zu und manche füllen schon eigenmächtig ihre Körbe mit den ersten Blüten, dabei ist unsere Dozentin noch gar nicht fertig mit ihren Ausführungen.

»Moment bitte. Ihr dürft natürlich gern sammeln, deswegen haben wir uns ja getroffen. Aber bitte in Maßen«, hält Lilian Franz sie zurück.

»Oh, ich dachte, das darf man einfach so mitnehmen. Ist doch mehr als genug da«, erwidert eine Frau, die in besonders großem Stil zugegriffen hat.

»Ganz so ist es nicht. Vielleicht kennt ihr das vom Pilze sammeln«, erklärt die Dozentin. »Da, wie auch bei den Wildkräutern, gilt die Handstraußregel. Man darf Wildpflanzen und Beeren sammeln, solange sie nicht unter Naturschutz stehen, allerdings nur in geringen Mengen für den persönlichen Bedarf. Deshalb bitte ich euch, lediglich das mitzunehmen, was ihr später verzehren könnt und wollt. Am besten so, dass man nachher gar nicht erkennt, an welchen Stellen ihr gepflückt habt.«

Die Teilnehmer nicken.

»Letztlich tun wir uns damit selbst einen Gefallen, denn nur so werden die Pflanzen auch im kommenden Jahr wieder wachsen und wir können von Neuem ernten«, sagt die Franz mit einem Augenzwinkern. »Außerdem sind wir ja nicht die Einzigen, die Kräuter mögen. Für die Tiere sollte auch etwas übrig bleiben.«

»Ui, Entschuldigung, das wussten wir nicht«, sagt die Seniorin peinlich berührt und gibt ihrer Begleiterin vom bereits Gesammelten aus ihrem Korb ab.

»Alles gut«, bemerkt Lilian Franz. »Und wenn wir gerade dabei sind, hätte ich noch ein kleines Anliegen an euch. Dies ist ein Naturschutzgebiet, deshalb vermeidet es bitte, beim Sammeln durch die hohen Wiesen zu laufen. Auch wenn ihr dadurch erst mal nicht überall drankommt, verspreche ich euch, oben am Kloster gibt es eine Riesenfülle an Pflanzen. Da finden wir mehr als genug. Keine Sorge.«

»Gut zu wissen«, sagt einer der Männer.

»Aber jetzt schauen wir erst mal weiter, was die Natur uns zu bieten hat. Dort vorne, die Pflanze mit dem ährigen Blütenstand, das ist Spitzwegerich, manchmal auch Lungenblattl genannt. Dieses Heilkraut schmeckt nicht nur lecker im Salat, man kann es unterwegs obendrein noch als Erste-Hilfe-Arznei nutzen. Wenn man den Saft auf eine Wunde oder einen Stich tupft, wirkt er antibakteriell und entzündungshemmend. Der Juckreiz lässt nach und es dürfte gar nicht erst zu einer Entzündung kommen.«

»Wow, Wahnsinn, was man alles so am Wegrand finden kann«, bemerkt die Frau direkt neben mir.

Ein älterer Mann erkundigt sich: »Aber von den Wunderpflanzen dürfen wir uns jetzt schon ein paar Blätter mitnehmen?«

»Natürlich, dafür sind wir ja hier«, antwortet Frau Franz und nun wird die Gruppe munter. Jeder packt stolz seine Eroberungen ins Körbchen. Nur um nicht aufzufallen, pflücke ich ebenfalls einige Gänseblümchenblüten und Spitzwegerichblätter und lege sie in meinen Korb.

»Was die Pflanze dort hinten angeht, seid bitte unbedingt vorsichtig …«, unterbricht Lilian Franz die Ernteaktion.

Dieser Satz lässt mich hellhörig werden.

»Seht ihr die auffällige Blume, mit den vielen leuchtenden Blüten? Das ist Roter Fingerhut. Bezaubernd, gleichzeitig auch hochgiftig. Zwei bis drei Blätter, mehr braucht es nicht, und es wird lebensgefährlich.«

»Oha!«, sagt eine Teilnehmerin.

Oha, denke auch ich.

Mir stellt sich augenblicklich die Frage, wie ich hier unbehelligt zulangen kann, denn diesen hübschen Fund würde ich mir ungern entgehen lassen. Schließlich ist die Prognose, die die Kräuterexpertin in Aussicht stellt, mehr als ausgezeichnet.

Als es weitergeht, lasse ich mich zurückfallen, was bei dem Schleichtempo der Gruppe eine Mordsaufgabe ist. Im Prinzip müsste man rückwärtslaufen.

»Ich muss mal. Bin gleich wieder da«, sage ich zu zwei Seniorinnen, die einen überdimensional großen Dobermann an der Leine führen und schon die ganze Zeit das Schlusslicht bilden. Der Moment, an dem sie an mir vorbeigehen, erinnert mich an einen Überholvorgang zweier Lastwagen am Berg. Es fühlt sich an, als ob die Welt in Zeitlupe abgespult wird.

Das allerdings kann nicht sein, denn was das Plappern betrifft, liegt die Geschwindigkeit der Seniorinnen weit über dem Durchschnitt. »Alles klar, wir sagen Bescheid«, erwidert die eine unbekümmert und fügt hinzu: »Falls wir die Gruppe jemals einholen.« Ihre Begleitung kichert.

Als der hinterhertrottende Dobermann auf meiner Höhe ist, wirft er sich plötzlich in die Leine und bellt los. »He, Blümchen, aus!«, sagt die Seniorin, die den Hund kaum halten kann. »'tschuldigung, sonst ist sie immer brav.«

Ich antworte nicht und warte geduldig, bis die beiden außer Sichtweite sind, was dauert, da der Hund sich in einem fort zu mir umwendet. Als sie endlich hinter einer Kurve verschwinden, ziehe ich die gelben Haushaltshandschuhe aus Gummi über, die ich in meiner Jackentasche verstaut hatte. Zur Sicherheit schaue ich mich nach allen Seiten um. Keiner da, prima! Jetzt geht es durch die hohe

Wiese zum Objekt der Begierde. Ganz bestimmt lasse ich mir nicht verbieten, eine Grünfläche zu betreten. Naturschutz hin und her, was meine Operation betrifft, steht eine Art Schutz der Natur ebenfalls im Zentrum, denn schließlich werde ich die Welt von unnötigem Ballast befreien.

Der Gedanke daran ruft ein Gefühl der Freude in mir wach. Hier in der Natur nach geeignetem Rohmaterial zu suchen, um meine Idee Wirklichkeit werden zu lassen, hat was von Abenteuer.

Nur zwei, drei Blätter braucht es, hat die Franz gesagt. Was für göttliche Voraussetzungen. Pflanzenkunde könnte ein neues Hobby von mir werden. Altbekanntes Pflanzenwissen zu nutzen, das hat Charme und obendrein eine gewisse Eleganz.

Mit der mitgeführten Zange zwicke ich vier besonders kräftige, hohe Triebe ab. Die kelchförmigen Blüten in ihrem strahlend leuchtenden Pink sind eindrucksvoll. Schier verlockend. Als das erledigt ist, sammle ich noch etwas Spitzwegerich und Wegwarte vom Wegrand auf und verteile das Grünzeug behutsam über meinen wertvollen Fundstücken. Sicher ist sicher. Aller Voraussicht nach wäre Frau Franz nicht begeistert, wenn sie wüsste, welche Wildpflanzen mir besonders am Herzen liegen.

Es ist mehr als leicht, zur Gruppe aufzuschließen. Leider. Der Trupp hat erneut einen Stopp eingelegt. Echt prima, ich reihe mich ein. Hoffentlich gibt die Kräuterexpertin wenigstens nützliche Ratschläge preis, hoffe ich. Enttäuscht muss ich feststellen, dass die Franz gegenwärtig wieder nur über Heilpflanzen informiert. Das heißt: Ich habe rein gar nichts verpasst!

Nach einem viel zu lang empfundenen Ausflug in die Möglichkeiten, vitaminreiche und gesunde Wildkräuter zum Trocknen für die eigene »kleine Hausapotheke« zu sammeln, kommen endlich auch meine Belange zur Sprache. Die Worte »Damit passt ihr bitte unbedingt auf« haben fast etwas Poetisches und lassen mich aufhorchen.

»Seht ihr dort vor uns?« Sie weist mit dem Finger auf einen grünen Trieb. »Da haben wir ein Beispiel für Pflanzen, die gerne verwechselt werden. Das Exemplar hier ist eine echte Seltenheit – der Gute Heinrich, auch Wilder Spinat genannt. Er war das Gemüse des Mittelalters«, erklärt die Franz. »Und der Gefleckte Aronstab, der vielleicht eine Handbreit nebenan austreibt, mit kleinen Blüten in zartem Gelb«, ihre Finger wandern nun hinüber zu einer Pflanze mit auffällig roten Beeren, »der sieht dem Wilden Spinat im Frühjahr zum Verwechseln ähnlich. Die Blätter sind jetzt im Sommer fast vollständig verschwunden, aber im April und Mai ist die Verwechslungsgefahr sehr hoch. Deshalb, und auch weil der Gute Heinrich eine Seltenheit geworden ist, sollte man ihn lieber zu Hause im Garten anpflanzen.«

»Ist der Aronstab wirklich so gefährlich?«, hake ich sofort nach, da zu befürchten ist, dass die Franz gleich wieder zu unwichtigen Fakten abdriftet. Die Info wäre wichtig. Zwischen hochgiftig und einfach nur unverträglich liegt letzten Endes eine große Spanne, und man möchte schließlich niemanden enttäuschen. Halbe Sachen liegen mir nicht.

Frau Franz nickt. »Oh ja, sehr giftig. Allerdings macht sich der Aronstab schnell bemerkbar. Bereits der erste Biss fühlt sich an, als würde man auf Glas beißen. Davon nimmt kein Mensch, dem an seinem Leben gelegen ist, freiwillig einen Nachschlag.«

Ach, ein Jammer! Dieser unselige Umstand disqualifiziert das Gewächs für mein Vorhaben. Das hat die Natur schlecht arrangiert: Ein bisschen diskreter sollte man als Giftpflanze schon auftreten, wenn man seine Wirkung in voller Weise entfalten möchte. An dieser Stelle greift niemand zu – selbst ich nicht.

Es geht weiter in Richtung Klosterruine.

»Im Umfeld des einstigen Zisterzienserklosters werdet ihr überrascht sein«, kündigt Lilian Franz an. »Ich nehme an, der Artenreichtum ist das Erbe des damaligen Klostergartens. Wer weiß, welche Fülle von Pflanzen es zu jener Zeit dort oben gab? Die Pflege Kranker jedenfalls gehörte zu einer der wichtigsten Aufgaben der Mönche und Nonnen.«

Bleibt zu hoffen, dass man damals nicht nur Wert auf Heilsames legte, geht mir durch den Kopf. Bestimmt gab es auch früher schon Menschen, die äußerst lästig waren.

Endlich erreichen wir das Plateau. Der Wald lichtet sich, und vor uns werden die steinigen Überreste des ehemaligen Klosters sichtbar. Ein imposanter Anblick. Insbesondere das gewaltige Hauptportal aus Sandstein, das vorstellbar macht, welche Ausmaße der Bau einstmals hatte. Bevor wir die Ruine erreichen, geht es vorbei an einem mächtigen Gedenkstein, der an die Gründung der Abtei im Jahr 1131 erinnert und an den Brand 1614, der die Anlage damals zu großen Teilen zerstörte.

Die Klosterruine verströmt eine sehr eigene Atmosphäre. Wahrscheinlich wäre es überaus idyllisch zwischen dem alten Gemäuer und den hohen Linden, wenn da nicht das unaufhörliche Geplapper der Teilnehmer wäre, das, wie es scheint, nie verstummen will.

Warum manche Menschen ein derartiges Redebedürfnis verspüren, obwohl sie nichts zu sagen haben, konnte ich mir noch nie erklären. Aus diesem Grund

und auch, um ungestört nach weiteren Pflanzenschätzen zu suchen, setze ich mich von der Gruppe ab und erkunde das Gelände eigenständig. Besonders gut gefallen mir die alten Grabplatten, die teilweise im Boden eingelassen sind, aber auch hochkant aufgerichtet an die Wände der Ruine gelehnt stehen. Äbten, Rittern und Adeligen wie dem Grafen Ludwig von Saarwerden oder der Gräfin Agnes von Zweibrücken wird hier die letzte Ehre erwiesen. Womöglich würde es mir eines Tages ähnlich ergehen. Dann, wenn man meine Absichten erkannt und ein Einsehen darin hätte, wie wenig schade es um die Menschen gewesen ist, die sich dem Vorhaben unterordnen mussten. Diese Gedanken rufen mir wieder mein eigentliches Ansinnen ins Bewusstsein. Am Rand des Geschehens habe ich etwas Interessantes entdeckt, und dieses Etwas erfordert eine Rücksprache mit unserer Dozentin. So lästig mir diese Notwendigkeit auch erscheint. »Wie sieht es eigentlich mit wildwachsenden Früchten aus? Kann man die ebenfalls sammeln?«

Frau Franz wendet sich mir zu. Ich deute auf einige das Gelände begrenzende Büsche, an denen kleine schwarze Beeren wachsen.

Die Kräuterexpertin lacht auf. Für meinen Geschmack recht respektlos. »Grundsätzlich kann man die natürlich schon sammeln. Tollkirschen jedoch sind hochgiftige Wildstauden. Von deren Früchten zu kosten, würde ich niemandem empfehlen.«

»Oh«, erwidere ich und tue überrascht. »Dabei klingt ›Tollkirsche‹ doch eigentlich eher toll.«

»So kommt die Beere im ersten Moment auch daher. Die meisten anderen Giftpflanzen schrecken durch ihren bitteren Geschmack vom Verzehr ab. Da lässt man frei-

willig die Finger davon. Die Beeren der Schwarzen Tollkirsche hingegen schmecken süßlich, und genau das macht
sie so gefährlich. Die Wirkung setzt oft erst nach 20 bis
30 Minuten ein. Dann treten plötzlich Halluzinationen
und Atemnot auf.«

»Oh!«, wiederhole ich und freue mich über die Super-
nachrichten. Besser geht es ja gar nicht. Auf genau so eine
außerordentliche Frucht habe ich gehofft. Genussreich
und tödlich – wenn das mal keine exzellente Mischung ist.
Wohlwissend, dass die meisten Menschen meine Begeisterung nicht teilen würden, halte ich mein Verzücken über
diesen Glücksfund im Zaum und ergänze artig: »Dann
lasse ich wohl besser die Finger davon!«

»Unbedingt«, stimmt mir die Franz zu. »Aber siehst du
den Busch mit den Stacheln ein paar Meter weiter? Das
sind Brombeeren, von denen kannst du gerne kosten.«

Nun werde ich ja doch geduzt, ärgere ich mich. Aber
aufgrund der wundervollen Tipps denke ich nicht länger
darüber nach – was womöglich Glück für Frau Franz ist.
»Okay«, antworte ich und steuere auf die Brombeeren zu.

Das Gelände ist weitläufig, und die anderen Teilnehmer wollen sich mit Frau Franz den wundersamen Brun-
nen anschauen, um den irgendeine Legende rankt. Sollen
sie ruhig, denke ich und freue mich, als das Gemurmel
immer leiser wird. So ist es für mich ein Leichtes, abwech-
selnd von den Brombeeren und Tollkirschen zu pflücken.
Zufrieden schaue ich in mein mittlerweile prall gefülltes
Körbchen.

»Wahnsinn, was die Natur uns so alles anbietet«,
posaunte eben eine der Teilnehmerinnen heraus. Auch
wenn die meisten auf dieser Tour nur Unsinn von sich
geben, in diesem Punkt muss ich der Dame zustimmen.

Ich bin riesig gespannt, was mein besonderer Gast heute Abend zu meinen wunderbaren Fundstücken sagen wird. Obwohl, das trifft es nicht ganz. Ehrlich gesagt wäre es mir am liebsten, die Eingeladene würde so wenig wie möglich sagen und einfach nur genießen.

KOMISCH

Chris Tümmler

Landespolizeipräsidium, Saarbrücken, 10. August um 18:24 Uhr

»So, für heute reicht's mir. Der Tatortbefundbericht ist so weit fertig. Es ist enttäuschend, Mister Surprise hat uns leider nichts Brauchbares hinterlassen«, stellt Eliza ernüchtert fest und packt ihre Sachen zusammen. »Ich hab noch einen Termin. Machst du heute nicht auch mal früher Feierabend?«

»Doch, gleich«, schwindle ich. Ich möchte ein weiteres Mal die Proben in Augenschein nehmen. Die, die ich am Abend nach der Attacke auf Wolfgang in seinem Büro genommen habe. Ich habe Mikrospuren von Erde, Fasern und verschiedene Haare entdeckt. All das hat Eliza in ähnlicher Weise sichergestellt, nur im Fall der Haare stimmen unsere Funde nicht zu hundert Prozent überein, soweit ich das bisher einschätzen kann.

Davon erzähle ich Eliza nichts. Dass ich noch mal zum Tatort gegangen bin, war keine Kontrolle, sondern eine Sicherheitsmaßnahme. Spurensicherung ist Millimeterarbeit, für die es höchste Konzentration braucht, und da sehen zwei Augenpaare der Logik nach eben mehr als eines. Dass einem kleine Details entgehen, ist Berufsrisiko. Aber auch ein Risiko, das ich diesmal nicht eingehen möchte, denn die Sache mit Wolfgang nehme ich persönlich.

»Ich wünsch dir was«, sagt Eliza und legt sich ihre Tasche über die Schulter.

»Ich dir auch. Schönen Feierabend.«

Kaum ist die Tür hinter ihr ins Schloss gefallen, mache ich mich ans Werk und nehme die Plastiktütchen mit den Folienabzügen aus meinem Schrank. Die genaue Bestimmung der Haare steht noch aus.

Unser Dozent für Kriminaltechnik sagte immer: »Eins kann ich Ihnen versprechen, ganz egal, für wie schlau sich ein Täter hält, irgendetwas hinterlässt er für Sie am Tatort – ob es nun Schweiß, Hautpartikel oder Härchen sind. Ihre Kunstfertigkeit wird es sein, genau dem auf die Spur zu kommen.«

Ich halte eines der Plastiktütchen gegen das Licht. Das ist es! Wenn es eine Hinterlassenschaft von Mister Surprise gibt, die den Anforderungen entsprechen könnte, dann diese Probe. Ich bin der Ansicht, es handelt sich um ein Tierhaar und es gehört nicht zu Günther. Dackelhaare haben sowohl Eliza als auch ich einige aufgesammelt, die allerdings sind weit kürzer, das erkennt man bereits mit bloßem Auge. Nun bleibt mir endlich Zeit herauszufinden, zu wem dieses Haar gehört.

Mit einer Pinzette nehme ich das etwa sieben Zentimeter lange, filigrane Objekt aus der Tüte, positioniere es auf einem Objektträger unter dem Elektronenmikroskop und beschwere es mit einem Deckglas. Ich wechsle zum mittleren Objektiv und stelle die Blende ein. »So, ich bin schon sehr gespannt, was du mir zu erzählen hast«, rede ich dabei vor mir her.

Was hiernach folgt, ist reine Fleißarbeit, denn es gilt, unter den vielen Vergleichshaaren in der Datenbank das passende Gegenstück zu finden. Gerade will ich loslegen, da macht sich mein Handy bemerkbar.

»Ja, hallo.« Ich klemme mir das Smartphone zwischen Kinn und Schulter, um die Hände frei zu haben.

»Du weißt, dass du heute Abend an der Reihe bist?« Katja klingt angespannt. Jetzt mit einem Nein zu antworten, wäre unklug. Trotzdem, ich habe nicht die geringste Ahnung, für was ich auserkoren bin.

»Ja, ich wollte gleich Feierabend machen«, behaupte ich ins Blaue hinein.

»Schaffst du das noch pünktlich?«

»Denke schon«, sage ich aus der Bedrängnis heraus.

»Der Elternabend beginnt um 7.«

Ich werfe einen Blick auf meine Uhr. 18:34 Uhr. Verdammt!

»Hm, ich wollte gleich von hier aus in die Schule fahren.«

»Das heißt, Alex sieht dich heute wieder nicht?«

Ja, denke ich, ich kann mich schließlich nicht zweiteilen. »Vielleicht dauert es diesmal nicht so lange.«

»Das glaubst du doch selbst nicht! Unter zwei Stunden bist du da noch nie rausgekommen.«

»Abwarten. Ich muss los.«

»In Ordnung. Und lass dich bloß nicht wieder zum Elternsprecher wählen. Das kann diesmal jemand anderes mit mehr Freizeit übernehmen.«

»Ja, Chef«, entgegne ich. »Bis nachher.«

Ich nehme den Objektträger vom Elektronenmikroskop. Heute wird das leider nichts mehr.

GANZ FRISCH SCHMECKT'S
IMMER AM BESTEN

Eine Person

Irgendwo im Saarland, 10. August um 18:47 Uhr

»Ihre Kräuterschätze sollten Sie möglichst bald zubereiten, am besten noch heute Nachmittag oder am Abend«, hat ihnen die Kräuterexpertin am Ende der Führung mit auf den Weg gegeben. »Je frischer, desto besser. Sowohl geschmacklich als auch mit Blick auf die Vitamine und Nährstoffe. Wer möchte, kann sich gern Kopien mit Rezeptvorschlägen mitnehmen.«

Das wollten alle, sogar ich, und jetzt, zu Hause angekommen, beweist sich dies als äußerst hilfreich. Gänseblümchen-Pilzsuppe, Wildkräutersalat und Beerenkompott. Das ist ein vollwertiges Menü, und für all diese Gerichte hat es sich gelohnt, auch das viele gesunde Grünzeug eingesammelt zu haben, denn das bildet eine erstklassige Basis für die weit wichtigeren Komponenten. Der hübsche Fliegenpilz ist mir quasi zufällig in die Hände gefallen, als ich am Parkplatz eingestiegen bin. Eine nette Fügung des Schicksals, denn jetzt kann ich zum Auftakt sogar noch ein Süppchen vorbereiten. Frau Wiesberger wird hin und weg sein.

Sie als Gast zu gewinnen, war fast zu einfach.

»Sie möchten für mich kochen? Das ist ja reizend«, hat mir die Wiesberger geantwortet, als ich eben beim Nachhausekommen die Essenseinladung aussprach. Natürlich hat sie wie gewohnt vor der Tür spioniert und zur Tarnung das Unkraut im Vorgarten gejätet. »Ich muss nur aufpassen wegen meiner Darmprobleme«, ergänzte sie. Sie blickte sich daraufhin scheu um, als würde in der Straße noch jemand außer ihr permanent lauschen. Etwas leiser fügte sie hinzu: »Der Arzt hat mir letzte Woche ein Mittelchen für den Darm verschrieben. Wenn es nicht mehr so richtig läuft, Sie wissen schon, was ich meine.« Dabei lehnte sie sich zu mir herüber, woraufhin ich einen kleinen Schritt zurücktrat. »Abführmittel«, hauchte sie mir mit bedeutungsschwerem Blick zu, als verrate sie mir in diesem Augenblick die Geheimformel für eine neuartige Atombombe. »Ziemlich starkes sogar. Da geht eine halbe Stunde später auf dem Klo die Party ab. Wenn ich obendrein die Wassertablette nehme, bin ich Dauergast auf Ihrer Gästetoilette. Danach laden Sie mich nie mehr ein.«

Das war in der Tat sowieso der Plan. Der Besuch der Nachbarin sollte ein einmaliges Erlebnis bleiben. Darin bestärkte mich der Umstand, dass ich wieder weit mehr Informationen erhalten hatte, als ich mir gewünscht hätte.

Trotzdem blieb ich freundlich und hatte sogar erfreuliche Neuigkeiten für sie parat: »Na, vielleicht ändert sich das ja ab heute. Das soll alles sehr gesund und heilsam sein. Bestimmt sind die Wiesenkräuter gut für den Darm«, habe ich Frau Wiesberger in Aussicht gestellt und voller Stolz mein Sammelkörbchen in die Höhe gehalten.

Aller Voraussicht nach kann ich das Versprechen leicht

einlösen. In ein, zwei Stunden wird Frau Wiesberger von den Erschwernissen ihrer Darmträgheit und den Wasseransammlungen erlöst sein. Das zahlreiche Unkraut in ihren Beeten würde Frau Wiesberger in Zukunft auch nicht mehr plagen. Eine Win-win-Situation für alle Beteiligten. Endlich werde ich nicht mehr die neugierigen Blicke aus dem Vorgarten ertragen müssen. Und einen weiteren schönen Nebeneffekt hat das Ganze, denn wie ich heute gelernt habe, gibt es überhaupt kein Unkraut. Was Frau Wiesberger seit Jahren treibt, ist Raubbau an der Natur, was mit dem heutigen Mahl ein Ende finden wird.

Während ich die verschiedenen Wildpflanzen für den Salat wasche, wandern meine Gedanken zu meinen beiden Bekannten, denen ich ebenfalls eine kulinarische Freude gemacht habe. Es ist schon etwas her, dass das selbstgemachte Präsent eingetroffen ist, und bisher konnte ich noch nichts Genaues darüber in Erfahrungen bringen, wie es bei den Beschenkten angekommen ist. Dass ein Krankenwagen vor Ort war, hat selbstverständlich schnell die Runde gemacht. Die schönen Details fehlen jedoch bislang. Ein Jammer, dass nur einer der beiden vom Präsent gekostet hat. Aber mir soll es recht sein, für die Verbliebene des Dreamteams findet sich sicher bald eine Alternativlösung. So würde es zumindest in Zukunft nicht langweilig werden. Doch alles zu seiner Zeit. Heute steht die Wiesberger im Mittelpunkt des Geschehens.

Es läutet. Kurz danach kündigt auch der Hund den Gast mit lautem Bellen an.

Ich werfe im Vorbeigehen einen prüfenden Blick auf den festlich gedeckten Tisch. Die Tafel sieht perfekt aus, stelle ich zufrieden fest: Eine blütenweiße Tischdecke, Servietten mit dem klassischen Vergiss-mein-nicht-Muster – passender könnte es für diesen Abend gar nicht sein. Dazu das gute, geerbte Villeroy & Boch-Gedeck von meinen Großeltern. Das »Phönix blau« hatte ich noch nie in Gebrauch. Heute habe ich es extra für diesen erfreulichen Anlass aus der Vitrine genommen. Frau Wiesberger soll es schön haben in ihren letzten Stunden.

»Guten Abend«, grüßt sie an der Tür. Bevor ich etwas erwidern kann, schlägt mir ein ganzer Wortschwall entgegen. »Wissen Sie, dass ich zum ersten Mal bei Ihnen zu Hause bin? Das ist doch lustig, dabei leben wir bestimmt schon gute zehn Jahre nebeneinander.« Das Adjektiv »gut« hätte ich in dem Zusammenhang nicht verwendet, stelle ich fest, nicke aber freundlich und nehme mit den Worten »Das mache ich« den Blazer der Wiesberger entgegen.

Während ich noch dabei bin, ihn auf einen Kleiderbügel und an die Garderobe zu hängen, stürmt die Nachbarin ungefragt in Richtung Wohnzimmer los, selbstverständlich ohne das Reden zu unterbrechen. Der Hund flüchtet in die Küche, die Option habe ich leider nicht. Ich höre den Schilderungen der Wiesberger artig zu: »Früher lebte ja hier ein älteres Ehepaar, der Gottlieb Eichner und die Hedwig. Die war ja evangelisch und er katholisch. Tja, das war damals alles gar nicht so einfach …«

»Aha«, gebe ich zur Antwort und rücke den Stuhl für meinen Gast zurecht. »Setzen Sie sich doch bitte.«

»Der Gottlieb hat immer Schnaps gebrannt. Aus selbstgesammelten Schlehen. So was kriegt man heute gar nicht mehr«, schwärmt sie los und untermalt alles Gesagte mit ausufernden Handbewegungen. Ich weiche aus, um nicht berührt zu werden. Innerhalb weniger Augenblicke bereue ich es, für die Wiesberger keine schnellere Variante gewählt zu haben. Aber da muss ich jetzt durch.

»Dem Gottlieb, dem hätten Ihre Kräuter bestimmt gut gefallen. Der hätte bei jedem Pflänzlein den genauen Namen nennen können und hätte gewusst, wofür man es braucht – das kann ich Ihnen sagen.«

Nach dieser Aussage bin ich froh, dass Gottlieb nicht mehr unter uns weilt. Außerdem werde ich das Gefühl nicht los, wir könnten gar nicht früh genug mit dem Essen starten. »Wollen wir mit einem Süppchen anfangen?«

»Ja, wunderbar. Hört sich gut an. Vielen Dank«, lässt sich die Wiesberger kurz ablenken. Danach geht es gleich mit Tratsch aus der Nachbarschaft weiter: »Auf jeden Fall hatten die Hedwig und der Gottlieb früher Hinkel. Da draußen, sehen Sie?« Sie fuchtelt wild mit den Armen, um mir die Stelle in meinem Garten zu zeigen. »Da, wo jetzt bei Ihnen Rasen ist. Eine Riesentruppe Hühner und natürlich nur einen einzigen Hahn, wie das so ist. Der Hanno, das ist nicht übertrieben, war des Teufels. Der ist immerzu ausgebüxt, und grundsätzlich jedes Mal in meinem Vorgarten gelandet. Wo ich den doch so pflege.« Sie stimmt sich selbst mit einem eifrigen Nicken zu. »Jedenfalls kam ich eines Morgens in den Garten und …«, die Wiesberger macht eine theatralische Pause, womöglich um Spannung aufzubauen, »… und da hat das Teufelsvieh mir die komplette Kapuzinerkresse und die Veilchen aus meinen Blumenbeet herausgepickt. Ich hab gedacht, ich fall tot um vor Schreck. Ratzeputz leer der Garten. Können Sie sich das vorstellen?«

Ich nicke. Den Moment mit dem Tot-Umfallen kann ich mir momentan bestens ausmalen. Ein erleichternder Gedanke.

»Und laut war der Gockel. Spätestens um sechs war man wach …«

»Aha«, streue ich ein, im Versuch, am Gespräch beteiligt zu wirken.

»Sie stehen doch auch immer so früh auf.«

»Schon.«

»Spätestens um halb sechs sind bei Ihnen die Laden oben. Und der Fernseher läuft ständig. Sie mögen auch Kochsendungen, gell?«

»Hm.«

»Besuch haben Sie aber selten.«

»Geht so.«

»Dabei sehen Sie ganz passabel aus.« Die Wiesberger mustert mich kritisch von oben bis unten. »Da müsste eigentlich jemand zu finden sein. Heute geht das doch alles mit Internet und Handy und so. Tinder, sagen die immer im Fernsehen.«

»Könnte ich vielleicht mal drüber nachdenken«, antworte ich, um die Thematik einem Ende zuzuführen.

»Ich will ja keinen mehr. Mir kommt keiner mehr ins Haus. Noch so einer wie der Harry, der sich von hinten bis vorne bedienen lässt, das wäre mein Tod.« Sie macht eine abwehrende Geste, wohl um ihr Statement hinsichtlich zukünftiger Bindungen zu unterstreichen. Was für ein tragischer Verlust für die Herrenwelt, denke ich, da geht es auch schon weiter. »Besuch wird bei mir immer seltener. Wenn man älter wird, ist das eben so.« Sie zuckt mit den Schultern. »Da sterben alle der Reihe nach weg. Falls mal meine Tochter aus den USA anruft, was selten vorkommt, sage ich immer: Ich könnte tot sein. Das würde gar keiner merken.«

»Ach was.« Ich gehe in die Küche und bereite die beiden Suppen vor.

»Doch, doch, so ist das«, entrüstet sich die Nachbarin lautstark, sodass ich sie auch im Nachbarraum gut höre.

»Wer soll das denn groß mitkriegen? Höchstens die Post-
botin, wenn sich die Saarbrücker Morgenpost und die Wer-
bung in meinem Briefkasten stapeln.«

Das ist ein wichtiger Hinweis, sage ich mir, daran sollte
ich unbedingt denken. Mit einer Kelle fülle ich die Suppe
auf den Teller für die Wiesberger. Mein Extrateller steht
auf der Ablage schon griffbereit. Seinem Gast etwas weg-
zuessen, wäre schließlich nicht sonderlich höflich. »Bitte
schön, guten Appetit.« Wieder am Tisch stelle ich den Teller vor der Wiesberger ab und hoffe, der Geschmack des
Fliegenpilzes dominiert nicht zu sehr.

»Ach, Pilzsuppe. Die hat mein Harry so gerne gegessen-
sen. Der hat immer alles im Wald gesammelt, was auch
nur ein bisschen nach Pilz ausgesehen hat. Zu Hause hat
er dann nach giftig und ungiftig sortiert. Dass ich heute
noch am Leben bin und bei Ihnen sitzen kann, ist eigentlich ein Wunder.« Frau Wiesberger lacht über ihren eigenen Witz und gönnt sich einen ersten Löffel. »Delikat«,
lobt sie meine Kochkünste.

»Das freut mich.« Ich probiere meinerseits. Meine Pilzsuppe aus der Tüte schmeckt mittelmäßig. Ziemlich wäss-
rig muss ich sagen. Frisch ist schon etwas anderes. Trotzdem, ich wollte nicht mit der Wiesberger tauschen.

Ich lasse meinen Gast keine Sekunde aus den Augen und
achte auf jede Veränderung. Aber es ist enttäuschend – sie
wirkt entspannt und gut gelaunt. Von einer schnellen Wirkung kann ganz und gar nicht die Rede sein. Wie ärgerlich, möglicherweise bin ich zu unerfahren, was die kor-
rekte Dosierung betrifft.

Die Nachbarin jedenfalls plappert ungebremst weiter: »Kennen Sie eigentlich die Schiller? Die an der Ecke.
Wo der Mann Frauenarzt ist. Die ist vielleicht eingebildet,

die Frau Doktor.« Beim Wort »Doktor« verdreht sie die Augen. »Das finden Sie doch bestimmt auch?«

Ich zucke mit den Achseln. Keine Ahnung, wen sie damit meint. Ich bin froh, wenn ich meinen Nachbarn aus dem Weg gehen kann.

Aber Frau Wiesberger kennt mich anscheinend besser als ich mich selbst: »Doch, klar kennen Sie die!«, behauptet sie. »Das ist die mit den grellblondierten Haaren und dem Cabrio, die immer so furchtbar aufgetakelt durch die Gegend läuft. Haben Sie die mal von Nahem gesehen? Die hat Lippen!« Jetzt saugt die Nachbarin ihre Wangen ein und spitzt den Mund zu einem Entenschnabel, um mir die Ausmaße zu verdeutlichen, was mir nicht wirklich hilft. Jemanden mit so einer Optik kenne ich nicht. »Garantiert hat die sich ihren Schmollmund aufspritzen lassen. Da wette ich drauf. So volle Lippen hat kein Mensch. Fast wie die Damen in Hollywood. Da sind ja alle operiert, sogar die Mannsbilder. Ich würde so was niemals machen lassen.«

Würde sich auch nicht lohnen, befinde ich und stehe auf, um abzuräumen und den zweiten Gang vorzubereiten. Die Extra-Zutaten für die liebe Nachbarin liegen in einer Schüssel auf der Arbeitsplatte bereit.

»Wildkräutersalat mit essbaren Wiesenblumen. Lassen Sie es sich schmecken!«, kündige ich ein paar Augenblicke später, die mit wiesbergerischen Informationen gefüllt waren, die ich lieber nicht erfahren hätte, an. Ich bin stolz beim Blick auf die beiden Teller: Das sieht wirklich zum Anbeißen aus. Gerne würde ich ein Foto davon machen. Aber ich entscheide mich dagegen. Das wäre bei dieser besonderen, doch irgendwie sehr intimen Angelegenheit unpassend.

Frau Wiesberger hat ohnehin keine Zeit für solche Nebensächlichkeiten. Es gibt so vieles, was ich ihrer Meinung nach von den Nachbarn wissen sollte. »Aber das mit den Schröders, zwei Häuser unter Ihnen, das haben Sie mitbekommen?«

»Weiß ich nicht. Was meinen Sie denn genau?«, erkundige ich mich höflich. Gerade verschwindet ein pinkfarbenes Blütenblatt im Mund von Frau Wiesberger. Wie erfreulich!

»Das müssen Sie doch bemerkt haben!«, entrüstet sie sich mit großen Augen und kaut vor sich hin. »Dass der ständig Männerbesuch hat.«

Ich schüttle den Kopf.

Dass die liebe Nachbarin alles im Blick hat, wusste ich ja. Aber allmählich frage ich mich, ob sie über all die Dinge genauestens Buch führt. Wie kann man all die vielen Einzelheiten in dem Alter so präsent im Kopf haben? Wenn es sich nicht ausschließlich um private Angelegenheiten der Nachbarn handeln würde, müsste man Respekt vor der Wiesberger haben. So allerdings bin ich der Ansicht, dass es im Sinne der guten Nachbarschaft äußerst löblich von mir ist, die Sache für uns alle in die Hand genommen zu haben.

»Der ist … Wie soll ich sagen?« Sie stockt und mir wird warm ums Herz. Hoffnung keimt auf. Keine Sekunde später weicht sie Enttäuschung. Die Wiesberger hat nur nach den richtigen Worten gesucht. »Ich glaube, der steht auf Männer.« Sie flüstert und bekräftigt das Gesagte mit einem eifrigen Nicken. Kurz ist sie stumm. Die Pause ist mir wohl gegönnt, damit ich die – nach Ansicht der Wiesberger – ungeheuerliche Sache in Ruhe auf mich wirken lassen kann.

Allzu viel Zeit lässt sie mir nicht, denn es geht ihr anscheinend auch darum, neue Erkundigungen einzuholen: »Und Sie? Sie haben wirklich keine Beziehung?«

Hatten wir das Thema nicht eben schon, frage ich mich und antworte knapp: »Nein. Sie wollen bestimmt einen Nachschlag?«

»Gerne.«

Das lasse ich mir nicht zweimal sagen. Die Nachbarin reicht mir den Teller herüber und ich gönne mir eine kurze Auszeit in der Küche. Im Extraschälchen für Frau Wiesberger wartet noch eine Portion Blüten, und die kommt jetzt auf das restliche Grünzeug. Darüber gieße ich eine großzügige Ladung Dressing und schon kehre ich mit dem gut gefüllten Teller an den Tisch zurück. »Schön, dass es Ihnen schmeckt. Aber lassen Sie bitte ein bisschen Platz für was Süßes.«

Die Nachbarin lächelt und macht sich über die zweite Portion her. Mit halbvollem Mund geht das Geschnatter weiter. »Apropos süß. Da fällt mir ein: Die Schiller hat früher in einer Bäckerei gearbeitet.« Sie hebt hocherfreut ihren Finger und zeigt auf mich. »Das haben Sie nicht gewusst, gell? Tja, die war stinknormale Thekenkraft. Nix Besonderes, und damals hat die sich auch schon nicht gerne überarbeitet. Das hat mir die Hansens aus dem blauen Haus erzählt. Wissen Sie, das vorletzte in der Straße, das dringend renoviert werden müsste. Falls nicht, fällt denen irgendwann das Dach beim Mittagessen auf den Kopf.« Die Wiesberger kichert hell und schadenfroh. Offenbar stellt sie sich das gerade bildlich vor. »Der Mann von der Hansens ist mal arbeitslos und dann mal wieder nicht. Der hat das Schaffen eben nicht erfunden, wenn Sie wissen, wie ich das meine? Das sieht man auch am Garten. Unkraut, so weit das Auge reicht.«

Sie blickt mich erwartungsvoll an, und ich nicke mechanisch. Ich hätte verdammte Lust auf Nachtisch, aber Frau

Wiesberger hat noch eine große Portion Salat auf dem Teller. Das Schwatzen lässt den Fortgang immer wieder ins Stocken geraten.

»Auf jeden Fall war die Schiller nur eine hundsgewöhnliche Aushilfskraft in der Bäckerei, die Frau Doktor, und jetzt macht sie auf ganz fein. Dabei hat die ja – nur so unter uns – einfach bloß gut geheiratet. Oder?«

Ich atme tief durch, so langsam schlägt mir die Unterhaltung, oder Monolog trifft es wohl weit besser, aufs Gemüt.

»Und heute lässt sie es sich nur noch gut gehen. Letzte Woche war diese Baumschule von Ballern da. Mit Bagger. Garten Kreick, die kennt man doch.«

Ich schüttle den Kopf. Da stößt mein Gartenwissen bereits an seine Grenzen. Ich weiß nicht, ob ich jemals eine Baumschule betreten habe, doch seit heute könnte mich das schon interessieren.

»Die kamen im Trupp mit fünf Mann und haben ihr den Garten neu angelegt. Die Thujen sind jetzt alle weg und wurden vor Ort gehäckselt. Das war eine Schweinerei, die Hälfte davon flog in meinen Vorgarten. Lauter kleine Schnipsel. Eigentlich hätten die bei mir sauber machen müssen. Eigentlich!« Die Wiesberger nickt mir vielsagend zu. »Das kennen Sie ja. Mit den Nachbarn will man keinen Streit. Deshalb habe ich alles selber weggeräumt. Tagelang. Mit meiner kleinen Rente kann ich mir bestimmt keine Gärtner leisten, dabei bräuchte ich die auch mal dringend. So ein Garten ist letztlich immer nur Arbeit. Aber was denken Sie, hat Frau Doktor in der Zwischenzeit unternommen, während die fünf ihre Anlage auf Vordermann gebracht haben …?« Die Wiesberger lässt mir gar keine Zeit, um zu antworten, sondern nimmt gleich ihre Hand dazu, um alles aufzuzählen: »Kosmetikerin, Nagelstudio, Frisör und natürlich auch noch einen Wellnesstag. Da in dem piekfeinen Hotel am Bostalsee, wo die High Society ein und aus geht. Und das alles während ihr Mann bis abends in der Praxis die jungen Mädchen untersucht.« Gegen Ende des Satzes wird die Stimme der Wiesberger leiser, was erfahrungsgemäß eine ganz besondere Unverschämtheit ankündigt. »Mal unter uns.« Sie beugt sich vor, wie unangenehm. »So ein Arbeitsfeld sucht man sich doch nicht zufällig aus, falls Sie wissen, was ich meine.« Die Wiesberger zwinkert mir vielsagend zu.

»Ich glaube, ich mache das Kompott fertig. Sie sind bestimmt müde«, setze ich zur Flucht an und stehe auf.

»Och nö, ich bin noch ziemlich munter. Ist wirklich schön bei Ihnen. Hab mich schon lange nicht mehr so gut unterhalten.«

Also setze ich mich wieder auf meinen Platz und warte artig, bis ihr Teller restlos blank geputzt ist und das gesammelte Wissen des letzten Jahrzehnts über die Nachbarschaft abgeladen wurde. Kaum hat sie ihr Besteck abgelegt, greife ich nach dem Teller. »Wollen Sie ein bisschen Sahne dazu?«

»Ob ich mir das leisten kann?« Die Wiesberger blickt an sich herab. Mein Ratschlag wäre nein, die Nachbarin entscheidet sich für: »Warum eigentlich nicht, aber nur weil Sie es sind.«

Während ich in der Küche meine Arbeit verrichte, sorgt die Wiesberger weiterhin für Unterhaltung – fast, als würde man Radio hören. Mit dem Unterschied allerdings, dass man dort den Sender wechseln kann. »Die Hansens, die hat vielleicht zugenommen. Im Frühjahr macht sie immer diese Schlankheitskuren aus den Frauenheftchen. Was weiß ich: Steinzeit-Diät, Quark-Diät, Trennkost, Schlank im Schlaf – das hat die alles schon durch. Wochenlang futtert sie gar nix und nimmt ab, das glaubt man nicht. Die schaut dann aus, als hätte man einen Stöpsel gezogen und die Luft rausgelassen. Aber jedes Jahr kurz vor Weihnachten sieht sie aus wie eine gestopfte Gans.« Sie unterbricht sich, hüstelt und fährt fort. »Die geht auf wie Hefe. Dabei ist der Gerd, ihr Mann, mehr so der Typ Hungerhaken. So was hätte mir nie gefallen. Da sieht man jeden Knochen, das ist doch nicht hübsch, oder?« Sie pausiert erneut und fährt sich mit der Hand an den Kragen ihrer Bluse. »Ganz schön warm haben Sie es hier drin.«

»Finden Sie? Umso besser, dass das Beerenkompott im Kühlschrank steht. Das erfrischt.« Die Wiesberger-Extraportion, die ich mit einem großzügigen Sprühstoß Sahne versehe, ist mit einem kleinen Punkt an der Seite des Schälchens gekennzeichnet. Die Frau Nachbarin hat schon recht. Die Kalorien kann sie sich gönnen. Jetzt auf ihre Figur zu achten wäre fehl am Platz.

»Wohl bekomms«, sage ich und mustere das Gesicht der Wiesberger. Immer noch ist sie bester Laune und putzmunter. Es ist zu befürchten, dass nichts existiert, was den Mund der Nachbarin zum Stillstand bringen könnte. Nach dem, was uns Frau Franz, die Heilkräuterexpertin, in Aussicht gestellt hat, müsste die alte Dame doch inzwischen längst die letzte Reise angetreten haben.

Aber nein – und Frau Wiesberger hat anscheinend noch reichlich Puste. »Kennen Sie eigentlich diese Alleinerziehende mit den vielen grässlichen Tätowierungen, die zur Untermiete bei den Lorscheiders wohnt? In der Wohnung zieht ständig jemand Neues ein. Ich vermute ja, da schimmelt es.« Mit ihrer Vergiss-mein-nicht-Serviette wischt sie sich ein paar Tropfen Schweiß von der Stirn. Na endlich, denke ich. Die Wiesberger und ihr nimmermüder Mund scheinen doch nicht unbesiegbar zu sein. Mit ein bisschen Glück stößt die liebe Nachbarin bald an ihre natürlichen Grenzen.

»Wirklich warm ist es hier … Jedenfalls sieht die ganz passabel aus, wenn man keine allzu hohen Ansprüche hat. Was meinen Sie, womit die Frau ihr Geld verdient? Das erraten Sie niemals.«

Frau Wiesberger hebt ihren Zeigefinger dramatisch in die Höhe. Sie hat ein weiteres spannendes Detail auf Lager, das sie noch nicht rausposaunt hat. Diese aufregende Information wird sie allerdings mit ins Grab nehmen müssen. Mit einem für die Wiesberger eigentlich viel zu leisen Platschen landet ihr Kopf in dem Schälchen mit dem Beerenkompott.

Gerade jetzt, wie schade, finde ich. Das mit der Untermieterin der Nachbarin hätte mich nun doch interessiert. Aber andererseits ist die Ruhe, die sich wieder in meinen vertrauten Räumen ausbreitet, erleichternd.

Vielleicht sollte ich schnell noch den Abwasch erledigen, bevor ich mich um die Wiesberger kümmere, überlege ich. Was gibt es Blöderes, als wenn man von getaner Arbeit nach Hause kommt und da wartet ein Riesenberg an Hausarbeit auf einen? Die Nachbarin hat es nach eigener Aussage sowieso nicht so eilig.

Ich räume die Teller ab und stelle mit Genugtuung fest, dass mein Gast kaum etwas übrig gelassen hat – vom Kompott abgesehen. Wie wunderbar, sage ich mir, das spricht doch dafür, dass es der lieben Frau Wiesberger geschmeckt hat.

DAS TRAUMPAAR!

Antonia Kuppertz

Landeskriminalamt Saarbrücken, 11. August um 7:01 Uhr

»Moin«, grüße ich in die Runde, als ich mit Günther an der Leine im Präsidium eintreffe. Die letzten Tage habe ich mir angewöhnt, auf der Arbeit immer zuerst die Räume der Spusi aufzusuchen. Mein Büro ist mittlerweile wieder freigegeben, aber ich betrete es nur ungern.

»Guten Morgen«, grüßt Eliza freundlich zurück.

Chris grinst. »Salü, ihr zwei. Ihr seid spät dran. Sonst warst du immer die Erste hier«, stänkert er. »Ich sehe es kommen, aus euch wird noch ein richtiges Traumpaar.«

»Du meinst bestimmt die Zeiten, als ich mir diese äußerst luxuriösen sechs bis sieben Stunden Schlaf gegönnt habe. In jenen Tagen, als bei mir zu Hause noch kein Fellmonster die Nacht zum Tag hat werden lassen? Gefühlt muss das Jahre her sein.« Ich reibe mir den Nacken. Kaum zu glauben, welchen Bewegungsradius so ein Dackel beim Schlafen hat. Er nimmt gut drei Viertel des Bettes für sich in Anspruch und liegt dann trotzdem dicht an mir.

»Vielleicht hilft das ja. Ich habe einen Schuss Milch reingetan.« Eliza reicht mir eine Tasse Kaffee.

»Oh, danke. Du bist ein Schatz und meine Rettung.«
Ich gönne mir sofort einen Schluck. »Was gibt es Neues
bei euch?«, erkundige ich mich daraufhin.

»Nichts, ehrlich gesagt. Es ist erschreckend ruhig im
Moment. Warst du gestern Abend noch bei Wolfgang?«,
will Chris seinerseits wissen.

»Ja, er macht mittlerweile einen recht guten Eindruck.
Die Ärzte haben gesagt, wenn alles so bleibt, könne er
Anfang nächster Woche entlassen werden. Er soll auf-
passen, sich nicht zu früh wieder zu belasten und seinem
Körper Zeit zu lassen. Aber du kennst ihn ja, Ruhe hat er
natürlich keine.«

»Hätte ich in seiner Situation ebenso wenig«, bemerkt
Chris. »Mal ehrlich: Wenn ich wüsste, da draußen rennt
ein Psycho rum und hat es auf mich abgesehen, dann wäre
es auch nicht so meins, brav im Bett zu liegen und abzuwarten.«

»Das nennt man nicht abwarten, sondern auskurieren«,
mischt sich Eliza ins Gespräch ein. »Wir sind übrigens so
weit durch mit unserer Untersuchung der Tatortspuren.«

»Und?« Ich bin neugierig, was sie herausgefunden haben.

»Wie befürchtet: nicht viel Verwertbares. Was die Verpackung des Kuchens angeht, waren natürlich keine Fingerabdrücke zu finden. Außer die von Wolfgang und einer
Bäckereifachkraft aus dem Café Lolo. Das haben wir abge-
glichen.«

Chris ergänzt: »Nun ja, das ist nicht verwunderlich. Ich
habe mit der Dame telefoniert. Wir nehmen an, dass sie
den Karton an Mister Surprise verkauft hat und die Person
womöglich Handschuhe getragen hat. Leider konnte sich
die Frau an niemanden in der Art erinnern. In der Bäckerei gäbe es täglich ein paar Hundert Kunden. Da wäre gar

nicht so selten jemand dabei, der Handschuhe trage. Auch weil viele Radfahrer vorbeikämen. Sie könne sich unmöglich jedes Gesicht einprägen, meinte sie.«

»Schade.« Das ist ernüchternd. Ohne jeglichen Ansatzpunkt ist es schwer, eine Richtung einzuschlagen. Ich entscheide, am Nachmittag die Befragung der Zeugen in der Franz-Josef-Röder-Straße gegenüber des Saarufers anzugehen – vielleicht ergibt sich da etwas. »Sonst irgendwelche Spuren aus dem Büro? DNA, Haare?«, erkundige ich mich.

»Mehr als man in einem ganzen Leben auswerten könnte«, entgegnet Eliza kess. »Ich glaube, die halbe Wache hat euch irgendwann mal besucht.«

»Mira Jablonska auch?«, hake ich nach.

Eliza stutzt und wird ernst. »Wieso ausgerechnet Mira Jablonska?«

»Nur so. Ich hatte da am Montag ein komisches Gefühl.« Ich kann nicht genau sagen, warum, aber sie hat mir bei unserem Zusammentreffen, nachdem das mit Wolfgang passiert ist, etwas zu lange herumgedruckst. Das war komisch, auch wenn ich ihr kein Attentat à la Mister Surprise zutraue.

»Ein komisches Gefühl reicht leider nicht aus. Da bräuchten wir schon etwas Konkreteres, um an ihre DNA zu kommen«, erinnert mich Chris.

»Hm, ja, stimmt. Ich sehe sie gleich in Bexbach beim Training der Hundestaffel. Da hätte ich sogar einen ganzen Menschen als Referenzmaterial.«

»Vergiss es, inoffiziell machen wir hier gar nichts.« Chris grinst Eliza und mich nacheinander an. »Zumindest nicht offiziell. Wenn dir natürlich zufällig ein Haar in die Hände fällt …«

»Ja, so kenn ich dich«, sage ich und zwinkere Chris zu. Eliza steht schweigend daneben. Sie findet Chris' Bemerkung anscheinend ganz und gar nicht lustig. Noch recht frisch von der Polizeischule nimmt man die allgemeinen Vorschriften vermutlich etwas genauer. »Genug herumgealbert, Chris«, wende ich deshalb ein. »Das machen wir logischerweise nicht. So was kommt nicht infrage. Ich gehe kurz in mein Büro und muss dann bald los.« Demonstrativ halte ich die neu erworbene Leine in meiner Hand in die Höhe. »Heute wird der Ernstfall geprobt.«

»Da brauchte der junge Anwärter von der Polizeihundestaffel aber noch dringend eine Stärkung«, behauptet Chris und greift in seine Hosentasche. Nun wird Günther, der die ganze Zeit über seelenruhig auf dem Fußboden gelegen hat, putzmunter. Keine Ahnung, welche Hundedrogen Chris da stets mit sich führt. Auf seine Leckerlis ist der Hund wie versessen.

»Allerhöchstens eins«, bremse ich Chris' Euphorie. »Das Kerlchen muss ein bisschen diäten und Kondition aufbauen. Nur durch Training wird man stark, hat mein Sportlehrer auf der Polizeischule immer gesagt.«

»Was für ein blöder Spruch«, entgegnet Chris und hält Günther eine Handvoll Häppchen entgegen, die er eins nach dem anderen gierig verschlingt. Ich verziehe den Mund. Die zwei sind sich viel zu einig. Wie soll mit solcher Unterstützung jemals ein echter Polizeihund aus dem pummeligen Kerlchen werden, frage ich mich.

NEUER TAG - NEUES GLÜCK

Eine Person

Irgendwo im Saarland, 11. August um 7:13 Uhr

Als ich am Morgen das Saarbrücker Morgenblatt aus dem Briefkasten von Frau Wiesberger fische, bin ich mehr als gespannt. In der Nacht konnte ich kaum schlafen vor Neugier. Dienstag wäre natürlich noch zu früh gewesen. Aber heute, heute ist Mittwoch und somit der Tag, an dem die Neuigkeit von Montagmittag spätestens in der Zeitung auftauchen dürfte. Ich freue mich darauf, etwas von meinen beiden guten Freunden Wolfgang und Toni zu lesen. Am besten gleich auf einer der ersten Seiten.

»Genialer Attentäter erkennt die Zeichen der Zeit und befreit die Stadt von unnötigem Ballast«, so eine Headline würde ich mir wünschen. Das ist längst überfällig.

Als ich zurück ins Haus gehe, bremse ich meinen Enthusiasmus. Ich sollte nicht zu viel erwarten. Nicht, dass ich schon wieder enttäuscht werde. Ich schließe die Tür ab und ziehe den Riegel vor. Mir müsste am besten bewusst sein, wie stumpfsinnig die meisten Menschen sind. Vermutlich ist die Zeit für so viel Weitblick längst noch nicht reif. Trotzdem, irgendetwas von der Krimmelkuchen-Sabotage wird doch wohl zu lesen sein.

Im Haus, genauer gesagt am Esszimmertisch, dort wo sich Frau Wiesberger gestern zur letzten Ruhe niedergelassen hat, studiere ich mit einer Tasse schwarzen Kaffees die Morgenpost aufs Genauste. Ich beginne mit dem Hauptteil. Das Erste ist ein Artikel über den neuen Saar-Tatort, der in den höchsten Tönen gelobt wird. Diese Selbstgefälligkeit passt zu den Saarländern, da feiert man sich am liebsten selbst. Auf der nächsten Seite ein Bericht über die Qualität des Saarweins, Statistiken zur Konjunkturprognose, das Programm zum B2Run Dillingen, dem alljährlichen Firmenlauf in Dillingen. Ich blättere genervt weiter. Eine Ankündigung vom Obst- und Gartenbauverein aus Saarbrücken: Die planen einen Tauschmarkt für Pflanzen und Samen, und damit bin ich auch schon fast durch das Blatt durch. In den Regionalteilen ist wohl eher nichts zu erwarten, trotzdem prüfe ich es nach.

Das kann nicht sein, sage ich mir und studiere die Ansammlung an Nebensächlichkeiten ein zweites Mal. Das gibt es doch nicht! Kein Sterbenswörtchen über Wolfgang und Toni. Aber die Samentauschbörse, die erwähnt man! Das ist so was von ignorant! Nein, es ist typisch. Wieder einmal werde ich links liegen gelassen, egal, was ich anstelle, man nimmt mich nicht wahr. Als wäre ich ein Schatten. Dabei habe ich die Sache mehr als leinwandreif eingefädelt. Abermals wird nicht die Spur einer Spur zu finden sein. Mister Surprise braucht nur einen winzigen Moment, um diese Welt ein wenig gerechter zu machen. Wenn das keine gute Story ist, dann weiß ich es auch nicht.

Wie man bei der Durchsicht der Zeitung oder besser gesagt dieses Käseblattes erkennen kann, ist der verachtenswerte Anteil der Menschheit immer noch viel zu stark und mächtig. Davon habe ich mich all die Jahre entmutigen lassen, nun ist der Moment gekommen, um zurückzuschlagen. Die Zeiten, in denen ich bei all dem Wahnsinn mitgespielt habe und an die Regeln glaubte, sind zu Ende.

Unzählige Jahre lang habe ich mich abgerackert, auf die durchschnittliche, banale Weise. Ich habe die Lügen für bare Münze genommen. Die Sprüche, dass es für alle einen Weg und die gleichen Chancen gibt und dass man sich einfach nur anstrengen muss, um weiterzukommen. Aber das sind Märchen, für mich gab es nie offene Türen. Zumindest nicht, wenn ich sie nicht selbst mit Gewalt eingetreten habe. Ich bin es leid abzuwarten, bis ich endlich zur Kenntnis genommen werde.

Nicht ich greife an – ich bin in der Defensive. Dass ich wieder ignoriert wurde, drängt mich zu einem Entschluss: Wenn ein Kuchenattentat im Landeskriminalamt für eine Erwähnung in der Zeitung nicht ausreicht, ist das eine Kriegserklärung. Man zwingt mich, einen Schritt weiterzugehen. So weit, bis man die Taten von Mister Surprise und seine Genialität nicht mehr unter den Teppich kehren kann.

Ich zerknülle das Käseblatt und werfe es in den Altpapierkorb in der Küche. Dann nehme ich einen Schluck vom Kaffee. Jetzt, da die Sache Fahrt aufgenommen hat, merke ich, wie viel Energie mir die letzten Jahre geraubt haben. So gut wie in den vergangenen Tagen ging es mir schon lange nicht mehr. Das erlösende Gefühl, mit dem ich heute Morgen aufgewacht bin, ist ein eindeutiges Zeichen dafür, dass mein Weg der richtige ist. Es ist wie eine Befreiung, die Zeit des Erduldens ist vorbei.

Ich stelle die leere Tasse auf die Spüle. Dabei fällt mein Blick noch einmal auf die Zeitung. Eine Überschrift zieht meine Aufmerksamkeit auf sich:

»Der B2Run Dillingen – das größte Breitensportereignis des Landes.«

Darunter steht etwas kleiner:

»Reihen Sie sich am Start ein, machen Sie das Saarland groß, und brechen Sie gemeinsam mit anderen Sportbegeisterten den Teilnehmerrekord. Bis zu 18.000 Läufer:innen erwarten die Veranstalter dieses Jahr. Anmeldungen sind noch bis morgen möglich. Für Verpflegung ist vor Ort bestens gesorgt.«

Ich nehme die Zeitung auf und streiche das faltige Papier glatt. Fast 10.000 Teilnehmer und obendrein Tausende von Zuschauern am Rande des Geschehens, Presse, Polizei und Sicherheitskräfte direkt vor Ort – wenn das kein Spektakel ist, das Mister Surprise eine Bühne bietet, die er verdient. Damit würde es sein Name auf die erste Seite dieses Provinzblattes schaffen. Als Headline stände zu lesen: »Mister Surprise versetzt das ganze Saarland in Angst und Schrecken und gibt der Polizei Rätsel auf – welcher geniale Kopf steckt hinter diesen Anschlägen?«

So oder so ähnlich, sage ich mir.

In diesem Moment zeigt sich wieder einmal, dass es keine Zufälle gibt. Alle Ereignisse, die von immensem Wert sind, greifen ineinander. Gestern noch wurde in der großen Runde auf der Arbeit gefragt, wer bereit sei, beim B2Run Dillingen zu unterstützen. So viele Menschen sind eigentlich nicht mein Ding, aber was macht man nicht alles, um einem größeren Plan zu dienen? Mein Weg scheint vorgegeben. Es ist meine Bestimmung, Vergeltung zu üben für all die Vergessenen.

Und noch etwas passt bombig: Aufgrund der gestrigen Ereignisse ist Frau Wiesberger auf ihre Vorräte im Arzneimittelschrank ziemlich sicher nicht mehr angewiesen. Sie ist nun schließlich da, wo sie sich besonders wohlfühlt. Den Wunsch habe ich ihr erfüllt. Somit braucht es kaum Vorbereitung, um das verdiente Maß an Aufmerksamkeit auf Mister Surprise und seine Mission zu lenken. Mister Surprise würde im Rahmen des Laufwettbewerbs dafür Sorge tragen, dass es keinerlei Engpässe gäbe und die Veranstaltung wahrhaft in Schwung käme.

Beim Gedanken an das bevorstehende Event spüre ich wieder dieses angenehme Kribbeln, das man wohl als Vorfreude bezeichnen kann. Das Gefühl tröstet mich ein wenig über die Arroganz dieser Presseleute hinweg. Nachher werde ich direkt die Formalitäten mit meinem Vorgesetzten abklären. Das wird kein Problem sein, niemand reißt sich darum, bei derartigen Veranstaltungen seinen Dienst zu leisten.

»Wir müssen!«, rufe ich dem Hund zu, der von seinem Napf aufschaut und die Ohren aufstellt. Ich lächle.

Wenigstens ein Lebewesen auf der Welt, das mich schätzt und dem ich voll und ganz vertraue.

HELDEN

Günther, der Dackel

Trainingsgelände der Polizeihundestaffel, Bexbach, 11. August um 8:27 Uhr

Überpünktlich treffen wir bei der Militanten ein. Die Guns n' Roses schmücken heute ihren Körper und sie hat beste Laune. »Jetzt wird's ernst, meine Lieben – da wird die Spreu vom Weizen getrennt.« Der Gedanke scheint ihrer Stimmung äußerst zuträglich zu sein. Jedenfalls strahlt sie übers ganze Gesicht, während sie weiterspricht. »Wer diesen Parcours meistert, zeigt seine wahre Eignung als Polizeihund.«

»Aha. Der Tag der Wahrheit. Für uns sicher keine große Herausforderung«, murmelt Dannhäuser, der sich abermals neben uns postiert hat. »Dein Güntherje muss sich allerdings ein bisschen ins Zeug legen. Am besten sollte er sich an Yoshi orientieren.«

Am besten wäre es, er würde seine Weisheiten für sich behalten, das würde der Welt viel Dämlichkeit ersparen, überlege ich. Seine tollen Ratschläge brauchen Toni und ich nämlich nicht. Wir haben uns zwar zugegebenermaßen nicht freiwillig zusammengefunden, trotzdem arbeiten wir hocheffizient. Ein Team, dessen Qualitäten auf Gehirnschmalz und Hartnäckigkeit basieren.

Außerdem will ich zuhören. Wenn ich das richtig verstehe, geht es gleich zu einem Abbruchhaus. Ein paar unvorhergesehene Ereignisse und Schikanen gäbe es, kündigt die van der Pütten an.

Schikanen bin ich gewöhnt, die letzten Tage läuft schließlich nichts so, wie ich mir das wünsche. Unsere Aufgabe sei es, eine vermisste Person mit Namen Dorothée aufzufinden. Alleine und ohne Unterstützung der Hundeführer, was für mich als Individualist nur von Vorteil sein kann. Unser Vorgehen werde von draußen mittels Kameraschaltungen beobachtet und bewertet.

»Wir sehen jeden Schritt, den Ihr Hundje macht«, lässt die van der Pütten verlauten. »Da entgeht uns nichts.«

Was für eine Action, denke ich. Wen interessiert es denn, wer bei diesem ollen Wettkampf am Ende Erster wird? Ich bin niemand, den ein Platz auf dem Siegertreppchen locken kann.

»Im Übrigen gibt es eine Belohnung für den Gewinner oder die Gewinnerin«, erklärt unsere Trainerin. »Ein echtes Bonbon für Hundje, das verspreche ich euch. Es lohnt sich also, alles zu geben.«

Okay, damit hat sie mich. Ein Bonbon für Hunde, das kann nur Essbares sein. Ich bin von einem Moment zum nächsten hochmotiviert und wäre froh, das Gequatsche hätte ein Ende, damit es endlich losgeht.

Schnell geht bei der Hundestaffel allerdings nichts. Es steht zuerst eine Fahrt mit dem Auto an, denn ein Übungsgebäude, dessen Inneres mit Kameras ausgestattet ist, findet man nicht an jeder Ecke. Ein solches Gelände soll es laut van der Pütten in Homburg-Jägersburg geben. »Ein echter Lost Place auf einem stillgelegten Bahnhofsareal«, erklärt sie.

Mir auch recht. Hauptsache, es gibt bald irgendetwas zwischen die Fangzähne. Die Fahrt zum alten Bahnhofsgelände Jägersburg dauert knapp zehn Minuten. Im Konvoi trudeln nach und nach die Teilnehmer auf dem Vorplatz ein. Guter Dinge geselle ich mich zu den anderen.

»Nicht übel«, sagt Dannhäuser beim ersten Blick auf das zugewachsene Terrain. Was das angeht, muss ich ihm recht geben. In einer längst vergangenen Zeit war der Bahnhof mit dem ehemaligen Empfangsgebäude und den Lagerhallen womöglich mal sehr ansehnlich. Inzwischen hat die Natur sich das Gelände zurückerobert. Alles ist überwuchert, die Gleisführung ist nur noch zu erahnen, und anstatt die kaputten Scheiben zu ersetzen, hat man Spanplatten an zahlreiche Fenster des Hauptgebäudes genagelt. Selbst die haben mittlerweile einen moosigen Grundton und passen damit zum Gesamteindruck – was für eine Kulisse. Perfekt für einen Krimi oder einen Gangsterfilm.

»Teile des Gebäudes sind einsturzgefährdet. Also dürfen nur die Tiere auf das Areal – wir schauen uns die Show per Video an.« Die van der Pütten ist lustig. Menschen lassen sie nicht auf das Gelände, und wir Vierbeiner dürfen um Leib und Leben fürchten. Als würden wir auf einer anderen Stufe der Evolution stehen.

Und was ist überhaupt mit der vermissten Dorothée – muss die ihr Leben für diesen Kamikazeakt aufs Spiel setzen? Aber na gut, sage ich mir mit einem Seitenblick auf Yoshi. Ich bin ein Leichtgewicht. Mein Nachbar hingegen wiegt mindestens einen Zentner oder vielleicht sogar mehr. In seinem Fall wäre es klug, keine Pfote auf das Gelände zu setzen und das Feld sowie den Preis einem echten Profi zu überlassen.

Aber Yoshi, das ist für niemanden aus der Runde neu, ist eben ganz und gar nicht die hellste Birne im Kronleuchter. Nachdem wir Vierbeiner mithilfe eines alten, wohl selbstgestrickten Streifenpullis Spur aufnehmen durften, wird die Jagd eingeläutet. Yoshi stampft wie eine Dampfwalze als einer der Ersten ins ehemalige Bahnhofsgebäude. Es kracht dermaßen, dass ich befürchte, im Innern sei bereits die Decke eingestürzt. Mit einem Blick in den Flur zeigt sich jedoch, dass Yoshi lediglich eine Reihe von Brettern im Vorbeilaufen niedergemäht hat. Was für ein Trampel. Mit meinen kurzen Beinen dauert es, bis ich das Holzmikado überwunden habe. Die Zeit nutze ich zum Schnüffeln. Es riecht nach Urin, womöglich von Mäusen, die das Gebäude bezogen haben. Außerdem nach Zwiebeln. Das muss der Schimmel sein, der sich als flaumiger, gräulicher Pilzteppich der Wände bemächtigt hat.

Kein schöner Ort. Ich sollte die Angelegenheit möglichst schnell hinter mich bringen und diese traurige Behausung verlassen, denke ich, als ein grauer Schatten an mir vorbeispringt. Blues – die ist echte Konkurrenz. Klug und flink. Ich mag sie, unbestreitbar, aber beim Thema Essen stößt bei mir die Liebe schnell an ihre Grenzen. Ich lasse meine kurzen Beine fliegen und spurte hinter ihr die Treppe hinauf.

Wenn ich eben noch dachte, da unten habe Chaos geherrscht, fehlt mir jetzt der passende Ausdruck für das obere Stockwerk. Uralte Möbel, stellenweise völlig demoliert. Reihenweise Schlafsäcke, Essensreste, alte Konserven und eine Menge Scherben am Boden. Sogar ein Feuer wurde in der Mitte eines Raumes gemacht, die Reste davon sind noch zu sehen. Das Verbot, das Gebäude zu betreten, haben anscheinend einige Zweibeiner über längere Zeit missachtet.

Gerade flitzt Juri an mir vorbei. Dabei knarrt die Decke beängstigend. Während sie unbeirrt weiterstürmt, bin ich eher der Typ Vorsichtig: Jeden Schritt setze ich mit Bedacht, wachsam beuge ich meinen Kopf nach unten, um mit meiner Nase die Spur aufzunehmen. Das ist eine echte Herausforderung, denn hier oben gibt es eine ganze Palette von Gerüchen, auch von verschiedensten tierischen Untermietern. Trotzdem werde ich irgendwann fündig. Der gesuchte Duft führt mich in einen Flur, von dem aus mehrere Räume abzweigen.

Ich schnuppere überall hinein. Eines der Zimmer, das, wie es aussieht, vormals als Abstellkammer diente, weckt mein Interesse. Dort liegen Teppiche, Koffer, Ordner, sogar ein antiker Globus lagert in der Ecke. All die Überbleibsel wurden kreuz und quer übereinandergestapelt. An der gegenüberliegenden Wand steht ein gigantisch großer Schrank aus Eichenholz. Ich schnüffle alles ab. Klettere über alte Zeitungen und Bilder und entdecke einen Kühlschrank aus grauer Vorzeit. Doch nicht das, was ich suche. Ich wende mich dem Schrank zu. Holla, die Waldfee, denke ich, als meine Nase am Türspalt entlangwandert. Da drin wartet Dorothée, hundertpro.

Verstohlen werfe ich einen Blick hinter mich. Wäre ja verdammt ärgerlich, wenn ich die Beute finde und jemand anderes jagt sie mir ab. Da tauchen auch schon meine Rivalen auf. Yoshi und Olea drängen in dieser Sekunde durch den Flur und biegen zu meinem Glück in einen der linken Räume ab. Kaum dort drinnen, knurren sie sich angriffslustig an, es rumpelt und einer von beiden jault auf. Prima, befinde ich, ein Streit kann mir nur recht sein. Die sind beschäftigt, und ich habe freie Bahn.

Mit meinen Vorderpfoten kratze ich an der Tür. Jetzt würde ich mir Hände wünschen. Sie sitzt fest, so wie man es von massiven, in die Jahre gekommenen Möbelstücken kennt. Es rührt sich nichts, und ich erhöhe das Tempo. Meine Krallen schaben über das Holz. Irgendwann muss das Ding doch nachgeben. Jetzt bin ich ehrgeizig. Und jawohl, die Mühe lohnt sich. Die Tür öffnet sich. Aber hallo, denke ich und trete einen Schritt zurück. Ich bin gespannt, was für ein Gesicht Dorothée macht, wenn ihr Retter vor ihr steht.

Ganz so glorreich wie erhofft ist dieser Moment dann doch nicht. Eine muffige Geruchsmischung aus Mottenkugel, Feuchtigkeit und altem Holzlack schlägt mir entgegen – sowie eine dicke Staubwolke. Es juckt in meinen Augen. Ich blinzle ein paar Mal, erst danach kann ich das Innenleben des Schrankes inspizieren. Sehe ich richtig, frage ich mich. Soll das dort drin etwa Dorothée sein?

Im leeren Schrank hockt in einer Ecke eine Puppe mit filzigem blondem Haar, viel zu viel rosa Lidschatten und Glasaugen mit langen Wimpern und Klapplidern – ist ja gruselig. Die ist mit ihren Babypausbäckchen mindestens fünfmal so alt wie ich. Bei Puppen wird mir immer mulmig. Diese vor mir hat auch noch ein furchtbar dämonisches Grinsen auf ihren rosé geschminkten Lippen, und in der Mitte des Mundes klafft ein großes Loch. Bei diesem Anblick inmitten des Horrorhauses läuft es mir kalt den Rücken herunter. Ich würde am liebsten flüchten, zwinge mich aber, die Nerven zu behalten. Gehört die Puppe wirklich van der Pütten, frage ich mich? Misstrauisch tripple ich näher und beäuge das grässliche Ding. Als ich dabei den Metallica-Aufnäher an der selbstgehäkelten Weste entdecke, bin ich überzeugt: Das vor mir ist die gesuchte Dorothée.

Also Augen zu und durch, sage ich mir. Auch wenn sich jede Faser meines Körpers dagegen sträubt, öffne ich meinen Mund, betrete mutig den Monsterschrank und schnappe mir das Mädel. Das Büschel Kunsthaar zwischen den Zähnen erfüllt mich nicht mit Freude, doch ich tröste mich mit der Aussicht auf die Entlohnung. Als ich mit der Beute aus dem Schrank dackle, höre ich lautes Poltern. Was dann passiert, geht so verdammt schnell, dass ich mir den genauen Ablauf im Rückblick zusammenreimen muss.

Ich schätze, es ist in etwa so abgelaufen: Der Grobmotoriker Yoshi stürmte in halsbrecherischem Tempo auf mich. Mir rutschte fast das Herz in die Rute. Hat der Junge keine Bremse? Frontalzusammenstoß, das ist gar nicht gut, denke ich noch, da reißt mich bereits Yoshis Körper auf seiner Flugbahn mit. Auf einen Moment der Schwerelosigkeit folgte der Knall gegen die innere Rückwand des Schrankes. Womms, das tat weh, war aber erst der Auftakt. Keine Millisekunde später versetzt mir Yoshi mit rund 60 Kilo Lebendgewicht einen noch weit übleren Schlag. Gerade mal zwei Tage im Dienst und schon ein Betriebsunfall, ging mir durch den Kopf. Aber der Gedanke geriet sofort in den Hintergrund, als ich erkannte, dass die Schranktür von all dem Tumult in Bewegung gekommen war.

Nein, nein, nein, so viel Pech kann ein einzelner Hund doch gar nicht haben! Kann er wohl doch, lernte ich. Es folgte ein drittes Womms, das es stockfinster werden ließ – und so ist es bis jetzt auch geblieben.

Seitdem sitzen wir in der Schwärze. Dadurch hatte ich ausreichend Zeit zum Nachdenken, die ich fast zu hundert Prozent damit verbracht habe, mir immer wieder zu sagen, was für ein Riesenidiot dieser Yoshi ist. Ehrlich! Ich könnte aus der Haut fahren, doch selbst das ist gegenwärtig unmöglich, denn ich bin eingeklemmt. Der Koloss vor mir nimmt derart viel Platz ein, dass für mich nur wenige Millimeter übrig bleiben. Hinzukommen Yoshis Ausdünstungen, die mir den Atem rauben – und außerdem tropft er. In einem fort.

Keine Ahnung, wie lange wir in dieser Position ausharren, es fühlt sich wie eine Ewigkeit an. Auf einmal tut sich was im Zimmer. Ich höre Getrappel. Zeit, sich bemerkbar zu machen. Ich belle und Yoshi, die Heulsuse, stimmt ein Jaulen an.

Es wird leise, und ich befürchte schon, unser Retter hat den Raum verlassen, dann jedoch höre ich ein Ratschen und Knarzen. Ja, das ist die richtige Methode, so hat es eben auch funktioniert. Das Geräusch, als die Krallen über das Holz kratzen, ist zum Haareaufstellen. Schlimmer ist allerdings, dass sich nichts tut. Die Tür sitzt fest.

Erneut wird es still.

Nur nicht aufgeben, denke ich und belle. Die Antwort darauf ist ein Donnern, das den Schrank erzittern lässt. Ich höre Putz herabrieseln. Was immer unser Retter dort draußen tut, er sollte vorsichtig sein. Doch er scheint anderer Auffassung zu sein. Wenn ich die Geräusche richtig deute, nimmt er noch einmal Anlauf. Und ja, tatsächlich wirft er sich Sekunden später ein zweites Mal gegen die Front. Hoffentlich gibt das der Bruchbude, in der wir uns befinden, nicht den Rest. Könnte ich, würde ich den Kopf einziehen.

Rums – es kracht beängstigend. Holz splittert und plötzlich wird es hell. Das Tageslicht blendet. Ich blinzle, und es dauert, bis mein Kopf die Schemen vor uns einordnen kann. Vor uns steht ein echter Engel. Blues hat mich gerettet – und Yoshi auch, aber das nur nebenbei und aus Versehen. Gibt es einen schöneren Beweis für ihre Liebe? Als die Monsterkralle Yoshi mich endlich freigibt und sich aus dem Schrank schält, gehe ich auf Blues zu und sie auf mich. Sie weiß, was sie will, das sehe ich in ihren Augen. Am Ende fällt immer die Maske, und was für ein Glück für sie, dass die Zuneigung auf Gegenseitigkeit beruht. Es gibt keinen Grund mehr, unsere Gefühle füreinander zu verbergen.

Doch dann … zwängt sich diese falsche Schlange an mir vorbei, um sich die alte Puppe zu schnappen. Noch bevor ich realisiere, was passiert ist, galoppiert sie bereits aus dem Zimmer. Momentchen, denke ich und spurte hinterher. Das Donnern in meinem Rücken beweist, dass auch Yoshi verstanden hat, dass Eile gefragt ist. Wir jagen durch die erste Etage. Blues an der Spitze, dahinter ich und zu guter Letzt das Trampeltier Yoshi, das mit jeder Pfote, die den Boden berührt, die Erde beben lässt. Meine einstige Traumhündin läuft auf die Treppe zu. Mein Vorteil hier oben sind die Kurven, ich bin ihr weiterhin auf den Fersen. Sie nimmt die ersten Stufen, gleich mehrere auf einmal. Treppen sind nicht mein Spezialgebiet, ich verliere an Metern. Blues ist fast unten, als ich Yoshi hinter mir aufjaulen höre. Nein, nicht nochmal! Wie kann man so tollpatschig sein? Ich ahne, was auf mich zukommt, ausweichen ist nicht drin. Der überdimensionale Rollmops rauscht wie eine Lawine die Treppe herab und erfasst mich. Stufe um Stufe werden wir schneller, die Welt steht immer wieder von Neuem Kopf, und mit einem Mal mischt sich ein silbergraues Fell dazu. Nun hat das Monster auch Blues niedergewalzt.

Ab da habe ich einen Filmriss. Als ich meine Augen auf dem Boden liegend aufschlage, ist das Erste, was ich erblicke, die braune Rute von Yoshi, die immer kleiner wird. He, was soll das? Er jagt ohne mich davon. Der Bluthund hat doch tatsächlich Dorothée zwischen seinen Zähnen! Ihre blonden Locken flattern im Zugwind um sein Maul herum.

Blues bemerke ich erst jetzt. Sie rappelt sich neben mir auf. Ich tue es ihr nach. Sie hat das gleiche Ziel, das sehe ich ihr an. Wir stürmen zur Tür hinaus. Nebeneinander. Weiter geht es an der kleinen Mauer entlang über hohes Gras zu einem geteerten Straßenstück. Wo ist der Kerl, frage ich mich, und halte Ausschau.

Oh, verdammt! Yoshi ist schon an den Gleisen. Die Gruppe von Hundeführern ist höchstens noch hundert Meter von ihm entfernt. Ich werde langsamer. An Kampfgeist fehlt es mir gewiss nicht, wenn man jedoch verloren hat, muss man sich das eingestehen. Die miese Ratte hat gewonnen. Yoshi hat die Puppe. Ich habe versagt.

Dannhäuser feuert den Bluthund an: »Ja, wusste ich es doch – mein Yoshi macht das Rennen. Lauf, Junge, lauf!«

Blues und ich traben lustlos auf die Gruppe zu. Keiner von uns ist scharf darauf, Yoshis Sieg mitzuerleben.

Da allerdings stoppt der Fleischberg plötzlich ab. Er kann offensichtlich doch bremsen, wer hätte das gedacht?

»He, was soll das?«, wettert Dannhäuser los.

Yoshi lässt sich nicht beirren, er wendet sich zu uns um. Sag bloß, er will die Sache jetzt richtig auskosten? Möglicherweise irre ich mich auch, denn der Kerl dreht um. Er kommt direkt auf uns zu. Als er vor mir Halt macht, beugt er seinen Kopf vor und lässt die Puppe aus seinem Maul purzeln. Mit seiner Schnauze schiebt er sie in meine Richtung.

Ich bin baff, ehrlich. So verdattert, dass ich gar nicht weiß, was ich tun soll. Als Yoshi aufbellt, schrecke ich zusammen. Dem Jungen ist es ernst. Wenn überhaupt, dann sind wir alle drei Gewinner. Ich nehme die Puppe in die Schnauze und halte sie Yoshi demonstrativ hin. Er schnappt sich ein Bein. Blues lässt sich ebenfalls nicht zweimal bitten. Dorothées rechter Arm ist für sie bestimmt.

Warum soll es nicht auch drei Champions geben können? Ich bin so überwältigt von Yoshis Großzügigkeit, dass ich den Gewinnerlyoner, oder was immer der Preis sein sollte, heute gerne teile.

Van der Pütten ist ausnahmsweise sprachlos, als wir zu dritt über die Ziellinie traben – uns ist es wurscht. Wie sie das mit dem Gewinn handhabt, ist nicht unser Problem. Wir sind ein Dreamteam, und was könnte es Besseres geben, wenn man bei der Polizei ist?

Toni jedenfalls ist stolz auf mich. Bei Bernd hingegen kann man nicht von Stolz sprechen, als Olea fünf Minuten später zusammen mit Juri spielend auf der Bildfläche erscheint. Auch Dannhäuser wirkt zerknittert. Ist eben doof, wenn man vorab so prahlt, denke ich. Er macht nicht den Eindruck, als sei er ein Freund von Dreifachsiegen.

Da sieht man mal wieder, wie unterschiedlich die Menschen sind, denn Fiedler scheint der Sieg seiner Blues recht gleichgültig zu sein. Wie meist zeigt er kaum Emotion. »Gute Arbeit!«, sagt er zu ihr. Das war womöglich das Äußerste an Gefühlsausbruch, was ich bei dem Typen jemals miterleben durfte.

Was die Entlohnung betrifft, beweist sich die van der Pütten als großzügig. »Drei Gewinner – drei Preise, da lasse ich mich nicht lumpen«, kündigt sie an, und mir läuft schon das Wasser im Mund zusammen. Endlich Nahrung.

Als sie jedoch unseren Hundeführern mit den Worten »Was Besseres können Sie sich für Ihre Tiere gar nicht wünschen« drei Klicker in Neongrün mit Geschenkschleifchen daran überreicht, breitet sich ein Gefühl der schweren Depression in mir aus. »Jetzt können Sie täglich zu Hause mit Ihrem Hundje üben«, sagt die Militante gutgelaunt und nickt insbesondere Toni vielsagend zu.

Ganz ehrlich, ich kann mich vor Freude kaum mehr auf meinen Füßchen halten.

IN FREUDIGER ERWARTUNG

Mister Surprise

Irgendwo im Saarland, 11. August um 17:01 Uhr

Als ich heute mit dem Hund nach Hause komme und die Tür aufsperre, habe ich ein komisches Gefühl. Ein Grummeln im Magen und eine Aufgeregtheit, die ich sonst gar nicht von mir kenne.

Am Morgen habe ich mit meinem Chef geredet. Wie erwartet war er erfreut, mich als Kraft für den B2Run Dillingen einplanen zu können. »Auf Sie kann man sich verlassen«, hatte er bemerkt. »Manche Kollegen würden sich am liebsten nur die Rosinen rauspicken.«

Ich habe genickt. Diese Kollegen kenne ich zur Genüge. »Gehen Sie noch fleißig zur Therapie?«

»Sicher«, habe ich geantwortet, dabei habe ich die letzten Termine bei dieser lästigen Tietze-Meiermann alle sausen lassen. Zu der Verrückten kriegt mich keiner mehr. Das alles nur wegen des kleinen Vorfalls damals, als diese dreiste Seniorin ihren Wagen halb auf dem Behindertenparkplatz geparkt hat. Wer hätte ahnen können, dass sie tatsächlich einen Behindertenausweis hat? Ich hätte sie nicht als senile Gewitterziege bezeichnen dürfen – auch wenn sie genau das war. Zum Glück stand ein Wort gegen das andere, sonst hätte man mich sicher suspendiert. Ihr passierte natürlich rein gar nichts. Ich hingegen bekam saftigen Ärger und die sinnlose Therapie aufgebrummt. Die verordneten Tabletten hole ich seit einigen Wochen nicht mehr. Seitdem geht es mir besser. Aber das ist privat und geht den Chef nichts an. Zum Glück hat er das Thema gewechselt. Ob ich mich denn auch beworben hätte für den Saarlandkrimi.

»Ja, schon«, habe ich zur Antwort gegeben.

»Da werden Sie morgen überrascht sein«, hat er mir mit einem Augenzwinkern angekündigt. »Diesmal hat es nicht den typischen Hauruck-Polizisten erwischt.«

»Aha.« Mehr habe ich nicht gesagt und mich kurz darauf verabschiedet.

Seitdem ist es da, das seltsame Gefühl, das mich nicht zur Ruhe kommen lässt. Dafür gibt es zu viele Dinge, auf die ich mich freue. Der wohl dieses Jahr etwas andere Lauf in Dillingen, und dann die Aussicht auf eine Statistenrolle in einem Film mit Hinnerk Schönemann.

Heute setze ich mich ausnahmsweise nicht vor den Fernseher, um mir »Das perfekte Dinner« anzuschauen, nachdem ich den Hund gefüttert habe. Ich bin viel zu aufgewühlt. Außerdem gilt es, Vorbereitungen zu treffen.

Zuerst aber gehe ich rüber zur Wiesberger, um nach dem Rechten zu sehen. Irgendwer muss sich schließlich kümmern, wenn es die undankbare Tochter schon nicht tut.

TRAININGSZEIT

Chris Tümmler

Landeskriminalamt Saarbrücken, 11. August um 18:58 Uhr

»Du machst heute aber lange«, stelle ich fest und wende mich zu Eliza um. Sie sitzt am PC und blickt hochkonzentriert auf ihren Monitor.

»Hm, ja«, gibt mir Eliza zur Antwort. »Ich wollte noch mal die einzelnen Spurenträger abgleichen. Vielleicht haben wir etwas übersehen.«

»Die Suche nach der Nadel im Heuhaufen«, erwidere ich. Das heißt, ich werde heute wieder keine Gelegenheit haben, meine Haarproben allein zu untersuchen. Um acht steht Hundetraining mit unserem Motchi auf dem Programm, und ich habe Katja versprochen, es diesmal zu übernehmen. Das bedeutet, ich muss schnell nach Hause und dann auch gleich los zum Trainingsgelände.

»Da wünsche ich dir noch viel Erfolg und bleib nicht mehr so lange«, sage ich zu Eliza.

»Äh, ja. Prima«, gibt sie zurück. Sie scheint mir nur mit halbem Ohr zugehört zu haben.

Schade, denke ich, als ich durch den Flur nach draußen zum Parkplatz gehe. Eliza ist klug, nett, bildhübsch und erledigt ihre Arbeit gewissenhaft, aber sie scheint nur wenig Privatleben zu haben. So wie eigentlich alle hier, überlege ich weiter und steige in mein Auto.

Immerhin werde ich meinen Sohn Alex heute Abend kurz sehen und Katja vielleicht bei der Gelegenheit schonend beibringen, dass die Sache mit dem Elternsprecher – wie sage ich das am besten? – etwas anders als geplant gelaufen ist.

Kurz nach acht treffe ich reichlich abgehetzt am Hundedressurplatz ein.

»Die Tümmlers, da seid ihr ja! Schon wieder die Letzten«, begrüßt uns Bernd mit Olea an seiner Seite.

»Tja, so ist das, wenn man hart arbeitet«, bemerke ich spitz.

Ich hätte es diesmal pünktlich schaffen können, hätte Alex am Tisch nicht die Sache mit dem Elternsprecher erwähnt. Das, was seine Klassenlehrerin am Morgen im Unterricht als »tolle Nachricht« angepriesen hatte, hatte nicht das gleiche Entzücken bei Katja hervorgerufen. Positiv ausgedrückt.

»Was steht heute auf dem Programm?«, frage ich Bernd.

»Freiverlorensuche. Oleas Spezialität. Die anderen verstecken gerade die Dummys, da hinten in der hohen Wiese.« Er weist mit dem Finger in die Richtung.

Na super, denke ich und antworte nichts. Mein Labradorrüde ist nicht unbedingt ein Schnüffelspezialist, doch nun gut, das ist ein Hundetraining und kein Wettbewerb, sage ich mir. Bernd nutzt mein Schweigen, um nach Wolfgang zu fragen. »Und was ist mit Wolfgang? Wieder auf den Beinen?«

»Ja, schon viel besser«, gebe ich knapp zur Antwort.

»Gott sei Dank, eine kleine Magenverstimmung kann es ja eigentlich nicht gewesen sein. Dann wäre er doch längst aus dem Krankenhaus entlassen worden, habe ich mir gedacht. Oder ist er schon zu Hause?«

Das ist typisch Bernd. Die Neugier in Person. Ich fühle mich bei dieser Unterhaltung wie bei einem Verhör. Von mir wird er trotzdem nichts erfahren. »Soweit ich weiß, ist er noch im Krankenhaus. Man will bestimmt ganz sicher gehen.«

»Aha. Komisch. Das könnte man doch auch beim Hausarzt klären.« Bernd hat anscheinend nicht vor lockerzulassen. »Auf der Arbeit gibt es schon die wildesten Theorien. Irgendwer will gehört haben, dass die Sanitäter was von Vergiftung gesagt haben. Ein ziemlicher Unsinn, oder? Wer sollte einen Anschlag auf Wolfgang verüben wollen?«

»Totaler Unsinn«, antworte ich.

Bernd schaut mich forschend an. »Na ja, wie das so auf der Arbeit ist. Du weißt ja, wie schnell da was rundgeht. Wenn die nichts Genaues wissen, spekulieren sie eben.«

»Hm«, sage ich nur. Ich habe Glück, das Winken unseres Hundetrainers erlöst mich. Anscheinend sind alle Dummys verteilt.

»Oh. Es geht los.« Bernd stapft mit Olea in Richtung Wiese. Ich folge ihm mit Motchi, nicht ganz so motiviert und mit den Gedanken schon wieder bei der Arbeit. Komisch, dass Bernd von der Vergiftung wusste. Allerdings, sage ich mir, ist es vielleicht auch gar nicht weiter verwunderlich. Auf der Wache kann man so was nicht lange geheim halten.

»Such!«, rufen Herrchen und Frauchen im Chor, und die Hunde stürmen los. Na ja, fast alle. Motchi trabt höchstens und bleibt nach ein paar Metern an einem Gänseblümchen stehen, das er intensiv beschnüffelt. Als Olea später mit dem ersten aufgefundenen Dummy an ihm vorbeischießt, schaut er kurz auf. Ehrgeiz ist Motchi fremd – er ist in der Lage zu gönnen, könnte man im positiven Sinne sagen.

Vielleicht sollten wir uns das Mittwochstraining für die Zukunft einfach schenken, überlege ich, als ich einen Blick auf die für meinen Geschmack ein bisschen zu selbstgefällige Miene von Bernd werfe.

WER AN NICHTS HÄNGT, KANN
AUCH NICHTS VERLIEREN - TEIL I

Anne-Marie Tietze-Meiermann

Fußgängerampel am Bahnhof, Dillingen, 12. August um 16:16 Uhr

»Wow, hier ist ja ganz schön was los!«

»Tja, Anne-Marie, das habe ich dir doch gesagt. Das ist eine Riesennummer, der B2Run Dillingen. Mit dem Auto kommst du bei der Menge an Besuchern nicht mehr durch die Stadt und einen Parkplatz kannst du sowieso vergessen. War gut, dass wir den Zug genommen haben«, erwidert Chrissie, als wir zwei vor dem Dillinger Bahnhof stehen und er den Knopf an der Fußgängerampel betätigt. »Team Staatskanzlei – Großes entsteht immer im Kleinen«, steht auf dem Rücken seines Trikots. Er startet bei dem Lauf für die Saarbrücker Staatskanzlei, wo er seit einem Jahr als Chef der IT-Abteilung tätig ist. Ich hingegen trage ein schlichtes Laufshirt, das ich mir vor ein paar Tagen in einem Sportgeschäft zugelegt habe. Als Ein-Mann-Team reicht das wohl, und auf den Aufdruck »Psychotherapeutische Praxis Tietze-Meiermann« verzichte ich gerne. Ich habe weit mehr als genug Patienten.

»Aufgeregt vor deinem ersten großen Lauf?«

»I wo«, sage ich. Dabei habe ich in der letzten Nacht kaum ein Auge zugemacht.

»Gibt ja auch keinen Grund. Du bist super vorbereitet.«

»Ich hoffe nur, ich werde nicht die Letzte sein.« Damit lasse ich nun doch ein wenig meine Befürchtungen anklingen. Von super vorbereitet kann nämlich keine Rede sein. Ich war schon in der Schule am Leichtathletiktag beim 50-Meter-Lauf immer die Nachhut. Vor etwa zwei Monaten, an einem Abend, an dem ich vermutlich ein Glas Wein zu viel getrunken hatte, überredete mich Chrissie mit den Worten »Ein bisschen mehr als fünf Kilometer, das ist wie ein kleiner Spaziergang. Das schafft mit etwas Training jeder« zu dieser Wahnsinnstat. »Ich verspreche dir auch, in den kommenden Wochen dein Privattrainer zu sein, Ehrenwort!«, stellte er mir in Aussicht. Ohne den Wein hätte mich wohl nie im Leben jemand dazu überreden können, Sportschuhe über meine Füße zu streifen. Aber die Hoffnung, damit viel Zeit mit Chrissie zu verbringen, statt ihn allabendlich nur zum Lauf- oder Radtraining zu verabschieden, hat mich geködert. Seitdem trainiere ich dreimal die Woche. Bei jedem Wetter und mit mittelmäßiger Begeisterung, wohlwollend formuliert. Sport ist nichts für mich, diese Tatsache wurde mir bereits während der ersten schwerfälligen Schritte auf der Laufstrecke wieder bewusst. Es gab, wenn ich ehrlich bin, in den letzten zwei Monaten lediglich eine einzige Sache, auf die ich mich wirklich gefreut habe: auf den heutigen Tag. Denn mit der Teilnahme am Lauf hätte die Plackerei endlich ein Ende.

»Warte ab, wenn du erst einmal Feuer gefangen hast, wirst du gleich nach dem nächsten Wettrennen Ausschau halten.«

Garantiert nicht! Wenn die Strecke hinter mir liegen wird, werde ich einfach nur unglaublich erleichtert sein, denke ich und nicke trotzdem. Chrissie ist so sportbegeistert, dass er für meine Sportunlust und das Couchdasein am Wochenende eher wenig Verständnis hat. Ein bisschen muss man sich wohl in jeder Beziehung entgegenkommen, sage ich mir.

»Du bleibst aber bei mir!«, bemerke ich zum x-ten Mal, als wir die Straße überqueren und einen ersten Blick auf den mehr als gut besuchten Stadtpark werfen. Überall laufen sich Leute warm, es ist ein Riesengetümmel. Noch dazu ist es extrem heiß und schwül heute.

Chrissie scheint das gar nicht wahrzunehmen. Er ist voll in seinem Element. »Natürlich bleibe ich bei dir! Hab ich dir doch versprochen. Können wir trotzdem kurz am Teamzelt von meinen Kollegen vorbeischauen? Bis es für uns losgeht, dauert es ja noch ewig. Der Hille aus meinem Büro ist ebenfalls angemeldet, dann lernst du ihn endlich mal kennen. Und vielleicht sind Käthe, Franziska und der Rest der Truppe auch da.«

Vom Hildebrandt, Chrissies Kollege aus dem IT-Bereich der Staatskanzlei, habe ich schon viel gehört. Von Käthe und der anderen Dame eher weniger. Dieser Käthe, die eigentlich Katharina heißt und für die Staatskanzlei textet, würde ich gerne einmal begegnen, denn selbst wenn sich Chrissie immer größte Mühe gibt, sich nichts anmerken zu lassen – sie scheint ihm nicht ganz egal zu sein. Insbesondere das, was man nicht ausspricht, hat manchmal eine weit größere Bedeutung als das Gesagte – wenn man Therapeutin ist, hat man da so seine Erfahrung.

»Von mir aus gern«, sage ich deshalb. Ich bin nicht eifersüchtig. Nur vorsichtig. Es ist von Vorteil, seine Konkurrenz zu kennen. Also folge ich meinem Freund durch die Menschenmenge in Richtung des früheren Lokschuppens. Den einstmaligen Unterstell- und Wartungsplatz für Dampflokomotiven hat die Stadt vor einigen Jahren zu einem originellen Veranstaltungsort und einer Eventhalle umgebaut. Um dorthin zu kommen, geht es quer durch den Dillinger Stadtpark, wo an der einen oder anderen Stelle sogar etwas Schatten zu finden ist.

Am Lokschuppen selbst herrscht fast schon Partystimmung, und das, obwohl es noch eine Stunde dauert, bis der Lauf überhaupt beginnt. Auf einer der beiden Bühnen gibt eine Band lautstark Songs aus den 80ern und 90ern zum Besten. Rund ums Gelände reiht sich ein Teamzelt an das andere, grob geschätzt 60 bis 70 Stück. Lange Reihen mit Bierzeltgarnituren stehen bereit sowie eine Vielzahl an Ständen mit Essensangeboten und Getränken. Kaum zu glauben, was da los ist und welche Menge an Sportlern sich hier zusammengefunden hat. Mit Sorge stelle ich fest, dass alle um mich herum einen weit sportlicheren Eindruck erwecken als ich selbst. Das wird ein Fiasko, befürchte ich. Ein Revival all der Leichtathletik-Sportfeste vor mehr als 30 Jahren.

»Megacool, oder? He, da vorne sind sie«, bemerkt Chrissie nach ein paar Minuten des Durchdrängelns und deutet mit dem Finger auf einen weißen Pavillon. »Da ist auch der Hille, spitze!«

Bester Laune geht er voran und ich folge ihm. Neben einem etwas älteren Mann, der vermutlich der Hildebrandt sein dürfte, stehen eine Gruppe Männer und zwei junge Frauen. Als sich die Größere der beiden, deren lange lockigen Haare zu einem Pferdeschwanz gebunden sind, umdreht, und Chrissie erkennt, leuchten ihre Augen. Sofort kommt sie auf uns zu.

»He, klasse! Da bist du ja endlich, Grisu«, begrüßt sie meinen Freund und überfällt ihn mit zwei aufdringlichen Küssen auf die Wangen. Für meinen Geschmack mutet das viel zu intim und euphorisch an. Das ist hoffentlich nicht Käthe. Die Käthe, von der mein überaus ehrlicher Freund behauptet hat, sie sei nicht besonders hübsch und auch absolut nicht sein Typ.

»Hi, ich bin Käthe«, bestätigt die junge Frau meine Befürchtung. Sie setzt dabei ein künstliches Lächeln auf, das mich sofort an Zahnpastawerbung denken lässt. Was für ein Püppchen! Die Art Frau kann ich nicht ausstehen, trotzdem bemühe ich mich, Chrissie zuliebe, freundlich zu sein. »Ich bin …«, setze ich an, mich vorzustellen. Da dreht sich die Schnepfe auch schon weg. Hin zu meinem Chrissie.

»Ach, Grisu, super, dass du da bist. Franziska wollte gerade ein Gruppenfoto machen. Da musst du natürlich drauf sein.« Die Art, wie sie das sagt, lässt meinen Puls nach oben klettern.

»Bin gleich wieder da«, kann mir mein Freund gerade noch zurufen, da hat die Krähe sich auch schon bei ihm untergehakt, und ich stehe da wie bestellt und nicht abgeholt. Grisu, so nennt ihn niemand. Wie lächerlich klingt das denn? Was denkt die Giftnudel sich und das noch dazu, während ich mit dabei bin?

Aber was soll's, sage ich mir, da stehe ich drüber. Eifersucht, das ist eine Frage des Vertrauens in den Partner ebenso wie in sich selbst, erkläre ich meinen Patienten in solchen Situationen. Eifersucht spiegelt stets den Blick auf sich wider. Wer eine positive Einstellung zum eigenen Ich hat, dem kann dieses Gefühl nichts anhaben. Der Anfang von allem ist, sich selbst liebenswert zu finden. Damit habe ich als Fachfrau wohl die wenigsten Probleme, ich bin mit mir im Reinen.

Trotzdem atme ich ein paarmal tief durch die Nase ein und ganz bewusst durch den Mund wieder aus. Das hilft mir, mich zu entspannen. Eins ist klar: So ein fast noch halbwüchsiges Ding hat bei Chrissie keine Chance. Er liebt mich. Ich kann ihm absolut vertrauen.

»Gehörst du zu Grisu?«, erkundigt sich die zweite junge Frau in meine Gedanken hinein und stellt sich neben mich. Mit ihren leuchtend blauen Augen, der schlanken Figur und den kurzen blonden Haaren ist sie, genau wie Käthe, keinesfalls der Kategorie »nicht so attraktiv« zuzuordnen. Chrissie hat mir über Monate Lügen aufgetischt!

»Ja«, sage ich und stelle dabei fest, dass die angeblich so unansehnliche Kollegin eine Reihe von Tattoos vorzuweisen hat. Darauf steht Chrissie, das weiß ich. Auch wenn ich selbst es kindisch finde, den eigenen Körper als Malgrund zu nutzen. Um die Eigentumsrechte nochmals eindeutig zu klären, füge ich meinem Ja die Randbemerkung »Ich bin seine Lebensgefährtin« hinzu.

»Wunderbar, ich bin Franziska. Könntest du uns vielleicht fotografieren? Damit wir alle zusammen auf dem Bild zu sehen sind.« Während die junge Frau das sagt, mustert sie mich von Kopf bis Fuß.

Ich nicke. Klar, warum nicht!

Franziska drückt mir ihre Kamera in die Hand. »Ist total einfach. Es ist schon alles eingestellt, du musst eigentlich nur noch den Auslöser drücken. Pass aber bitte auf, das gute Stück ist verdammt teuer und gehört der Staatskanzlei. Wenn da was kaputtgeht, bekomme ich einen Riesenärger.«

Ich bin ja nicht blöd, denke ich nach dieser oberlehrerhaften Unterweisung und schaue mir den Apparat in meinen Händen genauer an. Die Kamera dürfte mit dem Riesenobjektiv schätzungsweise zwei oder drei Kilo wiegen. Während ich dieses Monstrum an Fotoapparat ausrichte, stellen sich Chrissie und seine Kollegen auf. Es sind insgesamt sieben Läufer von der Staatskanzlei am Start. Fünf Männer und die beiden Frauen.

»Ich würde sagen, die Jungs platzieren sich kniend vor uns. Alle außer Grisu. Als IT-Held gehört er natürlich in unsere Mitte«, schlägt das Biest Käthe vor. »Das wird ein geniales Foto.«

Da sind wir unterschiedlicher Meinung, diese Käthe und ich. Meine Wangen glühen, und das nicht nur wegen der hochsommerlichen Temperaturen auf dem Platz. Mir wird noch heißer, als ich erkennen muss, dass sich mein Chrissie durchaus geschmeichelt fühlt und sich ein fettes Grinsen auf seinem Gesicht zeigt. Hallo, wie geschmacklos ist das denn? Er balzt direkt vor meinen Augen mit seiner Kollegin.

Weiteratmen und ruhig bleiben, predige ich mir. Tief einatmen, wenn es geht, bis in die Zehenspitzen. Es wäre unreif, jetzt in Hysterie zu verfallen. Wir klären das später zu Hause. Sollte ich Chrissie hier vor allen anderen eine Szene machen, würde das dieser Käthe doch nur in die Karten spielen.

Gefühle – und mehr ist Eifersucht nun mal nicht – kommen und gehen auch wieder, wenn man ihnen nicht allzu viel Bedeutung schenkt. Leider will der Gedanke daran, dass mein Freund jeden Tag mit diesen zwei Frauen verbringt, von denen mindestens eine bis über beide Ohren in ihn verschossen ist, nicht so schnell verschwinden. Er setzt sich sogar richtig fest.

Ich versuche, mich auf die Realität zu konzentrieren.

Unsere Beziehung ist perfekt. Wir lieben uns. Zwischen uns passt kein Blatt.

»Okay, fertig. Von uns aus kann es losgehen«, tönt Franziska in meine Richtung, setzt ein breites Lächeln auf und zeigt mit der Hand ein Victoryzeichen.

Ich drücke auf den Auslöser. Klasse, geschafft! Das ist überstanden, sage ich mir. Ich bin mächtig stolz darauf, mich so gut im Griff zu haben. Vor einigen Jahren noch hatte ich unbestreitbar Probleme mit meiner Eifersucht. Aber ich habe an mir gearbeitet. Man wird reifer und lernt dazu. Loslassen und Vertrauen, das ist die Basis einer guten Beziehung.

Trotz der offensichtlichen Fortschritte wäre ich nicht traurig, wenn sich mit dem Foto das Thema Kollegentreffen erledigt hätte und wir uns nun auf den gemeinsamen Lauf konzentrieren würden. Ich habe eindeutig genug.

»Wir brauchen noch ein zweites Foto. Ein wirklich spaßiges, das wir später posten können«, grätscht allerdings Käthe zwischen meine Pläne. Sie tut so, als würde sie überlegen. Ich ahne bereits, dass sie nichts Gutes im Sinn hat. »Wisst ihr was? Die Jungs nehmen uns huckepack. Das wird bestimmt mega!«

Wer wen huckepack nimmt, ist für diese Käthe – das wundert niemanden – ausgemachte Sache. Sie krallt sich meinen Chrissie und hopst ihm auf den Rücken. Ein Leichtgewicht, stelle ich genervt fest. Mich würde er nicht so mühelos stemmen. Kaum hockt sie, schlingt sie auch schon ihre Arme um seinen Hals. Im Zuge dessen flüstert sie ihm etwas ins Ohr und kichert. Das Schlimmste an dieser Szene aber ist: Chrissie macht dabei keinen unglücklichen Eindruck.

Da hilft auch tiefes Atmen nicht mehr. Ich könnte aus der Haut fahren.

»Wir sind bereit«, informiert mich Franziska abermals. Sie hat für das Foto wenigstens einen jungen Kerl in ihrer Altersklasse gewählt. So wie sich die Gruppe gibt, sind intime Berührungen und die Schrankenlosigkeit offenbar an der Tagesordnung. Ich will gar nicht wissen, wie es bei Betriebsausflügen zugeht, wenn Alkohol mit ins Spiel kommt. In meinen Ohren saust es. Trotzdem richte ich die Kamera aus. Jetzt bloß nicht zu viel Trara machen. Darauf zielt das Miststück doch nur ab. Ich habe mich im Griff. Chrissie und ich, wir sind auf einer ganz anderen Ebene als diese Käthe.

Durch das Display der Kamera werfe ich einen Blick auf die Gruppe. Alle sind sie allerbester Laune und sehen fröhlich aus.

»Bereit?«, frage ich so freundlich, wie es mir möglich ist. Das bin ich Chrissie schuldig, denn er ist extra wegen mir zurück ins Saarland gezogen und hat sich den Job bei der Staatskanzlei gesucht. Wenn das keine Liebe ist!

»Fertig! Und Cheese!«, ruft Hildebrandt und grinst breit. Nun halten alle ein Victoryzeichen vor ihre Brust.

Ich habe schon so gut wie auf den Auslöser gedrückt, da beobachte ich, wie Käthe ihren Kopf nah an den von meinem Chrissie schiebt. Dieses Aas von Frau wagt es doch nicht etwa, ihre Lippen auf die Wangen meines Freundes zu pressen? Chrissie reißt den Mund auf und wirft mir einen erschrockenen Blick zu.

Aber er wehrt sich nicht. Ich glaub, ich dreh gleich durch!

In dieser Schrecksekunde, freilich aus Versehen, fällt mir die kostbare Kamera aus der Hand.

»Ups«, sage ich. In das Scheppern, als das teure Stück auf dem Boden landet, mischt sich ein Klirren. Die Worte

»Macht euren Käse doch allein« sprudeln, ohne dass ich es möchte, aus meinem Mund. Auch das nachfolgende »Rutscht mir den Buckel runter!« äußere ich nicht absichtsvoll, sondern reflexartig.

Man kann für vieles, ja für fast alles Verständnis haben. Auch für unbewusste Impulse. Und so eine Reflexreaktion muss bei mir vorgelegen haben. Flucht ist übrigens in gleicher Weise eine Reizantwort, die man nicht immer willentlich steuern kann. Mich jedenfalls nimmt das Verlangen, diesen Ort schnellstmöglich zu verlassen, derart gefangen, dass ich mich auf der Stelle aus dem Staub mache. Weit zackiger, als es im Training je der Fall gewesen ist, und das trotz all des Gedränges.

»Anne-Marie, Schatz, jetzt warte mal! Was ist denn los?«, höre ich Chrissies Stimme durch das Gemurmel und die laute Musik hindurch.

Schatz! Das kann wohl nicht sein Ernst sein, oder? Und was soll die dumme Frage: »Was ist denn los?«? Für wie blöd hält er mich?

Seine Worte lassen mich noch schneller werden. Dieser miese Blender ist kein bisschen besser als all die anderen Männer, die ich je in meinem Leben kennengelernt habe. Das erkenne ich erst jetzt. Ich will nur weg. Sollen sie doch weiterfeiern, ohne Hemmungen und einen Funken Anstand. So als gäbe es mich gar nicht. Auf meine Anwesenheit legt sowieso niemand Wert. Womöglich noch nicht einmal Chrissie, der vermutlich weit lieber mit dieser ollen Käthe am Start stehen würde. Ich hätte mich niemals zu diesem elenden Lauf überreden lassen sollen.

Mir egal, entscheide ich. Und zwar so was von! Es ist aus – aus und vorbei, und genau das hätte ich schon viel früher machen müssen! Vom ersten Moment an hatte ich bei Chrissie so ein mieses Gefühl, als ob eine Beziehung mit ihm nur schiefgehen könnte. Das zeigt mal wieder, dass man auf sein Bauchgefühl vertrauen sollte. Das Beste ist, man bleibt allein. Echt! Wer an nichts hängt, kann auch nichts verlieren!

Ich laufe geradewegs den Weg zurück, auf dem wir gekommen sind. Das war ein kurzes Gastspiel, denke ich, während mir Hunderte von Menschen entgegenströmen. Das erweckt in mir das Gefühl, dass ich die Einzige bin, die sich in die falsche Richtung bewegt. Aber das ist mir ebenfalls egal. Umdrehen und zurückgehen ist keine Option.

Als ich wieder an der Fußgängerampel am Dillinger Bahnhof stehe und darauf warte, dass mir die Ampel die Erlaubnis zum Gehen erteilt, sehe ich an mir herab. Das Startschild mit der Startnummer 6784 haftet auf meinem Laufshirt. Das brauche ich nicht mehr – genauso wenig wie ich Chrissie noch brauche, stelle ich fest und mache mich an den Sicherheitsnadeln zu schaffen.

AUFPASSEN, DASS NIEMAND QUATSCH MACHT

Mister Surprise

Zwischen Friedrich-Ebert-Straße und Dieffler Tor, Dillingen, 12. August um 17:19 Uhr

Es ist mindestens so schlimm wie erwartet. An allen Ecken und Enden Menschen, ausgelassen und in alberner Stimmung. Das Bitterste allerdings ist, dass sich bisher noch keine Gelegenheit geboten hat, meinen Plan zu verwirklichen. Wie zuvor von meinem Chef angeordnet, überwache ich den letzten Streckenabschnitt vom Dieffler Tor bis zur Friedrich-Ebert-Straße und bin ihn schon mehrmals abgegangen. Besonders den Verpflegungsstand hatte ich dabei genau im Auge. Allerdings belagern drei Leute den Ort meines Verlangens, und es sieht nicht danach aus, als würde sich das in Kürze ändern. Eher das Gegenteil ist der Fall. Die Straßen füllen sich, es ist schon 20 nach fünf, demnächst, gegen 18 Uhr wird die erste Gruppe starten. Dann wäre die Chance vertan.

Frustriert spaziere ich nochmals am Stand vorbei. Es hätte so schön werden können! Die vier Gläschen mit dem Diuretika-Pulver sind in den Innentaschen meiner Uniform verstaut. Eine Tablette pro Tag stand auf dem Beipackzettel. Frau Wiesberger war eine Freundin der Vorratshaltung. Deshalb hatte ich gestern Abend viel zu tun, als ich die fünf Großpackungen mit dem Mörser in feines Pulver verwandelt und mit einem Trichter in leere Olivengläser gefüllt habe. Recycling liegt mir eben am Herzen. Beim Gehen spüre ich sie. Heute kommen sie wohl nicht zu ihrem Einsatz. Schade. Womöglich habe ich mir die Angelegenheit zu einfach vorgestellt.

»He, Sie da. Entschuldigung, aber ich hätte eine Frage«, reißt mich ein Mann in grellorangenem Trainingsanzug, der anscheinend für die Ausgabe der Getränke im Verpflegungszelt zuständig ist, aus meinen Gedanken. »Wenn es nicht zu unverschämt ist, hätte ich eine Bitte.«

»Ja? Fragen Sie nur.«

»Wäre es eventuell möglich, dass Sie kurz auf den Stand aufpassen? Nur ein paar Minuten. Ich hab heute Geburtstag und wollte den beiden Damen«, er weist auf zwei Frauen, die schon die ganze Zeit mit ihm im Zelt alles für die Ankunft der Läufer vorbereitet haben, »schnell einen Sekt ausgeben. Wir sind spätestens in einer viertel Stunde zurück. Versprochen! Bis zum Start bleibt dann noch genug Zeit …«

»Kein Problem. Das mache ich natürlich gerne«, antworte ich. Das ist ehrlich gemeint. Seine Frage ist wie ein Geschenk des Himmels.

»Die Polizei, dein Freund und Helfer«, entgegnet der Typ und legt seine Schürze ab. Er schaut auf mein falsches Namensschild. »Kramer. Den Namen merke ich mir. Ich bin Ihnen was schuldig.«

»Ach, Unsinn«, entgegne ich. »Man hilft doch gerne. Lassen Sie sich ruhig Zeit. Geburtstag hat man schließlich nicht alle Tage.«

»Sie sagen es! Danke.«

Der Mann winkt mir zum Abschied zu, und schon sind die drei verschwunden. Besser geht's nicht.

Das war nun fast zu leicht, denke ich und warte, bis sie in sicherer Entfernung sind. Die Flaschen in meiner Uniform können ihren Auftritt kaum erwarten. Vor Ort ist zwar die Hölle los, aber niemand achtet auf mich, als ich verstohlen einen der Getränkekanister von der Bierzeltgarnitur in den hinteren Bereich des Zeltes hebe. Schützend platziere ich mich davor und öffne den Verschluss des Gefäßes. Da ist noch Platz, stelle ich zufrieden fest. Aus Gründen der sportlichen Fairness verteile ich gerecht: Die zerriebenen Tabletten aus zwei der Gläschen fülle ich in die Behälter mit Wasser und zwei in die mit den Isogetränken.

Als die Kanister alle wieder an Ort und Stelle stehen, fällt mir ein, dass ich ja noch eine Überraschung eingepackt und beinahe vergessen habe. Das andere Wundermittel, von dem Frau Wiesberger sprach, das den Darm so fantastisch putzt, steckt ebenfalls in meinen Taschen. Als vielversprechendes Extra hat es sich fraglos seinen Einsatz verdient. Insbesondere, da es der Saarländer an sich doch immer sauber mag. Da ist es nicht dumm, mit dem Reinigen bei sich selbst anzufangen.

Ich blicke mich nochmals um. Die Luft ist rein. Ich bin auch hier fair und verteile den Inhalt der zähflüssigen Medizin gleichmäßig in die Behältnisse.

Erledigt, sage ich mir daraufhin. Für mich jedenfalls. Ab jetzt muss ich nur noch abwarten und genießen. Die vielen Menschen um mich herum finde ich in diesem Moment, in dem ich mir bewusst mache, was heute alles Aufregendes passieren dürfte, gar nicht mehr so unangenehm.

Wie versprochen trifft auch die Getränke-Crew nach der angekündigten Viertelstunde wieder am Stand ein und ich kann meinen Posten verlassen.

»Super, dass Sie kurz eingesprungen sind«, bedankt sich das Geburtstagskind.

»Hab ich gerne gemacht«, gebe ich zur Antwort und will mich verabschieden, da richtet der Mann seinen Blick in Richtung Himmel.

»Och Mensch, wo kommen denn mit einem Mal all die Wolken her? Hoffentlich gibt es kein Gewitter. Nach all der Arbeit können wir das echt nicht gebrauchen.«

Ich sehe nach oben. Der Mann hat recht: Ein paar Quellwolken sind tatsächlich aufgezogen. Ich spreche den Helfern Mut zu. »Keine Sorge. Heute zieht bestimmt nichts mehr auf. Da habe ich ein gutes Gefühl. Warten Sie nur ab: Es wird alles laufen wie geschmiert.«

»Wenn die Polizei das sagt, dann nehme ich Sie beim Wort.« Dabei zwinkert er mir zu.

Als ich in Richtung Ziellinie wandere, weit weg vom Getränkestand, der in wenigen Minuten hochfrequentiert sein wird, stimme ich dem Mann in Gedanken zu. Er kann auf meine Worte vertrauen, denn auf Mister Surprise ist Verlass.

WER AN NICHTS HÄNGT, KANN AUCH NICHTS VERLIEREN – TEIL II

Anne-Marie Tietze-Meiermann

Fußgängerampel am Bahnhof, Dillingen, 12. August um 17:24 Uhr

Endlich wechselt die Fußgängerampel am Bahnhof auf Grün, ich gehe los. Auf der Fahrbahnmitte begegnet mir eine Gruppe von Läufern. »Viel Erfolg, wünsche ich, junge Frau«, sagt einer der Männer gutgelaunt zu mir.

Ein gar nicht so schlecht aussehender Typ, finde ich. Allerdings bin ich so überrumpelt, dass ich ihm nur zunicke, anstatt ihm meinerseits Glück zu wünschen.

Als ich vor dem Fahrplan stehen bleibe und nach dem nächsten Zug in Richtung Saarbrücken Ausschau halte, frage ich mich, ob es wirklich das Richtige ist, jetzt zu kneifen. Ich bin stinksauer auf Chrissie, und das mit Recht. Wochenlang habe ich auf diesen Tag hintrainiert, alles nur, um ihm zu imponieren, und dann lässt er mich eiskalt stehen. Wegen diesem billigen Miststück Käthe.

Trotzdem – das mit Chrissie ist eine Sache. Das Rennen sausen zu lassen, nachdem ich mich immer und immer wieder über Stock und Stein gequält und Muskelkater ertragen habe, ist eine andere. Um diesen Lauf zu bewältigen, brauche ich keinen treulosen Freund und auch sonst niemanden.

Ich schaue auf die Startnummer in meiner Hand und die Sicherheitsnadeln. Eigentlich wollte ich sie gleich im nächsten Mülleimer entsorgen. Die Bahnhofsuhr zeigt 17:25 an. In einer halben Stunde, um 18 Uhr, startet der erste Block mit den erfahrenen Läufern. Ich bin etwas später dran. Um 18:30 Uhr. Soll ich wirklich kneifen? Vielleicht werde ich es irgendwann bereuen, es nicht wenigstens versucht zu haben.

Jetzt erst recht, entscheide ich schließlich. Ich werde Chrissie zeigen, dass ich wunderbar ohne ihn zurechtkomme. Falls er morgen oder übermorgen reumütig bei mir zu Hause aufkreuzen sollte, weil er erkannt hat, dass diese Käthe mir nicht das Wasser reichen kann, dann werde ich ihm die Tür vor der Nase zuschlagen. Eine Begnadigung ist ausgeschlossen.

Zum dritten Mal an diesem Tag überquere ich die Fußgängerampel. Nun wähle ich allerdings eine andere Route. Um Chrissie nicht über den Weg zu laufen, wende ich mich vom Hoyerswerdaplatz Richtung Stummstraße. Vielleicht kann ich mich dort warmlaufen. Obwohl mir genau genommen auch so schon heiß genug ist.

An einer Eisdiele lege ich einen Stopp ein und frage, ob man mir ein Glas Leitungswasser verkaufen könne. Klares Wasser ohne Kohlensäure wäre vermutlich das Beste vor einem Lauf.

»No! Verkaufen natürlich nicht! Wo kämen wir da hin?«, sagt der Italiener hinter dem Straßenverkaufsstand und setzt ein charmantes Lächeln auf. »Einer so netten Signora schenke ich liebend gern ein Glas Wasser ein. Wollen Sie vielleicht auch ein Eis dazu? Ich zaubere Ihnen una tazza di gelato con fragole, einen wunderbaren Eisbecher. Die Erdbeeren sind frisch vom Markt, Sie werden begeistert …«

»Nein, danke!«, falle ich ihm ins Wort. Da sein Lächeln einfriert, füge ich schnell hinzu: »Ich starte gleich beim Lauf. Vorab einen Eisbecher zu essen, wäre sicher unklug.«

»Oh, un'atleta! Da habe ich sogar noch was Besseres für Sie.« Noch bevor ich ihn aufhalten kann, macht er sich auf den Weg in seine Eisdiele. »Setzen Sie sich, bitte! Un minuto. Ich bin gleich bei Ihnen.«

Wehren scheint zwecklos, also nehme ich an einem der Tische draußen Platz. Kurz darauf steht ein gigantisch großer grüner Smoothie vor mir, geübt garniert mit einem Melonenherz, das zwei Minzeblätter krönen.

»Oho«, sage ich nur. Ob das gut ist, so kurz vor dem Lauf, eine derart große Menge zu trinken? Meinen Privattrainer kann ich ja leider nicht fragen, denke ich bitter.

»Mein Bruder war früher Profi-Radsportler und meine Mutter hat ihm immer genau das vor einem Wettkampf bereitet. Banane, Apfel, Zitrone, Mandelmus, eine Handvoll Spinat, ein bisschen Ingwer und Pfefferminze.«

»Spinat?«, wiederhole ich skeptisch, das hört sich in meinen Ohren in Verbindung mit Früchten nicht so lecker an.

»Sì. Den schmeckt man nicht heraus. Promesso!«

»Promesso?« Ich sehe ihn fragend an.

»Das verspreche ich Ihnen.« Er nickt mir auffordernd zu, und ich probiere die seltsame Mischung durch den Strohhalm. Erst zaghaft, man weiß ja nie.

Wow, das schmeckt scharf und süß und fruchtig, und alles gleichzeitig. Ich bin überrascht, und bei der Hitze tut das Getränk wirklich gut.

»Bene?«, fragt der Italiener.

»Molto bene«, gebe ich mit meinen knappen Italienischkenntnissen zurück und halte zur Bekräftigung den Daumen in die Höhe. Es gibt sie doch noch – die netten Männer, denke ich, als er meinen Tisch verlässt, um sich um die anderen Gäste zu kümmern.

Während ich den kühlen Smoothie genieße, nutze ich die Zeit, auf meinem Handy zu prüfen, ob jemand angerufen hat. Schließlich sind meine Patienten heute sich selbst überlassen, sage ich mir. Fünf Nachrichten von Chrissie. Kurz überlege ich, diese zu öffnen. Aber dann rufe ich mir in Erinnerung, wie er mich eben behandelt hat. Wie Luft und total schäbig. Dieser blöde, treulose Idiot!

»Noch einen zweiten, Signora?«, erkundigt sich der liebenswürdige Italiener, als er an meinem Tisch vorbeikommt. Ich überlege kurz und nicke. Warum soll ich mir nicht wenigstens das gönnen, wenn ich schon frisch getrennt, betrogen und völlig allein gelassen hier sitze?

Eine viertel Stunde später, ahne ich warum. »Wo kann man denn für kleine Italienerinnen?«, erkundige ich mich bei meinem neuen Freund.

»Gleich da vorne um die Ecke!«, sagt er und weist mit dem Finger ins Lokal hinein.

»Danke!« Als ich aufstehe, merke ich, wie verdammt dringend es ist. Irgendwas in dem Smoothie scheint ausgesprochen harntreibend zu sein. Dass die beiden Toiletten beim Erreichen des WCs besetzt sind, verursacht mir Stress. Unwillkürlich muss ich an eine meiner Patientinnen denken. Frau Runke kommt seit Jahren zu mir. Ihre größte Furcht ist es, die Toilette nicht rechtzeitig zu erreichen. Um dem vorzubeugen, besucht sie das Bad vor jedem außerhäuslichen Termin gleich zigfach hintereinander. Das hat zweifelsohne zwanghafte Züge, davon habe ich sie mittlerweile überzeugt. Derzeit allerdings kann ich ihre Ängste nachvollziehen. Warum dauert das so lange?

Als sich endlich eine der beiden Türen öffnet, atme ich auf. Grob drängle ich mich an meiner Vorgängerin vorbei. Sorry, aber das ist ein Notfall!

Gott sei Dank, denke ich kurze Zeit später und ziehe die enge Dreiviertel-Sporthose wieder hoch. Ich erwische mich bei dem Gedanken, es genau wie meine Patientin mit einer zweiten »Sicherheitsentleerung« zu versuchen. Nur wegen des anstehenden Laufs. Nichts da, rüge ich mich selbst, auf diese Weise fangen Zwänge an.

»Frau Runke, sachlich betrachtet ist Ihre Blase nach einem Toilettengang entleert, und mehr als leer, das geht nicht«, habe ich meiner Patientin vergangene Woche erklärt, und was ich anderen predige, gilt natürlich auch für mich.

»Wollen Sie noch etwas?«, fragt mein neuer italienischer Freund, der prompt neben mir steht, kaum dass ich zurück an meinem kleinen Tisch bin. Italiener haben fraglos Charme. Da könnte sich Chrissie ein Scheibchen von abschneiden. »Nein, wirklich. Das ist nett, aber lieben Dank«, erwidere ich geschmeichelt von so viel Aufmerksamkeit. »Das war sehr, sehr lecker. Jetzt wird es allerdings Zeit für mich.«

»Ah, sì! Der Wettlauf. Buona Fortuna – viel Glück, Signora!«

»Danke sehr. Vorher muss ich noch bezahlen. Was macht das?« Ich krame in dem kleinen Beutel meiner Sporthose nach einem Schein, den ich vor der Zugfahrt eingesteckt hatte, um nicht zu viel Ballast bei mir zu haben.

»No, no, no!« Der Eisverkäufer wehrt sich, als ich ihm meinen 20-Euro-Schein hinhalte. »Für ein Glas Wasser berechnen wir nichts.«

»Na, Wasser habe ich doch gar nicht bekommen.«

»Aber bestellt.« Mein neuer Bekannter hält abwehrend seine Hände vor die Brust. Er nimmt nichts an. Keine Chance.

»Also gut«, gebe ich auf. »Dann bedanke ich mich herzlich für die nette Einladung.« Ich verspreche mir selbst, dass ich hier noch einmal vorbeischauen werde. Mit einem saftigen Trinkgeld. Doch alles zu seiner Zeit, denn jetzt wartet eine andere Mission auf mich – ich werde diese verfluchten 5,3 Kilometer hinter mich bringen.

Schon auf dem Weg zum Start in der Merziger Straße muss ich mir selbst eingestehen, dass meine Informationsweitergabe gegenüber Frau Runke unter Umständen einer Korrektur bedarf. Auch nach einem Toilettengang kann das Bedürfnis, die Toilette aufzusuchen, relativ schnell wieder auftreten. In meinem Fall ist das bestimmt keine Einbildung. Verdammt! Den zweiten Smoothie hätte ich mir schenken sollen. Ich sollte dem netten Italiener einen weiteren Besuch abstatten, jetzt gleich. Ich schaue auf die Uhr. 18:28 Uhr. In zwei Minuten ist der letzte Block mit den »Fun Startern« an der Reihe. Das heißt, entweder ziehe ich den Lauf durch *oder* ich gehe zur Toilette! Beides ist nicht drin.

Mein Gefühl sagt mir, dass ich das schaffen werde. Ich bin diszipliniert, die halbe Stunde oder wie lange auch immer ich für die Strecke brauche, halte ich locker durch. Ich suche mir einen Platz unter den anderen Läufern. Am Ende dieses letzten Starterfelds haben sich die Nordic Walker eingefunden. Ich hoffe inständig, dass mich niemand von ihnen überholen wird – das allein wäre für mich schon ein Sieg.

Der Zeitpunkt des Starts rückt näher. Um mich herrscht Hektik und Aufregung. Die Läufer hüpfen auf der Stelle, lockern ihre Beine und Arme und drücken auf ihren Sportuhren herum. Ich hingegen vermeide es, mich zu bewegen. Der Lauf wird noch anstrengend genug.

Vorn hält jemand über Lautsprecher eine Rede. Verschiedene Politiker ergreifen die Gelegenheit, das Sportereignis in höchsten Tönen zu loben und Glück zu wünschen. Danach darf wieder der Ansager ans Mikro, der die Starter zu einer La-Ola-Welle auffordert. Begeistert macht die Menge mit, ich jedoch bin für so was echt nicht in Stimmung. Stattdessen recke ich den Hals, um Chrissie auszumachen – einzig und allein, um zu wissen, wie ich ihm am besten aus dem Weg gehen kann. Keine Spur von ihm weit und breit. Sei's drum, er kann mir sowieso gestohlen bleiben. Ich habe Wichtigeres zu tun, denn in der Sekunde fällt der Startschuss. Endlich!

Wer erwartet, mit dem offiziellen Start gehe alles blitzschnell, so wie ich mir das vorgestellt habe, wird eines Besseren belehrt. Unglaublich, wie träge so eine Menschenansammlung ist. Mein untreuer Privattrainer hat mir eben im Zug noch erklärt, dass ein Zeitmess-Transponder an meiner Startnummer befestigt ist. Das heißt, die Uhr läuft für mich erst los, wenn ich den Startpunkt passiert habe. Ein Glück, denn ansonsten hätte ich meine anfänglichen Laufminuten im Stau verbummelt. Als ich die Startlinie überquere, wird der Abstand zu den anderen Läufern allmählich größer. Das Feld verteilt sich. Nach und nach finde ich sogar in meinen Rhythmus, auch wenn es ein komisches Gefühl bleibt, sich in so einer Menge an Menschen zu bewegen und von Zuschauern umringt zu sein. Vielleicht ist es aber auch nur so unangenehm, weil das Verlangen, auf die Toilette zu müssen, mein beständiger Begleiter ist.

Einen Vorteil hat die Situation: Das dringende Bedürfnis ist ein Ansporn, die Strecke möglichst schnell hinter mich zu bringen. Na, wenn das kein höheres Ziel ist! Schmerzen in den Waden oder fehlende Puste, all die Dinge, die mich sonst im Training geplagt haben, sind heute nebensächlich. Ich bin verwundert, warum kaum jemand an mir vorbeizieht. Eher das Gegenteil ist der Fall, ab und an überhole ich sogar den ein oder anderen Läufer, während ich am Stadtpark, dem imposanten Ziegelgebäude der Polizeiinspektion und dem Dillinger Rathaus vorbeilaufe. Beim Blick nach rechts zu meinem neuen Lieblingsitaliener kann ich niemanden erspähen. Die vielen Zuschauer am Rand versperren mir die Sicht. Die Menge klatscht, jubelt und feuert die Läufer an. Ich muss zugeben, die Stimmung könnte ansteckend sein, wenn man sich nicht vor einer Stunde von seinem Freund getrennt hätte. Aber ich beiße mich durch. Aufgeben gilt nicht. Warum auch? Bestimmt habe ich mindestens die Hälfte der Strecke bereits absolviert, schätze ich, als ich an der Ampelkreuzung in Richtung Roter Platz abbiege.

Das Ein-Kilometer-Schild am Roten Platz belehrt mich eines Besseren und ist ein echter Schock. Bitte nicht, denke ich. 4,3 Kilometer liegen also noch vor mir. Die Sonne röstet den Asphalt, und der wiederum strahlt eine Hitze ab, die sich anfühlt, als würde man wie Grillfleisch gebrutzelt. Zur Abkühlung strecken ein paar Anwohner den Läufern ihren heimischen Gartenschlauch entgegen. Einige machen davon Gebrauch. An sich eine gute Idee, das Geräusch von plätscherndem Wasser ist mir allerdings keine Hilfe. Ich laufe einen großen Bogen darum und beiße die Zähne zusammen. Genau in dem Moment meint der Sportler neben mir: »Achtung, Fotopoint!«

Na super, denke ich, das Bild will ich später nicht sehen. Immerhin führt die Strecke jetzt in Richtung altes Krankenhaus und durch den Autotunnel. Das bedeutet Schatten. Ein echter Segen. Wie oft mein Gemütszustand auf diesen ersten Kilometern von »Das mache ich niemals wieder« zu »Wow, ist irgendwie toll« wechselt, ist erstaunlich und verblüfft mich selbst. Das Einzige, was unverändert bleibt, ist der Druck auf meine Blase, und der lässt mich in dieser Sekunde eine Truppe von Läufern in orangen Shirts überholen. Team Globus nehme ich an und liege goldrichtig. Raus aus dem Tunnel führt die Laufstrecke zum Hüttengelände. Eine Bruthitze herrscht über dem Industrieareal und macht jeden Schritt doppelt schwer. Am Rand der Route hat sich auch in diesem Bereich Publikum eingefunden. Arbeiter, teilweise im Blaumann, haben sich versammelt und feuern die Läufer an. Kaum zu fassen, doch dieser Zuspruch hilft wahrhaft über die Strecke.

»Super, weiter so. Genau hier ist Halbzeit«, ruft mir einer der Mitarbeiter zu und hält mir eine Flasche mit Wasser entgegen.

Ich hebe abwehrend die Hände und schüttle den Kopf. Ne, alles bloß das nicht!

Die Frauen neben mir greifen dankbar zu, während ich einen Zahn zulege. Er wird Zeit, dass ich ins Ziel komme, sonst wird es peinlich.

Die Laufstrecke führt durch eine Toreinfahrt wieder hinaus vom Hüttengelände auf die Dieffler Straße. Es geht zurück in die Stadt. Gott sei Dank! Das Gefühl, auf dem Rückweg zu sein, ist erleichternd. Bald habe ich es überstanden.

Ein paar Hundert Meter vor mir ist Gedränge. Wenn ich richtig sehe, ist dort ein Verpflegungspunkt. Am Rand steht eine Reihe von Helfern, sie halten den Sportlern Becher mit Getränken entgegen.

Schöner Mist, es plätschert und gluckert überall um mich herum, denn viele trinken das hingehaltene Wasser gar nicht, sondern nutzen es zur Kühlung und schütten es sich über den Kopf. Manche greifen sogar mehrfach zu. Das Allerschlimmste aber entdecke ich erst jetzt: eine extra für die Läufer auf der Strecke installierte Dusche. Das ist der Härtetest.

Von Neuem gebe ich Gas, nur um diese Höllenpassage möglichst flott hinter mich zu bringen. Ich feuere mich selbst an durchzuhalten, jetzt ist es nicht mehr weit. Ein oder zwei Kilometer und ich bin durch. Während ich verbissen weiterlaufe, habe ich das Gefühl, schneller zu werden. Ständig überhole ich jemanden. Komisch, denke ich und sehe mir die anderen Teilnehmer genauer an. Vielleicht ist es aber auch so, dass die Läufer um mich herum langsamer werden, überlege ich. Tatsächlich bleiben manche sogar stehen und stützen sich an den Absperrungen ab. Seltsam ist das, ohne Frage. Ich versuche, mich davon nicht ablenken zu lassen und mein Tempo weiterzulaufen. Doch die nächste Überraschung ist nicht weit. Als 20, 30 Meter vor mir ein Laufshirt mit dem Rückenlogo »Großes entsteht immer im Kleinen« auszumachen ist und gleich daneben noch eins, würde ich am liebsten umdrehen und den Rückweg einschlagen. Andererseits, überlege ich, sollte ich mir die Chance nicht nehmen lassen, Chrissie und seine neue Liebschaft zu überholen. Ich ziehe an ihnen vorbei. Souverän. Diese Käthe hält sich an Chrissie fest und setzt nur noch mit viel Mühe einen Fuß vor den anderen. Ha, denke ich. Seitenstechen oder ein Krampf in den Waden, vielleicht auch beides. Ich gönne es ihr und freue mich über den Umstand, dass sie gar nicht so sportlich zu sein scheint, wie sie auf den ersten Blick daherkam. Eine Mogelpackung eben.

»Schatz! He – hallo!«, höre ich eine mir gut bekannte Stimme in meinem Rücken, die ich ignoriere. Ich drehe mich bestimmt nicht um. Jetzt, da ich auf der Gewinnerspur laufe, braucht er nicht zu denken, dass ich auf ihn warte. Und schon gar nicht, dass ich ihn zurückwill. Soll er doch diese Schlange Käthe bis ins Ziel stützen. Ich zieh das jetzt durch. Allein!

Ich erreiche die Vier-Kilometer-Marke. Weitere Läufer fallen zurück, manche verlassen die Laufstrecke, was das Feld vor mir immer überschaubarer werden lässt. Komisch. Chrissie hat ständig davon gesprochen, dass man seine Reserven achtsam aufteilen sollte. Wie kann es sein, dass dies den anderen so wenig gelingt, und ich hingegen habe das Gefühl, da ginge noch was? Womöglich habe ich mehr Power als gedacht.

Nach einer Kurve erreiche ich eine lange Gerade. »Friedrich-Ebert-Straße«, kündigt das Straßenschild an, und ich realisiere, dass ich mich nun auf den letzten Metern befinde. Das ist die Zielgerade, und kaum ein Läufer ist noch zu sehen. Dafür zahlreiche Zuschauer. Sie klatschen und feuern mich an, und das trägt mich tatsächlich. Ich werde schneller, ich fühle mich fantastisch. Zum allerersten Mal verstehe ich, weshalb man sich so etwas wie Sport freiwillig antut. Meine schweren Beine sind vergessen. Das blaue Zieltor kommt näher. Eine einzelne schwankende Läuferin befindet sich etwa 20 Meter vor mir. Die kriege ich, sage ich mir und packe die letzten Reserven aus. Kurz vor dem Ziel ziehe ich an ihr vorbei.

»Ihr seid Helden – you're all heroes«, steht auf dem Riesentor, das ich durchlaufe. Das Publikum jubelt und der

Ansager kommentiert voller Begeisterung: »Unser Platz 200 läuft ins Ziel ein. Ein großer Applaus und herzlichen Glückwunsch!«

200 von rund 3.000 Läufern in meinem Starterfeld. Ich kann es kaum fassen, habe aber keine Zeit, mich zu freuen. Ich brauche eine Toilette – das ist unaufschiebbar.

Deshalb werde ich auch nach dem Ziel nicht langsamer, sondern sprinte weiter, direkt in Richtung Lokschuppen. Dort steht die Rettung in Form eines langen Toilettenwagens. Denke ich zumindest bis zu dem Moment, in dem ich die Schlange davor sichte. Keine Chance, urteile ich. Bis ich dort an der Reihe bin, hat sich das Problem auf andere Weise erledigt.

Noch mal nehme ich die Beine in die Hand. Ohne Verschnaufpause geht es in Richtung Italiener – er hat mir meine Lage eingebrockt und er ist jetzt auch mein Ziel. Als ich eintreffe, steht eine Traube Menschen vor dem Eiscafé. Erst hoffe ich noch, es handelt sich um Liebhaber von italienischem Eis, doch leider harren alle aus, um dem Kundenklo einen Besuch abzustatten. Verdammter Mist! Die Wartenden machen einen elenden Eindruck. Verzweiflung steht vielen ins Gesicht geschrieben, und auch ich erliege allmählich der Hoffnungslosigkeit. Mir gehen die Ideen aus. Das kann nicht sein! Der Tag heute ist sogar noch schlimmer *und* peinlicher als das letzte Sportfest mit zwölf.

Ich stelle mich trotzdem an. Eine pure Verzweiflungstat.

Da packt mich mit einem Mal jemand am Arm. Ich wende den Kopf, mein italienischer Held steht vor mir. Ich muss gar nichts sagen, er scheint mit einem Blick in mein Gesicht zu wissen, wie groß die Not ist. An allen Wartenden vorbei führt er mich in ein Treppenhaus. Es geht nach oben, anscheinend zu den Büroräumen des Eiscafés.

»Da hinten, die weiße Tür, das ist unsere Personaltoilette«, sagt er im zweiten Stock angekommen und weist mit dem Finger in Richtung Gang. Die Erlösung liegt vor mir.

Als ich kurze Zeit später die Tür wieder aufschließe, fühle ich mich wie ein neuer Mensch. »Danke«, sage ich zu meinem italienischen Freund, der im Treppenhaus gewartet hat.

»Und, ist es gut gelaufen?«

Ich überlege, worauf seine Frage abzielt, wahrscheinlich meint er den Lauf. »Ja, schon. Viel besser als erwartet«, antworte ich.

»Und wie schnell waren Sie?«

Ich zucke mit den Schultern. »Hm, keine Ahnung.«

»Was? Sie haben keine Urkunde oder Medaille bekommen?«

An so etwas habe ich ehrlich gesagt gar nicht gedacht. »Ne, noch nicht. Die hole ich mir gleich ab.« Er hat recht, ich sollte mir einen Beweis für diesen verrückten Tag mit nach Hause nehmen. Ohne Urkunde für all diese Plackerei steige ich nicht in den Zug.

»Danke für alles«, verabschiede ich mich und überlege kurz, meinem neuen Lieblingsitaliener einen Kuss auf die Wange zu geben. Ich entscheide mich dagegen. Was Männergeschichten angeht, bin ich ein für alle Mal geheilt.

Nochmals führt mein Weg durch den Stadtpark. Joggen ist nicht mehr drin, mittlerweile spüre ich jeden einzelnen Knochen. Das wird die nächsten Tage ein Spaß, prophezeie ich mir selbst, während mir erneut zahlreiche Menschen entgegenströmen. Die Stimmung unter den Teilnehmern ist gekippt, unverkennbar. Ein paar der Läufer sehen aus, als ob sie geweint hätten, etliche halten sich den Bauch und machen einen jämmerlichen Eindruck. Das Allerschlimmste jedoch ist, das anscheinend die gute Erziehung durch den Lauf extrem gelitten hat. Allerorts stehen Männer, die ihre Laufhosen heruntergelassen haben, an Sträuchern und Bäumen, um ihre Notdurft zu erledigen. Hinter manchen Büschen hocken sogar Frauen völlig schamlos. Den ganzen Stadtpark beherrscht ein derartiger Geruch nach Ammoniak, dass es in der Nase sticht. Auch als ich fast am Lokschuppen angekommen bin, bricht die Kette von seltsamen Ereignissen nicht ab. Während ich an der Kreuzung an der roten Ampel warte, traue ich meinen Augen kaum. Zahlreiche Krankenwagen sind dort vorgefahren. Manche starten gerade mit Blaulicht und Sirene. Auf dem Areal hat sich ein Massenauflauf an medizinischem Personal eingefunden. Auf Tragen, Bänken und sogar auf dem Boden liegen Menschen, die von Sanitätern und Ärzten versorgt werden. Das kann doch nicht normal sein, sage ich mir.

Eine Gestalt in der Ferne weckt meine Aufmerksamkeit. Es ist ein großer Mann mit Vollbart, das Laufshirt mit dem aufgedruckten Schriftzug kenne ich. Von einem Mann in Weiß gestützt geht der offensichtlich Verletzte oder zumindest Erkrankte in Richtung eines Krankenwagens.

He! Nein, das ist Chrissie! Mein Chrissie! Ich warte nicht, bis es Grün wird. Ein Auto bremst abrupt ab. Die Fahrerin hupt und gibt mir allerlei Zeichen, die nichts Nettes zu bedeuten haben. Mir egal. Ich muss da rüber. Chrissies Kopf verschwindet im Krankenwagen.

»Moment. Wartet! Christoph!« Es ist klar, dass er mich nicht aus dem Stimmengewirr, das auf dem Platz herrscht, heraushören kann. Ich sprinte los, schon wieder, und hetze mitten durch die Menge. Wie bei einer Verfolgungsjagd in einem dieser Agentenfilme. Mehrfach remple ich jemanden an, laufe trotzdem unbeirrt weiter, das Ziel klar im Visier: meinen Chrissie.

Das Blaulicht auf dem Dach des Krankenwagens leuchtet auf. Der Tag ist zum Verrücktwerden, die fahren los! Kommt gar nicht infrage, denke ich und lege einen Zahn zu. Es sind fünf höchstens sechs Meter, den hole ich ein. Er rollt gerade erst los. Mit dem letzten bisschen Puste stürme ich auf den Kastenwagen zu und hämmere mit den Fäusten gegen die rückwärtige Tür. »Halt! Sie müssen anhalten! Auf der Stelle!«

Aber das Ding will nicht hören. Ich bleibe dran. »Chrissiiiie!« Als der Wagen in meiner Vorstellung schon davonfährt und in der Ferne verschwindet, stoppt er unvermittelt. Der Arzt von eben steckt seinen Kopf aus der Tür.

»Gehören Sie zu ihm?«, will er wissen.

»Unbedingt.«

»Dann hopp, springen Sie rein.« Der Mann in Weiß winkt mir auffordernd zu.

Das lasse ich mir nicht zweimal sagen. Wieder heißt es laufen. Als ich in den Kastenwagen einsteige, sehe ich Chrissie auf der Krankentrage liegen. Sein eingefallenes, gelblich schimmerndes Gesicht und die glasigen Augen versetzen mir einen Riesenschrecken. »Hallo, Schatz«, sage ich und streichle ihm über die schweißnasse Wange. Im Krankenwagen riecht es fürchterlich. Der Arzt hebt vielsagend die Augenbrauen, als ich die Nase rümpfe.

»Anne-Marie«, murmelt Chrissie matt und verkrampft sich. »Ich dachte schon, ich sehe dich nie wieder.«

Ob er dies auf seinen elenden Zustand bezieht oder auf den Umstand, dass er mich vor einigen Stunden heillos im Stich gelassen hat, kann ich nicht beurteilen.

»Er kommt doch durch?«, wende ich mich entsetzt an den Arzt. Dr. Kuhn-Dietz steht auf seinem Namensschild. »Sie kriegen ihn wieder zusammengeflickt, meinen Freund?«

»Na klar!«, antwortet er und dreht sich weg.

Ich bin mir nicht sicher, aber wenn mich nicht alles täuscht, verkneift der Arzt sich ein Grinsen. Während er mir den Rücken zuwendet und an irgendwelchen Schläuchen fingert, erklärt er: »Durchfall ist zweifellos nichts Schönes. Trotzdem, spätestens morgen haben Sie Ihren Schatz zurück.«

So wie es aussieht sogar heute schon, sage ich mir und gebe Chrissie einen Kuss. Trotz des elenden Gestanks hier drin. Wenn das zwischen uns nicht wahre Liebe ist, dann weiß ich es auch nicht.

SELTSAM!

Antonia Kuppertz

Dieffler Tor, Dillingen, 12. August um 19:06 Uhr

»Hast du so was schon mal erlebt?«, wende ich mich an Chris, der in dieser Sekunde die Reste aus den Kanistern am Getränkestand sicherstellt. Als wir eben vom Lokschuppen aus in Richtung Dieffler Tor gegangen sind, kam ich mir vor wie auf einem Kriegsschauplatz. Überall hat es gewimmelt von Sanitätern und Menschen, die auf dem Kopfsteinpflaster gesessen und auf Hilfe gewartet haben. Dabei haben sie alle nicht den besten Eindruck gemacht. Vom Geruch, der das Terrain überzogen hat, ganz zu schweigen.

»Ehrlich gesagt: nein! So was habe ich noch nie erlebt. Dass jemand einer einzelnen Person Abführmittel in ein Getränk mischt, ist leider kein Einzelfall. Aber solche Dimensionen wie hier …« Er schüttelt den Kopf. »Das ist auch nicht wirklich witzig, denn der dabei entstehende Flüssigkeitsverlust kann gefährlich werden. Insbesondere heute, bei der Hitze.«

»Es kommt natürlich immer auf die Dosis an. Dem Ergebnis nach zu urteilen, war der Täter jedoch nicht sparsam – falls es denn Absicht war. Das ist ja noch nicht raus, und so schnell wie das wirkte, würde ich fast vermuten, da waren auch noch Diuretika – also Entwässerungstabletten – mit im Spiel«, ergänzt Eliza, die gerade den Inhalt eines herumstehenden Bechers in einen Behälter für Proben abfüllt. »Oje, Chris, da gibt es einiges für uns zu tun«, fährt sie mit Blick auf die vielen Getränkebecher fort.

»Na schön, ich lass euch mal eure Arbeit erledigen und kümmere mich um meine. Ich bin gespannt, ob einem Zeugen im Vorfeld etwas Ungewöhnliches aufgefallen ist. Falls jemand ein Mittel in die Getränke gemischt hat, dürfte der Kreis der Verdächtigen vermutlich überschaubar sein. Ich rede wohl am besten gleich mit Frau Stahlberg. Das ist eine Mitarbeiterin des Veranstalters, mit der ich vorhin telefoniert habe. Sie war restlos aufgelöst.«

»Kann ich mir vorstellen«, murmelt Chris, ohne aufzuschauen. Er hält Günther einen der Becher vor die Nase. »Würdest du das trinken, Junge?«

Der Dackel schnuppert zuerst interessiert an dem Getränk, dann trippelt er einige Schritte zurück.

»Sieht schwer danach aus, als habe unser hübscher Polizeiprofi hier das Corpus Delicti bereits identifiziert. Braves Kerlchen.« Chris greift in seine Hosentasche und hält Günther ein Leckerli hin, was ihn nochmals die Marschrichtung ändern lässt. »Deine Hundeführerin weiß gar nicht, was du für ein Prachtkerl bist.« Chris krault Günther mit der einen Hand hinter den Ohren, während er ihm mit der anderen Häppchen zusteckt.

»He, stopf ihn nicht so voll! Hast du mal seinen Bauch gesehen?«, erinnere ich Chris. Wie er zum säuselnden Hampelmann mutiert, sobald ein Vierbeiner in seine Nähe kommt, ist kaum mitanzusehen. Weiß doch jeder, dass Hunde eine ausgezeichnete Nase haben. Das macht Günther nicht zum Genie. »Komm jetzt«, fordere ich Günther auf. Widerwillig folgt er mir.

»Dich kriegt der auch noch rum!«, ruft mir Chris hinterher.

»Im Leben nicht!«, kontere ich, ohne mich umzuwenden.

Als wir zurückgehen, stelle ich fest, dass sich die Menge an Behandlungsbedürftigen gelichtet hat. Ab und an setzt sich noch ein Krankenwagen in Gang, andere Läufer, die es offensichtlich nicht ganz so schwer erwischt hat, werden von Helfern gestützt und zu herbeigefahrenen Autos gebracht.

Wer den Anschein erweckt, eine kurze Vernehmung sei zumutbar, wird von mir befragt. Reihum erhalte ich die gleiche Rückmeldung: Alle, die es erwischt hat, haben am Getränkestand zugegriffen. Viele aufgrund der Hitze nicht zu knapp. Ich notiere mir ihre Kontaktdaten und wünsche jedem gute Besserung. Dass dieses Spektakel mit dem Verzehr der Getränke zu tun haben muss, ist relativ eindeutig. Damit stellt sich die Frage, ob jemand den Kanistern etwas zugesetzt hat oder es eine andere Erklärung für die massenhaften Erkrankungen gibt. Im Prinzip läge auch eine nicht beabsichtigte Verunreinigung des Wassers im Bereich des Möglichen. Das müssen Chris und Eliza herausfinden.

Als ich auf dem Weg zum Lokschuppen bin, um die Veranstalterin zu befragen, komme ich nicht umhin, an Mister Surprise zu denken. Diese Form der Sabotage würde perfekt zu ihm passen. Das sollte ich im Blick haben, auch wenn ich, falls dies überhaupt ein Anschlag war, noch keine Zusammenhänge zu den anderen Taten erkennen kann. Aber vielleicht braucht es als Irrer nicht allzu viel Logik. Für einen Psychopathen ist das Chaos, das er anrichtet, möglicherweise schon Freude genug.

Mitten in meine Gedanken hinein tippt mir jemand auf die Schulter.

»He, Toni! Das ist ja eine Überraschung. Bist du fürs Präsidium mitgelaufen? Hätten wir das gewusst.«

Die Stimme erkenne ich sofort. Ich drehe mich um. Wie zu erwarten, steht Dannhäuser vor mir. Dass allerdings auch noch Mira Jablonska und Bernd Schöpfer mit dabei sind, damit habe ich nicht gerechnet. Alle drei tragen Laufshirts mit der Aufschrift »Polizei Saarland«.

»Hi. Ne, ich ermittle vor Ort. Ich bin dazugerufen worden.«

»Ach so, bestimmt wegen der vielen Leute, die auf der Strecke zusammengeklappt sind. Für mich lief es übrigens super. Ich war diesmal unter den ersten zehn in meiner Altersklasse. Das beste Ergebnis ever.« Er grinst selbstverliebt.

»Und ihr seid auch mitgelaufen?«, richte ich mich an Mira und Bernd.

»Hm. Ja.« Miras Antwort fällt kurz und knapp aus.

Bernd ist mitteilsamer. »Klaro, ich bin von Anfang an mit dabei. Ich war heute zum 15. Mal am Start.«

Bevor ich reagieren kann, nimmt Dannhäuser die Chance wahr, das Gespräch an sich zu reißen: »Ich schätze, für die anderen auf der Strecke war es heute ein bisschen zu hart bei den Temperaturen. Für so eine Hitze ist nicht jeder geschaffen.«

Natürlich kann das nur ein Superman wie Dannhäuser leisten, denke ich und verdrehe im Geiste die Augen. »Hm. Kann sein. Abwarten, was die Ermittlungen ergeben«, antworte ich vage. »Ich muss jedenfalls los. Es ist einiges zu klären.«

»Und nach Feierabend? Da könntest du doch mit mir

auf das tolle Ergebnis anstoßen. Ich weiß zwar nicht, ob diesmal die After-Run-Party steigt, aber irgendwo werden wir bestimmt ein Plätzchen zum Feiern finden.«

Mir fällt kaum etwas ein, das ich weniger gern tun würde, als mit diesem selbstgefälligen Dannhäuser auszugehen.

Dass er allerdings schon wieder mitten im größten Chaos präsent ist, lässt mich hellhörig werden. Nicht minder bizarr finde ich, dass auch Mira vor Ort ist. Sie ist erst vor wenigen Wochen ins Saarland zurückgekehrt – passgenau zu der Zeit, in der Mister Surprise wie aus dem Nichts erneut auftauchte. Ob das purer Zufall ist, würde mich schon interessieren. Außerdem ist auch Bernd Schöpfer für meinen Geschmack viel zu oft in den brenzligen Momenten an Ort und Stelle. All das macht mich misstrauisch und gleichzeitig neugierig. »Klaro, bin mit dabei«, antworte ich deshalb. »Aber bitte nicht so lange, ich wollte morgen noch vor der Arbeit Wolfgang besuchen.«

Beim Namen »Wolfgang« verfinstert sich Dannhäusers Miene. »Ach, der kann bestimmt mal einen Tag auf dich verzichten«, grummelt er. »Übrigens geht's bei mir auch nicht so lange. Ich hab mich als Darsteller für den neuen Saar-Krimi beworben. Morgen Vormittag ist der Regisseur im Haus und wird offiziell verkünden, wer ausgewählt wurde. Die suchen anscheinend einen Polizisten der coolen Art. Einer, der zeigt, wo der Hase langläuft. Perfekt für mich.«

»Ach ja. Das habe ich am Rande mitbekommen«, entgegne ich.

Dannhäuser schüttelt fassungslos den Kopf. »Am Rande mitbekommen? Wie kannst du so was nicht auf dem Schirm haben? Die haben Hinnerk engagiert! *Den* Hinnerk Schönemann!«

»Ja, ich weiß. Das ist der, der immer sein Sakko auszieht.«

»Genau. Siehst du, den kennt jeder. Der ist schließlich auch allererste Sahne.«

»Da drücke ich dir die Daumen«, sage ich halbherzig und denke, falls Dannhäuser die Rolle erhält, ist das nur ein Grund mehr für mich, keine Krimis zu schauen. »Habt ihr euch auch beworben?«, frage ich Mira und Bernd, die aufgrund der Selbstdarstellungsbedürfnisse des SEKlers kaum zu Wort kamen.

Die beiden doch garantiert nicht, schätze ich.

»Hm«, druckst Mira herum und mustert Bernd. Sie zögert.

»Na ja, ich glaube, fast alle im Präsidium haben ihre Bewerbung eingereicht«, übernimmt Schöpfer es, zu antworten. Mira nickt nur dazu.

»Anscheinend alle außer mir«, stelle ich fest. »Aber egal, ich muss jetzt dringend los. Sagen wir um halb neun, hier an diesem Platz? Ihr zwei seid doch bestimmt auch mit dabei?«

Dannhäuser wirkt bei der Frage nicht allzu begeistert. Vermutlich ist Mira mit ihrem Kurzhaarschnitt und dem maskulinen Auftreten nicht so ganz sein Typ, und Schöpfer ist ein echter Konkurrent, was das Sprücheklopfen betrifft. Mir allerdings geht es bei dem Treffen hauptsächlich darum, mehr über alle drei zu erfahren.

Bernd grinst. »Auf jeden Fall, die Feier danach hat schließlich eine gewisse Tradition. Zu einem Bierchen sag ich bestimmt nicht Nein.«

Mira würde gerne Nein sagen. Das sehe ich ihr an. Sie ziert sich. »Ich weiß nicht. Ist ein bisschen ungünstig heute Abend«, erwidert sie.

»Ach, gib dir einen Ruck! Ein Stündchen wenigstens. Wir haben schon ewig nicht mehr über alte Zeiten gequatscht.«

Sie macht nicht den Eindruck, als hätte sie Lust dazu, trotzdem sagt sie: »Also gut. Auf ein Glas.«

»Das passt ja prima«, sage ich und verabschiede mich.

Wofür auch immer dieses Treffen gut sein soll, die Chance, mehr zu erfahren, lasse ich mir bestimmt nicht entgehen.

Als ich eine gute Stunde später alles erledigt habe und mich zum Treffpunkt vor dem Lokschuppen aufmachen möchte, wo die anderen sicher schon auf mich warten, vibriert das Handy in meiner Jackentasche.

»Hi, Chris. Na, erste Ergebnisse?«

»Eigentlich nicht. Eher neue Ereignisse.«

Ich bin sofort alarmiert. »Aber nichts mit Wolfgang?«

»Nein, nein, keine Sorge. Eben ist ein Brief im Präsidium eingegangen. Ein Bekennerschreiben.«

»Ungewöhnlich«, sage ich. Normalerweise kündigt Mister Surprise seine Taten wie Rätsel an und erklärt sie nicht im Nachhinein. »Sind es wieder Großbuchstaben? Handgeschrieben?«

»Jep.«

»Dann kennen wir den Absender. Lies mal bitte vor.«

»›ALLES, WIRKLICH ALLES KANN WIEDERVERWERTET WERDEN‹, mehr steht da nicht«, entgegnet Chris und fügt hinzu: »Vielleicht meinte er damit die Mittel, die in den Getränken zu finden waren. Eventuell, weil der eigentliche Besitzer sie selbst nicht mehr gebrauchen kann.«

»Hm.« So ganz überzeugt mich das nicht. »Das könnte

eine Erklärung sein, aber sie scheint mir schon sehr weit hergeholt.«

In der Ferne entdecke ich meine Verabredung. Dannhäuser winkt mir begeistert zu, Bernd grinst schief, und Mira fingert an ihrem Handy herum. »Weißt du was, Chris? Wir reden später drüber. Ich habe noch was Dienstliches zu erledigen. Ich schaue morgen früh, nachdem ich bei Wolfgang war, gleich als Erstes bei euch im Büro vorbei. Okay?«

»Was hast du um halb neun abends Dienstliches zu erledigen?«, will Chris sofort wissen.

Ich habe keine Zeit und schon gar keine Lust auf Diskussionen. Denn eins ist klar: Chris wird nicht begeistert sein, wenn ich ihm verrate, dass ich mich mit drei Verdächtigen zu einem Feierabendbier verabredet habe. »Nicht so wichtig. Wir sehen uns dann morgen«, kürze ich die Sache deshalb ab. »Schönen Abend.«

Ich lege auf und schalte das Handy auf stumm.

Das ist nicht sehr charmant, das weiß ich, aber effektiv. Irgendwer muss diesen Mister Surprise schließlich dingfest machen, und das gelingt nicht mit Nettigkeit und Zögern.

MAN KANN JA VERBRECHER SEIN, MUSS ABER NICHT WIE EINER AUSSEHEN

Haarnadel-Theo

Autobahnbrücke, Merzig-Schwemlingen, 13. August um 1:58 Uhr

»Hamma! Das ist voll die Provinz, Alter! Wo sind wir denn hier gelandet?«, richtet Fly eine vermutlich eher rhetorische Frage an mich, nachdem wir mit dem Tieflader die Autobahnausfahrt Merzig-Schwemlingen genommen haben und unseren Zielort Ballern erreichen.

Es ist 2 Uhr nachts. Die übliche Arbeitszeit. Eine Bestellung für einen Schaufellader hatte ich allerdings noch nie. Nun ja, was tut man nicht alles, wenn das Honorar stimmt. Da erfüllt man sogar die Frauenquote, denn ein Auftrag mit einer Frau als Partner ist ebenfalls Neuland für mich, denke ich mit einem Seitenblick auf meine Mitfahrerin.

Was treibt die denn da? Die dreht sich doch nicht etwa eine Zigarette? »Eh! Hier drin wird nicht geraucht. Zum tausendsten Mal«, fahre ich sie an.

»Ja, bleib auf der Matte. Die ist für später«, antwortet

Fly angesäuert und steckt sich die Selbstgedrehte hinter ihr mehrfach gestanztes Ohr.

»Und wir hinterlassen auch nichts am Tatort. Leichter kann man es den Bullen gar nicht machen.«

»Jaaaha.« Dieser maulige Unterton von Fly, den sie schon die ganze Fahrt lang an den Tag legt, strapaziert meine Nerven. Da ist man selbstständig und muss sich trotzdem mit anderen herumärgern. Seit der Sache im Saarbrücker Nachtzoo und dem Unfall auf der 620 mit El Ralfie – Gott sei seiner einfältigen Seele gnädig – habe ich mir geschworen: keine Partnerbrüche mehr! Aber wenn die Auftragslage schlecht ist, tut man so einiges, um an Kohle zu kommen.

»Das wird laufen wie Butter in der Sonne«, hat Fly im Mariechen, meiner Stammkneipe in Saarbrücken, behauptet. »Einfach nur einsteigen, kurzschließen und das Prachtstück eintüten. Könnte ich glatt allein erledigen.«

Dann mach doch, habe ich gedacht, allerdings nicht gesagt. In Gelddingen muss man auch mal seinen Mund halten können. Besonders in meinem Arbeitsumfeld ist das ratsam, denn die Kumpels aus dem direkten Kollegenkreis sind nicht alle kritikfähig.

Als ich an der Kreuzung zur Hauptstraße anhalte, weist Fly zu den geradeaus gelegenen Hallen. »Dort drüben scheint es zu sein.«

»Klar ist es das! Ich hab mir vorher das Gelände am PC angeschaut«, entgegne ich und biege ab.

Heute habe ich kein gutes Gefühl. Ich kann gar nicht genau sagen, wieso. Komisch eben. Ich greife an meinen Rollkragen. Mein Glücksbringer, die Haarnadel, sitzt da, wo sie hingehört. Vorne sehe ich bereits das Hinweisschild zur Baumschule Kreick. Es geht nach rechts in eine schmale Straße hinein, vorbei an ein paar Häusern, und dann kommt auch schon das Baumschulgelände, das erfreulich abgeschieden liegt. Kein Mensch weit und breit. Beste Voraussetzungen, da kann man nicht meckern.

Ich parke den Tieflader neben mehreren imposant hohen Komposthaufen. Je dichter wir am Schaufellader dran sind, desto schneller ist die Sache erledigt.

Siehste. Ist alles tipptopp, rede ich mir selbst gut zu. Daraufhin setze ich Fly ein weiteres Mal über den genauen Ablauf ins Bild: »Du weißt, was zu tun ist? Du hältst die Taschenlampe und leuchtest mir beim Kurzschließen. Am besten legst du jetzt schon vorab die Rampe um, damit es nachher mit dem Verladen flott geht. Du kannst das Ding ja fahren?« Ich tippe mit den Händen auf das Steuer vor mir.

Fly zögert kurz und sagt dann voller Überzeugung: »Ja, klare Kiste. Für mich kein Problem. Das hab ich stunden-lang geübt. Bei Truck-German.«

»Truck-German?« Ich zucke mit den Schultern. Nie gehört. Muss eine Fahrschule sein. Bei mir ist das ja schon ein paar Jahre her.

»Ja, da bin ich LKWs gefahren und eine Reihe von Bau-maschinen. Quasi alles, was es so gibt.« Sie zählt an den Fingern auf: »Hydraulikbagger, Laderaupe, Straßenfräse ... sogar einen Kran habe ich bedient.«

Wow, ich bin beeindruckt. Dass Fly in dem Bereich so erfahren ist, hätte ich nicht erwartet. Umso besser. »Nicht schlecht. Also fährst am besten du den Schaufellader auf den Tieflader. Ist ja für dich ein Klacks.«

»Ne, muss nicht sein. Kannst ruhig du machen. War so geplant, da grätsche ich nicht dazwischen.«

»Blödsinn, ich hab ein- oder zweimal in meinem Leben einen Traktor gesteuert, und das nicht mal besonders gut.

Das übernimmst du, ist doch viel sicherer. Ich schließe das Prachtstück schnell kurz, und danach tauschen wir die Plätze.«

»Okay, von mir aus, aber vorher rauche ich eine.«

»Keine Zigaretten während der Aktion! Wie oft muss ich dir das noch sagen?«

»Ja, ist ja gut, Kollege. Bleib gediegen. Ich bin nicht doof«, zischt mich Fly an wie eine Pubertierende ihre Eltern. Angesäuert spielt sie mit der Zunge am Ring in ihrer Unterlippe.

Fly soll heilfroh sein, dass sie nicht meine Tochter ist, bei dem ganzen Metallvorkommen in ihrem Gesicht, der furchtbaren Glatze und den Tattoos. Bei dem Anblick fliegt mir der Draht aus der Mütze. Mal ehrlich, man kann ja ein Verbrecher sein, dagegen habe ich rein gar nichts, aber man muss doch nun wirklich nicht wie einer aussehen.

Langfristig betrachtet jedoch nicht mein Problem, denke ich. Nach dem Tag heute hat sich das traute Zusammensein mit dieser Irren. Ich stülpe mir eine schwarze Sturmhaube über den Kopf, prüfe ein letztes Mal den Sitz der Haarnadel an meinem Kragen und öffne die Fahrertür. Es ist Zeit. Je schneller wir den Auftrag hinter uns bringen und hier weg sind, umso besser.

Von Neuem überfällt mich dieses flaue Gefühl, als ich auf den grünen Schaufellader zugehe. Komm schon, Junge, in einer halben Stunde lachst du darüber, muntere ich mich in Gedanken selbst auf. Bei einem Arbeitseinsatz geht einem immer die Pumpe. Völlig normal ist das, manche Kollegen sind quasi süchtig nach den Testosteronschüben.

Vor unserer Spezialbestellung bleiben wir stehen. Bevor es losgeht, leuchte ich die Schaufel, die Räder und die Fahrerkabine mit der Taschenlampe aus. Sieht gut aus. Das ist unbestreitbar ein imposantes Stück Technik, und es steht da, wie für uns geparkt. Als würde der Schaufellader nur darauf warten, abgeholt zu werden. Ich schaue mich sicherheitshalber noch einmal um. Alles völlig ruhig, wir können ungestört unsere Arbeit erledigen.

»Machen wir uns ans Werk. Ich brauche ein paar Minuten«, kündige ich an. Ich habe keine Ahnung, wie viel so ein Schaufellader im Verkauf tatsächlich wert ist. Ich weiß nur, uns beiden bringt er dringend benötigte Scheinchen und eine Reihe von sorglosen Monaten. Mit dem, was wir bei Ablieferung vereinbart haben, kann ich bis Weihnachten die Füße hochlegen. Wenn das mal keine Motivation ist, dann weiß ich es auch nicht.

»Du hältst die Taschenlampe«, übernehme ich das Kommando. Ab jetzt muss jeder Griff sitzen.

»Okey dokey.« Das Silber in Flys Gesicht spiegelt das Mondlicht. Nun erst bemerke ich, dass sie sich gar nichts übergezogen hat, die Irre!

»He, sag mal, wo ist deine Sturmhaube?«

»Äh, ja, korrekt. Hab ich vergessen«, murmelt Fly, fummelt ein Stück Stoff mit Tarnmuster aus ihrer Jackentasche und stülpt es sich über. »Camouflage. Cool, oder? Hab ich mir extra im Internet bestellt.«

»Du hast da was missverstanden. Eine Sturmhaube soll nicht voll im Trend liegen, sondern tarnen.«

»Tut sie ja auch«, zischt Fly vorlaut zurück. »Camouflage *ist* Tarnmuster, Alter! Besser geht's nicht.«

Vielleicht wenn man im Dschungel einen Bruch durchführt, aber in der Nacht ist Schwarz die Farbe der Wahl. Ich geb's auf, sie zu belehren, da ist so oder so Hopfen und Malz verloren. Statt mich weiter mir ihr zu streiten, steige ich lieber die Stufen zur Fahrerkabine hoch und verkürze damit unsere gemeinsame Zeit.

Abgesperrt ist das gute Stück schon mal nicht, stelle ich zufrieden fest. Hier auf dem Land vertraut man sich noch.

Ich greife unter das Lenkrad. »Prima, da sind sie, die Kabel«, sage ich zu Fly und fange mit der Arbeit an. Gar nicht so leicht, denn meine Kumpanin beweist selbst beim Taschenlampenausrichten ihr Unvermögen. Es ist, als hätte ich kreisende Discostrahler zur Beleuchtung. Wie soll da ein Mensch konzentriert arbeiten?

»Bist du auf Entzug oder was?«, fahre ich Fly an. »Wie schwierig kann es sein, eine Taschenlampe ruhig zu halten?«

»Bin irgendwie nervös. Seit Stunden keine Kippe.«

»Weißt du was?«, sage ich lauter als beabsichtigt. Fly zuckt zusammen. »Du machst mich nervös. Wag es ja nicht, dir hier eine anzuzünden.«

Fly zieht wieder ihre hochbeleidigte Teeniemiene, ein Schmollmund mit Nieten. Mich beeindruckt das nicht. Immerhin zeigt sie nun etwas mehr Engagement und richtet die Lampe brav aus. Nach 20, höchstens 30 Sekunden verkünde ich: »Aber hallo! Ich hab's.« Sachte führe ich die beiden freiliegenden Drähte zueinander. »Bingo«, kündige ich an. Es zischt und der Anlasser zündet.

»Mega. Die Kiste bootet«, bemerkt Fly, und ein Grinsen bereitet ihrem Beleidigte-Leberwurst-Gesicht ein Ende.

Ich trete aufs Gaspedal. Hört sich gut an. Allerhöchste Zeit, an Fly zu übergeben. »Los geht's! Das wird dein Part.«

»Schnickschnack. Du sitzt doch jetzt eh schon da. Keinen Stress! Ich kümmer mich lieber um den Tieflader. Den muss ja auch wer vorbereiten.«

»Das übernehme ich!« Ich kupple aus und mache Fly Platz.

Tranig steigt sie auf den Fahrersitz. »Ist schon ein Tick her, dass ich einen Schaufellader gefahren bin. Ist auch nicht das gleiche Modell wie damals, glaub ich.«

»Ja, aber Schaufellader ist doch sicher Schaufellader, so vom Prinzip her. Ich schätze, das ist so ähnlich wie beim Autofahren. Kann man eins fahren, kann man alle fahren.«

»Weiß nicht, da muss ich passen.« Fly zuckt mit den Achseln. »Ich fang mit dem Autoführerschein ja erst in nem halben Jahr an.«

»Ne, oder?«, sage ich noch. Da macht der Schaufellader schon einen Satz nach hinten. Äußerst knapp bringe ich mich mit einem Sprung zur Seite in Sicherheit, sonst wäre ich vermutlich vom Vorderrad erwischt worden. »Bist du wahnsinnig?«, schreie ich los, da rast das Gefährt erneut auf mich zu. Anscheinend hat Fly nun den Vorwärtsgang entdeckt. »Halt sofort an! Stopp die Kiste endlich!«, fordere ich, während ich zum zweiten Mal die Flucht antrete.

»Kein Plan, wie das geht.« Fly fingert panisch an den Steuerknöpfen. Mit einem Knall fällt die gewaltige Schaufel in Richtung Boden. »Ups, das war wohl nicht richtig«, stellt sie fest.

»Mensch, drück auf die Bremse! Das Pedal unten. Mach schon!«

Was Fly auf der Suche nach dem richtigen Fußhebel erwischt, ist nicht die Bremse, sondern das Gas – und so wie es scheint, drückt sie das Pedal komplett durch. Der an sich trage Schaufellader legt einen Blitzstart hin und steuert direkt auf einen der meterhohen Komposthaufen zu.

»Stopp«, brülle ich dem Gefährt und der nicht mehr ganz so cool wirkenden Fly hinterher. Doch keine Chance. Das Baufahrzeug düst mit einer für einen Schaufellader unfassbar hohen Geschwindigkeit geradewegs in den Kompostberg hinein.

Die Schaufel schlurft mit schrillem Quietschen über den Boden. Funken sprühen. Als Fahrzeug und Kompost sich vereinigen, poltert es und man hört dürres Holz krachen. All das macht einen fürchterlichen Lärm. Millisekunden später schwirrt lose Komposterde durch die Luft, ebenso wie Geäst und trockenes Laub.

Wir werden auffliegen, und zwar so was von, denke ich, als ich Zeuge davon werde, wie der Schaufellader sich immer tiefer in den Komposthaufen gräbt. Irgendwann setzt die sich mehr und mehr auftürmende Erde dem Schauspiel ein Ende. Die Hinterräder des Laders heben kurz ab, bevor das Gefährt zum Stillstand kommt. Qualmend wohlbemerkt. Es riecht nach Gummi, Benzin und auch nach Fäulnis, als ich näher herangehe.

Dafür gibt es keine satte Kohle mehr, ist mein erster Gedanke, und ein vielleicht sehr vernünftiger Impuls sagt mir: Hau einfach ab! Hock dich in den Tieflader und mach die Fliege! Soll Fly allein sehen, wie sie mit dem selbstfabrizierten Mist fertig wird.

Aber ein Team ist ein Team. Auch wenn sich ein Teil davon als komplett unfähig erweist, hält mich mein Gewissen von diesem Plan ab. Ich geh auf den Schaufellader zu. Mensch, stinkt das, denke ich dabei. »Beim Fahrstil erkenne ich Verbesserungspotenzial«, sage ich zu meiner Kumpanin. Manchmal hilft nur noch Sarkasmus.

»Jo, geht so«, erhalte ich zur Antwort. Fly hangelt sich vom Fahrersitz, da bemerke ich in der Dunkelheit einen glühenden Glimmstängel. »Was für eine Nummer! Muss erst mal eine rauchen«, erklärt Fly mir.

»Mädchen, hast du noch alle Latten am Zaun?«, donnere ich los. Ich könnte ausflippen, wie kann sich so viel Dummheit in einem einzigen Menschen vereinigen? »Du Irre!«, tobe ich. »Ich lass dich die Kippe futtern, wenn du sie nicht sofort ausmachst.«

»Komm runter, Alter«, entgegnet Fly. Ein Spruch, der mich nicht unbedingt ruhiger werden lässt.

»Ich zähle bis drei«, kündige ich an. Das ist, wie kleine Kinder erziehen, aber mir fällt nichts anderes mehr ein. »Eins!«

»Ist doch Pillepalle, bloß ein Zigarettchen. Was regst du dich denn so …?«

»Zwei!« Ich geh einen Schritt auf Fly zu und sie weicht einen zurück.

»Bleib locker, lass stecken.« Offensichtlich will Fly doch lieber nicht austesten, was bei drei passiert. Artig drückt sie die Kippe auf der Schaufel des Laders aus und schiebt sich den Stummel hinters Ohr. »Siehste – alles in Butter«, behauptet sie daraufhin. Dabei herrscht um uns herum ein einziges Chaos.

»In welcher Fahrschule hast du so fahren gelernt?«

»Fahrschule? Von Fahrschule war nie die Rede. Ich hab auf der Playstation geübt. Trucksimulator. Ist wie echt.« Sie zögert und fügt kleinlaut hinzu: »Na ja, quasi.«

»Pff«, kann ich da nur sagen.

Mit der Taschenlampe schaue ich mir das Ergebnis von Flys Fahrkünsten genauer an. Der Schaufellader hat die Show anscheinend relativ unbeschadet überstanden, wenn wir dem Kunden mit dem Preis entgegenkommen, sehe ich da gar nicht so schwarz.

Komisch ist jedoch der Gestank um uns herum. Jetzt, da sich der Benzin- und Gummigeruch verflüchtigt hat, riecht es intensiv nach Fäulnis.

»Ist es normal, dass Kompost so scheußlich stinkt?«, frage ich Fly, obwohl ich mir fast sicher bin, dass sie vom Thema Garten ebenfalls null Ahnung hat.

»Weiß nicht«, antwortet sie auch prompt.

Ich leuchte mit der Taschenlampe in Richtung Schaufel. Glück gehabt. Sie hat den Unfall heil überstanden. Was die Ursache für den üblen Geruch betrifft, kann man das allerdings nicht sagen.

»Oh mein Gott!«, murmle ich.

»Na, komm schon, sei kein Miesmacher! So bös hat es den Lader doch gar nicht erwischt. Da geben wir ein bisschen Rabatt, da wird man uns sicher nicht den Kopf abreißen.«

»Ganz schlechter Spruch in dieser Sekunde«, sage ich und zeige zum Kompost.

»Alter, willst du mir jetzt auch noch vorschreiben, wie ich zu reden ...?« Sie bricht ab, was bedeutet, sie hat es ebenfalls gesehen. »Ist es das, was ich denke, was es ist?«

»Wenn du das denkst, was ich vermute ... dann würde ich sagen: ja.«

»In dem Fall würde ich vorschlagen, wir machen uns vom Acker, Theo.«

»Da sind wir mal einer Meinung.«

Wir stapfen rückwärts, als dürfe man dem Grauen dort vor uns keinesfalls den Rücken zukehren. Nichts wie zum Tieflader und weg. Das ist irre, einfach irre. Wo sind wir nur hingeraten? Ich reiße die Tür zum Führerhaus auf und springe auf den Fahrersitz. Mit zitternden Fingern versuche ich, den Schlüssel ins Zündschloss zu stecken. Sie gehorchen mir nicht.

»Wie wär's, wenn wir mal langsam loscruisen würden? Ist nicht so gemütlich hier«, meckert Fly nebenan.

»Was denkst du, was ich vorhabe? Willst lieber du fahren?«

Das macht sie mundtot. Endlich klappt es. Der Schlüssel steckt. Ich lasse den Tieflader an und gebe Gas. Viel zu träge setzt sich das Gefährt in Bewegung, dabei müssen wir diesen Ort sofort verlassen. Mit so etwas will ich nichts tun haben. Ein Bruch, das ist ein kalkulierbares Risiko, das am Ende höchstens ein, zwei Jahre einbringt, effektiv sind das mit Bewährung nur wenige Monate. Aber Mord! Mein lieber Scholli, das ist eine andere Hausnummer. Und auch überhaupt nicht mein Metier.

»Voll krass«, stellt Fly neben mir fest. »Ultrakrass!« Sie zieht die Tarnkappe vom Kopf, während ich in Richtung Autobahnbrücke und A8 lenke. »Total megamegakrass. Was für ein Psycho stellt so was an?«

»Keine Ahnung, denk einfach nicht länger drüber nach«, fordere ich Fly auf, dabei geht mir der Anblick selbst nicht mehr aus dem Kopf. »Jeden Augenblick sind wir auf der Autobahn und in Sicherheit. Bestimmt hat keiner was mitgekriegt. In dem Örtchen sagen sich Fuchs und Hase gute Nacht. Wir sind nicht aufgefallen.«

»Ne, wie sollten wir auch? Wir waren vorsichtig. Besser geht's nicht«, stimmt mir Fly zu. Es könnte allerdings ein wenig überzeugter klingen. Meine Finger, die das Lenkrad halten, fühlen sich taub an, und in meinen Ohren brummt es. Adrenalin hatte ich in den letzten Minuten vermutlich mehr in der Blutbahn als sonst in einem Monat. Oder vielleicht sogar in einem Jahr, überlege ich. Nur die Ruhe, fordere ich mich selbst auf. So kurios die Sache auch ist, wir haben mit der Wahnsinnsaktion am Komposthaufen nichts am Hut.

»Ich muss mich erden, sonst dreh ich durch«, sagt plötzlich Fly, und als ich meinen Kopf zu ihr umwende, hat sie die Kippe schon im Mund und macht ihr Feuerzeug an.

Der glühende Glimmstängel ist wie der Funke im Pulverfass für mich. Oder wie der letzte Tropfen, der das Fass zum Überlaufen bringt.

»Nimm die raus!« Ich kann mich nicht erinnern, jemals so wütend gewesen zu sein.

»Nö!«

»Du wirfst die jetzt aus dem Fenster, oder ich vergesse mich.« Ich drücke den elektrischen Fensterheber für die Beifahrertür. »Auf der Stelle!«

»Vergiss es!«

»Ich zähl bis drei. Eins …«

»Ne!«

Dieser Ton, ich krieg die Krise. »Zwei«, sage ich scharf.

»Echt, eh«, gibt Fly auf und wirft die glühende Fluppe aus dem Fenster. »Oh, Mist«, murmelt sie kurz darauf.

»Was ist denn jetzt schon wieder?«

»Bin mir nicht sicher, ob die nicht zurück in die Fahrerkabine geflogen ist. Hast du was gesehen?«

»Das ist nicht dein Ernst.«

»Bestimmt ist sie rausgeflogen. Ich glaube eigentlich …«, sie blickt sich um, »… schon. Muss ja so sein.« Das hört sich nicht sehr belastbar an, zumal Fly nun mit ihren Händen den Fußraum abtastet. »Wo kann die denn sein?«

»Keine Ahnung. Schau zu, dass du sie schnell findest.«

»Bin dabei.« Wieder dieser nervige Unterton. Sie dreht sich um, tastet hinter den Sitzen herum und entscheidet schließlich: »Hab mich wohl getäuscht.«

»Glaube ich fast nicht. Es mieft verschmort.« Ich ziehe nochmals tief Luft ein. »Ich bin mir sogar ziemlich sicher.«

»Ach Quatsch, kann nicht sein.« Fly zieht ihrerseits ein paarmal die Nase hoch und dreht dabei den Kopf. »Obwohl … Ich glaub fast, das kommt aus deinem Fußraum.«

»Mädel, ich krieg noch Schnappatmung wegen dir. Such das Drecksding! Und wehe du findest die Kippe nicht innerhalb der nächsten Minute.«

»Mann, voll peinlich«, sagt Fly und taucht mit der Hand in meinen Fußraum ab. Ihren Kopf legt sie dabei in meinen Schoß. »Denk bloß nicht, ich stehe auf ältere Kerle.«

»Denk ich ganz bestimmt nicht«, knurre ich zurück.

»Och, Mensch.«

»Was denn jetzt?«

»Mein Lippenpiercing! Aua. Hab mich in deiner Hose verhakt. Hilf mir mal!«

»Hallo, Fräulein!«, zische ich sie an. Langsam wird es Zeit für eine echte Ansage. Das hätte ich schon viel früher machen sollen: »Ich weiß nicht, ob dir das aufgefallen ist, aber irgendwer von uns beiden, fährt bereits eine ganze Weile, so nebenbei, einen LKW mit Tieflader hinten dran. Einen Tieflader, dem es genau genommen an Ladung fehlt, weil irgendeine Tussi, ich glaube mich sogar zu erinnern, wer das war, behauptet hat, sie könne fahren. Verdammter Mist, ich bin so was von genervt. Keine Ahnung, ob du das in dein genietetes Spatzenhirn hineinbekommst, aber mir fehlt derzeit ein bisschen das Einfühlungsvermögen – kannst du das nachvollziehen?«

»Ähm, ja, irgendwie schon«, dringt eine fast reumütige Stimme von unterhalb meines Hüftbereiches zu mir herauf. »Wärst du vielleicht so nett und fährst am nächsten Rastplatz raus? Ich bleib so lange hier unten und halte still. Wäre das ein Deal?«

Keine schöne Vorstellung, denke ich. »Mir bleibt wohl kaum was anderes übrig«, antworte ich trotzdem.

Auch wenn es schwerfällt, ich versuche, stur die Hände am Lenkrad zu lassen und mich in Gedanken auf etwas Erfreuliches zu konzentrieren. Positiv bleiben, dann wird alles gut, sagt meine Therapeutin Frau Tietze-Meiermann immer. Sie können mit dem richtigen Handwerkszeug – und das Geheimnis ist Entspannung – in jeglicher Situation so ruhig wie ein Yogameister sein. Meisterhaft ist vielleicht in diesem Moment nicht der treffende Ausdruck, aber immerhin halte ich durch.

Unfreiwillig vereint verbringen wir so einige Kilometer, denn zwischen Merzig und Rehlingen gibt es keine Autobahnausfahrt und am einzigen Rastplatz sind wir leider schon vorbei. »Gleich haben wir's! Noch ein paar Hundert Meter und dann sind wir an der Ausfahrt Rehlingen«, informiere ich Fly über den Stand der Dinge.

»Okey dokey.« Kurz darauf meldet sie sich wieder aus der Tiefe. »Ich frag mich nur: Warum qualmt es aus deinem Schuh?«

»Was?« Vom Gemütszustand eines Yogameisters bin ich jetzt Lichtjahre entfernt. Auch bin ich nicht mehr in der Lage, die Sache positiv zu sehen. Einem brennenden Schuh, insbesondere wenn es der eigene ist, kann ich gar nichts Positives abgewinnen.

Ich beuge mich nach vorn und taste mit der Hand in Richtung Fuß. Erschrocken zieht Fly den Kopf nach oben.

Als ihr genietetes Gesicht vor mir auftaucht, erkenne ich mit Entsetzen, dass eines ihrer Silberstücke fehlt. An ihrer Unterlippe klafft eine blutige Wunde. Dieser Umstand scheint das junge Ding ein wenig zu überfordern. Was das Thema Panik betrifft, haben Fly und ich mit einem Male ungewöhnlich viele Parallelen. Während sie kopflos um sich schlägt, versuche ich nicht weniger ungestüm, aus dem Schuh, in dem es stetig heißer wird, die Kippe zu fischen. Dass bei all dem Hin und Her das Thema Fahren und Lenken ein bisschen zu kurz kommt, leuchtet wahrscheinlich jedem ein. Als ich wieder aus dem Fußraum auftauche und durch die Scheibe blicke, bemerke ich, dass wir die Abfahrt Rehlingen in dieser Sekunde verpasst haben. Ärgerlich, denke ich. Doch eine Millisekunde später erkenne ich, dass die versäumte Autobahnausfahrt gegenwärtig ohnehin eher zweitrangig ist. Viel schlimmer ist, dass wir geradewegs die Gegenfahrbahn ansteuern. Die Leitplanken rücken näher, ich reagiere noch und lenke gegen, doch es ist zu spät.

Es scheint mir, als hätte ich eine ähnliche Situation erst vor Kurzem erlebt. Wieder wird es laut. Scheiben zerbersten, Scherben und sprühende Funken fliegen an meinem Kopf vorbei, und nochmals breitet sich ein intensiver Geruch nach Gummi und Benzin aus. Dann plötzlich bleibt der LKW stehen. Der Lärm verklingt, und es wird seltsam leise um uns herum.

Fly liegt ein weiteres Mal auf meinem Schoß, jetzt jedoch mit dem blutigen Gesicht nach oben. »Kannst du dich bewegen?«, fragt sie in die Totenstille hinein.

»Keinen Millimeter. Ich bin eingequetscht.«

»Blöd, ich auch«, sagt Fly, diesmal ist ihr Ton gar nicht so patzig wie sonst. »Die von der Feuerwehr oder vom

THW, die werden uns doch mit Sicherheit rausschneiden, oder? Das machen die ja bestimmt. Die tauchen in jedem Fall bald auf – was meinst du?«

»Na klar, die sind bald da. Auf die ist Verlass«, gebe ich zur Antwort. »Das ist ein Kinderspiel für die Feuerwehr, die kennen sich mit so was aus. Ist Alltag für die.«

Keiner von uns sagt mehr ein Wort. Wir warten wohl beide darauf, dass wir Sirenen in der Ferne hören können, die sich nähern. Um die Uhrzeit dauert es natürlich, bis der Unfall auffällt, sage ich mir. Ist ja kaum Verkehr.

»He, Theo, stört es dich, wenn ich mir …?« So freundlich hat Fly den ganzen Abend noch nicht mit mir gesprochen.

»Ne du. Echt überhaupt nicht«, unterbreche ich sie. »Lässt du mich dann vielleicht auch mal ziehen?«

SORRY, EIN EINSATZ!

Antonia Kuppertz

Winterbergklinikum, Saarbrücken, 13. August um 7:46 Uhr

»Du, Sigrid. Ich ruf dich später zurück. Ich bin gerade bei Wolfgang auf dem Winterberg angekommen …«, sage ich, als ich die Tür zu Wolfgangs Krankenzimmer öffne.

Ich lächle Wolfgang entschuldigend an. »Ja. Die lieben Grüße richte ich Wolfgang natürlich gern aus. Aber abergläubisch ist er nicht, unser Wolfgang … ob nun Freitag der 13. oder nicht, der bleibt in seinem Bett, dafür sorge ich. Bis dann!«

»Schöne Grüße von der Sigrid soll ich sagen und du sollst extra vorsichtig sein, weil doch heute Freitag der 13. ist«, bemerke ich und ziehe vielsagend die Augenbrauen in die Höhe, während ich das Handy wegstecke. »Die macht sich aber ungewöhnlich viele Sorgen um einen eher indirekten Kollegen. Sie hat mich die letzten Tage täglich angerufen, um nachzuhören, wie es dir geht.«

»Die ist eben sehr nett, die Sigrid.«

»Das muss es sein!«

»So wie der Jan-Alexander, einfach nur nett und höflich«, holt Wolfgang zum Gegenschlag aus.

»Okay, okay, ich würde sagen, wir beenden das Thema

hier«, schlage ich lachend vor. »Ich freu mich riesig, dich wieder halbwegs fit zu sehen. Die letzten Tage waren nicht so …« Ich breche ab, sonst kommen mir die Tränen.

»Ja. Ich bin auch froh.« Wahrscheinlich denkt Wolfgang in dieser Sekunde das Gleiche wie ich. Der Vorfall am Montag hätte um Längen unerfreulicher ausgehen können. Wir beide, und dabei insbesondere Wolfgang, haben verdammtes Glück gehabt.

»Alles so weit okay?«, frage ich stattdessen.

»Kennst du das Gefühl, wenn dich ein Traktor überrollt hat und danach ein Schwerlaster?«

»Nein. Da kann ich nicht mithalten.« Ich muss lachen. Seinen Humor hat Wolfgang zumindest nicht verloren.

»Ich würde wetten, das fühlt sich so ähnlich an.«

»Du musst es wissen«, erwidere ich. »Was meinen die Ärzte?«

»Der Arzt, der mich gestern untersucht hat, sagte, es würde nichts zurückbleiben. Die Nieren seien völlig in Ordnung.«

»Sehr gut. Das sind doch klasse Nachrichten.«

»Was Kuchen betrifft, bin ich auf ewig kuriert.«

»Da siehste mal, wofür eine Gluten-Unverträglichkeit gut sein kann.«

»Ja, das stimmt«, sagt Wolfgang und wird dann ernster. »Jetzt erzähl mir aber bitte trotzdem, wie weit ihr mit den Ermittlungen seid?«

»Das hier ist ein zu hundert Prozent privater Besuch.«

»Es war ja auch ein hundert Prozent privater Anschlag«, kontert Wolfgang und zieht die Stirn in Falten.

Da muss ich ihm zustimmen. »Na gut«, gebe ich klein bei und erzähle ihm alles, was ich weiß. Jedoch nur die Kurzversion, denn eigentlich soll er sich erholen. »Nun, nachdem Eliza den Spruch auf dem Karton entdeckt hat, steht mit recht großer Sicherheit fest, dass es ein Sabotageakt von Mister Surprise war. Weitere Spuren am Kuchenkarton oder im Büro wurden keine gefunden.«

»Wundert mich nicht.«

»Was man mittlerweile recht sicher weiß, ist, dass es sich bei der Giftquelle um Christrosensamen gehandelt hat. Das haben sowohl Sigrid als auch der Labortest vom Krankenhaus bestätigt. Beide Male sprach man von nicht unerheblichen Mengen.« Ich hole tief Luft. »Das war haarscharf«, sage ich leise.

»Nicht für mich allein.« Wolfgang seufzt. »Jetzt sollten wir allerdings zusehen, dass wir nicht die Opfer bleiben, sondern zu Jägern werden. Soweit ich weiß, sind Christrosen keine Seltenheit.«

»Richtig. Die wachsen in vielen Gärten. Das hilft uns nicht weiter. Und noch was anderes: Wenn jemand zurzeit Jäger ist, dann bin ich das. Du liegst im Krankenhaus, falls du das vergessen haben solltest.«

»Ja, mein Kopf hat allerdings nichts abbekommen. Du hast doch garantiert irgendeine Vermutung. Irgendetwas, an dem du dran bist.«

Wolfgang kennt mich viel zu gut. »Ja, hab ich tatsächlich. Das wird dir allerdings nicht so recht schmecken.«

»Warum sollte mir das nicht schmecken?« Wolfgang legt den Kopf schief.

»Nun ja …, weil ich es nicht für ausgeschlossen halte, dass der Täter ein Kollege oder zumindest jemand aus dem Polizeiumfeld sein könnte.«

»Jetzt wird es aber haarig.« Wolfgang lacht entrüstet auf. »Das ist nicht dein Ernst, Toni?«

»Ich finde es nicht abwegig.«

»Toni, bei aller Liebe …« Sonst sagt er nichts.

Klar will Wolfgang davon nichts hören. In den eigenen Reihen zu ermitteln, das ist mehr als heikel und kommt im Kollegium nicht gut an, das weiß ich auch. »Wir sollten es zumindest in Erwägung ziehen. Hast du dir mal die Frage gestellt, wie Mister Surprise an dem Abend in Dagstuhl untertauchen konnte? Hast du dafür eine logische Erklärung?«

»Die Frage habe ich mir sogar schon tausend Mal gestellt«, entgegnet Wolfgang. »Das gesamte Areal war umstellt und plötzlich war er verschwunden.«

»Eine Möglichkeit wäre, dass er oder vielleicht auch sie, zur Polizei gehört. In Uniform wäre Mister Surprise an dem Abend an Burg Dagstuhl nicht aufgefallen. Genau wie bei dem Volksfest in Saarbrücken. Da wimmelte es von Polizisten.«

»Das ist verrückt. Nie im Leben!«, regt sich Wolfgang weiter auf. »Für die Kollegen lege ich die Hand ins Feuer.«

»Wirklich für jeden?«

Wolfgang stöhnt. »Na ja, für fast jeden. Nehmen wir mal rein hypothetisch an, das, was du sagst, stimmt. Dann hast du garantiert schon jemanden im Blick.«

»Es sind sogar mehrere, die mir verdächtig erscheinen.«

»Oha. Nun machst du mich neugierig.«

»Tja.« Es freut mich, dass Wolfgang letztlich doch auf die Theorie angesprungen ist. Jetzt heißt es nur noch, ihn zu überzeugen. Oder ihn selbst auf die richtige Spur zu bringen. »Denk mal nach, wer uns kurz vor der Flyboardaktion auf dem Volksfest über den Weg gelaufen ist und zudem auch in Dagstuhl war.«

Da muss Wolfgang nicht lange überlegen. »Dieser Dannhäuser vom SEK ...«

»Genau.«

Wolfgang schüttelt den Kopf. »Na, ich weiß nicht. So richtig passt das nicht zu ihm. Wer kommt außerdem in Betracht?«

»Mira Jablonska …«, fahre ich fort, und bei dieser Vermutung ist Wolfgang gar nicht so abgeneigt.

»Stimmt. Ich war ziemlich baff, als ich sie am Montagmorgen in Bexbach beim Training für die Hundestaffel gesehen habe. Die wollte doch unbedingt weg aus der Provinz, wie sie sich nicht sehr charmant ausgedrückt hat. Da lässt sie sich nach Köln versetzen, und ein paar Monate später taucht sie plötzlich wieder in Saarbrücken auf.«

»Was meinst du, wie ich mich erst gewundert habe, als sie plötzlich vor mir stand, kurz nachdem dich die Sanitäter abtransportiert haben. Sie ist in der Nähe unseres Büros herumgeschlichen. Keine Ahnung, was sie da getrieben hat. Eigentlich hat sie bei uns nichts verloren. Sie ist in der Abteilung für Rauschgiftkriminalität tätig.«

»Ganz anderes Gebäude …« Wolfgang überlegt. »In meiner Vorstellung war Mister Surprise immer ein Mann, allein schon wegen des Namens. Trotzdem würde Jablonska für mich eher passen als Dannhäuser. Aber das ist einfach nur ein Gefühl. Hast du noch jemanden im Visier?«

Das habe ich, denke ich. Dieser Verdacht wird Wolfgang allerdings am allerwenigsten schmecken.

»Drucks nicht rum. Da gibt es noch jemanden, das sehe ich dir an.« Wolfgang kennt mich einfach zu gut.

»Okay, du flippst nicht gleich aus, versprochen?«, greife ich vor, da ich weiß, wie mein Kollege vermutlich reagieren wird.

»Warum sollte ich? Ich bin für alle Ideen offen. Du kennst mich.«

Genau das ist das Problem. Trotzdem sage ich: »Ich habe Bernd Schöpfer in Verdacht.«

»Bernd? Bist du von allen guten Geistern verlassen?«, platzt es aus Wolfgang heraus.

»Bernd Schöpfer war am Abend, als es passiert ist, hier vor der Winterbergklinik. Natürlich zufällig. Hat er zumindest zu Chris gesagt.«

»Das kann doch purer Zufall gewesen sein. Toni, jetzt mal ehrlich! Der Bernd ist so was von harmlos. Ein ganz bürgerlicher Typ.«

»Ja. Und wie oft hat sich im Nachhinein herausgestellt, dass es sich bei einem Serientäter um einen ›ganz bürgerlichen Typen‹ gehandelt hat? Das wissen wir beide.«

»Trotzdem. Bernd? Ich weiß nicht.« Wolfgang schüttelt den Kopf. »Dann noch eher Dannhäuser. Mit dem bin ich nie richtig warm geworden. Oder eben Mira Jablonska.«

»Für mich sind alle drei verdächtig. Gestern gab es übrigens einen weiteren Sabotageakt, und zwar bei der Getränkeausgabe des B2Run Dillingen. So was habe ich in all meinen Jahren bei der Polizei nie erlebt. Und rate mal, wen ich da bei meinen Ermittlungen getroffen habe?«

»Die Jablonska oder den Dannhäuser?«

»Ja. Die Jablonska und den Dannhäuser! Und nicht nur die beiden: Auch dein *gut bürgerlicher Bernd* war da. Das kann einfach kein Zufall mehr sein, oder?« Obwohl ich Wolfgang lediglich einen groben Überblick geben wollte, bin ich jetzt richtig bei der Sache und erzähle ihm von gestern Abend. »Um mehr zu erfahren, habe ich mich später mit den dreien in Saarlouis in der Altstadt getroffen. Leider war nicht viel Brauchbares aus ihnen herauszubekommen. Mira war ziemlich einsilbig und ständig mit ihrem Handy beschäftigt, Dannhäuser hat die meiste

Zeit über seine Heldentaten beim SEK referiert, und dein lieber Bernd hat den neusten Tratsch aus dem Präsidium zum Besten gegeben. Wenn jemand über alle Vorgänge auf der Arbeit bestens Bescheid weiß, dann ist das dein ...«

Wolfgang unterbricht mich. »Du bist echt irre, Toni, weißt du das?« Er setzt sich im Bett auf. »Du nimmst an, einer von den dreien sei Mister Surprise, der Psycho, der uns beide umbringen wollte – und genau mit dem Trio ziehst du um die Häuser?«

»Ich bin nicht um die Häuser gezogen«, wehre ich mich. »Wir waren in der Saarlouiser Altstadt, wie gefühlt mindestens tausend weitere Menschen. Außerdem: Sollen wir lieber warten und uns in einer Ecke verkriechen, bis Mister Surprise zum nächsten Schlag ausholt? Ich weiß nicht, wie es dir geht, aber daran, dass das in naher Zukunft passieren wird, zweifele ich nicht im Geringsten.«

Wolfgang schnappt nach Luft und holt zu einer Antwort aus. Bevor er etwas sagen kann, funken die Fanta Vier dazwischen.

»Was ist das denn?«

»Sekunde, das ist mein neuer Klingelton«, unterbreche ich unser Gespräch und werfe einen Blick auf das Display. »Ich muss ran ... Hallo, Chris?«

»Morgen, Toni. Kannst du bitte nach Ballern kommen? So bald wie möglich.«

»Ja, klar. Ich bin im Augenblick bei Wolfgang. Ich mach mich sofort auf den Weg. Schickst du mir die Adresse?«

»Sicher. Wir sind bereits vor Ort. Falls du noch nicht gefrühstückt haben solltest, würde ich mir das sparen. Nur so als Tipp.«

»Oha.« Das hört sich nicht gut an. »Habt ihr eine Leiche gefunden?«

»Ich denke schon.«

»Wie: Ich denke schon? Ob Leiche oder nicht, das müsste doch eindeutig sein.«

»Das sagst du so leichthin. Wen oder was wir gefunden haben, müssen wir tatsächlich noch aufklären.«

»Ui.« Etwas Schlaueres fällt mir dazu nicht ein. In jedem Fall sind das keine guten Nachrichten. Ich werfe einen kurzen Blick auf Wolfgang, der mich seinerseits fragend ansieht. »Ich bin gleich bei euch. Über die Autobahn geht das ja schnell« Ich lege auf. Chris hat mir in der Sekunde den Standort weitergeleitet. 34 Minuten bei normalem Verkehrsaufkommen, sagt mein Navi. Ich ziehe meine Jacke über. »Tut mir echt leid Wolfgang, ein dringender Einsatz. Ich muss los.«

»Mister Surprise?«

Ich zucke mit den Achseln. »Schwer zu sagen. Jedenfalls muss es etwas Kurioses sein.«

»Was hältst du davon, wenn du den Fall komplett an Agnes und Harald abgibst? Soweit ich weiß, hat der Chef die zwei sowieso schon involviert. Die sind erfahren und ein klasse Team. Mindestens genauso gut wie wir beide. Und du fährst für ein paar Tage in den Urlaub. Schön weit weg.«

Dieses väterlich-besorgte Gerede geht mir heute Morgen extrem gegen den Strich. Ich bin kein Kind mehr, wir sind Kollegen, und ich mache einfach nur meinen Job. »Ich will aber nicht weg! Verdammt noch mal! Kümmere du dich doch einfach um deine Angelegenheiten und lass mich mein Ding machen?« Kaum, dass ich den Satz ausgesprochen habe, tut mir der Ton Wolfgang gegenüber sofort leid. Ich bin unendlich froh, dass er auf dem Weg der Besserung ist. Meine Nerven sind nur derzeit nicht die besten.

»Sorry, ich steh ein bisschen unter Strom«, entschuldige ich mich deshalb. Ich versuche mich an einem Lächeln, schätze aber, es sieht kläglich aus.

»Ist ja okay. Ich bin nur besorgt, weil …«

Ich lasse ihn nicht ausreden. »Das brauchst du nicht zu sein. Ich hab alles im Griff, und ich bin vorsichtig. Pass du lieber gut auf dich auf und halt dich an das, was man dir sagt.«

Wolfgang verzieht den Mund und kratzt sich die Stirn. »Ein super Ratschlag, Toni. Von genau der Richtigen.«

IN DER BAUMSCHULE

Günther, der Dackel

A8, Höhe Rehlingen-Siersburg, 13. August um 8:49 Uhr

Echt spitze! Vor dem Training zu einem Einsatz. Als wenn ich nicht schon so genug Probleme hätte, nachdem mich Toni die halbe Nacht mit ihrem Hin- und Herwälzen im Bett in den Wahnsinn getrieben hat. Die Frau braucht dringend mal eine Auszeit. Obwohl ich fast erwarten würde, wenn die nichts tut, wird sie noch nervöser.

Derzeit stehen wir auf Höhe Rehlingen-Siersburg im Stau. Irgendwer hat dort seinen Tieflader quer über die Mittelleitplanken hinweg bis auf die andere Fahrspur chauffiert. Die Fahrerkabine des LKWs, die bei dem Crash einige Meter in die Höhe gebockt wurde, ist dabei derart deformiert worden, dass nur schwer vorstellbar ist, dass dort jemand lebend herauskam.

Während ich mir die Frage stelle, wie man auf einer geraden Strecke einen derartigen Unfall zustande bringt, trommelt Toni genervt mit ihren Fingern auf dem Lenkrad herum. Ihr bleibt keine Zeit, sich die Unfallstelle anzusehen. Sie ist voll und ganz damit beschäftigt, die anderen Autofahrer zu reglementieren. »Eh, du Volldepp. Reiß-ver-schluss-ver-fahren – hat dir das denn keiner in der Fahrschule beigebracht? Echt!«, wettert sie über den Fahrer los, der vor uns einschert. »Ein paar mehr von diesen Blödbommeln, und es staut sich bis Saarbrücken. Was ist denn das für ein Hirni?« Ich bin mir nicht sicher, ob Toni mich als Gesprächspartner betrachtet oder ob es sich um ein Selbstgespräch handelt. Egal, antworten kann ich ohnehin nicht. »Jetzt faaahr doch, du Tante. Vielleicht sogar noch heute! Schau dir das an, wie die über die Straße bummelt. Die gute Frau wäre schon mit einem Dreirad überfordert.«

Mit reichlich Verspätung und einem extrem hohen Verbrauch an zahlreichen gängigen und einigen mir bis dahin nicht bekannten Schimpfwörtern treffen wir an der Baumschule in Ballern ein. Kreick, den Namen habe ich schon öfter beim Bachmachen an irgendwelchen Bäumen am Straßenrand gelesen, fällt mir ein, als Toni den Wagen in der Nähe von einigen Komposthaufen einparkt. So länglich nebeneinander aufgereiht sehen sie wie eine kleine Berglandschaft aus.

Hier ist jede Menge los. Eine Menschentraube hat sich versammelt, die meisten in Grün. Ich freue mich schon, als ich mittendrin meinen Freund Chris und seine Mitarbeiterin Eliza in voller Schutzausrüstung erspähe. Jippie, denke ich. Das bedeutet zweites Frühstück, und zwar eins von allerbester Qualität, denn mein Chris weiß, was hart arbeitende Hunde brauchen. Kaum hat Toni mich aus dem Kofferraum gehoben, greift sie ein weiteres Mal hinein, um die neue Leine zu holen. Aber keine Chance, ich bin schon auf und davon.

Leckerlis – eure letzte Stunde hat geschlagen!

Doch heute zaubert nicht einmal mein Erscheinen ein Lächeln auf Chris' Gesicht. Wie angespannt die Atmosphäre auf dem kleinen Platz ist, merke ich sofort. Stress liegt in der Luft. So was spürt ein Hund. Ich laufe auf Chris zu. Er ist hochkonzentriert bei der Arbeit, und das, was er mit seinen mit Handschuhen geschützten Händen in mitgeführte Behälter legt, hat zwar die Größe eines Leckerlis, trotzdem würde ich lieber meine Schnauze davon lassen. Aasgeruch hin und her, vielleicht standen früher Hunde mal auf so etwas. Aber mit Dosenfutter und Lyoner haben wir die Steinzeit längst überwunden.

Je näher ich komme, desto langsamer werde ich. Alter Schwede. Der Geruch, der über dem Gelände liegt, ist harter Tobak. Und der Anblick dort erst recht. Ich bin nach den vielen Polizeieinsätzen einiges gewohnt, aber da drehe sogar ich meinen Kopf weg. Wie irre muss man sein, um eine solche Schweinerei anzurichten? Was dort auf einem der Komposthaufen verteilt liegt, erinnert mich an ein Puzzle. Allerdings eins aus Fleisch. Dazwischen erkenne ich auch einige Stoffstücke. Blümchenmuster, falls mich nicht alles täuscht.

»Sachen gibt's!«, murmelt Chris mit einem Kopfschütteln, als Toni dazu tritt. »So was hab ich noch nicht erlebt. Wenn du etwas über den Ermittlungsstand wissen möchtest: Wir sind nicht viel weiter als eben. Von der Menge der Fundstücke würde ich vage schätzen, es handelt sich um einen einzelnen Menschen. Hundertprozentig sicher bin ich mir allerdings nicht.«

Während sich die beiden austauschen, strecke ich meine Nase in die Luft. Ein bisschen professionelle Hilfe können Chris und Eliza sicher gut gebrauchen. Der Geruch ist beißend. Demnach hat der Prozess der Verwesung bereits eingesetzt, was durch das warme Wetter vermutlich gefördert wurde. Zwei Tage, länger liegt die Leiche nicht dort, da bin ich mir sicher. Trotz des Gestanks überwinde ich mich und schnüffle weiter. Nicht auszuschließen, dass ich die Person kenne.

Ne, nie gerochen, stelle ich fest, als meine Schnauze einem der Fleischbrocken nahe kommt. Kein Zweifel, wer immer dort in seinen Einzelteilen liegt, ich bin ihm oder ihr noch niemals begegnet. Mein olfaktorisches Langzeitgedächtnis ist verlässlich.

»Pfui, Günther«, kräht Toni, stürmt auf mich zu und zerrt an meinem Halsband. »Du verfressener Kerl. Wehe du rührst das an!«

Moment, denke ich. Was soll denn das jetzt? Hieß es nicht irgendwann einmal, wir sind ein Team? Ich bin wahrhaft ein gutmütiges Kerlchen und zeige eine Menge Durchhaltevermögen in dieser Zwangsgemeinschaft, aber mit dieser Toni auszukommen, ist ein Ding der Unmöglichkeit.

»Vielleicht wollte er nur wittern und Spur aufnehmen. Schließlich sind Dackel …«, gibt mein Freund Chris zu bedenken.

»Klar, sicher, der Günther. Du träumst wohl. Außer Fressen wittert der nix«, fällt ihm Toni ins Wort. Mich immer noch am Halsband geißelnd, zieht sie mich wie einen frisch gefassten Schwerverbrecher von der Menge weg.

»Da, genau da, bleibst du sitzen!« Sie zeigt mit dem Finger auf einen staubigen Fleck am Boden. »Und ab jetzt keinen Mucks!« Ihre Augen funkeln derart teuflisch, dass ich mich rein aus Selbstschutz ihrem Willen beuge. Innerlich könnte ich jedoch platzen.

Ich sag's, wie es ist: Hier und heute hat der Spaß ein Ende – ich habe alles treu und brav Wolfgang zuliebe ertragen. Sogar die Zwangsunterkunft in dieser Einsiedlerbude mit Null-Sterne-Versorgung habe ich hingenommen, ebenso wie die unzähligen leidigen Sprüche und Verhöhnungen dieser Toni. Aber nun ist meine Geduld am Ende. Ich werde die Fliege machen, sobald sich die erste Gelegenheit dazu bietet. Soll doch jemand anders Mister Surprise die Stirn bieten. Ich bin dann mal weg. Von Ballern nach Tholey kann es nur ein kleiner Fußweg sein, sagt mir mein untrüglicher Orientierungssinn.

Toni wendet sich währenddessen der Gruppe der Baumschulmitarbeiter zu. »Mein Name ist Antonia Kuppertz, ich bin Hauptkommissarin vom Landeskriminalamt Saarbrücken. Wer ist der Chef?«

»Das bin ich. Michi Kreick«, meldet sich ein schmaler, großer Mann zu Wort, der keinen sonderlich glücklichen Eindruck macht. Eine Leiche im Kompost, das ist für ihn mehr als offensichtlich Neuland. Er geht sofort in Abwehrhaltung. »Ich kann Ihnen gleich sagen, wir haben mit der Sache nichts zu tun. Für meine Leute lege ich die Hand ins Feuer.«

»Darüber würde ich am liebsten selbst ein Urteil fällen«, nimmt ihm Toni in ihrer netten Art gleich den Wind aus den Segeln. »Ich brauche von allen Beteiligten die Personalien, und ich muss jeden einzeln befragen. Doch erzählen Sie mir zuerst einmal, was heute Morgen vorgefallen ist. Das ist Ihr Kompost, wenn ich das richtig sehe.«

»Ja, sicher. Wir sammeln an dieser Stelle das Schnittgut unserer Kunden und bereiten es zu Komposterde auf. In der letzten Woche hat sich ziemlich viel angesammelt. Also ist mein Mitarbeiter Rudi heute Morgen zu den Komposthaufen, um für Ordnung zu sorgen und das Schnittgut umzusetzen, damit alles gut durchlüftet wird. Schauen Sie, da.« Michi Kreick weist zu den verschiedenen Hügeln. »Die Haufen haben unterschiedliche Rottegrade.«

»Okay, ich glaube, so weit verstehe ich das. Und was ist heute Morgen vorgefallen?«

»Rudi, das erzählst am besten du«, schlägt Kreick vor und winkt einen kleinen, rundlichen Mann, etwa um die 50 mit Vollbart und spärlichem Haarwuchs, zu sich.

»Rudi Volkmann«, stellt der sich vor. Er wirkt verschüchtert.

»Sie haben also …«, Toni überlegt offenbar, wie sie das Gefundene am besten umschreiben kann, »diese *Einzelteile* heute Morgen entdeckt.«

Volkmann nickt. »Ich hab mich etwas gewundert, warum der Schaufellader an einer anderen Stelle stand als gestern. Aber das kann schon mal vorkommen, wenn wer anders den am Abend noch nutzt. Dass jemand an den Drähten herumgewerkelt hat, hab ich erst später entdeckt. In der Früh war es dafür noch zu dämmrig.«

»In Ordnung. Und dann?«

»Na ja, die Schaufel steckte im Kompost fest, so lasse ich den Schaufellader eigentlich nie stehen. Das hat mich ebenfalls stutzig gemacht. Seltsam, denke ich noch und lass den Schaufellader an und die Scheinwerfer, völlig normal wie immer, ehrlich.« Er schwitzt und reibt sich mit dem Ärmel seines grünen Hemdes über die Stirn. »Jedenfalls setze ich zurück und kippe dabei die Schaufel aus. Da habe ich dann diese …«, jetzt fragt sich Volkmann anscheinend, was der beste Begriff dafür ist, »na, diese vielen blutigen Stücke entdeckt. Der Geruch, der dabei aufstieg, war eigenartig. Ich habe sofort alles stehen und liegen lassen und den Chef informiert. Angerührt hab ich nix, Ehrenwort! Und mehr kann ich dazu nicht sagen. Ich hab wirklich nichts damit zu tun. Das schwöre ich Ihnen.«

Das glaube ich auch nicht. Warum sollte der Mann jemanden zerstückeln und die Einzelteile dann wieder ausgraben? Dass die Kompostleiche hier liegt, muss andere Gründe haben – aber die interessieren mich nicht. Ich habe Ziele privater Natur, und jetzt, da sich die Aufmerksamkeit aller auf diesen Rudi konzentriert, ist die Zeit zum Türmen ideal.

Hiermit lege ich für immer und ewig mein Amt als Polizeihund nieder. Auf Wiedersehen – oder im Falle von Toni besser auch nicht, denke ich und tripple ein paar Schritte nach hinten, setze mich dort brav hin und tue so, als sei nichts geschehen. So arbeite ich mich langsam aus der Gefahrenzone heraus. Ich bin außer Sichtweite.

Mission erfüllt und nun die Beine in die Hand, freue ich mich und laufe los in die große Freiheit. Aus Mangel an Alternativen quer über das Baumschulgelände. Immer auf der Hut, vorbei an zahlreichen Hallen, in denen Gerätschaften und eine Menge Pflanzen und Bäumchen stehen. Für mich alles relativ uninteressant, ein wenig Proviant als Wegzehrung wäre im Moment weit hilfreicher. Mein Bauch knurrt besorgniserregend. Aus diesem Grund schnüffle ich auf der Flucht da und dort. Blöderweise kann ich nichts finden, nicht einmal eine achtlos liegen gelassene Brotdose oder einen Schokoriegel.

Ich laufe in eine Halle hinein, in der der Ausstattung nach zu urteilen eingetopft wird, und sehe mich um. Kann doch echt nicht sein, dass die Leute hier nichts zwischen die Kiemen kriegen, wundere ich mich, da steigt mir wieder dieser seltsame Geruch von draußen in die Nase. Erst denke ich: nicht meine Baustelle! Aber dann zieht es mich doch in Richtung eines mächtigen, trichterförmigen Gerätes, das irgendwer weiß lackiert hat.

Ich tripple näher und würde fast wetten, dass das, was da vermutlich im Mahlwerk zu finden ist, zwar im weitesten Sinne essbar sein dürfte, trotzdem ist es eindeutig kein Gourmethäppchen.

Heute zeigt es sich als ungünstig, dass ich nicht ganz so groß gewachsen bin. Mit den Pfoten versuche ich, den Rand des Trichters zu erreichen. Nicht leicht, doch nach ein paar Fehlversuchen finde ich Halt. Ich stehe auf meinen Hinterbeinen, recke mich nach vorn und hebe den Kopf langsam und vorsichtig über den Trichterrand.

Könnte ich sprechen, so würde ich jetzt ziemlich sicher »Oh, verdammter Mist« oder zumindest so etwas Ähnliches sagen. So bleibt mir nichts anderes übrig, als meine Augen erschrocken aufzureißen. Meine Entdeckung erzählt schon auf den ersten Blick einiges über die Entstehungsgeschichte der Puzzle-Leiche auf dem Komposthaufen. Wer auch immer dieses Gerät genutzt hat, die Person hat ein wichtiges Teil übersehen, denn zwischen den Walzen steckt ein Arm fest. Ein linker, um genau zu sein.

Na besten Dank, du lausiger Straftäter! Allem Anschein nach ist meine Metamorphose zum Polizeihund schon zu weit fortgeschritten. Einfach weiterlaufen, als sei nichts geschehen, ist nicht drin, und das setzt meinem Traum vom Durchbrennen ein jähes Ende. Denn eins ist sicher: Ohne meine Unterstützung kommt dieses Indiz vielleicht erst sehr spät zum Vorschein – oder falls die Maschine demnächst benutzt wird möglicherweise gar nicht mehr.

Schweren Herzens laufe ich zurück zur Truppe. Um dieses Aas Toni mache ich einen weiten Bogen. Die ist bei mir unten durch. Und zwar so was von. Aber meinem Freund Chris tue ich gerne einen Gefallen. Ich habe eine Überraschung für ihn, wenn auch keine besonders schöne.

WAR DAS ETWA ...?

Chris Tümmler

Baumschule Kreick, Ballern, 13. August um 9:47 Uhr

»Günther, bei aller Liebe, ich habe im Moment echt keine
Zeit zum Spielen.« Der Kleine bellt wie ein Irrer. Jetzt zieht
er auch noch an meinem Hosenbein. Da hört der Spaß auf.
»He, loslassen«, zische ich ihn an.

»Aus! Günther. Verdammt«, mischt sich nun Toni ein,
die gegenwärtig die anwesenden Personen zum Ablauf
des Morgens befragt.

Günther ist nicht zu beruhigen. Immer wieder läuft er
im Kreis um mich herum, entfernt sich einige Schritte von
mir und bleibt dann mit lautem Bellen stehen.

»Was hast du dem denn heute Morgen in den Futter-
napf getan?«, wende ich mich an Toni.

Die allerdings geht gar nicht auf meine Frage ein, sondern stapft angesäuert auf Günther zu. »Jetzt ist Schluss,
du kommst ins Auto.« Kaum nähert sie sich Günther, flitzt
er davon, um sich kurz darauf nach uns umzusehen. »Sitz«,
fordert Toni. Doch keine Chance, sie kommt immer nur auf
ein paar Meter ran. Anscheinend will er, dass wir ihm folgen.

»Vielleicht hat er was entdeckt«, rufe ich Toni zu.

Die stemmt ihre Arme in die Hüften und stößt ein
ungläubiges Lachen aus. »I wo. Du hast Hoffnungen. Der

Günther bestimmt nicht. Der sorgt wieder einfach nur für Ärger. Im Ernst, das Tier schafft mich.«

»Kümmere du dich um die Vernehmung und ich schau nach ihm«, schlage ich vor.

»Als hättest du selbst nichts Besseres zu tun.«

»Bin gleich zurück«, sage ich. Beim Thema Vierbeiner kommen Toni und ich auf keinen gemeinsamen Nenner. Günther ist zwar ein Riesensturkopf, ohne jeden Zweifel, aber er ist auf Draht. Auf irgendetwas will er uns aufmerksam machen, das sagt mir mein Gefühl.

»Ruhig Blut, Güntherlein. Ich bin ja da.« Ich folge ihm in eine der vielen Hallen. Hier stehen ausnahmsweise keine Pflanzen. Es sieht eher nach einem Lager für Arbeitsgeräte und Maschinen aus. Günther läuft in einer Ecke des Gebäudes auf und ab und bellt aus voller Kehle.

»He, Junge. Krieg dich mal wieder ein«, versuche ich, ihn zu besänftigen. Aber Günther beruhigt sich nicht. Aufgeregt kratzt er am Boden.

»Ist doch alles gut«, sage ich, als mir plötzlich ein Geruch in die Nase steigt, den man als Mitarbeiter der Spurensicherung leider nur allzu gut kennt. »Wo kommt das her? Zeig es mir!«, fordere ich Günther auf und schnuppere meinerseits, um festzustellen, aus welcher Richtung die Ausdünstungen zu uns strömen.

Vor einem weißen Gerät – ich schätze, es ist ein Häcksler – bleibt Günther stehen und trippelt von einer Pfote auf die andere. Seine Augen fixieren mich. Es ist, als wolle er mir sagen: »Es ist genau da, aber ich warne dich, es ist kein allzu hübscher Anblick.«

»Oh Mann«, raune ich, als ich mich nähere. Der Geruch haut mich um. Auch ohne in den Trichter geschaut zu haben, ahne ich, was mich erwartet. Was für eine Schweinerei, denke ich beim ersten Blick hinein – wer das getan hat, muss mehr als einen gewaltigen Dachschaden haben?

»Was für eine Schweinerei«, der gleiche Satz entfährt Eliza, als sie ihrerseits das Innenleben des Häckslers betrachtet. Mit einer Kamera hält sie diesen aus dem Rahmen fallenden Fund für die Nachwelt fest.

»Kann ich bitte kurz mit dir reden?«, wendet sich Toni an mich und winkt mir zu, ihr vor die Halle zu folgen.

»Ja.« Ich gehe ihr hinterher und stelle mich neben sie.

»Diese Woche passiert ungewöhnlich viel«, beginnt sie. »Findest du nicht auch?«

»Hm, das stimmt«, sage ich. »Erst der Anschlag auf den Flyboardfahrer, dann Wolfgang, der B2Run Dillingen und nun das.«

»Was denkst du? Glaubst du, diese Kompostleiche ist das Werk von Mister Surprise?« Sie mustert mich.

»Nun, das ist sogar naheliegend, weil …«

»Du meinst wegen des Spruchs auf dem Brief von gestern? Da hieß es: ›Alles, wirklich alles kann wiederverwertet werden‹.«

»Genau. Das ist zwar ziemlich geschmacklos, passt aber perfekt zu einer Kompostleiche.« Schlimm genug, dass Mister Surprise für so viel Aufruhr sorgt, dass es schon schwer wird, die Bekennerschreiben den jeweiligen Taten zuzuordnen, überlege ich. Doch den Gedanken behalte ich für mich.

»Aber wie gehört das zusammen?«, will Toni wissen.

Ich zucke die Achseln. »Das herauszufinden, ist deine Aufgabe. Darum beneide ich dich ehrlich gesagt nicht. Auch wenn man bei meiner Arbeit heute ebenfalls nicht von Spaß sprechen kann.«

»Wir hätten vielleicht beide lieber Grundschullehrer werden sollen«, sagt Toni so daher. Die Sorge steht ihr ins Gesicht geschrieben. »Eigentlich muss ich gleich los. Heute ist Training für die Hundestaffel.«

»Du kannst ruhig fahren. Ich halte dich über die Resultate hier auf dem Laufenden. Übrigens …«

»Ja?«

Ich habe zwar noch keine konkreten Ergebnisse, trotzdem will ich Toni von meinem Fund an dem Abend unterrichten, als das mit Wolfgang geschehen war. »Ich habe in eurem Büro Hundehaare gefunden.«

Toni ist verwirrt. »Na ja, Chris. Das ist nun wirklich keine Wahnsinnsneuigkeit. Die sind wahrscheinlich von Günther.«

»Schon, aber die Haare, die ich meine, sehen anders aus. Die sind eindeutig länger als die von Günther.«

»Aha.« Jetzt schaut mich Toni interessiert an. »Du meinst, Mister Surprise hat die vielleicht verloren?«

Ich nicke. »Wäre denkbar. Auch wenn sich genauer betrachtet tagtäglich eine ganze Reihe von Menschen in eurem Büro aufhalten.«

»Trotzdem. Es würde uns helfen, wenn wir einen konkreten Verdacht hätten und gleichzeitig ausschließen könnten, dass derjenige jemals zuvor in unserem Büro war.«

»So ähnlich war auch mein Gedankengang.« Etwas leiser füge ich hinzu. »Es sind übrigens Schäferhundhaare.«

»Nicht dein Ernst?«

»Doch. Ich habe noch niemandem etwas davon erzählt. Es ist, wie gesagt, kein eindeutiger Beweis, trotz alledem …«

Toni lässt mich meinen Gedanken nicht zu Ende bringen. »Mensch, ich habe doch gewittert, dass mit Mira irgendetwas nicht stimmt. Sie hat einen Schäferhund. Juri, eine Hündin, und ich bin mir ziemlich sicher, dass sie noch nie in unserem Büro war.« In Tonis Kopf scheint es loszurattern. »Zumindest nicht, als ich dabei gewesen bin. Außerdem arbeitet Mira in einer anderen Abteilung und sie ist erst seit kurzer Zeit wieder im Saarland.«

»Stimmt, sie hat sich doch nach Köln versetzen lassen.«

»Genau, leider sind die Indizien noch sehr dünn.« Toni kneift die Augen zusammen. »Drei, vier Hundehaare, und die Tatsache, dass sie einen Schäferhund besitzt, das reicht nicht, um sie dingfest zu machen, das wissen wir beide. Dafür sind wir lange genug im Geschäft.«

»Ja, richtig.« Der Gedanke, dass Mira hinter all dem stecken könnte und wir dabei zusehen müssen, wie sie die nächste Sabotage oder schlimmer noch einen Mord plant, gefällt mir gar nicht. Vor allen Dingen, weil sie es auf Toni und Wolfgang abgesehen hat.

Es kommt natürlich, wie es kommen muss. »Na dann, wir sind beim Training. Wenn was ist, melde dich. Günther, wir fahren!«, kündigt Toni an. Sie hat es eilig.

Das kann ich nicht zulassen. Ich halte sie am Arm zurück. »He, hallo, sag mir, wenn ich mich täusche, aber du warst bei dem Gespräch eben auch mit dabei, oder? Und du hast die Leiche gesehen? Das war nicht das Werk eines Kleinkriminellen.«

»Das ist mir bewusst und exakt aus diesem Grund mache ich mich jetzt auf den Weg.«

»Was denkst du dir, Toni? Wenn Mira wirklich Mister Surprise sein sollte, solltest du besser nicht allein dort hingehen. Du brauchst jemanden, der auf dich aufpasst.«

»Auf keinen Fall. Dadurch wird sie misstrauisch, und wir kriegen nie einen Beweis.«

»Was wenn du selbst später ein Beweis bist?«, wende ich ein. »Das gefällt mir nicht. Ich hab kein gutes Gefühl bei der Sache.«

»Jetzt komm schon. Beim Training sind noch drei andere, bestens ausgebildete Polizisten und diese seltsame Trainerin in meiner Nähe. Und zahlreiche Hunde. Darunter sogar dein Liebling Günther. Was soll da groß schiefgehen?«

»Wolfgang wurde in einem Polizeipräsidium vergiftet, da waren weit mehr Polizisten.«

»Aber ich bin vorgewarnt und pass auf mich auf, Ehrenwort«, verspricht mir Toni.

Ich überlege. Mir ist ebenfalls klar, dass wir Mira ohne zusätzliche Beweise nicht festsetzen können, und wenn wir sie aufscheuchen, wird sie klug genug sein, uns keine weiteren Anhaltspunkte zu liefern. »Versprich mir, dass du immer dein Handy bei dir hast und mich bei der kleinsten Kleinigkeit informierst.«

»Dickes Ehrenwort.« Toni hebt bekräftigend drei Finger in die Höhe. »Wir sehen uns nachher in Saarbrücken. Mach dir keine Gedanken, Mira wird mir nichts tun.«

»Alles so weit okay?«, frage ich, als ich zurück zu Eliza in die Halle komme.

»Na ja«, antwortet sie. »Hatte schon hübschere Anblicke am Morgen.«

»Geht mir nicht anders.«

Während wir unsere Arbeit erledigen, gehen mir Toni und Mira nicht aus dem Kopf. Die Situation gefällt mir gar nicht.

»Ich hätte da eine Frage, Eliza«, richte ich mich an meine Kollegin, die gerade mit einer Pinzette die kleineren Leichenteile aufliest, um sie in die dafür vorgesehenen Behältnisse zu verpacken und zu beschriften. Sie hält inne und wendet ihren Kopf zu mir. »Hast du an dem Tag, als Wolfgang ins Krankenhaus eingeliefert wurde, zufällig Hundehaare im Büro gefunden?«

»Klar. Wie sollte es auch anders sein? Günther war schließlich dort.«

»Ich meine keine Dackelhaare …« Ich zögere, weil es mir unangenehm ist, ihr zu beichten, dass ich nachträglich auf Spurensuche gegangen bin. Trotzdem, ich muss nachhaken. »Ich hab Haare von einem Schäferhund aufgelesen, als ich später noch mal da war«, werde ich konkreter.

Um Elizas Mundwinkel bilden sich kleine Falten. Sie zögert, bevor sie antwortet. »Nein, Schäferhundhaare habe ich keine entdeckt. Wieso fragst du?«

»Einfach so.«

Eine Zeit lang arbeiten wir wieder still nebeneinander. Jeder geht seinen Aufgaben nach.

»Du, Chris, ich muss dir was sagen«, durchbricht Eliza mit einem Mal die Stille. Ihre Stimme klingt gepresst. Ich blicke auf und wundere mich, warum meine sonst sehr ausgeglichene, ja manchmal fast zu coole Kollegin von einem Moment auf den anderen so nervös wirkt. Sie knetet ihre behandschuhten Hände. »Es ist was Privates. Sozusagen.«

DIE ROLLE

Landespolizeipräsidium, Saarbrücken, 13. August um 10:02 Uhr

Heute ist der große Tag. Auf so eine Chance warte ich seit Jahren. Und dann ist es diesmal auch noch eine Filmrolle neben Hinnerk Schönemann!

Der Versammlungsraum füllt sich, die Stühle sind mittlerweile alle belegt. Wer jetzt noch kommt, muss stehen. Ich war bereits vor einer halben Stunde hier und habe mir einen der vorderen Plätze gesichert. Wenn ich später nach vorne muss, brauche ich mich nicht durch die Menge zu zwängen. Ein bisschen vorausdenken schadet nie.

Der Regisseur hat rechts neben meinem Chef Platz genommen. Links sitzt Hinnerk Schönemann. Er ist ein angenehm stiller, nachdenklicher Typ, genau wie im Fernsehen. Obwohl nicht zu übersehen ist, dass er eher zurückhaltend ist, sind schon ein paar der Kollegen zu ihm gestürmt, um Autogramme einzuheimsen und sich ihm mit der Frage nach einem Selfie an den Hals zu werfen. Beschämend, wie übergriffig manche Menschen sind. Doch Hinnerk hat alles geduldig und souverän ertragen. Auch wenn ich ihm deutlich angesehen habe, wie unangenehm ihm das war.

Ich schaue auf die Uhr. 10:03 Uhr und wir warten immer noch auf Nachzügler. Typisch!

Diesmal habe ich die Unterlagen persönlich bei Burkhard abgegeben, was Überwindung gekostet hat, nachdem er mich bei der Beförderung so eiskalt hat abblitzen lassen. Abgerackert habe ich mich gut zwei Jahre lang, bei allem Ja und Amen gesagt, und jede Sonderschicht habe ich übernommen. All die Einsätze, vor denen sich die anderen gedrückt haben, habe ich ohne Murren übernommen und dann, wenn es darauf ankommt, wird man einfach abgewiesen. Und nicht nur das, ich durfte dabei zusehen, wie ein Faulpelz und Nichtskönner den mir zustehenden Platz bekam.

Aber egal, habe ich mir bei der Bewerbung um die Rolle beim Dreh mit Hinnerk gesagt. Die Chance, endlich zeigen zu können, was ich drauf habe, lasse ich mir deswegen nicht entgehen. Diesmal entscheidet auch nicht der Chef, was gut ist. Hinnerk und der Regisseur treffen die Auswahl, und sie machen einen durchaus weitsichtigeren Eindruck als unser selbstgefälliger Häuptling, der in ihrer Mitte thront, als sei er der Star.

»Sollen wir dann mal loslegen?«, fragt Hinnerk mit Blick auf die Uhr. Der Regisseur schaut Burkhard an, der wiederum nickt.

10:06 Uhr. Was heißt da ›mal loslegen‹? Mittlerweile könnten wir schon fast fertig sein.

Als Erstes ergreift – und das ist auch typisch – Burkhard das Wort, und zwar nicht zu kurz. Eine Menge Gesülze über unser Präsidium und wie toll hier alles läuft und weitere Selbstbeweihräucherungen, die mehr als peinlich sind.

Danach ist endlich der Regisseur Hannes Fischbach am Zug. Er erklärt, welche inhaltliche Ausrichtung ihm in seinem Film vorschwebt. Einen »überregionalen, bedeutungsschweren Regionalkrimi« nennt er ihn, von einer Machart, mit der man im Bundesvergleich ganz vorn rangieren dürfte. »Das Saarland ist stark im Kommen. Umso globaler unsere Welt wird, desto mehr wünscht man sich das Kleine zurück. Die Menschen stehen auf Individualität und Überschaubarkeit, das liegt in unseren Genen. Und Natur ist auch allen wichtig. Damit können wir punkten. Hinnerk ist gestern im Saarland eingetroffen und war ebenfalls hingerissen von der Atmosphäre hier.«

Beim Namen Hinnerk geht ein Raunen durch die Menge.

Welche Art von Polizist Herrn Fischbach denn bei der Wahl für die Statistenrolle vorgeschwebt habe, erkundigt sich der Chef.

»Jemand, der seinen Dienst überaus ernst nimmt. Ein Vollblut-Bulle sozusagen.«

Das Wort »Bulle« hört niemand von uns gern, es wird nochmals unruhig in den Reihen.

»Ich meinte, natürlich Beamter. Vollblut-Beamter, 'tschuldigung«, verbessert sich der Regisseur und redet schnell weiter. »Jemand, der ohne zu überlegen für eine gute Sache Kopf und Kragen riskieren würde. Logischerweise keinen Nullachtfünfzehn-Typen. An denen hat sich der Fernsehzuschauer schon lange sattgesehen. Die kantigen, ungewöhnlichen Charaktere sind beliebt. Gerne auch ein bisschen schräg.«

Das passt doch hundertprozentig auf mich, schließe ich aus dem, was der Fachmann sagt.

»Aber jetzt wollen wir es nicht zu spannend machen – auch wenn es um einen Krimi geht«, albert Burkhard herum. »Die Truppe kann es sicher kaum mehr erwarten. Eins muss ich allerdings noch vorab sagen: Niemand

sollte enttäuscht sein! Es sind 117 Bewerbungen eingegangen und jeder der Bewerber wäre für die Rolle geeignet gewesen – wirklich jeder. Aber es kann nur einer oder
eine werden. Die Entscheidung war nicht leicht …«

Sag es doch endlich, denke ich genervt. Ich kann mich
vor Nervosität kaum mehr auf dem Sitz halten. Das ist
meine Chance! »Wollen Sie den Namen vielleicht verkünden, Herr Schönemann?«

Hinnerk schaut überrascht, bisher hat er sich ziemlich
aus der Show herausgehalten. Dennoch nickt er. »Hm, ja
klar, mach ich.« Schönemann ist der Typ Mann, der nur
spricht, wenn er wirklich etwas zu sagen hat. Da sollte sich
manch einer eine Scheibe davon abschneiden. Kein großer Trommelwirbel und keine Effekthascherei. »Danke
an alle, die sich beworben haben«, fängt er an und kommt
gleich zum Punkt: »Unsere Wahl fiel auf …«

Ich schließe die Augen und halte den Atem an. Die
Vorstellung, Hinnerk gleich die Hand zu reichen, zerrt
an meinen Nerven. Ich habe wohl so etwas wie Lam-
penfieber.

»… Mira Jablonska«, schließt Schönemann seinen Satz
ab.

Was? Das ist unmöglich! Ich recke den Hals, um die
Unterlagen auf dem Tisch zu sehen. Ist da auf dem Stapel
auch wirklich meine Mappe dabei?

Um mich herum klatscht man. Nicht sehr begeistert,
verständlicherweise. Die Wahl ist schließlich kein bisschen nachvollziehbar. Die Jablonska! Die hat nichts von
dem, was der Regisseur eben aufgezählt hat. Die ist einfach nur blass und langweilig – wo sind da die angespro-
chenen Ecken und Kanten? Und von Tiefgang kann bei
der gewiss keine Rede sein.

Die falsche Schlange tut so, als wäre sie überrascht, und hält sich beide Hände vors Gesicht. Eine miese, ganz und gar durchschaubare Show ist das. Dabei war das doch alles insgeheim geplant. Wieder will man uns vormachen, dass die Wahl nach fairen Regeln abläuft, obwohl jegliche Rechtschaffenheit seit Jahren untergraben wird.

Mira Jablonska stolziert nach vorn. Ekelhaft, diese Freude in ihrem Gesicht. Wer weiß, was sie dem Chef versprochen hat, um neben Hinnerk spielen zu dürfen. Dort, wo eigentlich ich meinen Auftritt haben sollte.

»Übrigens gibt es noch eine kleine Überraschung. Frau Jablonska wird uns gleich zum Drehort begleiten. Das Set ist schon aufgebaut und wir legen sofort los«, verkündet der Regisseur, der nun der Jablonska die Hand reicht und ihr auf die Schulter klopft. Was für ein Schauspiel!

Während die anderen vom Präsidium die miese Show weiter mitspielen, stehe ich auf. Ich hab genug gesehen und weiß, was zu tun ist. Das wird denen noch leidtun.

KEINE ZEIT

Günther, der Dackel

Trainingsgelände der Polizeihundestaffel, Bexbach, 13. August um 11:58 Uhr

»Menno, Chris! Ich kann jetzt leider ganz und gar nicht. Mist!«, sagt Toni mit einem Blick auf ihr vibrierendes Handy, als sie mir in Bexbach am Parkplatz den Kofferraum öffnet. »Verdammt blöd, aber ich ruf ihn nachher an, wir sind sowieso schon spät dran und ich will nichts verpassen.« Sie schiebt ihr Handy zurück in die Innentasche ihrer Polizeijacke. »Jetzt wird erst einmal trainiert, und du kommst an die Leine, damit du nichts anstellst.«

Super, sage ich mir. Gerade eben habe ich zum x-ten Mal Maximalleistung abgeliefert und all die Indizien zusammengesammelt, für die Miss Superschlau wahrscheinlich Tage gebraucht hätte, und was ist der Dank für diese Mühen? Staubiges Trockenfutter zum Mittagessen und nun werde ich obendrein noch wie ein Häftling behandelt. Warum gibt es für Polizeihunde keine Gewerkschaft, frage ich mich, da werde ich auch schon wie Ben Hur beim Wagenrennen an der Leine hinterhergezerrt.

Auf dem Trainingsplatz wartet die nächste Heimsuchung auf mich: die van der Pütten. Heute mit Iron Maiden und Dreiviertel-Camouflage-Hose geschmückt.

»Na wenigstens einer«, sagt sie kaugummikauend. Möglicherweise ist es auch Kautabak, das würde zu ihrer Gesamtinszenierung viel besser passen. »Aber vielleicht gar nicht schlecht. Einzeltraining kann dat Hundje gut gebrauchen. Dat mit dem Klicker müssen wir unbedingt üben.«

Oh Welt, habe Nachsicht mit einem so kleinen, unschuldigen Hund wie mir, denke ich da nur, und tatsächlich hat das Schicksal Gnade. Ich höre Bellen. Wenn mich nicht alles täuscht, rückt das Monster in der Sekunde an. Ich wende meinen Kopf um, und ja! Noch nie habe ich mich so sehr gefreut, diesen Dannhäuser mit seinem verqueren Rottweilerrüden zu sehen.

»Tach«, sagt Dannhäuser ungewöhnlich einsilbig. Sein Kampfkoloss ist besser gelaunt. Er begrüßt mich mit einem Schmatzer und leckt mir mit seiner langen Zunge übers Gesicht. Super, denke ich. So viel Liebe habe ich mir von ihm gar nicht verdient.

»Und? Wie war es mit dem Regisseur? Das war doch eben«, fragt Toni neugierig. »Hast du die Rolle?«

»Ne, die waren eher auf der Suche nach einem Polizisten Typ Warmduscher. Oder besser gesagt Warmduscherin.«

»Aha. Na ja. Das hat dann auf dich wohl nicht so gepasst.« Toni muss sich offenbar ein Grinsen verkneifen.

»Exakt.« Dannhäuser tut alles dafür, beherrscht zu wirken. Aber die Enttäuschung ist ihm deutlich anzumerken. Hoffentlich bricht er nicht gleich in Tränen aus, überlege ich. Das wäre mir eine Nummer zu viel, da könnte ich meine Schadenfreude gar nicht mehr richtig genießen.

»Wer ist es denn geworden?«

»Mira.«

»Oh, super.«

»Hm. Vielleicht spielte da die Frauenquote eine Rolle. Das muss man ja bei einem Film heute ebenfalls im Blick haben.«

Toni verzieht den Mund. »So ein Quatsch. Das glaube ich nicht. Möglicherweise war Mira einfach die richtige …«

Erneut hören wir ein Bellen. Meine Herzdame, hoffe ich, doch ich werde enttäuscht. Es sind Olea und Bernd. Die Erstere ist nicht so mein Typ.

»Habt ihr es schon gehört?«, fragt er beim Näherkommen.

»Das mit Mira?« Toni nickt. »Ja. Gerade eben.«

»Typisch Frauenquo…«

»Ich würd's nicht laut aussprechen«, warnt diesmal die van der Pütten und baut sich vor Bernd auf. Iron Maiden wird noch ein Stück größer. Eingeschüchtert tritt Bernd einen Schritt zurück.

»Da können wir ja gleich gratulieren.« Toni hält in Richtung Eingangspforte Ausschau.

»Nö, gleich auf gar keinen Fall«, klärt Dannhäuser sie auf. »Der Regisseur hat Mira direkt zum Set mitgenommen.«

»Ja«, stimmt ihm Bernd zu. »Die fangen sofort an zu drehen. Komisch, das ging alles so schnell. Irgendwie hatte ich das Gefühl, das war ein abgekartetes Spiel. Die Mira steht beim Chef ja bekanntlich gut da.«

»Haben die gesagt, wo der Dreh ist?« Toni hat schon wieder Puls, das ist nicht zu übersehen. Diesmal habe ich volles Verständnis dafür, denn wenn die Jablonska Mister Surprise ist, wer weiß, was sie jetzt am Drehort anstellt. Ein Attentat während eines Films, das wäre Mister Surprise durchaus zuzutrauen. Je öffentlichkeitswirksamer, desto mehr Spaß scheint es ihm, oder besser gesagt ihr, zu machen.

Dannhäuser, der wie ein Häufchen Elend wirkt, atmet geräuschvoll aus. »Och, keine Ahnung. Ich bin gleich raus aus dem Saal, ich hatte genug von dieser ollen Show.«

Bernd allerdings weiß wie üblich mehr. »Wenn ich mich richtig erinnere, wollten die zuerst zu dieser Geisterbrücke … Ach, wie heißt die noch?«

»Du meinst die vierspurige Brücke in St. Arnual? Die, die nie für den Verkehr in Betrieb genommen wurde?«

»Ja, genau die, Toni.« Bernd nickt. »Jetzt weiß ich es wieder: Die So-da-Brigg.«

»Stimmt, so nennt man die. Danke, Bernd. Ich muss leider los! Ein Einsatz.« Toni ist schon auf dem Weg Richtung Ausgang, als sie das sagt, und zerrt mich hinterher. Dabei laufe ich so schnell, wie meine Füße mich tragen.

»He, warte.« Dannhäuser wird plötzlich munter und verfolgt uns. »Ich komm mit! Was auch immer das für ein Einsatz ist, es ist auf jeden Fall besser, ihn zu zweit anzugehen.«

Der Bursche ist sogar zu beschränkt zum Zählen. Wir sind zu zweit, und wenn wir eins nicht brauchen, dann diesen Dannhäuser in unserem Team. Nimm den bloß nicht mit, beschwöre ich Toni in Gedanken.

»Nein, ist schon okay. Ich fahr besser allein. Ist keine große Sache.«

»Das hat vor ein paar Sekunden aber anders gewirkt. Du bist ganz blass geworden, als Bernd das von Mira erzählt hat. Ich geh Yoshi einsammeln und komm mit, keine Widerrede.« Das ist kein Angebot, sondern eine Drohung.

»Ne, echt. Ist wirklich nicht nötig.« Toni versucht es weiter, aber Dannhäuser ist wie eine Klette. Der heftet sich fest und dann schüttelt man ihn nicht mehr so einfach ab.

»Steig schon mal ein, wir fahren mit meinem Auto, das ist größer und schneller«, ordnet er an und öffnet die Türen und die Heckklappe. »Bin sofort da.«

Hä? Ist er jetzt der Chef dieser Mission, frage ich mich angesäuert.

»Von mir aus«, gibt Toni letzten Endes nach und hebt mich in den Kofferraum.

Ob das wirklich eine gute Idee ist?

Es dauert nicht mal zwei Minuten, da hocke ich auch schon mit Yoshi, dem Speichelgroßproduzenten, zu zweit in einer Transportbox. »Das passt, der Yoshi hat schließlich kein Gramm Fett zu viel und Günther muss eben mal den Bauch einziehen«, hat der Einfaltspinsel Dannhäuser diese Doppelbelegung begründet, und ich frage mich, was diese Anspielung mal wieder sollte? Hat etwa nur Yoshi Idealfigur? Dieses Präsidium braucht ganz dringend einen Hundebeauftragten, die Zustände für Tiere sind haarsträubend.

Wäre ich doch am Morgen geflüchtet, denke ich mit Blick durch das Gitterfenster. Traurig lege ich den Kopf auf meinen Pfoten ab. Yoshi macht es mir gleich. Warum auch immer, der Typ hat einen Narren an mir gefressen. Damit habe ich immerhin eine gute Eigenschaft an dem Monster entdeckt: Es hat Geschmack.

Mitten in meine Gedanken hinein beginnt Dannhäuser im Fahrerraum, Toni über unseren Fall auszufragen. »Was ist denn mit Mira, dass du da plötzlich so dringend hinmusst?«

»Ich muss sie nur unbedingt etwas fragen.« Dass Toni sich möglichst vage äußert und nicht mehr verraten will, ist nicht zu überhören. Zumindest für jemanden, der Feingefühl besitzt.

Und das gilt nicht für unser neues Anhängsel Dannhäuser. »Und was willst du sie genau fragen? Hat das mit Wolfgangs Ausfall zu tun oder mit der Sache beim Fest neulich an der Saar?«

Ganz so einfältig wie angenommen ist der Kerl gar nicht. Ich bin gespannt, was Toni antwortet.

»Kann sein. Ich kann, oder besser gesagt, ich darf nicht darüber reden.«

»Ah so.«

Die beiden schweigen. Allerdings nicht lange.

»Mister Surprise spielt bei dem Ganzen aber keine Rolle, oder?« Der Hammer! Er gibt nicht auf.

»Keine Ahnung. Der Anschlag in Dagstuhl an der Burg ist schon mehr als ein Jahr her. Da sehe ich keinen Zusammenhang. Aber wer weiß. Sicher kann man sich da nicht sein.«

Es ist fast wie ein Verhör, was sich dort vorne abspielt. »Ausschließen kann man es jedenfalls nicht, oder? Ist komisch, was in der letzten Woche so alles passiert ist. Erst der Flyboardfahrer, dann wird plötzlich Wolfgang krank und schließlich dieser Sabotageakt bei der Getränkeausgabe auf dem B2Run in Dillingen.«

»Hm, stimmt. Ganz schön viel für eine Woche.«

»Was, wenn Mister Surprise jemand von der Polizei ist? Das habe ich mich schon öfter gefragt. Ich bin das im Kopf immer wieder durchgegangen, der Ablauf in Dagstuhl war doch seltsam. Dass Mister Surprise einfach so spurlos weg war.«

Oha, jetzt spitze ich die Ohren. Das Gedankenspiel von Dannhäuser ist für meinen Geschmack einen Hauch zu raffiniert.

Wir haben St. Arnual erreicht und sind kurz vor der Autobahnunterführung, die zur Brücke führt. »Das sieht gut aus! Da drüben die beiden weißen Vans, die scheinen von der Filmcrew zu sein. Kannst du gleich dort parken?«

»Klar.« Dannhäuser hat den Wagen noch gar nicht richtig gestoppt, da öffnet Toni schon die Beifahrertür. »Ich muss mich beeilen, bringst du Günther mit?«

Na super. Begeistert stellt Yoshi die Ohren auf Empfang und klopft mit seinem Schwanz auf die alte Decke in unserem Gefängnis. Nun muss ich auch noch mit dem Sabbermonster zusammen an der Leine laufen. Warum unbedingt jetzt, wo es so spannend wird und sich der Showdown ankündigt?

Als wir kurze Zeit später an der Unterführung ankommen, machen wir mitten im Tunnel eine Straßensperre aus und noch dazu die Konturen von jemandem, der davorsteht und wild gestikuliert. Den Bewegungen nach kann das nur Toni sein. Anscheinend will man sie nicht zu Mira lassen. Neben ihr harrt eine Ansammlung von Menschen aus, die, soweit ich das im Halbdunkel des Tunnels erkenne, aus etwa 20 Frauen besteht.

»Jetzt hören Sie mir mal zu, ich bin von der Polizei«, redet Toni auf einen Mann auf der anderen Seite der Barrikade ein. »Sogar von der Kriminalpolizei. Wenn Sie mir den Zugang verwehren, kann das eine Menge Ärger für Sie bedeuten.«

Der dunkel gekleidete Hüne, der eine verspiegelte Sonnenbrille auf dem Kopf trägt, kaut unbeeindruckt auf seinem Kaugummi herum. In aller Ruhe verschränkt er seine Arme vor der Brust und dreht sich demonstrativ weg. Er scheint keine Lust auf Diskussionen zu haben.

»Klar, Puppe. Und ich bin von der Times und habe gleich ein Exklusivinterview mit dem Hinnerk«, äfft eine der Frauen aus der Gruppe Toni nach. »Da musst du dir schon was Besseres einfallen lassen. Solange da gedreht wird, sind wir Fans nicht erwünscht.«

»Überlegen Sie sich sehr gut, was Sie da sagen«, warnt Toni die Dame. Ihre Nerven liegen blank. Das höre ich an ihrer Stimme und ich verstehe sie gut – wir verlieren wertvolle Zeit.

»Ach«, sagt die andere trotzig. »Wenn du von den Bullen bist, wo ist dann dein Ausweis? Den müsstest du doch bei dir haben.«

Toni schluckt. Ihre Papiere liegen im Audi, schätze ich.

»Den habe ich!« Wenigstens einmal ist der Dannhäuser für etwas gut. Auch wir haben einen Schrank von Mann an unserer Seite und der ist, zumindest rein optisch, so imposant, dass sich uns der Aufpasser wieder zuwendet. Nicht mehr ganz so prahlerisch schaut er sich den hingehaltenen Dienstausweis an. »Oh, SEK? Liegt etwas Besonderes vor?«, will der Riese von unserem Dannhäuser wissen.

»Das entscheiden wir dann.« Wow, der Satz ist echt cool. Ich sage es wirklich nicht gern, doch gegenwärtig macht es riesigen Spaß, so ein Muskelpaket bei sich zu haben.

Der Aufpasser löst die Verschränkung seiner Arme und schiebt die Absperrung zurück, um uns durchzulassen. »Aber bitte leise sein.« Er hebt den Finger vor den Mund. »Die befinden sich mitten im Dreh.«

»Und wieso darf die jetzt mit? Die hat doch gar keine Papiere«, zetert das Ungeheuer aus der Fangruppe los, das der Optik nach für diesen Tag mit Hinnerk eine überreichliche Menge an Make-up und Haarspray benutzt hat.

»Einfach mal die Klappe halten!«, gibt ihm Dannhäuser zur Antwort. Was das Thema Lässigkeit angeht, hat er mich überzeugt. Nicht übel, die Jungs vom SEK. Zumindest für so eine Aktion.

Das scheint auch Toni zu beeindrucken. »Danke!«, sagt sie und nimmt wieder Tempo auf. Wir drei Jungs hinterher. Ich fühle mich so wie diese unbezwingbaren Marvel-Helden aus den Blockbustern. Dannhäuser ist eindeutig unser Hulk. Auch wenn er nicht grün wird – man sollte ihn besser nicht reizen.

IMMER NOCH KEINE ZEIT

Antonia Kuppertz

St. Arnualer Brücke, Saarbrücken, 13. August um 12:52 Uhr

»Das ist bestimmt Chris«, rede ich leise mit mir selbst, als ich das Handy aus meiner Jackentasche hervornehme und es wieder verstummt. Ich drücke auf Rückruf.

»Chris, ich habe im Augenblick gar keine Zeit. Ich suche Mira«, rede ich los, noch bevor er »Hallo« sagen kann.

»Wegen Mira rufe ich an. Ich muss dir was erzählen.«

»Dann bitte schnell«, dränge ich. »Wir sind gerade am Filmset angekommen.« Ich winke Dannhäuser zu und deute mit einem Fingerzeig auf mein Smartphone an, dass es noch einen Augenblick dauert.

»Wieso am Filmset? Ich dachte, du gehst zum Hundetraining.«

»Planänderung. Jetzt sag schon, was so wichtig ist.«

»Okay. Ich beeil mich«, erwidert Chris. »Zuerst einmal: Mira ist auf keinen Fall Mister Surprise. Damit haben wir falschgelegen. Die Schäferhundhaare in eurem Büro, die sind durch Eliza dort hingekommen.«

»Eliza hat doch gar keinen Hund. Das wüsste ich.«

»Eliza nicht, Mira allerdings schon. Bitte behalte es für dich, aber die zwei sind ein Paar. Seit einem halben Jahr, da hat es übers Internet gefunkt, und sie haben erst später festgestellt, dass beide mal den gleichen Arbeitgeber hatten. Eine längere Geschichte, jedenfalls hat sich Mira deswegen zurück ins Saarland versetzen lassen. Davon soll niemand auf der Wache erfahren. Samstag waren die zwei zusammen im Kino. Das heißt, den Anschlag an der Saar kann Mira nicht verübt haben. Und auch für die anderen Tage hat ihr Eliza ein Alibi gegeben.«

»Oh«, sage ich überrascht. Die ganze Hektik war völlig umsonst. »Das ändert natürlich so einiges.« Ich versuche, meine Gedanken neu zu ordnen. Wenn es Mira nicht war, bleiben nicht mehr viele Verdächtige. Ich mustere Dannhäuser, der mit den beiden Hunden an der Leine neben mir steht. Damit sind nur noch er und Bernd als potenzielle Täter im Spiel.

»Es gibt etwas Weiteres, das du wissen solltest. Eine nicht so erfreuliche Nachricht«, warnt mich Chris vor.

Bei dieser Ankündigung ahne ich schon, um wen es sich handeln dürfte. »Mister Surprise?«, frage ich nur.

»Genau.«

»Oha.« Ich trau mich kaum, die Worte auszusprechen: »Was hat er getan? Er war nicht etwa bei Wolfgang?«

»Nein, keine Sorge«, beruhigt mich Chris sofort. »Mit ihm ist alles in Ordnung. Wir haben eben noch telefoniert. Aber Mister Surprise hat einen Zettel am schwarzen Brett hinterlassen. Kurz nach der Ankündigung, dass Mira die Rolle beim Saarkrimi bekommen hat.«

»Was hat er geschrieben?«

»Nichts Konkretes, das macht es ehrlich gesagt nicht besser. Moment, ich lese es dir vor: ›BUMM – UND DER GERECHTIGKEIT IST GENUEGE GETAN‹.«

Ich blase meine Backen auf. »Zumindest ist es so konkret, dass man sich denken kann, mit welchen Mitteln er arbeiten möchte. Das hört sich nach Sprengstoff an. Wäre schließlich nicht das erste Mal.« Ich überlege. »Weißt du was, Chris? Ich rede jetzt trotzdem kurz mit Mira und danach komme ich zu dir. Auf jeden Fall solltest du den Wachposten bei Wolfgang informieren. Vielleicht schickst du sogar noch jemanden dazu. Die sollen unbedingt Augen und Ohren offen halten und niemand zu Wolfgang reinlassen.«

»Ich kümmere mich darum. Und du sei auf der Hut.«

»Immer! Also bis gleich.« Ich lege auf.

»Alles gut?«, erkundigt sich Dannhäuser. »Willst du mir nicht endlich sagen, was hier los ist? Hat es irgendwas mit Wolfgang zu tun?«

»Jetzt ist es ganz schlecht«, wimmle ich ihn ab. »Echt! Ich erkläre es dir später. Ich muss zuerst zu Mira.«

Gemeinsam erreichen wir das Set, das die Filmcrew vor der Brücke aufgebaut hat. Überall Kabel und Gerüste. Kameramänner, Beleuchter, Tontechniker laufen kreuz und quer. Ein einziges Gewimmel. Mira entdecke ich nirgendwo.

»Wissen Sie vielleicht, wo wir Mira Jablonska finden?«, frage ich eine junge Frau, die mit einem Klemmbrett unter dem Arm und zwei Kaffeetassen in der Hand an uns vorbeiläuft.

»Nein. Tut mir leid.« Sie schüttelt den Kopf. »Ich bin nur eine Praktikantin.«

»Sie spielt eine Polizistin. Und ist es auch in echt«, hake ich trotzdem nach.

»Ach, das ist bestimmt die Neue mit den kurzen Haaren.«

»Genau, das dürfte sie sein.«

»Mit der wird gleich die Verfolgungsszene gedreht. Vielleicht fragen Sie am besten den Regisseur, der ist da vorne.« Sie weist in Richtung eines etwa 60-jährigen Mannes, der trotz seiner spärlichen Haarpracht eine Langhaarfrisur trägt, die ihm recht wild vom Kopf absteht. Er wird von mehreren Personen umringt und gestikuliert hitzköpfig. »Das ist Hannes Fischbach, aber ich weiß nicht, ob es jetzt nicht ungünstig ist.«

»Danke sehr. Ich versuche mal mein Glück.«

Wir drängen uns zu der Gruppe durch. In der Sekunde schiebt sich der Regisseur ein Paar Kopfhörer auf die Ohren. Alle, er eingeschlossen, blicken auf einen kleinen Bildschirm, auf den anscheinend die Kamerabilder übertragen werden.

»Das Szenenbild ist brillant«, murmelt der Regisseur.

»Herr Fischbach.« Er hört mich nicht. Ich versuche es lauter. »Herr Fischbach, eine Sekunde bitte.«

»Ton läuft«, ruft da eine Frau von weiter vorn. Kurz darauf »Kamera ab« und zuletzt mit einer abfallenden Handbewegung »Und bitte!«

»Herr Fischbach!«

»Pst, sind Sie irre? Wir sind mitten im Dreh«, ermahnt mich einer der Umherstehenden.

In diesem Moment tritt etwa 150 Meter von uns entfernt jemand auf die alte Bogenbrücke über der Saar. Zwei Filmkameras sind auf den blonden Mann mit den kurzen Haaren und der braunen Lederjacke gerichtet.

»Wow, der Hinnerk«, flüstert Dannhäuser, der hinter mir steht. »Wahnsinn. Wie der spielt.«

Nun gesellt sich ein zweiter Mann im dunklen Anzug dazu. Es folgt ein kurzer Dialog. Von Mira weit und breit keine Spur. Anscheinend gibt es einen Konflikt. Der Mann im Anzug wird handgreiflich. Vor unseren Augen spielt sich ein Gerangel ab. Hinnerk steckt einige Schläge ein, prallt gegen das Brückengeländer und rutscht zu Boden. Dann gewinnt er doch wieder die Oberhand und der andere muss ein paar Treffer in Kauf nehmen.

Mit einem Mal ertönen Sirenen. Ein Polizeiwagen nähert sich auf einem der Radfahrwege von den St. Arnualer Wiesen, und das nicht gerade langsam. Ich kneife die Augen zusammen, um zu sehen, wer am Steuer sitzt.

»Macht die Kleine wie ein Profi, habe ich mir doch gedacht«, sagt Fischbach leise und mit einem selbstverliebten Lächeln. »Das erkenne ich sofort. Die ist ein Naturtalent.«

»Na ja«, urteilt Dannhäuser neben mir – nicht ganz so leise.

»So, jetzt bremsen, genau da, noch vor der Brücke, wie wir es abgesprochen haben«, redet Fischbach vor sich hin und nickt. »Klasse, echt einmalig. Wenn das so weitergeht, braucht es nur einen Take. So, Mädchen, warte noch einen Augenblick und dann langsam aussteigen. Gleich kommt die Explosion.«

Explosion! Das Wort lässt mich hellhörig werden.

»Stoppen Sie alles sofort!« Diesmal bin ich so laut, dass der Regisseur trotz seiner aufgesetzten Kopfhörer hochschreckt. Mit empört blitzenden Augen dreht er sich zu mir um.

»Was machen die Fremden hier am Set? Wer hat die reingelassen?«, schnauzt er die Mitarbeiter um sich herum an. »Wie oft habe ich schon gesagt: Keine Zuschauer beim Actiondreh? Wisst ihr, was der ganze Spaß hier kostet? Das können wir nicht fünfmal nachstellen. Dafür ist unser Budget viel zu …«

»Wir sind keine Fremden – wir sind die Profis«, blafft Dannhäuser im gleichen Ton zurück. Dabei hält er seinen Dienstausweis in die Höhe. »Wenn Frau Kuppertz ›Stopp‹ sagt, dann heißt das sofort anhalten, sonst haben Sie es zu verantworten, falls etwas geschieht. Ich hoffe, Sie haben einen guten Anwalt.«

Ich muss zugeben, zum ersten Mal finde ich Gefallen daran, so einen Muskelprotz an meiner Seite zu haben. Es ist beeindruckend zu beobachten, dass der Regisseur von einer Sekunde zur nächsten recht kleinlaut wird. »Stoppen, das sagen Sie so. So einfach ist das nicht.«

»Dann sorgen Sie dafür, dass es einfach ist. Wir wollen Mira Jablonska hier sehen. Und zwar augenblicklich.« Diesmal spreche ich in der gleichen forschen Weise wie Dannhäuser. Das macht Spaß, stelle ich fest, und es zeigt obendrein Wirkung.

»Also gut«, gibt Fischbach klein bei. »Schnitt! Sagt dem Mädel von der Polizei, es soll aussteigen und herkommen. Und zwar flott. Wir haben heute noch einiges zu erledigen.«

Eine der Assistentinnen spricht in ihr Headset: »Könnt ihr bitte die Polizistin, diese Mira Jablonska, zu uns schicken?« Sie wartet. »Ja, genau. Das ist die echte Beamtin. Die, die im Wagen sitzt.«

In der Ferne tritt jemand an die Fahrertür des Polizeiautos heran und öffnet diese. Beziehungsweise die Person versucht es. Anscheinend klemmt die Tür. Da sich nichts tut, nähern sich nun auch Hinnerk und der Mann im schwarzen Anzug, um zu helfen. Mira selbst gibt im Innern ihr Bestes und hämmert gegen die Tür.

Nichts. Sie sitzt fest.

»Ich hab kein gutes Gefühl«, murmle ich.

»Was ist los?«, fragt mich Dannhäuser.

»Das ist ein bisschen wie in …«

»… Dagstuhl«, vervollständigt mein Begleiter den Satz. Es braucht kein weiteres Wort. Im selben Moment laufen wir beide los.

»Alle in Deckung!« Ich dränge mich zwischen den Leuten durch. »Bringen Sie sich in Sicherheit, sofort!«

Wir stürmen zum Drehplatz auf der Brücke. Die Hunde verfolgen uns bellend.

»Bleib du da!«, ruft Dannhäuser mir mitten im Lauf zu. Er hat einen enormen Vorsprung. Bei dem Tempo, das er vorlegt, habe sogar ich als ehemalige Leichtathletin kaum Chance mitzuhalten.

»Vergiss es!« Auch wenn es schwerfällt, ich leg noch einen Zahn zu.

Dannhäuser erreicht die Schauspieler und drängt sie zu gehen. »Los, weg da! Ihr seid in Gefahr.«

Er umfasst mit beiden Händen den Türgriff und lehnt sich nach hinten. Aber selbst seine Kräfte reichen nicht aus. Mittlerweile habe ich ihn erreicht.

»Wir zertrümmern die Beifahrerscheibe. In Deckung, Mira!« Ich greife mir einen großen Stein vom Boden und schlage auf die Scheibe ein. Es braucht einige Hiebe, bis sie endlich zu splittern beginnt. Erschrocken hält sich Mira die Hände vors Gesicht.

»Los, raus da!« Dannhäuser schlägt mit seinen Ellenbogen die Splitterreste der Scheibe aus der Verkleidung und greift ins Innere, um Mira zu erreichen. An den Armen zieht er sie nach draußen. Ich schnappe mir die Beine, als diese herausgleiten.

Mira reibt sich das Knie, nachdem wir sie losgelassen haben. »Autsch. Mist, mein Knöchel. Ich bin mit voller Wucht gegen das Lenkrad gedonnert. Tut verdammt weh.«

Wir sollten, nein, wir müssen hier weg, geht mir durch den Kopf. »Mira, tut mir leid, aber für so etwas haben wir jetzt keine Zeit. Im Auto ist Dynamit, wenn mich nicht alles täuscht«, sage ich atemlos und zerre Mira mit mir.

Dannhäuser greift sie von der anderen Seite und stützt sie. »Los! Beeilen wir uns!«

Mein Herz pocht. Ich fühle mich, als säße mir der Teufel im Nacken. Keine Ahnung, in welchem Umkreis so eine Sprengung ihr Unheil anrichtet, das kommt natürlich auf die Menge des Dynamits an. Davon hatte Mister Surprise in der Vergangenheit jedenfalls mehr als genug. Wir sollten uns in Sicherheit bringen. So weit weg, wie es nur irgendwie geht.

Wir sind bereits einige Meter gelaufen, da höre ich hinter mir panisches Kläffen.

Ne, oder? Ich ahne schon, wer das ist, und wende mich um. »Oh, Günther, Mensch! Das darf doch nicht wahr sein!« Seine Leine hat sich im Geländer der Brücke verfangen, und wie es aussieht, schafft er es nicht, von allein freizukommen. Er bellt wie ein Irrer und springt immer wieder in die festgezurrte Leine. Die lange Zunge hängt ihm aus dem Hals.

Viel zu gefährlich, denke ich in der ersten Sekunde. Er ist nur ein Hund. Aber irgendwie, keine Ahnung, ob es pure Sentimentalität oder einfach Dummheit ist, kann ich es nicht – ich kann ihn nicht zurücklassen. »Bin gleich wieder bei euch. Ich muss Günther holen«, sage ich und mache Anstalten, Mira loszulassen.

»Vergiss es! Ich bin schneller als du«, argumentiert Dannhäuser. »Bring du Mira in Sicherheit. Dem Kleinen wird nichts passieren, versprochen!« Im nächsten Moment ist er schon auf und davon.

»He, warte«, rufe ich ihm hinterher, doch es ist sinnlos. Er wird sich nicht aufhalten lassen, das weiß ich, und wenn er jetzt unbedingt den Helden spielen will, muss sich jemand anders um Mira kümmern. Mir bleibt also keine Wahl.

»Los, weiter, schnell!«, fordere ich sie auf, während ich mich ein letztes Mal umwende. Jan-Alexander ist gleich bei Günther angekommen. Das verfluchte Auto ist höchstens vier oder fünf Meter von ihnen entfernt.

Hoffentlich geht das gut.

HILFE!

Günther, der Dackel

St. Arnualer Brücke, Saarbrücken, 13. August um 13:07 Uhr

Da ist man sich für keinen Einsatz zu schade, riskiert sein Leben, ohne groß mit der Wimper zu zucken, und einmal, nur ein einziges Mal, braucht man selbst Hilfe und wird dann vom eigenen Team im Stich gelassen. Ernüchternd ist das. Eben waren wir noch wie die Helden von den Marvel-Comics, und keine zehn Minuten später haben sich der Muskelprotz, Yoshi und meine Teamkameradin Toni aus dem Staub gemacht und mich meinem Schicksal überlassen. Ganz miese Performance.

Was muss ich auch in dieser Zwangsjacke für Hunde herumlaufen, ereifere ich mich. Diese olle Leine ist hier und heute mein Waterloo. Mister Surprise hat sein nächstes Opfer gefunden – und damit hat er jetzt freie Bahn im Saarland, denn wer soll ihn nun noch aufhalten?

Ich will mir die Welt gar nicht ohne mich vorstellen, sage ich mir mit großer Bitterkeit in meinem Herzen, während ich das Bellen aufgebe. Niemand wird mir zur Hilfe eilen. Ich werde Geschnetzeltes, genauso wie das Opfer von heute Morgen in der Baumschule – womöglich sogar in kleinformatiger Ausführung. Chris wird meine Überreste aufsammeln und dabei sicher so manche Träne vergießen, denn ein guter Freund ist von ihm gegangen. Der Gedanke ist ein Trost, wenigstens er wird mich vermissen. Ich schließe die Augen, ich will nicht sehen, wie ich sterbe.

»Was machst du denn für Sachen?«, zischt mit einem Mal jemand neben meinen Ohren.

Ich öffne die Augen. Es hat gar nicht wehgetan. Vielleicht ist dies schon die Nachwelt. Ich wurde wiedergeboren.

Oh, wundere ich mich, als ich erkenne, wer vor mir steht. Gerade frischgeboren und das Erste, was man zu Gesicht bekommt, ist dieser SEKler. So habe ich mir das Paradies nicht vorgestellt.

»Jetzt nix wie weg.« Dannhäuser löst mit fahrigen Fingern den Haken der Leine von meinem Halsband und hebt mich hoch. Er rennt los. Kaum zu glauben, was für eine Beschleunigung der Bursche hat. Von null auf mindestens 40 Sachen in höchstens zwei, drei Sekunden.

Doch das kann uns vor dem Unheil nicht bewahren. Wenn so eine Szene im Fernsehen zu sehen war, habe ich mich immer gefragt, wie sich eine Druckwelle wohl anfühlt. Wie eine Woge im Wasser, die auf den eigenen Körper trifft, war meine Vorstellung. Die Annahme war gar nicht so abwegig. Was die Intensität angeht, habe ich mich allerdings verschätzt. Außerdem landet man auf Wasser aus geringer Höhe meist weich, was auf dem Land nur in den wenigsten Fällen zutrifft.

Aber ein Erlebnis, wenn auch nicht der schönsten Art, ist dieser Augenblick trotzdem. Um uns herum erheben sich innerhalb von Millisekunden Steine, Äste, Sand und alles, was nicht niet- und nagelfest ist, in die Höhe. Kreuz und quer fliegt diese Masse durch die Luft. Es klirrt, donnert, scheppert – die Geräuschkulisse ist schier unendlich und hat nur eins gemein: Es ist verdammt laut. Wir – Dannhäuser und ich – sind Teil dieses Konglomerats, das neu durchmengt wird. Die einzige sichere Verbindung bleiben dabei wir zwei, denn mein Retter lässt mich nicht los. Obwohl die Welle an mir zieht und zerrt. Seine Hände liegen schützend um meinen Körper. Nachdem die Woge über uns hinweggezogen ist, wird das gesamte Gemisch, von einem Moment auf den nächsten, wieder der normalen Weltordnung übergeben. Das heißt, es geht abwärts in Richtung Erde, und ich befürchte, Dannhäuser wird mit seinem gesamten Gewicht auf mir landen. Das wäre mein Ende. Zerquetscht ist rein optisch fast noch schlimmer als zerstückelt, überlege ich mir, da dreht sich der Teufelskerl in der Luft. Ich weiß nicht, was das Knirschen in dem Moment zu bedeuten hat, als wir den Boden berühren. Eins ist zweifelsfrei: nichts Gutes.

Jetzt laufen eine Menge Menschen auf uns zu. Unzählige. Toni vorneweg. Als sie vor uns stoppt, hält sie sich beide Hände an die Stirn und schüttelt den Kopf. Entsetzen steht in ihren Augen. Sie sagt etwas. Ihr Mund ist weit geöffnet, ich glaube, sie schreit. Aber jemand hat bei mir den Ton ausgeschaltet, ich kann nichts hören. Außer ein Rauschen, das um vieles lauter ist als alles, was außerhalb meines Kopfes passiert.

Die Welt um mich herum erlebe ich wie in einer Diashow. Eine Aneinanderreihung von Bildern. Yoshi, der vor dem Körper seines Herrchens steht und ihn mit der Nase anstupst. Toni, der die Tränen über das Gesicht laufen – weinend habe ich sie noch nie gesehen. Kurz darauf ein Bild mit zwei Sanitätern. Eins mit einem Polizeibeamten. Sekunden später erscheint der Kopf von Hinnerk

Schönemann. Zu blöd, den hätte ich sehr gern kennengelernt. Eine Doppelrolle, er und ich in einem Krimi. Das
hätte eine echte Erfolgsgeschichte werden können. War
das eben auf der linken Seite eigentlich Fiedler, wundere
ich mich. Dann ist vielleicht auch Blues hier, schwirrt es
mir durch den Kopf.

Das allerletzte Bild in der Reihe von vielen ist tatsächlich die hübsche Weimeranerin. Ihr meeresblauer Blick
erscheint mir traurig. Er ist nur auf mich gerichtet. Vielleicht ist es doch schon das Paradies, kommt es mir in den
Sinn, als es plötzlich schwarz vor meinen Augen wird.

ICH KANN DICH MITNEHMEN

Antonia Kuppertz

St. Arnualer Brücke, Saarbrücken, 13. August um 13:32 Uhr

»Jan-Alexander? He du, hörst du mich? Bitte sag was.«
Er rührt sich nicht. »Wo bleibt der Notarzt? Wieso ist er
noch nicht da?«, schreie ich den Sanitäter und seine Kollegin an, die anscheinend routinemäßig bei Actionaufnah-
men vor Ort sind. »Wieso dauert das so lange? Die Win-
terbergkliniken sind doch gleich um die Ecke.«

»Keine Sorge, der Notarzt kommt jede Minute«, wie-
derholt der Sani in einer so monotonen Tonlage, dass es
mich aggressiv macht. Sehen die nicht, wie schlecht es meinem Partner geht?

»Was heißt hier jede Minute? Wir brauchen sofort
jemanden.« Meine Stimme überschlägt sich.

»Wir kümmern uns. Bitte setzen Sie sich dort hinten auf
die Bordsteinkante und lassen Sie uns unsere Arbeit erledigen«, mischt sich nun die Sanitäterin ein. Ihre Stimme
hat etwas Bestimmendes. Das tut mir gut. Als ich sitze,
legt sie mir kurz ihre Hand auf die Schulter und schaut
mir ernst in die Augen. »Sie halten jetzt bitte den Hund
und bleiben ruhig. Wir tun, was wir können, das verspreche ich Ihnen. In Ordnung?«

Ich nicke mechanisch. Ich mache, was sie mir aufgetragen hat. Sie legt mir Günther in meine Arme.

»He, Junge. Alles okay mit dir?«, murmele ich dem Fellbündel zu. Der Kleine hat die Augen geschlossen. »Güntherlein, bleib bei mir, lass mich bloß nicht im Stich. Ich brauche dich.« Ich streiche behutsam über sein kurzes Fell und seine weichen Ohren, während ich dabei zusehe, wie die Sanitäter Jan-Alexander behandeln.

Was um mich herum geschieht, ist wie eine Diashow. Wie eine Aneinanderreihung von Bildern. So als wäre ich gar nicht wirklich mit dabei. Irgendwer hat anscheinend die Kollegen von der Polizei verständigt. Da ist Elias Fiedler. Er sperrt das Areal ab. Ein paar Meter hinter ihm läuft seine Hündin. Alles klar, denke ich, mit etwas Glück finden sie Mister Surprise. Er kann nicht weit weg sein. Jetzt trifft der Krankenwagen ein. Ein Mann mit Vollbart steigt aus. Ich kenne ihn. Es ist der Arzt, der Wolfgang behandelt hat. Sehr gut. Die werden Jan-Alexander wieder zusammenflicken. Die Rettungssanitäter laden ihn auf die Trage. Jemand legt ihm eine Infusion an. Jan-Alexander ist körperlich fit und er ist noch jung, der steckt das weg. Hundertpro.

Eigentlich sollte ich dort liegen. Ich hätte Günther befreien müssen, werfe ich mir vor. Das war meine Aufgabe. Es ist meine Schuld, genau wie bei Wolfgang. Ich habe alles vergeigt und bringe nur Unglück.

Mir laufen die Tränen die Wangen hinab. Ich habe schon Jahre nicht mehr geweint. Ich konnte mich gar nicht mehr daran erinnern, wie es sich anfühlt. Wütend wische ich mir über mein Gesicht, es will nicht aufhören. Heulen, das ist so was von sinnlos, aber keine Ahnung, wie man das stoppt.

»He, Güntherlein. Tu mir den Gefallen und werde endlich wieder wach«, flüstere ich dem kleinen Hund in meinem Arm ins Ohr. »Junge, wir müssen das zu Ende bringen. Wir zwei als Team. Hörst du?« Verdammt, dieses
ganze Chaos um mich herum ist unerträglich.

Die nasse Zunge, die ein bisschen nach Lyoner vom
Morgen riecht und mir übers Gesicht schleckt, ist wie ein
Segen. »Hallo«, sage ich. Er öffnet die Lider. Ich freue mich
so unglaublich, diesem kleinen Fellknäuel in die Augen
zu schauen. »Na, du süßes Kerlchen. Mit dir ist doch alles
in Ordnung, oder?«

Günther hechelt, seine lange Zunge hängt aus dem Maul.
Er scheint nicht verletzt zu sein. Auch wenn er nur ein
Hund ist, habe ich das Gefühl, dass ich in den letzten
Tagen nicht immer fair zu ihm gewesen bin. »Tut mir leid,
dass ich manchmal so doof zu dir war.« Ich kraule ihm
den Kopf und wispere ihm zu: »Ein prima Hund bist du,
der allerbeste weit und breit.«

Jan-Alexander wird von den Sanitätern auf der Trage
abtransportiert. Wie eine Leiche sieht er aus, kommt mir
dabei in den Sinn, und ich schimpfe mich selbst, so etwas
Ungeheuerliches zu denken. Vielleicht bin ich in meinem
Leben einfach zu vielen Toten begegnet. Mit einem Mal
habe ich wieder das Bild von meinem Exmann vor mir.
Seine leeren Augen, als man ihn vor einem Jahr an der
Halde in Püttlingen anhob und wegbrachte. Da war nichts
mehr in Ordnung zu bringen.

Die vielen Tränen, die mir über die Wangen laufen, fühlen
sich warm an. »Wir werden diesen Mister Surprise schnappen – oder, Günther? Das ziehen wir zusammen durch!«

Völlig überraschend taucht ein weiteres Gesicht vor
mir auf. Diese blauen Augen kenne ich. Blues. Sie stupst

mit ihrer Nase Günther an und wedelt mit ihrer langen grauen Rute.

»Vorsichtig«, murmele ich.

Das Fellbündel in meinen Armen wird nun richtig munter.

Jemand kniet sich zu mir nieder. Ich schaue auf. »Kann ich dir helfen?«, fragt Fiedler. Er ist in voller Dienstmontur, anscheinend war er heute auch nicht beim Training.

»Wie geht es Jan-Alexander?«, will ich wissen. »Was hat der Notarzt gesagt? Kommt er durch?«

»Denke schon. Ein Wirbel könnte gebrochen sein oder vielleicht auch nur angeknackst. Das wollen sie sich im MRT genauer ansehen. Soll ich dich irgendwo hinbringen? Brauchst du einen Arzt oder willst du lieber nach Hause?«

»Mein Auto steht in Bexbach. Wenn du mich dort hinfährst, das wäre nett.«

»Klar. Ich kann dich da absetzen. Aber vielleicht wäre es klüger, wenn ich dich gleich nach Hause fahre. Oder?«

»Nein, Unsinn. Ich brauch nur den Wagen.« Während ich das sage, versuche ich mich aufzurichten. Ohne Erfolg. Meine Beine fühlen sich wie eingeschlafen an.

»Na gut. Kein Problem. Ich bringe dich hin, wo du willst«, sagt Fiedler. Er steht aus der Hocke auf und streckt mir die Hände entgegen. »Am besten ich nehme Günther. Du musst ja selbst erst mal auf die Beine kommen.«

Als er den kleinen Kerl aus meinen Armen hebt, wehrt der sich mit allem, was er hat. Günther scheint für Fiedler nicht viel übrig zu haben. Ich kann es ihm nicht verübeln. Keine Ahnung warum, aber Elias Fiedler ist ein unangenehmer Typ. Vielleicht tut man ihm auch unrecht, da er so ein stiller, eher unauffälliger Kollege ist, sage ich mir. Günther winselt, als er in seinen Armen liegt.

»Nur die Ruhe, Güntherlein«, redet Fiedler auf ihn ein und streicht ihm über das raue Fell. »Ist ein bisschen eigen, euer Hund.« Er hält mir seine freie Hand hin.

»Danke schön«, sage ich, als ich auf meinen immer noch wackligen Beinen stehe.

»Toni, ich will mich nicht in deine Angelegenheiten einmischen, aber vielleicht wäre es ganz gut, sich mal ein paar Tage Auszeit zu gönnen.«

Ich schüttle den Kopf. »Sorry, Elias, aber den Satz habe ich in der letzten Zeit einfach ein bisschen zu oft gehört.«

WIE GEHT ES EIGENTLICH WOLFGANG?

Elias Fiedler

Saargemünder Straße in St. Arnual, Saarbrücken, 13. August um 14:28 Uhr

»Geht's dir so weit gut?« Wir sind auf dem Weg nach Bexbach und sitzen in meinem Wagen. Aus dem Augenwinkel werfe ich einen Blick auf Toni. In ihrem Gesicht klebt Staub von der Explosion und über dem linken Auge hat sie eine Schürfwunde. Sie sieht erledigt aus, einfach fertig, stelle ich fest.

Bei der Frage streicht sie mit den Händen ihre Haare nach hinten. »Ach ja, geht schon wieder.« Ihr Blick bleibt weiter starr nach vorn gerichtet, als wäre sie mit ihren Gedanken ganz woanders.

Mittlerweile sind wir auf der Stadtautobahn. Der Verkehr ist schon die ganze Zeit zäh, auf Höhe Güdingen wird er stockend. »Verflucht, daran habe ich nicht gedacht. Auf der Fechinger Talbrücke ist eine Baustelle, und jetzt kommen wir auch noch mitten in den Berufsverkehr. Das kann dauern. Ich würde fast vorschlagen, wir nehmen die Abfahrt Fechingen und fahren über Land nach Bexbach. Über St. Ingbert und Spiesen-Elversberg geht's vermutlich schneller.«

»Mir recht«, entgegnet Toni knapp. Sie sagt, genau wie ich, nicht mehr als nötig. Das macht sie mir sympathisch. Isoliert betrachtet.

»Wie geht es eigentlich Wolfgang?«, unterbreche ich nach ein paar Minuten das Schweigen.

»Hm. Verhältnismäßig gut, würde ich sagen.«

»Was war denn los? Er war von einem auf den anderen Tag im Krankenhaus. Das war ein ziemlicher Aufruhr auf der Wache.«

»Ach, nichts Wildes. War eine reine Vorsichtsmaßnahme. Er ist ja auch nicht mehr der Jüngste.« Toni versucht, ihre Antworten vage zu halten, als würde sie mir nicht trauen. Das ist nicht zu überhören.

Bevor ich weiter nachfragen kann, dreht sie sich zu den Hunden um. »Alles in Butter bei euch dort hinten? Ist ein bisschen eng zu dritt.«

»Die halbe Stunde werden sie das schon aushalten«, antworte ich im Namen der Hunde. Leider mussten wir auch diesen Rottweiler vom SEKler mitnehmen. Der Riese hat die falschen Dimensionen für mein Auto. Zumal noch einiges andere im Wagen liegt, das nicht für fremde Augen bestimmt ist. Außerdem hoffe ich, er lässt seine Pfoten von meiner Hündin.

»Hey, Günther! Hör bitte auf, an den Sachen anderer Leute zu knabbern! Sorry, Elias, aber er macht sich an dem großen Karton im Kofferraum zu schaffen. Menno, Günther, Schluss damit!«

»Er soll da wegbleiben.« Mir wird heiß.

»Günther!«

Es würde mich ehrlich gesagt wundern, wenn dieser Hund sich an das halten würde, was Toni von ihm verlangt. Deshalb füge ich hinzu: »In dem Karton ist Gift drin gegen den Buchsbaumzünsler.« Was Besseres fällt mir im Augenblick nicht ein, und von der Buchsbaumzünslerplage stand heute Morgen etwas im Saarbrücker Morgenblatt.

»Oh«, sagt Toni alarmiert. »Pfui, Günther!«, versucht sie noch vehementer, den verzogenen Dackel zur Räson zu bringen. Mit der Hand fasst sie nach hinten. Erfolglos, der Dackel zieht sich in Richtung Heckklappe zurück. »Hör sofort auf, sonst gehst du zu Fuß.« Toni dreht sich angesäuert nach vorn um. »Tut mir echt leid«, entschuldigt sie sich aufs Neue. »Ich glaube, das bringt alles nix. Hältst du bitte kurz hier in der Seitenstraße an?« Sie weist mit dem Finger Richtung Waldrand. Dort führt ein kleiner Weg ins Grüne hinein. »Kannst du da kurz ranfahren?

»Klar, kein Problem.« Ich biege ab und stoppe nach ein paar Metern auf einem Waldparkplatz. Wir stehen inmitten der Natur. Sehr gut.

»Junge, ich zieh dir die Ohren lang«, warnt Toni Günther und steigt aus dem Wagen. Ich auch.

»Warte, lass mich an den Kofferraum«, versuche ich, sie zurückzuhalten. »Der klemmt öfter mal.«

Kaum ist die Heckklappe offen, greift Toni auch schon hinein. Günther trippelt ein wenig zurück und verschanzt sich hinter dem Rottweiler, was uns freie Sicht auf das Ergebnis seiner Zerstörungswut eröffnet.

»Na super!«, rutscht mir über die Lippen. Überall liegen Schnipsel von dem braunen Karton, den er anscheinend mit den Pfoten und seinen kleinen Zähnen bearbeitet hat. Alle drei Hunde schauen uns unschuldig an. Es würde mich nicht wundern, wenn der Rottweiler ihn bei dieser Heldentat noch unterstützt hätte, denn das Paket ist recht durchfeuchtet. Ich hoffe nur, das hat dem Inhalt nicht geschadet.

»Och Mensch, Günther! Bist du übergeschnappt? Du benimmst dich echt unmöglich«, schimpft Toni los und beginnt, die Kartonreste aufzusammeln. »Ich bringe das natürlich in Ordnung«, behauptet sie. Dabei macht sie alles nur noch schlimmer.

»Ist gut. Lass es einfach liegen. Ich erledige das nachher zu Hause mit dem Allzwecksauger«, bemühe ich mich, sie davon abzuhalten, weiter in meinem Kofferraum herumzukramen.

Aber keine Chance, sie lässt sich nicht bremsen. »Ne Quatsch, ist ja schnell erledigt. Ich hoffe nur, Günther hat nichts Wichtiges kaputt gemacht. So ein verfluchter Mist. Heute geht echt alles schief!«

Verfluchter Mist, das ist auch mein Gedanke. Toni soll sich aus meinen Angelegenheiten heraushalten. Was fingert sie denn jetzt noch an der Kiste herum? Mein Pulsschlag klettert nach oben.

»Da nimmst du uns netterweise mit und fährst uns auch noch extra nach Bexbach, und wir sorgen nur für …« Sie unterbricht sich. »Was ist denn das? Sprengst du deine Buchsbaumzünsler in die Luft?«, fragt sie, anstatt ihren letzten Satz zu Ende zu bringen.

Dann übernehme ich eben die Vervollständigung des Satzes: »Ärger. Ihr sorgt für nichts als Ärger, Toni. Und den bekommt man auch, wenn man sich in Dinge einmischt, von denen man besser die Finger gelassen hätte. Kannst du die Stange in deiner Hand bitte zurücklegen? Das ist kein Spielzeug.«

»Gern«, erwidert Toni und reiht die Sprengstoffstange wieder vorsichtig in dem malträtierten Karton neben den übrigen ein.

Ein Jammer, ich hatte für ihr Ende eigentlich hübschere

Pläne, geht mir durch den Kopf, als ich nach dem Klappspaten greife und die Heckklappe schließe. Spontanität mag ich nicht, Toni lässt mir allerdings keine Wahl. »Ich schätze, es ist eine kleine Planänderung nötig«, kündige ich meiner Polizeikollegin an.

»Aha? Ich verstehe nicht wieso. Wir können jetzt gern einsteigen und weiter nach Bexbach fahren«, sagt Toni und weicht einen Schritt zurück. Langsam, die Augen auf mich gerichtet. Ihre Hand wandert Stück für Stück in Richtung Hüfte, wo ihr Holster sitzt.

Na klasse. Damit setzt sie mich unter Zugzwang. Blut mag ich fast noch weniger als Spontanität, doch was sein muss, muss sein. Ein Spaten, das ist ziemlich vulgär, aber nun gut. Als die Schaufel ihren Schädel trifft, ist es kein angenehmes Geräusch.

Ich muss den Kofferraum nochmals öffnen, um die Handschellen herauszuholen. Günther knurrt mich provozierend an. Anscheinend hat er mehr Wachhundqualitäten als gedacht. Und er ist gescheit. Als ich ihn mit dem Satz »Du kannst ebenfalls gern eine überbekommen« auf den für solche Probleme durchaus zweckdienlichen Klappspaten in meiner Hand aufmerksam mache, verstummt er.

Gott sei Dank, denn genau genommen kann ich keinem Tier was zuleide tun. Das würde ich nicht übers Herz bringen. Selbst dieser Kläffer Günther ist mir weit sympathischer als alle Menschen zusammen. Das allerdings erwähne ich jetzt nicht, sondern bleibe auf strengem Kurs: »Mach keinen Ärger, Junge, und lass deine Pfoten von der Kiste, sonst sind wir alle Geschnetzeltes.«

Den Behälter mit dem Sprengstoff schiebe ich zur Seite und lege eine Decke darüber. Danach wende ich mich wie-

der Toni zu, die bewusstlos am Boden liegt. Die Platz-
wunde am Kopf blutet nur wenig, wodurch sich die
befürchtete Schweinerei in Grenzen hält. Ich ziehe Toni
eine Strickmütze über, die ich fürs Gassi gehen im Auto
liegen habe. Ohne den Anblick der Verletzung wirkt sie
friedlich, als würde sie schlafen, stelle ich zufrieden fest,
nachdem ich sie auf den Beifahrersitz gehievt habe.

Sehr viel Instinkt hat sie als Kommissarin nicht bewiesen, überlege ich. Den Waldparkplatz hat sie für mich
äußerst günstig ausgesucht. Zwar brausen eine Menge
Autos über die Spieser Landstraße, hier im Schutz des
Waldes jedoch entdeckt uns niemand. Keiner bekommt
etwas von alldem mit, außer die drei Kameraden im Kofferraum, die dem Schauspiel mit großen Augen folgen.

Jetzt, da Toni sitzt, sichere ich ihre Hände und Füße mit
Handschellen. Als Nächstes lege ich ihr den Sicherheits-
gurt an und hefte den Sonnenschutz, den ich eigentlich für
Blues angeschafft habe, an die Scheibe der Beifahrerseite.
Die beste Aussicht hat Toni damit unbestritten nicht, aber
das passt zu ihrer Zukunft, stelle ich mit ein bisschen Vorfreude fest. »So, nun geht es schneller als erwartet in eine
dienstfreie Zeit, Toni«, informiere ich meine Beifahrerin,
während ich auf dem Fahrersitz Platz nehme.

Als ich plötzlich Töne höre, irgendwie rhythmisch, und
dazu den Satz, dass dies heute wieder einer dieser verdammten Tage sei, die man kaum ertragen könne, fahre
ich erschrocken zusammen. Ich brauche ein bisschen, um
zuzuordnen, dass das die Fanta Vier sind und es sich dabei
um den Klingelton von Tonis Handy handelt.

»Wer kann das sein?«, frage ich und greife vorsichtig
in die Innentasche von Tonis Dienstjacke. Vielleicht ist
es ein lieber Bekannter.

»Chris«, steht auf dem Display. Und irgendwo dahinter »acht Anrufe«. Das grenzt ja an Belästigung.

Gerade will ich den Anruf wegdrücken, da hat es sich von selbst erledigt. Wenig später erscheint eine Nachricht.

»Toni, wo steckst du denn bloß? Ich probiere es schon die ganze Zeit. Melde dich bitte!!! Chris.«

Drei Ausrufezeichen am Ende, als hätte eins nicht gereicht. So was mag ich ja gar nicht.

»HALLO CHRIS«,

tippe ich zur Antwort ein, schließlich hört es sich dringend an.

»DU BIST EINE NERVENSAEGE! HAST DU DENN KEINE FAMILIE, DASS DU MIR DIE GANZE ZEIT HINTERHERTELEFONIEREN MUSST?«

Ich überlege, was ich noch schreiben könnte.

»ICH MACH JETZT NACH ALL DEM STRESS EIN PAAR TAGE FREI. WAERE SCHOEN; WENN ICH DABEI VON DIR NICHT MEHR GESTOERT WUERDE!!! DEINE KOLLEGIN ANTONIA«,

füge ich als Abschiedsfloskel hinzu. Ich muss lachen. Das gefällt mir. Besonders die Ausrufezeichen.

Nachdem ich die Nachricht abgeschickt habe, öffne ich noch mal die Tür, um das Handy in die nahen Büsche zu werfen. Mit den nervigen Botschaften ihrer Kollegen braucht sich Toni zukünftig nicht mehr herumzuschlagen – dafür müsste sie mir eigentlich dankbar sein.

Ich lasse den Wagen an und biege vorn an der Landstraße links ab, wir fahren erst einmal den Weg wieder zurück. Bexbach hat sich erledigt – wir haben ein neues Ziel.

»Was soll das? Was ist los?«, will Toni wissen, als sie während der Fahrt kurz ihre Augen öffnet.

»Ich finde, ich verhalte mich nur fair. Ungefähr genauso kollegial wie du und Wolfgang, als ihr meine Bewerbung für den Kriminaldienst abgelehnt habt.«

»Hä? Was meinst du ...?« Sie überlegt. Man kann sehen, wie ihr Kopf arbeitet und nur langsam zu einem Schluss kommt. Sie scheint allmählich zu verstehen. »Das war doch nur, weil ...«, versucht es Toni mit Ausflüchten.

»Ich wollte zur Kripo wechseln. Meinst du, es ist toll, ewig Streife zu fahren? Endlich wurde ein Platz frei. Jahrelang habe ich mich dafür abgerackert und auf die Gelegenheit gewartet. Alles für nichts! Für euch war ich gerade mal gut genug, um Straßen abzusperren und Eingänge zu sichern. Ein Typ für den Hintergrund – ja genau, für die Drecksarbeit, die keiner machen will. Das war ich für euch all die Jahre, sonst nichts!«

»Da hast du etwas falsch verstanden. Du hast damals einfach nicht so hundertprozentig ins Team gepasst. Das war nichts Persönliches – garantiert hätte man das irgendwie anders ...«

»Spar dir die Ausreden, ich habe alles genau richtig aufgefasst. Um ehrlich zu sein, habe ich das ziemlich persönlich genommen. Sogar über die Maßen. Tut mir leid für euch, dass ihr mich so unterschätzt habt. Es hätte auch ganz anders laufen können: Wir hätten Kollegen sein können. Aber nun seid ihr meine Feinde.«

»Was hast du jetzt vor?« Ich höre ein Zittern in Tonis Stimme, das mir sehr gut gefällt. Etwas Wehmut macht sich in mir breit, denn der ganze Spaß wird schon bald zu Ende sein. Dabei ist das Spiel ungeheuer beglückend. Zumindest aus meiner Sicht.

»Mach dir nicht so viele Gedanken. Du brauchst mal ein bisschen Abstand von dem Stress. *Ich* bin ein freundlicher Kollege, der an andere denkt und für sie sorgt. Du bekommst deine Auszeit, und zwar ziemlich bald.« Ich wende meinen Kopf, um ihr Gesicht zu betrachten. Blanke Furcht sehe ich darin. »Ich habe eine Überraschung für dich. Angst brauchst du wirklich keine zu haben, ich werde dafür sorgen, dass du nicht allein bist. Dein Freund Wolfgang darf natürlich beim großen Happy End nicht fehlen.«

WO IST TONI?

Chris Tümmler

St. Arnualer Brücke, Saarbrücken, 13. August um 14:52 Uhr

»Ei, ei, ei! Das wird ein langer Tag.« Mehr sagt Eliza nicht, als wir das Schlachtfeld erreichen.

»Oh verflucht. Da muss es einen ganz schönen Knall gegeben haben. Sieht wüst aus.« Ich stelle meinen Koffer ab. »Schon auf den ersten Blick würde ich sagen, das war mit hoher Wahrscheinlichkeit unser Mister Surprise. Sprengstoff-attentate gehören zu seinen liebsten Hobbys. Von der Dyna-mitlady auf der Burg Siersberg hatte ich dir schon erzählt?«

»Ja klar. Und vom Sabotageakt in Dagstuhl auch.« Eliza rümpft die Nase. »Schau dir das Auto an. Davon ist nicht mehr viel übrig. Mit Sprengstoff hat er nicht gespart. Was meinst du, wie es hier aussehen würde, wenn Mira nicht schnell genug aus dem Auto gekommen wäre?« Ihre Augen werden glasig.

»Ist sie aber – ist doch müßig, darüber nachzudenken«, versuche ich, sie auf andere Gedanken zu bringen. »Willst du vielleicht lieber zu ihr ins Krankenhaus fahren? Ich bekomme das auch alleine hin.«

»Nein, auf keinen Fall. Ihre Eltern sind da. Die wissen nichts von mir und auch sonst nix.« Eliza zieht die Schultern straff. »Ihre Familie ist ein bisschen … na, du weißt schon.«

»Spießig? Altmodisch? Oder eher intolerant?«, schlage ich an Möglichkeiten vor.

Eliza wiegt ihren Kopf hin und her und lächelt schwach. »Nun, von allem eine gute Portion würde ich behaupten wollen. Das müssen wir irgendwann angehen, aber nicht heute. Außerdem kannst du mich hier am Tatort viel besser gebrauchen. Ich würde vorschlagen, ich übernehme den Wagen.«

»Einverstanden. Und ich probiere es noch mal bei Toni. Dann bin ich bei dir. Soweit ich weiß, ist sie mit Dannhäuser in seinem Auto hergekommen, und das steht ganz vorne bei den Lieferwagen vom Drehteam. Irgendwo muss sie sein. Wahrscheinlich hat sie sich wieder kopfüber in die Ermittlungen gestürzt. Dabei hat der Chef gesagt, Agnes und Harald sollen übernehmen.«

»Ist doch logisch, dass sich Toni den Fall nicht wegnehmen lassen will«, wirft Eliza ein. »Nach dem Anschlag auf Wolfgang würde ich die Sache auch persönlich nehmen.«

Damit hat sie vermutlich recht, denke ich. Trotzdem hoffe ich, Toni ist vorsichtig. Ich schaue mich auf dem Gelände um. Etwas abseits stehen die Kollegen Agnes und Harald und vernehmen Zeugen.

Sogar Hinnerk Schönemann ist mit dabei. Er macht einen mitgenommenen Eindruck. »So was, wie hier bei euch im Saarland, habe ich noch nie erlebt«, sagt er. »Ich drehe jetzt schon seit Jahren, aber so eine Aktion, also wirklich, das ist mir noch nicht unter…«

»'tschuldigung, dass ich unterbreche. Weiß jemand von euch, wo Toni steckt?«

Agnes schüttelt den Kopf. »Ich dachte eigentlich, sie

wäre mit ins Krankenhaus gefahren. Keine Ahnung, ich habe sie nur kurz bei unserer Ankunft gesehen und dann aus den Augen verloren.«

»Ist das die sportliche Dunkelhaarige mit dem Hund? Dem Dackel?«, erkundigt sich Hinnerk. »Die würde eine großartige Schauspielkollegin abgeben.«

»Ja, genau die meine ich. Das ist Toni. Wissen Sie, wo sie ist?«

»Die ist mit dem schmalen Polizisten weg. Der mit der hübschen Weimeranerin.«

»Mit Fiedler? Komisch. Das kann nicht sein.« Ich reibe meinen Hinterkopf. »Elias Fiedler? Soweit ich weiß, hat er keinen Dienst heute Mittag und müsste beim Training für die Polizeihundestaffel sein.«

Hinnerk hebt die Hände vor die Brust. »Keine Ahnung, wie der Beamte hieß. Er war jedenfalls einer der Ersten vor Ort und hat alles abgesperrt. Ein ziemlich unspektakulärer Typ. Schade, dass Ihre Kollegin weg ist. Ich hätte mich gerne bei ihr bedankt.«

»Hm. Ja«, sage ich und höre nur noch halb zu. Dass Toni mit Fiedler mitgefahren sein soll, kommt mir komisch vor. Mag sein, dass ich mir zu viele Gedanken mache. Dass man sich unter Kollegen nach so einem Vorfall aushilft, ist schließlich völlig normal.

Ich wähle die Nummer von Toni, sie geht nicht ran. Auch das ist nicht unnormal, falls sie mitten in einer Vernehmung sein sollte. Da ich keine Ruhe habe, schreibe ich ihr eine Nachricht. Bestimmt ruft sie mich bald an, sage ich mir und gehe zurück zu Eliza.

Da klingelt mein Handy. Ich schaue auf das Display – leider nicht Toni. Es ist Sigrid von der Rechtsmedizin in Homburg.

»Hi, Sigrid. Wir ordern hier Nachschub für dich«, albere ich, obwohl mir gar nicht nach Scherzen zumute ist. Es ist Galgenhumor aufgrund der Erlebnisse der letzten Tage.

»Kann doch nicht sein. Was ist denn im Moment bei euch los?«

»Frag mich nicht. Eine ziemlich seltsame Woche.«

Während ich das sage, piept mein Smartphone. Ich stelle Sigrid auf den Lautsprecher und schau mir mein Postfach an. Die frisch eingetroffene Nachricht ist von Toni. Merkwürdig, der Tonfall passt so gar nicht zu ihr und dass sie spontan Urlaub machen will noch viel weniger. Normalerweise würde sie auch nie »Antonia« schreiben, ihren richtigen Namen mag sie nicht, und was sollen diese ersetzten Umlaute, wir machen doch hier keine Kreuzworträtsel.

»Chris, bist du noch dran?«, meldet sich Sigrid zu Wort.

»Äh, ja, Entschuldigung. Ich war gerade ein wenig abgelenkt. Was wolltest du mir sagen?«

»Dass ich Neuigkeiten für euch zum Fall von heute Morgen habe.«

»Super, dann schieß mal los.« Ich bin zwar ziemlich verwirrt wegen Tonis Nachricht, aber gleichzeitig auch neugierig, ob die Kompostleiche in Zusammenhang mit den Ereignissen der letzten Tage steht.

»Also, die DNA zu bestimmen, war an sich kein Problem. In unserer Datenbank war jedoch nichts Entsprechendes zu finden. Ebenso war es bei der Daktyloskopie. Die Fingerabdrücke werden nicht in unseren Dateien geführt. Es ist auch niemand im direkten Umfeld des Tatorts als vermisst gemeldet.«

»Nun denn, das ist ziemlich bescheiden. Demzufolge gibt es schon wieder keine Spur?«

»Das würde ich so nicht sagen.« Sigrid macht es spannend. »Wir haben Komponenten von einem Herzschrittmacher gefunden. Ziemlich geschreddert. Aber …« Eine rhetorische Pause.

»He, spann mich nicht so auf die Folter, Sigrid«, beschwere ich mich.

»Jedenfalls, der Loop-Recorder hat noch funktioniert.«

»Und das bedeutet?«

»Das bedeutet, dass wir eine Post-mortem-Abfrage starten konnten. So ein Herzschrittmacher macht quasi unseren Job und speichert die Todesursache auf einen implantierbaren Loop-Recorder.«

»Sachen gibt's. Und was hat dir dieser Recorder verraten?«

»An einem Herzinfarkt ist eure Kompostleiche schon mal nicht gestorben. Das ist amtlich.«

»So hat sie auch nicht ausgesehen.« Ich bin etwas enttäuscht, das war hoffentlich nicht schon alles.

»Das Gute ist, dass jedes kardiale Implantat nummeriert und registriert wird.«

»Sigrid, du bist Gold wert! Das sind ja mal prima Neuigkeiten!« Endlich haben wir etwas Konkretes in der Hand. »Du weißt also, um wen es sich handelt?«

»Jawohl! Es ist eine Frau Ilona Wiesberger aus Marpingen. 75 Jahre alt, verwitwet, eine Tochter. Die solltet ihr möglichst bald informieren.«

»Marpingen! Weißt du vielleicht die Straße?«

»Moment.« Ich höre Sigrid in Unterlagen kramen. »Hier steht es: Muntergäßchen.«

»In Ordnung, ich dank dir sehr, Sigrid. Großartige Arbeit, ich hab's allerdings eilig. Bis bald.« Noch bevor

Sigrid sich verabschieden kann, habe ich aufgelegt. Ich muss sofort zu Eliza. Die schaut verwundert auf, als ich völlig außer Atem bei ihr ankomme: »Eliza, weißt du wie der Fiedler mit Vornamen heißt?«

»Ich glaube Elias. Wieso fragst du?«

»Sekunde.« Ich tippe in der Online-Telefonbuchsuche bei Name »Elias Fiedler« und bei Ort »Marpingen« ein und warte. »Verdammt. Das passt. Elias Fiedler wohnt in der Hausnummer 139.«

»Wovon redest du?«, will Eliza wissen.

Es bleibt keine Zeit zu antworten. Ich gebe »Ilona Wiesberger« ein und behalte den Standort »Marpingen« bei. »Bloß nicht«, sage ich. Die Suche startet. Ich halte den Atem an.

»Muntergäßchen 140« spuckt das elektronische Telefonbuch aus.

»Wie dumm kann man sein?«, frage ich mich selbst laut. »Das ist seine Nachbarin. Der Kerl war die ganze Zeit direkt vor unserer Nase und wir haben ihn übersehen.«

»Von was redest du überhaupt?« Eliza legt die Stirn in Falten.

»Von der Kompostleiche. Es handelt sich um die Nachbarin von Elias Fiedler. Von dem Irren, der gerade mit Toni auf und davon ist.«

»Das ist nicht wahr?« Eliza reißt die Augen auf.

»Oh doch. Man hat beobachtet, dass sie zusammen weggefahren sind. Fiedler war anscheinend einer der Ersten vor Ort. Warum, ist schnell erklärt, wenn man weiß, dass er Mister Surprise ist.«

»Das ist nicht gut.« Sie verstummt. Man sieht, dass es in ihrem Kopf rattert. »Das muss nichts heißen. Vielleicht bringt er sie tatsächlich nach Bexbach. Könnte doch sein.

Möglicherweise hat er andere Pläne mit Toni, und er weiß auch nicht, dass wir ihn enttarnt haben.«

»Glaubst du das ernsthaft? Gerade habe ich eine äußerst seltsame Nachricht von Tonis Handy erhalten. Ich halte es nicht für unwahrscheinlich, dass die nicht von ihr war.«

Eliza kneift die Augen zusammen. »Wir müssen etwas unternehmen. Sofort!«

»Ja. Dieser Fiedler hat doch irgendein kleines blaues Auto. Der Wagen muss zur Fahndung ausgeschrieben werden.«

»Ich ruf an.« Eliza hat ihr Handy schon in der Hand.

»Und sag unbedingt, dass die Angelegenheit äußerst brenzlig ist – die sollen mobilisieren, wen sie nur können.«

MIR GEHT'S GUT

Wolfgang Forsberg

Winterbergklinikum, Saarbrücken, 13. August um 18:19 Uhr

»Hi, Chris, du brauchst nicht dreimal am Tag anzurufen. Mir geht's gut. Ich werde übermorgen entlassen, hat
eben die …«

»Ich ruf nicht wegen dir an.«

»Ach so«, antworte ich überrascht. Chris' Stimme klingt
rau, anders als sonst. Wenn mich nicht alles täuscht, steht
er ziemlich unter Strom. »Ist schon wieder etwas vorgefallen?«

»Kann man so nicht sagen. Ich wollte eigentlich nur
wissen, ob Toni zufällig bei dir ist.«

»Ne, Toni war heute Morgen in aller Früh da. Ich glaube
nicht, dass sie vorhat, mich am Abend noch mal zu besuchen.« Ich lächle Gabriele entschuldigend an, die eben
ins Zimmer getreten ist und neben mir auf dem Bettrand
Platz nimmt.

»Ach so, dann ist ja gut.« Wie Chris das sagt, hört es
sich gar nicht danach an, als ob alles gut wäre.

»Warum rufst du sie nicht einfach auf dem Handy an?«

»Ja, stimmt. Da hast du recht. Könnte ich eigentlich
machen.«

Dieses Herumgedruckse von Chris ist mir nicht geheuer. »Sag mal, bei euch ist wirklich alles in Ordnung?«

»Jaja. Klar. Ist wie immer viel zu tun«, versucht mich Chris abzuwimmeln. »Mach dir keine Gedanken.«

Jetzt werde ich erst recht hellhörig. »Wie meinst du das, keine Gedanken machen? Gibt es denn einen Grund dazu? Wenn was mit Toni ist, dann sagst du mir das auf der Stelle!«

Am anderen Ende der Leitung bleibt es still.

»Sag etwas! Ist was mit Toni?«

Noch hoffe ich, dass Chris mit Nein antwortet, aber ich habe so eine dunkle Vorahnung. »Ich weiß es nicht, Wolfgang. Sie ist verschwunden, und es gibt einige Indizien, die dafür sprechen, dass Elias Fiedler Mister Surprise ist.«

»*Fiedler*?« Der Kerl soll Mister Surprise sein, dieser blasse, schmächtige, unauffällige Typ? Das will mir nicht in den Kopf. Doch das ist im Moment auch eher nebensächlich. Viel wichtiger ist, was mit Toni los ist. »Seit wann ist Toni verschwunden?«, hake ich nach.

»Seit dem späten Nachmittag. Es gab eine Explosion bei einem Krimidreh an der Brücke in St. Arnual.«

Die vielen neuen Informationen bekomme ich so schnell gar nicht in meinem Kopf sortiert. Was läuft da im Präsidium während meiner Abwesenheit? »Eine Explosion? War das etwa das laute Krachen um kurz nach eins? Das habe ich auch gehört. Warum erzählt mir niemand etwas davon?«

»Na, warum wohl? Du liegst mit einer Vergiftung im Krankenhaus. Und da bleibst du auch. Wir kümmern uns um alles.«

»Wie es scheint, funktioniert das ja hervorragend. Meine Kollegin ist weg. Wie kann das passieren?« Meine Antwort ist offenbar so aufbrausend, dass Gabriele beschwichtigend ihre Hand auf meine legt. Ich reiße mich zusammen und frage etwas gefasster: »Wo wurde Toni zum letzten Mal gesehen?«

Chris zögert.

»Hallo!«

Am anderen Ende der Leitung atmet Chris schwer. »Reg dich nicht auf. Ich schwöre dir, wir werden sie rechtzeitig finden.«

Die Geheimnistuerei von Chris treibt mich noch in den Wahnsinn. Ich will wissen, was mit Toni passiert ist. »Warum gibst du mir keine Antwort auf meine Frage? Red endlich Klartext.«

»Verflucht! Ganz einfach, Wolfgang«, schnaubt Chris zurück. »Weil Toni in den Wagen von Elias Fiedler eingestiegen ist. Sie ist mit dem Psycho davongefahren und seitdem fehlt jede Spur von ihr. Ihr Handy haben die Kollegen an einem Wanderparkplatz vor Spiesen-Elversberg geortet. Es lag auf dem Boden. Sonst haben sie nichts gefunden. Außer frische Reifenspuren, die darauf schließen lassen, dass dort jemand vor Kurzem seinen Wagen gewendet hat. Der Größe nach könnte es Fiedlers Peugeot gewesen sein. Alle Polizeikräfte, die wir mobilisieren konnten, sind informiert und auf der Suche.«

»Der Kerl *ist* Polizist. Der weiß genau, wie das Prozedere ist«, erinnere ich Chris. »Das hört sich nicht gut an«, sage ich daraufhin leise. Eigentlich mehr zu mir selbst.

»Ich dachte, vielleicht wäre sie bei dir oder du hättest was von ihr gehört. Sonst hätte ich mich gar nicht gemeldet.«

»Na, fantastisch.« Die Aussage von Chris bringt mich auf 180. »Meine Kollegin geht euch verloren, Mister Surprise stellt vielleicht sonst was mit ihr an, und niemand erzählt mir was. Ich dachte, wir wären Freunde …«

»Sind wir auch! Genau deswegen habe ich dich erst so spät angerufen.«

»Wie stellst du dir das vor? Ich soll hier die Füße hochlegen und abwarten, was der Irre mit Toni vorhat?«

»Nein, das nicht. Aber du könntest uns vertrauen. Du bist nicht der einzige Kriminalbeamte auf der Welt. Bleib bitte unbedingt, wo du bist, Wolfgang! Die Kollegen kümmern sich um alles.«

»Und Toni soll ich im Stich lassen?«

»Was willst du denn unternehmen? Du bist angeschlagen und hast ebenso wenig Ahnung, wie wir alle, wo sie abgeblieben sein könnte. Die komplette Einheit ist an der Sache dran, auch das SEK und die Hundestaffel. Die drehen jeden Stein um – wir werden sie finden!«

Hoffentlich ist es dann nicht schon zu spät, denke ich und sehe in Gabrieles Augen, die mich gleichermaßen besorgt und fragend anblicken.

»Du meldest dich, sobald du mehr weißt. Versprochen!«, fordere ich von Chris.

»Definitiv! Ich schwöre es dir, wenn du mir dein Wort gibst, dass du bleibst, wo du bist.«

Ich lege auf. Toni gehört für mich zur Familie. Wie könnte ich ihm das versprechen?

MIT MIR ODER GAR NICHT

Gabriele Forsberg

Winterbergklinikum, Saarbrücken, 13. August um 18:25 Uhr

»Was ist denn los?«, will ich wissen. Dass es um Toni geht, konnte ich mir aus dem Gespräch erschließen. Und dass es nichts Erfreuliches ist, auch. »Ist wieder etwas mit Mister Surprise vorgefallen?«, füge ich hinzu, als Wolfgang stumm bleibt. Er nickt niedergeschlagen und steht auf.

»Oh nein, bitte nicht«, sage ich. Seit Tagen kann ich nicht mehr schlafen. Die ganzen Nächte muss ich daran denken, dass es der Attentäter auf Wolfgang abgesehen hatte und vielleicht längst einen neuen Anschlag plant.

Er macht sich an seinem Schrank zu schaffen.

»Du willst doch jetzt nicht im Ernst …?«

»Der Psychopath hat Toni! Keine Ahnung, was er vorhat. Aber mit Sicherheit nichts Gutes.«

Als Wolfgang das sagt, wird mir trotz sommerlicher Temperaturen schrecklich kalt. »Er hat Toni in seiner Gewalt? Weißt du das sicher?«

Er spart sich eine Antwort. Stattdessen tauscht er seinen Pyjama gegen T-Shirt und Jeans ein.

»Was immer du planst, du weißt, dass du noch nicht einmal deine Dienstwaffe hier hast? Und du bist angeschlagen. Vor ein paar Tagen haben wir, Toni und ich, vor der Notaufnahme gesessen und gehofft, dass du durchkommst. Ich glaube nicht, dass sie will, dass du dein Leben für sie riskierst.«

»Soll ich etwa warten, bis ich gesundgeschrieben bin, um nach Toni zu suchen?«

Ich schlucke. Wie soll ich ihm darauf eine Antwort geben? Ich möchte nie wieder mit dieser Ungewissheit, ob mein Mann noch lebt oder schon gestorben ist, ins Krankenhaus fahren müssen. Das war grauenhaft, und das halte ich kein zweites Mal aus. Dass Wolfgang sich als Polizist jeden Tag aufs Neue in Gefahr begibt, mit diesem Gedanken habe ich mich über die Jahre abgefunden. Mister Surprise ist jedoch nicht irgendein Kleinkrimineller, der nachts Diesel aus einem Lastwagentank pumpt oder einen schlichten Bruch macht. Er gehört zu einer weit tückischeren Kategorie von Verbrechern. Er will Chaos anrichten, und bisher hat ihn nichts aufhalten können. Das bedeutet zwangsläufig auch, dass Toni in höchster Gefahr schwebt. Deshalb können wir sie nicht allein lassen. »Wenn du gehst, dann nicht ohne mich«, entscheide ich.

»Das ist nicht dein Ernst?« Wolfgang schaut mich entrüstet an.

»Entweder wir beide oder keiner. Draußen vor der Tür sitzen Tina und Sven. Ohne meine Unterstützung lassen sie dich niemals gehen. Und außerdem …«, ich grinse ihn an und greife in meine Tasche. »Und außerdem habe ich die Autoschlüssel, mein Schatz.« Zum Beweis halte ich das Bund mit den Schlüsseln in die Höhe. »Ohne mich kommst du nirgendwohin.«

Wolfgang schnauft. »Na gut, du bist meine Fahrerin.

Mehr aber auch nicht. Wenn es brenzlig wird, bleibst du weit weg und bringst dich in Sicherheit, hörst du?«

»In Ordnung.« Ich lege mein Ohr an die Tür und gebe Wolfgang mit dem Zeigefinger vor meinem Mund zu verstehen, dass er leise sein soll. »Bist du so weit?«, flüstere ich ihm zu. Wolfgang nickt. »Also schön, ich übernehme das.«

Sachte öffne ich die Tür und werde sogleich mit einem fragenden Blick von Tina, der jungen Polizistin, die im Flur Wache hält, empfangen. Sie sitzt der Tür gegenüber und war anscheinend eingenickt.

Erschrocken richtet sie sich im Stuhl auf. »Alles gut?«, erkundigt sie sich verschlafen.

»Ja, klar«, schwindle ich. »Wir wollten uns nur ein bisschen bewegen. Da wird man ja verrückt, immer in diesem Zimmer. Wir gehen kurz in die Cafeteria und holen uns einen Kaffee. Wollt ihr auch was? Wir bringen euch gern etwas mit.«

»Allein könnt ihr nicht gehen. Da muss einer von uns mit.«

Ich lache auf. »Jetzt aber! Das hört sich an, als wären wir fünf Jahre alt. Die paar Meter bis zur Cafeteria braucht es wohl keine Armee, die uns beschützt. Ist echt nicht nötig. Wo ist denn eigentlich Sven?«

»Musste aufs Klo.«

»Ach, dann bleib du sowieso besser hier, damit er sich nicht wundert, wo wir alle sind. In fünf Minuten sind wir wieder da, was soll da groß passieren?«

»Na, ich weiß nicht.« Tina sieht nicht glücklich aus. »Burkhard meinte, wir sollen Wolfgang auf keinen Fall aus den Augen lassen.«

»Ich hab ihn doch im Blick, die ganze Zeit«, bearbeite ich Tina weiter. Es tut mir leid, die junge Beamtin so anzuschwindeln. Aber uns bleibt nichts anderes übrig. Toni ist in höchster Gefahr.

Wolfgang bekräftigt meine Aussage mit einem artigen Nicken. »Glaub mir, Tina. Wenn meine Frau den Föhn kriegt, kannst du dir den Stahlhelm anziehen. Ich habe da einiges an Erfahrung. Mister Surprise würde mir leidtun, wenn er sich mit ihr anlegte.«

»Das will ich mir lieber nicht vorstellen.« Tina lacht. »Na gut, ihr zwei. Von mir aus könnt ihr kurz in die Cafeteria spazieren. In fünf Minuten seid ihr aber bitte wieder da, und es wäre super, wenn ihr mir ein Stück Kuchen mitbringen könntet und einen Kaffee. Mir knurrt der Magen.«

»Klaro, machen wir gern«, entgegne ich. »Bis gleich.«

Schade, denke ich mit schlechtem Gewissen, als wir zusammen den Gang entlanggehen, der Magen von Tina wird vermutlich noch etwas länger grummeln müssen.

VERDAMMT!

Günther, der Dackel

Irgendwo im Saarland – man weiß es nicht so genau, 13. August um 18:40 Uhr

Ich tripple nervös hin und her auf den wenigen Millimetern, die mir im Kofferraum zur Verfügung stehen. Dort vorn liegt Toni und rührt sich nicht.

Ich habe keine Ahnung, wo es hingeht. Von hier hinten ist nicht das Geringste zu erkennen. Zumindest nicht für einen Hund meiner Größe. Ich harre notgedrungen aus. Der Plan, Toni über meinen kuriosen Kofferraumfund zu informieren, ist extrem danebengegangen, und dadurch wiederum ist dieser irre Fiedler unter Zugzwang geraten.

Wer annimmt, eine solche Lage würde die Nerven eines Attentäters extrem strapazieren, wird im Falle von Elias Fiedler enttäuscht sein. Seelenruhig steuert er den Wagen, anscheinend völlig ohne Eile und mit einem freudigen Lächeln auf den Lippen. Bei dem drehen sich so viele Schrauben in die verkehrte Richtung, dass es schwer ist, seine nächsten Schritte abzuschätzen, denke ich. Ich traue ihm so ziemlich alles zu. Doch leider überhaupt nichts Gutes.

Eine eher spärliche Hoffnung ist, dass unser Verschwinden irgendjemanden auf den Plan ruft. Da Toni in den vergangenen Tagen jedoch kein einziges Mal privat telefoniert hat, ist es recht unwahrscheinlich, dass man jetzt schon nach uns fahndet.

Also sind wir auf uns allein gestellt. Hier im Kofferraum sind mir zwar die Pfoten gebunden, aber sobald sich eine Chance bietet, werde ich etwas unternehmen. Irgendwie werde ich Toni, Yoshi und auch Blues aus den Fängen dieses Psychos befreien – dazu müsste der Kerl allerdings erst einmal anhalten. Wir zockeln bereits Stunden herum, als wollte der Psycho Zeit schinden. Irgendwann müssten wir doch mal irgendwo ankommen, sage ich mir. So groß ist das Saarland gar nicht.

Als könnte der Fiedler Gedanken lesen, setzt er den Blinker, biegt ab und stoppt wenige Hundert Meter später. Er greift in sein Handschuhfach und nimmt einen metallenen Gegenstand heraus. Damit begibt er sich nach draußen. Ich höre erst Klirren und dann ein Quietschen. Als sich etwas Rot-Weißes Richtung Himmel erhebt, bekomme ich das nicht richtig zugeordnet. Komisch, was ist das nur und wo sind wir, frage ich mich. Kurz darauf steigt Fiedler wieder ein und legt das Metallding zurück ins Fach.

»Ist schon praktisch, bei der Polizei zu arbeiten. Da erschließen sich Wege, die es für andere gar nicht gibt«, spricht Fiedler in Richtung Toni. Er setzt ein Stück vor und steigt ein weiteres Mal aus. Was treibt der Kerl nur, frage ich mich. Nun wird die Fahrt holpriger, ich schätze, dass wir keinen offiziellen Weg mehr befahren. Ein Feldoder Waldweg würde ich vermuten.

Nach ein paar Kilometern stoppt Fiedler schließlich seinen Peugeot. »Endstation«, sagt er zu Toni, die bewusstlos zu sein scheint. »Oder zumindest fast, liebe Kollegin.

Ich würde vorschlagen, du schläfst weiter, bis es dunkel wird und sich alle Touristen verzogen haben, damit wir näher ranfahren können.«

Er nimmt eine Ampulle aus dem Handschuhfach und zieht eine Spritze mit der Flüssigkeit darin auf, die er Toni in den Oberarm setzt. Mir stockt der Atem. Hoffentlich weiß er, was er da macht.

»Dämmerung, und Vollmond haben wir auch noch«, redet er seelenruhig vor sich hin, während er die Injektionsspritze wegsteckt. »Das ist doch die richtige Atmosphäre für unser Finale, findest du nicht?« Er streicht Toni eine Strähne aus dem Gesicht. »Ich muss noch eine Kleinigkeit für dich und unseren Freund Wolfgang vorbereiten. Keine Sorge, ich bin bald zurück.«

Die eiskalte Art und Weise, wie Fiedler das sagt, jagt mir einen Schauer über den Rücken. Yoshi neben mir blickt mich mit einer Mischung aus Trauer und Entsetzen an. Ein harter Tag für den Jungen. Erst hat Mister Surprise sein Herrchen in die Luft gesprengt und jetzt hat uns dieser Psychopath in seinen Klauen. Tut mir leid, mein Freund, denke ich, aber ganz vieles spricht dafür, dass der Abend noch weitere unerfreuliche Überraschungen für uns bereithält.

Und ja, ich liege richtig. Fiedler steigt aus. Die Heckklappe öffnet sich. Wir rücken alle zusammen.

»So, Mädchen. Du kommst mit«, sagt er zu seiner Hundedame und greift währenddessen in die Kiste mit den Dynamitstangen. Eine gute Handvoll davon steckt er in einen Rucksack, den er in der Hand hält und danach aufsetzt, während er Yoshi und mich fixiert. »Ihr zwei, von euch höre ich keinen Mucks, verstanden! Dann passiert euch auch nichts«, kündigt Fiedler an.

Blues springt aus dem Kofferraum. Mit traurigen Augen stellt sie sich neben ihr exzentrisches Herrchen. Sie hat keine andere Wahl, als zu gehorchen. Mit einem Krachen schließt sich die Heckklappe. Wir zucken beide zusammen, Yoshi und ich.

Das Spiel ist noch nicht zu Ende, mein lieber Kollege Fiedler, denke ich, als sich die Schritte des Saboteurs entfernen. So geht man mit mir nicht um und mit meinen Freunden schon gar nicht.

Auch wenn es mit Toni in den letzten Tagen nicht immer leicht war, sie gehört mit zum Team, und eins ist bombensicher: Keine Ahnung wie, aber sobald dieser Fiedler zurückkommt, haben wir eine Überraschung für ihn parat.

Wir holen zum Gegenschlag aus.

WAS JETZT?

Gabriele Forsberg

Parkplatz Winterbergklinikum, Saarbrücken, 13. August um 18:50 Uhr

»So mein Schatz, was jetzt? Nun sitzen wir im Auto und bekommen wahrscheinlich später eine Menge Ärger, genau wie Tina und Sven, die womöglich schon nach dir suchen. Das muss sich jetzt wenigstens lohnen. Hast du irgendeine Ahnung, wo Toni sein könnte oder was Mister Surprise vorhat?«

»Nein«, sagt Wolfgang bedrückend ehrlich und schnallt sich an. »Ich weiß nur, dass wir sie finden müssen. Vielleicht fangen wir mit ihrer Wohnung an und fahren zu ihr nach Hause.«

Ich lasse den Wagen an und steuere in Richtung Stadtautobahn. Dass Toni seelenruhig in Püttlingen in ihrer Eigentumswohnung sitzt und Tatort schaut, während eine Hundertschaft Polizisten im Saarland unterwegs ist und nach ihr sucht, ist eher unwahrscheinlich. Aber Wolfgang hat recht, irgendwo müssen wir anfangen.

Ich lenke den Wagen durch den Abendverkehr, und Wolfgang drückt fieberhaft auf seinem Handy herum. Es ist ruhig auf der Autobahn. Ein ganz normaler Donnerstagabend. Das könnte man zumindest denken.

»Hm, nix Neues bisher.« Wolfgang kontrolliert den Polizeifunk. »Ein Trupp Polizisten und einige Helfer vom THW suchen das Waldgebiet zwischen St. Ingbert und Spiesen-Elversberg ab. Ich glaube ehrlich gesagt nicht, dass Mister Surprise dort zu finden ist.«

»Sondern?«

»An einem Ort, der spektakulärer ist und wo er allen beweisen kann, was er draufhat. Er wird sich etwas suchen, was man als Saarländer kennt.«

»Aber muss er dann nicht auch damit rechnen, gefasst zu werden?«, wende ich gegen diese Theorie ein. »Das halbe Saarland sucht nach ihm. In dem Fall würde ich einen Ort wählen, an dem es ruhig ist, und erst einmal abwarten.«

»Du vielleicht, Schatz. Das ist wohl einer der Unterschiede zwischen dir und einer antisozialen Persönlichkeit. Attentäter wollen immer im Mittelpunkt stehen, selbst auf die Gefahr hin, geschnappt zu werden.«

»Na, ich weiß nicht.« Ich nehme die Ausfahrt Fürstenhausen. Als wir die Brücke über die Saar in Richtung Völklingen City passieren, gibt Wolfgangs Handy einen Ton von sich.

»Ah, eine Nachricht. Das könnte Chris mit neuen Informationen sein.« Er wischt über sein Display und ich steuere auf einen der zahlreichen Kreisel zu.

»Hm«, wundert er sich. »Die Nummer kenne ich gar nicht.« Es dauert zwei, drei Sekunden, bis er verkündet: »Die ist von Elias Fiedler.« Panik, aber auch Bestürzung schwingen in seiner Stimme mit.

»Was schreibt er?« Ich drehe eine Extrarunde durch den Kreisverkehr.

Wolfgang zögert. »Ich verstehe es nicht so ganz.«

»Lies es mir vor!«, fordere ich und setze zur Runde
Nummero vier an. Nicht unwahrscheinlich, dass wir gleich
eine neue Richtung einschlagen werden. Das habe ich im
Gefühl.

»Also gut …

›EINES GRAFEN HEIMAT IST HIER IN SICHT.
DIE TOCHTER, DIE WOLLTE ER GEBEN NICHT.
DER AERMLICHE RITTER RITT RICHTUNG STEIN,
IHN RISS ES FAST IN DIE TIEFE HINEIN.
DEN ABDRUCK KANN EIN JEDER HEUT NOCH SEHEN
UND DABEI GANZ NAH AM ABGRUND STEHEN.
NUN ABER RETTE DU DEIN BURGFRAEULEIN,
SONST WIRD ES SEIN SCHNELLES ENDE SEIN.
VERRAETST DU JEDOCH, WO DEIN WEG DICH HINFUEHRT,
PASSIERT GLEICH DEM FRAEULEIN, WAS DIR GEBUEHRT.‹«

Wolfgang brummt wenig begeistert. »Na ja, ein Poet ist
er nicht unbedingt. Der letzte Satz bedeutet vermutlich,
dass ich die Kollegen nicht verständigen darf. Die Stelle
ist unmissverständlich.«

Ich nicke. »Sehe ich auch so.« In der Sekunde beginne
ich mit Runde elf.

»Was die Bezeichnungen ›Graf‹, ›Ritter‹, ›Burgfräulein‹
und so weiter angeht, scheint es sich um etwas Mittelalter-
liches zu handeln.«

»Das stimme ich dir wieder zu.«

Wolfgang überlegt. »Das spricht für eine Burg, aber
davon haben wir im Saarland eine ganze Menge. Siers-
burg, Teufelsburg, Kirkel, Dagstuhl, Nohfelden … das
sind reichlich viele und die sind kreuz und quer im Land
verteilt. Da die richtige zu finden, wird schwer.«

Ich lege den Kopf schräg. »Finde ich eigentlich nicht. Es gibt meines Wissens nach nur eine mit der erwähnten Sage. Das musst du doch wiedererkennen!« Ich setze den Blinker. »Ich glaube, ich weiß, wo wir hinmüssen.« Es geht zurück in Richtung Autobahn.

»Was müsste ich wiedererkennen?« Wolfgang steht auf dem Schlauch. Und zwar so was von.

»Wo gibt es denn einen Abdruck, von dem aus man in einen Abgrund blicken kann?«

»Ich hab nicht die leiseste Ahnung.«

»Da sieht man wieder, wo du mit deinen Gedanken bist, wenn wir spazieren gehen. Bei mir mal mit Sicherheit nicht. Davon habe ich dir schon öfter erzählt. Mittlerweile kommt man nicht mehr bis vorn hin, der Felsvorsprung ist abgesperrt.«

Wolfgang hebt die Schultern. »Ich bekomme es nicht zusammen.«

»Am Felsen ist ein Hufabdruck zu sehen«, helfe ich ihm. Jetzt müsste er es doch wissen.

Er beißt sich auf die Lippen.

»Mensch, Wolfgang. Das ist die Geschichte vom Grafen von Montclair, der seine Tochter nicht mit dem armen Ritter verheiraten wollte. Deshalb veranstaltete er einen Wettbewerb, bei dem die Heiratskandidaten einen Pferdewagen kurz vor dem Breitenstein wenden mussten. An der Stelle ist ein Hufabdruck. Sag nur, du weißt nichts mehr davon?«

»Klar. Logisch. Ich war nur gerade ein bisschen verpeilt.«

Sicher, denke ich. Doch jetzt ist nicht die richtige Zeit, um Zwischenmenschliches zu klären. »Gibst du den anderen Bescheid? Vielleicht wenigstens Chris«, frage ich stattdessen.

»Hier steht, dann ist sie tot.«

Weiß ich auch, geht mir durch den Kopf. Aber, überlege ich weiter, es könnte auch passieren, dass ihr am Ende beide tot seid, und das will ich mir gar nicht vorstellen.

Keine Ahnung, was das Richtige ist, ob Bescheid sagen oder lieber nicht. In jedem Fall müssen wir so schnell wie möglich nach Mettlach, sonst brauchen wir uns womöglich für gar nichts mehr zu entscheiden.

3, 2, 1

Günther, der Dackel

Irgendwo im Saarland – man weiß es immer noch nicht so genau, 13. August um 20:26 Uhr

Unser Plan steht. Wir haben nur eine einzige Chance. Hoffentlich hat mein neuer Freund bei realen Einsätzen mehr Talent, als er im Polizeihundetraining bewiesen hat.

Als Trittleiter war er zumindest 1A. Mit seiner Hilfe habe ich es geschafft, die für mich allein unbezwingbar hohe umgeklappte Rückbank zu übersteigen. Die zweite Herausforderung ist Toni wach zu bekommen. Das ist fast ein Ding der Unmöglichkeit. Wir bellen, jaulen und kratzen über die Polster des alten Peugeot. Toni rührt sich nicht. Also muss ich zum allerletzten Mittel greifen. Es ist fast wie beim Froschkönig. Oder auch wieder nicht. Denn natürlich bin ich kein Frosch, im Gegenteil, ich bin ein wahrer Glücksfall und das auf den ersten Blick. Und zum zweiten ist es kein echter Kuss, sondern ein wiederbelebendes Ablecken ihres Gesichts mit meiner weichen Zunge.

Ganz egal, wie man es nennen will, es zeigt Wirkung. Toni öffnet ihre Augen. Gott sei Dank, denke ich und freue mich riesig – sie ist noch am Leben.

»Igitt, ist das eklig.« Das sind tatsächlich ihre ersten benommenen Worte, als sie in meine treuen Dackelaugen blickt. Ich bin enttäuscht. Echt! Das ist schäbig, nach all dem, was ich für sie getan habe.

Doch jetzt ist nicht die richtige Zeit, um Zwischenmenschliches zu klären. Yoshi und ich müssen Toni befreien, bevor dieser falsche Polizist zurückkehrt. Yoshi übernimmt die Fußfesseln und ich die Hände.

Wir geben uns alle Mühe. Kabelbinder oder einfache Fesseln, die hätten uns nicht ausbremsen können. Echte Handschellen jedoch … in dem Fall sind selbst uns Grenzen gesetzt.

»Das bringt nichts«, wendet Toni irgendwann ein. »Ihr müsst Hilfe holen, Jungs.« Sie schaut aus dem Fenster. »Wir sind irgendwo im Wald, wenn ich das richtig sehe. Keine Ahnung wo. Holt Unterstützung, hört ihr?«

Bei dem Gedanken, meine Teamkollegin in der Gewalt dieses Irren allein zurückzulassen, fühle ich mich nicht wohl, doch objektiv betrachtet hat sie recht. Wir müssen jemanden finden, der uns hilft. Wir sind Polizeihunde, oder zumindest fast, und haben einen untrüglichen Instinkt. Wir werden zusammen eine Lösung finden.

Also kommt Plan B zum Tragen: Sobald der Psycho die Fahrertür öffnet, nehmen wir unsere Chance wahr. Bis dahin heißt es allerdings geduldig sein, und das ist das Allerschlimmste. Ausharren in so einer Situation, in der alles passieren kann, das geht an die Nerven. Als wir endlich Schritte und das helle Bellen von Blues hören, ist es so weit: Jetzt ist unser Einsatz gefragt.

3, 2, 1 – zähle ich im Kopf herunter. Dann öffnet sich die Fahrertür.

Yoshi ist die Vorhut. Nicht, weil ich feige wäre, sondern weil er mit seinem Gewicht und als ausgewiesener Grobmotoriker quasi alles niederwalzt, was ihm in die Quere kommt. Der Plan geht auf, Mister Surprise fällt nach hinten und gibt uns den Weg frei. Das ist die Gelegenheit. Zwar ist meine Sprungkraft nicht ganz so ausgeprägt wie die von Yoshi, dafür bin ich flink und wendig. Mit einer Zwischenlandung direkt auf dem Polizeihemd des überrumpelten Psychos laufe ich Yoshi hinterher. Kurz treffen sich unsere Blicke – die von Blues und mir. Sie steht nur still da, als wüsste sie selbst nicht, was das Richtige sei. Aber sie unternimmt keine Anstrengung, mich aufzuhalten.

Vielleicht mag sie mich mehr, als sie glaubt, überlege ich. Ihre wasserblauen Augen jedenfalls sprechen in dieser Millisekunde Bände, doch unsere Rettungsaktion hat jetzt Priorität. Toni braucht Hilfe und so stürme ich Yoshi hinterher. Vor uns liegt ein recht breiter und wohl häufiger genutzter Waldweg und der muss irgendwohin führen. Direkt in die Zivilisation bestenfalls. Mein Orientierungssinn sagt mir, es kann nicht weit sein. Bald schon werden wir die ersten Häuser oder Menschen in der Ferne ausmachen.

Doch meine Sinne trügen mich, der Grund kann nur der Hunger und die Müdigkeit sein. Aber wir geben nicht auf. Fünf Minuten, zehn, zwanzig und immer noch nichts als Wald um uns herum. Jedes Mal denke ich von Neuem: Wenn wir die nächste Kurve dort vorn erreicht haben, haben wir es gepackt. Aber nichts, ein weiteres Mal erblicken wir nur einen nie enden wollenden Weg, der durch den dichten, dunklen Wald führt und lediglich von etwas Mondlicht beschienen wird. Wir sind im Nirgendwo, erfasse ich allmählich. Ein endloser Irrgarten aus Bäumen.

Als mit einem Mal zwei helle Lichtkegel aus der Ferne durch die Dunkelheit auf uns zukommen, denke ich, es könnte Einbildung sein. Eine Fata Morgana. Nicht unwahrscheinlich, dass wir halluzinieren, denn uns fehlt es schon seit Stunden an fester Nahrung.

Yoshi stimmt ein Bellen an. Er scheint die Lichter auch wahrzunehmen, es muss real sein. Ich schließe mich ihm an und mache mich ebenfalls bemerkbar. Wer immer das ist – ein Förster oder ein Liebespärchen, das die Abgeschiedenheit sucht –, die Rettung naht.

Mit großem Unbehagen denke ich an Toni. Wir sind schon viel zu lange unterwegs.

DANN FAHR EBEN MITTEN DURCH

Wolfgang Forsberg

Waldweg oberhalb von St. Gangolf, Mettlach, 13. August um 21:09 Uhr

»Du musst hier vom Weg ab und linker Hand rein. Das ist der Zugang für die Pächter von der Burg …« Ich breche ab, als ich die rot-weiße Stange vor uns bemerke. Auch das noch! Erst der verdammte Unfall auf der A8, der uns höllisch viel Zeit gekostet hat, und jetzt diese Schranke. Wäre ich mit meinem Polizeiauto hier, wäre es kein Problem, denn da liegt immer ein Dreikantschlüssel für Schlagbäume im Handschuhfach.

»Mist. Der Schlagbaum ist unten.« Gabriele stoppt den Wagen. »Wir müssen zu Fuß weiter.«

»Ohne Auto brauchen wir mindestens eine halbe Stunde bis zur Burg. So viel Zeit haben wir nicht.«

»Was bleibt uns anderes übrig? Durch die Schranke durchfahren?« Gabriele blickt misstrauisch zu mir herüber, als ich nicht antworte. »Ne, sag nicht, das willst du wirklich?«

»Ich schätze, wir haben keine andere Wahl.« Schwer zu sagen, ob Gabrieles alter Ford Mondeo so eine Aktion aushält, denke ich. Es muss einfach klappen. An einem ollen Schlagbaum darf es nicht scheitern.

»Vorher musst du kräftig Schwung nehmen.« Ich weise mit dem Finger nach hinten. »Fahr so weit zurück, wie es nur irgendwie geht. Und dann mit Vollgas draufhalten.«

Gabriele tut, was ich ihr sage. Sie setzt bis zur Wegkreuzung zurück. Ich schaue sie von der Seite an, sie sieht nicht glücklich, aber entschlossen aus.

»Okay. Du musst das Pedal voll durchdrücken und darfst nicht zögern …« Während Gabriele kuppelt, betrachte ich das Hindernis genauer. »Warte mal, bitte! Ich muss was überprüfen«, sage ich und steige aus, um auf die Sperre zuzugehen. Es könnte natürlich sein …, überlege ich und greife nach der Stange. Tatsächlich!

»He, wir haben Glück«, verkünde ich. »Das Ding liegt nur auf.« Irgendwer hat die Schranke für uns offen gelassen, und das bestimmt nicht, weil er unsere Gesellschaft so ungemein schätzt. Das ist eine Falle, und es bleibt uns nichts anderes übrig, als hineinzutappen.

Ich winke Gabriele mit dem Wagen zu mir und öffne die Fahrertür. »Komm, steig aus. Das Beste ist, ich fahre das letzte Stück allein und du rufst dir ein Taxi.«

Gabriele antwortet mir nicht, und sie macht auch keine Anstalten auszusteigen.

»Du hast mich schon gehört?«

»Ich bringe dich hin, das war unsere Abmachung.« Gabriele schaut stur geradeaus und lässt das Lenkrad nicht los. »Entweder steigst du jetzt ein, oder ich fahre allein weiter. Wie du willst.«

»Du bist so stur, echt!«, sage ich und knalle die Fahrertür zu. Ich setze mich neben Gabriele, mit verschränkten Armen und ohne ein einziges Wort.

Sie bleibt ebenfalls stumm und fährt weiter. Hochkonzentriert. Die unebenen Straßenverhältnisse lassen uns auf den Sitzen schaukeln. Nun folgt eine Kurve auf die nächste.

»He, Moment mal, hast du das dort vorn gesehen?«, breche ich mit einem Mal mein Schweigen. »Etwas hat etwa hundert Meter vor uns silbern aufgeleuchtet. Da ist irgendetwas Großes auf dem Weg.«

»Hoffentlich kein Wildschwein?« Gabriele hatte immer schon panische Angst, eines Tages einem Keiler mitten im Wald zu begegnen.

»Nein, eher unwahrscheinlich. Was soll an einem Wildschwein silbern sein? Fahr bitte langsam.« Das helle Schimmern ist in dieser Sekunde noch einmal aufgetaucht. Was immer es ist, es kommt auf uns zu. Ich kneife die Augen zusammen. Nach und nach konstruiert mein Gehirn aus den vielen verschwommenen Einzelteilen, die keinen Sinn ergeben wollen, ein Bild. »Das ist Yoshi! Das Glänzende ist das Halsband von diesem Rottweiler. Was hat der denn allein im Wald zu suchen?«, wundere ich mich. »Halt bitte an.«

Ich steige aus und stelle fest, dass es nicht ein einzelnes Bellen ist, das sich aus der Ferne nähert. Das weniger voluminöse, hellere Kläffen erkenne ich sofort. »Günther, ich glaub's nicht, Gabriele. Es ist unser Güntherlein.«

Und tatsächlich. Als ich den kleinen Kerl sehe, der mit einem Affenzahn auf uns zustürmt, vergesse ich ganz kurz, weshalb wir an diesem Ort sind. »Güntherlein, was hast du denn hier verloren?«

So aufgeregt kenne ich das Kerlchen nicht. Mit einer Tonlage, die in den Ohren sticht, springt er mir bellend um die Beine. Ich knie mich hin und er stellt seine Vorderpfoten auf mir ab, um mir übers Gesicht zu lecken. An sich nicht so mein Ding, aber heute überwiegt die Freude

über das Wiedersehen. Als der ungeschickte Rottweilerrüde Günther nacheifert und seine Riesenpfoten auf meinen Knien ablegt, falle ich fast um.

»He, Jungs, ist ja okay, beruhigt euch!«, mischt sich
Gabriele ein, die ebenfalls ausgestiegen ist und Günther
am Halsband greifen möchte. »Komm her, Güntherlein.«
Aber keine Chance, er läuft immer wieder bis auf ein, zwei
Meter auf sie zu und dann laut bellend von ihr weg. »Die
wissen, wo Toni ist. Wir sind allem Anschein nach auf
dem richtigen Weg.«

»Das sehe ich genauso«, pflichte ich ihr bei. Nicht
unwahrscheinlich, dass Fiedler die beiden Hunde mit
Absicht in unsere Richtung geschickt hat. Dass wir nach
seinen Regeln spielen, weckt kein gutes Gefühl in mir.
Trotzdem sollten wir weiterfahren. »Rein mit euch zweien.
Auf den Rücksitz! Wir müssen los.«

MITTEN HINEIN IN DIE FALLE

Antonia Kuppertz

Burg Montclair, Mettlach, 13. August um 21:32 Uhr

»Da hoch!«

Ich lege meinen Kopf in den Nacken. Das helle Mondlicht leuchtet die Konturen der Mauern und der Brüstung aus. Wir sind an der Burg Montclair, und ich ahne schon, wo es hingehen soll.

Mir bleibt keine Wahl. Zwar hat mir Elias Fiedler die Fußfessel abgenommen, aber meine Handgelenke stecken noch immer in Handschellen. Außerdem fühle ich mich benebelt. Ich schwanke, als ich die ersten steinigen Stufen in die Höhe steige. Fiedlers Atem spüre ich in meinem Nacken.

»Ein bisschen schneller. Du willst doch vorbereitet sein, wenn dein Freund Wolfgang auftaucht«, fordert er und stößt mir seinen Ellenbogen in den Rücken.

Als er den Namen Wolfgang sagt, wird mir kalt. Dass meine Chancen im Moment eher schlecht stehen, liegt klar auf der Hand. Aber Wolfgang ist in Saarbrücken. Er ist in Sicherheit und abgeschirmt. An ihn kommt Fiedler so schnell nicht ran.

Ich bin überzeugt, mittlerweile ahnt die Kripo, wer der Urheber für all das Chaos der letzten Tage ist. Die Kollegen werden es herausfinden, und ab da hat Elias Fiedler keine Gelegenheit mehr, Wolfgang Schaden zuzufügen. Das Spiel ist aus. Sie werden ihn schnappen und zur Verantwortung ziehen. »Die kriegen dich«, zische ich.

»Kann schon sein. Aber vorher kriege ich euch.« Der heitere Unterton seiner Stimme lässt mich schaudern. Die, die nichts zu verlieren haben, sind immer die Gefährlichsten, das habe ich in all den Jahren als Polizistin gelernt, und wie es scheint, ist es Fiedler völlig egal, dass man ihn fassen wird.

»Zeit zum Abschiednehmen, liebe Frau Kollegin«, sagt er, als wir das Burgplateau erreichen. Er legt mir links eine zweite Handschelle an und befestigt diese am schwarzen Stahlgeländer, das das Plateau absichert. »Ich verspreche dir, wir sehen uns in diesem Leben nicht mehr wieder. Fast ein bisschen schade, finde ich. Hättet ihr mich ins Team aufgenommen, wäre alles anders gelaufen. Wir wären bestimmt ein erstklassiges Ermittlertrio geworden. Aber das war eure Entscheidung.«

»Auch jetzt im Nachhinein war es genau die richtige.« Ich habe, wenn ich ehrlich bin, eine Heidenangst, aber die Freude, dies offen zu zeigen, mache ich Fiedler gewiss nicht. Da ich ohnehin sterben muss, brauche ich kein Blatt vor den Mund zu nehmen. Wenigstens das. »Irre gibt es wirklich schon genug auf den Straßen, die muss man sich nicht noch ins Büro holen. Oder für wie …?« Ich breche ab, als sich mir Fiedlers Gesicht bis auf wenige Zentimeter nähert. Der Wahn, der ihn befallen hat, ist in seinen Augen zu sehen, stelle ich mit Schrecken fest. Warum ist mir das vorher nicht aufgefallen?

»Sei vorsichtig, was du sagst! Sonst lasse ich mir ein kleines Extra für dich einfallen. Und du weißt, ich liebe

Überraschungen.« Fiedler starrt mich herausfordernd an, wie ein Wachhund, der nur darauf wartet, dass jemand sein Revier betritt, damit er zuschnappen kann. Ich schlucke meine Antwort herunter, halte seinem Blick aber stand.

»Schneid hast du, das muss man dir lassen, Antonia!« Nach ein paar Sekunden wendet sich Fiedler mit einem künstlich klingenden Lachen von mir ab. Er nimmt den Weg über die Treppe nach unten. Seine Hündin läuft ihm hinterher, und ich bleibe allein in der Dunkelheit zurück.

In der Ferne kann ich die Cloef ausmachen. Immerhin hat sich Mister Surprise eine schöne Gegend für mein Ende ausgesucht. Geschmack hat er, wenn es ihm auch ansonsten an guten Charaktereigenschaften mangelt. Ich teste aus, wie weit ich mich mit den Handschellen entfernen kann. Höchstens anderthalb Meter. Da ist nichts in meiner Nähe, was mir helfen könnte. Ich rüttle am Gestänge, das Geländer sitzt bombenfest. An sich nicht schlecht, aber für meinen besonderen Fall eher ungünstig. Demnach gibt es nur drei Optionen, um verschwinden zu können: entweder die Schlüssel oder ein ziemlich massives Werkzeug zum Aufbrechen der Handschellen oder es geschieht noch ein Wunder. Mir wäre alles recht.

Ich bemerke den Lichtstrahl von Fiedlers Taschenlampe unten im Burghof. Er macht sich an den Mauern zu schaffen. Nicht schwer zu erraten, was er plant, dem Fund in seinem Kofferraum nach zu urteilen. Überall sonst ist es dunkel. Keine Menschenseele – außer Fiedler.

Ich lasse mich am Geländer herabsinken. Jetzt bleibt mir nur, abzuwarten und die Augen offen zu halten. Vielleicht ist irgendwer auf die Hunde aufmerksam geworden und schickt Hilfe. Könnte doch sein, überlege ich. Aber wenn ich ehrlich zu mir bin, sind die Chancen dafür eher bescheiden. Zweimal hat es in dieser Woche andere an meiner Stelle getroffen. Ein weiteres Mal werde ich dem Tod nicht von der Schippe springen können.

Ende der Fahnenstange, denke ich mit Blick auf den vor mir in der Dunkelheit emporsteigenden Mast, an dem im sanften Abendwind eine Saarlandfahne flattert.

DU BLEIBST HIER!

Wolfgang Forsberg

Burg Montclair, Mettlach, 13. August um 21:43 Uhr

»Da hinten um die Kurve liegt die Burgruine. Stopp bitte gleich vorn am Wegrand. Du bleibst in Deckung. Hast du irgendetwas bei dir, um dich zu verteidigen?«

»Nein, ich wüsste nicht was«, antwortet Gabriele. »Mir wäre wohler, ich könnte dich begleiten.«

»Und mir wäre wohler, du wärst gar nicht hier. Falls ich in einer halben Stunde nicht zurück sein sollte … oder besser in 20 Minuten, rufst du dann bitte Chris dazu? Machst du das?«

Gabriele nickt. »Und ihr passt auf euch auf.«

»Na klar. Wir sind alle drei Profis, was aufpassen betrifft. Ich weiß nicht, ob dir das bekannt ist, aber wir arbeiten bei der Polizei.« Das sollte witzig sein, trifft jedoch heute nicht Gabrieles Humor. Sie ringt sich ein schiefes Lächeln ab. »Ihr zwei Jungs da hinten, ihr kommt mit. Und keinen Ton! Ihr bellt nicht ein Mal!«, sage ich mit Blick auf die Rückbank. »Fertig ausgebildete Polizeihunde seid ihr zwar nicht. Aber wer weiß, vielleicht könnt ihr für Verwirrung sorgen.«

Vorsichtig öffne ich die Beifahrertür. »Du schließt hinter mir ab, sofort nachdem ich draußen bin. Bis in ein paar Minuten, Schatz.«

»Bis gleich.«

Als Günther und Yoshi durch die Hintertür herausgehüpft sind, lasse ich sie leise ins Schloss fallen. Es klackt, als Gabriele das Auto von innen verriegelt. Wir haben ein gutes Stück von der Burgruine entfernt geparkt, sodass der Wagen von Weitem sicher nicht zu sehen ist, beruhige ich mich selbst, als ich auf die alten Mauern zugehe.

Es ist still. Nur ein paar Grillen, das Rascheln von Laub im leichten Windzug und knackende Äste sind zu hören. Und unsere Schritte. In diesem Augenblick passieren wir die Stelle mit dem Steilhang und dem Hufabdruck, den Gabriele meinte. Ich werfe einen Blick über die Felsen hinab auf die Saar. Ihr Wasser glänzt silbrig im Mondlicht. Diese idyllische Atmosphäre missfällt mir. Irgendwo, gut geschützt durch die Dunkelheit, harrt Mister Surprise aus und wartet darauf, seinen Plan in die Tat umzusetzen, das spüre ich. Dabei ist er klar im Vorteil. Denn ich bin unbewaffnet und habe keine Ahnung, was er vorhat. Doch selbst das ändert nichts. Ich muss Toni finden. Stück für Stück schleichen wir näher, ich mache in der Dunkelheit die Brücke aus. Sie ist die einzige Möglichkeit, die Burg zu betreten. Sie führt zum Torhaus und zu der Torhalle, die von zwei mächtigen Rundtürmen umgeben ist. Vom Torhaus aus geht es über angebaute Treppentürme hinauf zu den Plattformen auf den Rondellen. Wo ist der Kerl, und, was noch weit wichtiger ist, wo ist Toni?

Mein Blick wandert von der Brücke empor zu den beiden imposanten Rundtürmen und dem Aussichtsplateau. Auch da entdecke ich nichts Ungewöhnliches. Dann aber hält etwas meinen Blick gefangen. Oben auf dem rechten Turm mache ich menschenähnliche Konturen aus. Trotz des Mondlichts erkenne ich nichts Genaues. Ich kneife die

Augen zusammen. Das kann nur Toni sein, schießt es mir durch den Kopf, als ich die Schemen ihrer langen Haare in der Dunkelheit ausmache, die sie immer zu einem Pferdeschwanz gebunden hat. Ich unterdrücke den Impuls, augenblicklich loszulaufen. Es wäre nicht klug, exakt nach Fiedlers Plan zu handeln.

Also bewege ich mich behutsam vorwärts. Immer meine Umwelt im Blick. Günther und Yoshi tun es mir gleich. Sie scheinen zu ahnen, was auf dem Spiel steht. Je näher ich komme, desto sicherer bin ich mir, dass es Toni ist, die dort oben auf dem Plateau ausharrt. Bis jetzt hat sie sich noch nicht einmal bewegt. Kein gutes Zeichen.

Auf dem Boden entdecke ich einen langen, geschnitzten Stock, den vielleicht ein Kind als Wanderstock benutzt hat und dann achtlos liegen gelassen hat. Ich nehme ihn auf. Besser als nichts, sage ich mir, auch wenn die Waffe, die ich angriffsbereit in meinen Händen halte, eher mittelalterlicher Natur ist. Fiedler dürfte zeitgemäßer ausgerüstet sein.

So nähern wir uns der Brücke. Es bleibt weiterhin still. Über die Holzplanken geht es über den Burggraben hin zum Torhof. Dort befindet sich ein Drehkreuz, das man durchlaufen muss, wenn man die Türme besteigen möchte. Heute ist der Eintritt frei, entscheide ich und klettere darüber. Ich drehe mich um und richte meinen Blick in alle Richtungen, um nicht plötzlich überrascht zu werden. Diese Stille macht mich noch verrückt. Ich gehe ein paar Stufen hinauf.

»Toni«, rufe ich in die Höhe. Sie ist direkt über mir.

Keine Antwort.

»Toni«, versuche ich es lauter.

Jetzt rührt sich der zusammengesunkene Körper. »Wolfgang, was machst du denn hier? Verflucht, komm bloß nicht zu mir hoch. Das ist eine Falle!«, warnt Toni mich mit schwacher Stimme. »Er hat Sprengstoff. Eine Menge. Geh bloß weg und ruf Hilfe! Bitte!«

Ich will antworten, da höre ich ein Poltern hinter mir. Entschlossen drehe ich mich um, den Stock in meiner Hand drohend in die Höhe gerichtet. Er soll nur kommen, dieser Fiedler, dann wird er mich kennenlernen.

»Du wirst doch keine Frau schlagen wollen«, zischt mir da eine dunkle Gestalt entgegen. Vor ihr steht eine zweite. Ich kann nur ihren Kopf sehen, auf ihre Schläfe ist eine Waffe gerichtet. Die Arme liegen auf dem Rücken. Anscheinend ist die Person gefesselt.

»Wirf dein Stöcklein weg und dann Hände hoch«, fordert die Stimme von eben. »Sie wissen bestimmt, wie das geht, Herr Oberkommissar Forsberg.« Das muss Fiedler sein. Er klingt nur weit beschwingter als sonst.

Ich lege den Stock langsam ab und hebe die Hände in die Höhe.

»Eigentlich habe ich für unsere Abschiedsparty nur mit zwei Gästen gerechnet. Dass du deine Frau mitbringst, hättest du ruhig vorher sagen können, Wolfgang. Aber kein Problem, für sie ist auch noch eines der begehrten Plätzchen im Paradies frei.«

»Wag dich bloß nicht! Lass Gabriele in Frieden. Sie hat nichts mit all dem zu tun.«

»Da bin ich anderer Ansicht«, erwidert der Psycho Fiedler. »Sie hat mit dir zu tun, und das allein macht die Sache zwangsläufig spannend.« Er grinst. Ich kann seine weißen Zähne im Mondlicht sehen. »Und jetzt los. Ich habe nicht ewig Zeit, und euch dreien bleibt sowieso nicht mehr allzu viel davon. Die wenigen letzten Minuten solltet ihr nicht mit Diskutieren verschwenden.« Er weist mit der Hand zu den Treppenstufen. »Ein bisschen zügig, wenn ich bitten darf. Wir folgen dir, lieber Wolfgang.«

Während ich die Steintreppe zum Treppenturm hinaufsteige, überlege ich fieberhaft, wie ich uns retten könnte. Ich muss auf einen unbedachten Moment hoffen, in dem es mir gelingt, Fiedler zu überwältigen. Jetzt allerdings, da Gabriele hinter mir hergeht und Fiedlers Waffe direkt auf sie gerichtet ist, besteht keinerlei Chance. Ich muss mitspielen, aber nur so lange, bis sich eine bessere Gelegenheit bietet, und dann Gnade ihm Gott.

EIN MIESES ENDE

Günther, der Dackel

Burg Montclair, Mettlach, 13. August um 21:59 Uhr

Hinter dem Mauervorsprung sehe ich zuerst Wolfgang und dann Gabriele unmittelbar gefolgt von Fiedler im steinernen Treppenturm verschwinden. Dahinter läuft Blues. Sie hat uns nicht verraten. Das muss Liebe sein, denke ich mir. Im gleichen Moment trifft mich ein Schleimpfropf von Yoshi am Kopf. Ihh, ich tripple ein paar Schritte vor.

Mich zu verstecken, als Fiedler plötzlich aufkreuzte, war nicht schwer. Yoshi allerdings ist ein anderes Kaliber und so mussten wir dicht zusammenrücken, um nicht von ihm bemerkt zu werden. Unser Vorteil war, dass der Psycho nur Augen für Wolfgang hatte und Blues, die wiederum uns fest im Blick hatte, dichthielt.

Dass Fiedler Gabriele im Auto überwältigt hat und jetzt obendrein als Geisel nutzt, ist kein Punkt für uns. Wäre das alles ein Skat-Spiel, so könnte man zusammenfassend sagen, dass die guten Karten bisher durchweg bei Fiedler lagen, und es stellt sich die Frage, ob wir in dieser Runde überhaupt noch einen Trumpf im Ärmel haben. Was oder wer sollte das sein? Möglicherweise Yoshi und ich. Gegenwärtig habe ich jedoch das Gefühl, dass es gut sein könnte, in Deckung zu bleiben. Fiedler ahnt nichts von unserer

357

Rückkehr, vielleicht kann uns das Überraschungsmoment von Nutzen sein. Auch wenn es schwerfällt, wir schauen aus unserem Versteck einfach nur weiter zu.

Oben in der Höhe erreichen die Neuankömmlinge bereits die Plattform.

»Be-such!« Fiedler klingt wie der Joker in den Batman-Filmen. Eine gefährliche Mischung aus Irrsinn und Genialität, das beschreibt Mister Surprise perfekt.

»Gabriele, Mensch, du auch noch? Seid ihr verrückt, warum seid ihr nur gekommen?« Toni scheint geschwächt. Etwas umständlich richtet sie sich am Geländer auf. Der Mistkerl hat sie mit Handschellen daran gefesselt.

»Ist fast wie ein Familientreffen. Wie idyllisch. Wolfgang, ich würde vorschlagen, du gehst vor.« Fiedler kramt mit seiner freien Hand in der Innentasche seiner Polizeiuniform. »Und leg dir die an!« Er wirft Wolfgang ein weiteres Paar Handschellen hinüber. Scheppernd rutschen sie über den Steinboden, meinem Freund Wolfgang vor die Füße. Er beugt sich vor, während Fiedler mit Gabriele nähertritt.

Was für ein Schlamassel. Wenn er alle drei ans Geländer fesselt, ist das eine noch miesere Ausgangsposition für uns. Da wären mir quasi die Pfoten gebunden, denn bei Schlüsseln kommt selbst der geschickteste Dackel an seine Grenzen.

Doch das Problem ist eine Sekunde später noch das kleinste, denn Wolfgang geht zur Gegenwehr über. Unvermittelt schnell er aus der gebeugten Position hoch und schlägt von unten gegen die Waffe in Fiedlers Hand. Ein Schuss löst sich und hallt durch die Nacht. Die Pistole segelt ein Stück durch die Luft und wird dann zum Opfer der Erdgravitation. Ich erschrecke zu Tode, als sie direkt neben meinen Pfoten landet. Schade, schade! Dummerweise ist es im Fall von Schusswaffen ähnlich wie mit Schlüsseln – sie sind für Hunde eher weniger geeignet. Aber aus dem Weg schaffen kann ich sie trotzdem. Ich schnappe sie mir mit der Schnauze, den Lauf natürlich von mir weggerichtet, und entsorge sie über eine Fensternische, von wo aus sie im Burggraben landet.

Ein Problem weniger, freue ich mich. Die kann vorerst kein Unheil mehr anrichten. Allerdings lässt dieses Gefühl bald nach, als ich meinen Blick wieder nach oben richte. Auf dem Plateau ist ein gnadenloses Handgemenge zugange. Gerade erfasst ein Aufwärtshaken von Wolfgang Fiedlers Kinn – ich bin kein Freund von Grausamkeiten, doch das ist ein Anblick, der mir gefällt. Fiedler erwischt es volles Rohr. Er weicht zurück, torkelt, und ich sehe, wie Wut in ihm aufsteigt. Leider ist er als Polizist nicht unbedarft, was Kampftechniken betrifft, und obendrein ist er unerwartet schnellfüßig. Er läuft auf Wolfgang zu und zielt auf dessen Kehle. Zu meinem Bedauern trifft er ziemlich genau ins Schwarze. Au, das schmerzt schon beim Zuschauen. Wolfgang röchelt und greift sich an den Hals.

Gabriele versucht, von hinten einzugreifen. Doch bevor sie ihm ihre in Handschellen gelegten Hände über den Kopf streifen kann, hat Fiedler schon reagiert. Er dreht sich auf der Stelle und erwischt sie mit einem seitlichen Tritt auf Hüfthöhe. Sie prallt gegen das Geländer und sinkt zu Boden.

Der Anblick erweckt Wolfgang wieder zum Leben, wutentbrannt rennt er auf den Psycho zu. In null Komma nichts hebt Fiedler sein linkes Bein in Richtung Brust und kickt nach vorn. Sein Fuß trifft frontal Wolfgangs Kinn. Doppelt aua, denke ich und schließe kurz die Augen. Das kann ich nicht mitansehen. Als ich sie wieder öffne, hat Fiedler meinen malträtierten Freund am Kragen. »Wie wäre es jetzt mit den Handschellen oder willst du noch ein bisschen weiterspielen?«, fragt Fiedler hämisch.

Nachdem er Wolfgang die Schellen angelegt und an der Brüstung befestigt hat, macht er sich an Gabriele zu schaffen. Ich höre ein Schluchzen. »Bitte lassen Sie mich kurz zu ihm. Nur für einen Moment«, sagt sie.

»Keine Sorge, das Thema Schmerzen hat sich bald für euch drei erledigt«, erwidert Fiedler. Er wirkt nun nicht mehr ganz so gut gelaunt. Als er auf dem Plateau in Richtung Treppe geht, reibt er sich das Kinn und spuckt auf den Boden. Anscheinend hat Wolfgangs Schlag gut gesessen. »Wir sehen uns dann im Jenseits wieder. Sofern wir am selben Ort landen«, sind seine theatralischen letzten Worte, bevor er im Treppenturm verschwindet. Blues folgt ihm wie ein grauer Schatten.

Ich deute Yoshi an, sich klein zu machen, wie auch immer ihm das als Rottweiler gelingen kann. Fiedler bemerkt uns nicht. Als er nur ein paar Meter neben uns die Treppen hinabsteigt, eine Melodie pfeifend, die ich aus irgendeinem alten Krimi kenne, schenkt er seiner Umgebung keine Beachtung. Er rechnet wohl nicht mit weiteren Gästen. Während wir aus dem Schatten der Mauern auftauchen, nimmt er den Weg in den Burghof.

»Noch einmal alles prüfen, und dann geht das Feuerwerk los, mein Mädchen«, kündigt er Blues an, die ihm mit hängendem Schwanz folgt. Wieder hat sie uns nicht verraten.

AB GEHT DIE PARTY

Elias Fiedler

Burg Montclair, Mettlach, 13. August um 22:16 Uhr

Jammerschade, dass die Drohne hinüber ist, denke ich mir, als ich die elektrischen Zünder unterhalb der Mauern zum zweiten Mal kontrolliere. Was Hochexplosives angeht, habe ich mir über die Jahre hinweg hobbymäßig einiges angeeignet. Mehrere Sprengungen mit zeitlicher Verzögerung, das ist ein kleines Abenteuer – daran habe ich mich zuvor noch nicht gewagt. Aber wie heißt es so schön, man lernt nie aus.

Ich begutachte die rosa Stangen, die in den schon vor ein paar Tagen gebohrten Löchern stecken. Ich habe gestern Nacht noch extra rote LEDs an den Stangen befestigt. Die verrichten vom Zeitpunkt der Zündung bis zur Explosion ihre Arbeit. Eigentlich unnötig das Geblinke. Aber es gibt einfach nichts Hübscheres, als Sprengstoff, der vorab schon verkündet, dass die Arbeit bald erledigt ist. Das ist insbesondere für die direkt Betroffenen eine spannende Sache.

Ich fühle mich gut. Alles ist perfekt. Da kann nichts schiefgehen. Ein Jammer, dass niemand außer uns vieren den außerordentlichen Moment miterleben darf, wenn all dies seine Wirkung entfaltet. Was soll's, sage ich mir, dann ist das eben eine Exklusivvorstellung für ganz besondere Freunde.

Ich schaue die Mauer empor. Es ist ein herrlicher Anblick: die Nacht, der volle Mond und die drei Personen dort oben, deren Befinden mir so sehr am Herzen liegt. Sie kämpfen in der Höhe ums Überleben und versuchen, das Geländer aus seiner Verankerung zu lösen. Zu dritt werfen sie sich mit aller Kraft dagegen. Keine Chance. Trotzdem, so ein Überlebenskampf ist spannend zu beobachten. Es ist wie bei dieser Fabel mit dem Frosch, der im Butterfass strampelt, um sich zu retten. Mit dem feinen Unterschied allerdings, dass es für Wolfgang und seine beiden Damen kein Entrinnen gibt. Ganz egal, wie sehr sie sich anstrengen.

Für mich wird es Zeit, mich in sichere Entfernung zu begeben. Ohne mich umzusehen, verlasse ich die alte Festung über die Zugbrücke und zähle die Schritte. Hundert Meter, das dürfte als Abstand reichen. Schließlich will ich das Schauspiel aus direkter Nähe genießen. Die Fernbedienungen für die einzelnen Zünder halte ich in meinen Händen. Alle sorgfältig nummeriert.

»Legen wir los, Mädchen?«, wende ich mich an Blues. Wer weiß, wenn jetzt zwei Stellen frei werden, wird das vielleicht doch noch was für mich bei der Kripo, geht mir durch den Kopf. Ist ja keine ausgemachte Sache, dass man mir nach dieser Tat auf die Spur kommt. Eine lustige Vorstellung ist das: Ich könnte gegen mich selbst ermitteln. Das gefällt mir.

»Feuer frei«, eröffne ich die Show und drücke den Knopf für Zünder Nummer eins.

Es piept kurz und unspektakulär. Etwas später folgt der Knall. Ohrenbetäubend und mit gewünschter Wirkung. Holz splittert krachend. Nachdem sich die Rauchwolke aufgelöst hat, sehe ich das Ergebnis. Wahnsinn, da prangt ein großes Nichts. Ein paar Trümmer zeugen davon, dass hier vor Kurzem noch eine Brücke den Graben überspannte. Das gute Stück fiel meinem Test zum Opfer.

Jetzt folgt der Hauptakt. »Nummer zwei«, freue ich mich und aktiviere den nächsten Zünder. »Es geht ans Eingemachte.«

Und ja, wirklich: Erst höre ich wieder diesen wunderbar dumpfen Knall, diesmal lauter. Steine sind eine andere Hausnummer als schlichtes Holz. Erneut steigt Rauch auf und plötzlich fallen die von mir aus betrachtet linken Mauern wie ein Kartenhaus in sich zusammen. Die Druckwelle ist deutlich zu spüren. Ein angenehmes Gefühl, wie eine nicht so sanfte Brise am Meer.

»Hui«, sag ich begeistert und blicke erwartungsvoll zu Blues. Sie hat die Ohren nach hinten gerichtet und duckt sich weg. Die Explosionen scheinen ihr nicht geheuer zu sein. Mit eingezogenem Schwanz trippelt sie ein Stück weg von mir. »He, bleib hier«, fordere ich sie enttäuscht auf. Wäre doch toll, sich das Wahnsinnsschauspiel gemeinsam anzusehen. Aber meine vierbeinige Freundin ist nicht zu überzeugen. Ebenso wenig wie meine Freunde auf der Brüstung, die sich vor Kurzem um ein paar Meter verkleinert hat. Offenbar empfinden sie keine wahre Freude an dem Spektakel. »Fiedler, hören Sie auf, bevor Schlimmeres passiert«, schreit Wolfgang von oben.

Schlimmeres – das ist mein Stichwort. Statt zu antworten, drücke ich den Knopf der nächsten Fernbedienung. »Numero drei«, erkläre ich der Welt.

Es knallt. Jetzt wird es den Treppenturm kosten, weiß ich. Riesige Sandsteinquader stürzen in die Tiefe, als handle es sich um Spielzeug und nicht um tonnenschweres Material. Was in diesem Moment an Kraft wirkt, lässt mich ehrfürchtig werden. Diese Mauern, die Hunderte von Jahren Angreifern, Naturkatastrophen und allem anderen getrotzt haben, fallen nun innerhalb weniger Sekunden in sich zusammen.

Es fühlt sich fantastisch an, eine solche Macht über die Dinge zu haben. Erst, als wieder vollkommene Ruhe eingekehrt ist, widme ich mich Zünder Nummer vier.

Ich bin mir nicht sicher, ob der letzte Teil des Plateaus und der rechte Turm der bevorstehenden Explosion standhalten werden. Das hängt von der Statik ab. Hoffen würde ich es, denn das krönende Ende und der Abschluss dieses sensationell schönen Abends ist für Zünder Nummer fünf vorgesehen.

»Blues? Wo bist du? Komm doch, Mädchen. Das darfst du nicht verpassen!«

HÖCHSTE ZEIT, DEN STANDORT ZU WECHSELN

Günther, der Dackel

Burg Montclair, Mettlach, 13. August um 22:19 Uhr

Als die Brücke ein paar Meter von uns entfernt das Zeitliche segnet, erschrecke ich fast zu Tode. Yoshi neben mir beginnt zu zittern.

»Höchste Zeit, den Standort zu wechseln, sage ich mir und flitze die Stufen vom ersten Absatz zum Torhaus hinab. Ich belle Yoshi zu, mir zu folgen, doch als ich meine Schnauze aus der Ausgangspforte strecke, erwartet mich hinter dem abziehenden Rauch nur noch ein Loch. Falsche Marschroute, erkenne ich, und flüchte in Richtung Innenhof. Irgendwo wird es da wohl nach draußen gehen. Aber Pustekuchen, gemeinsam mit Yoshi suche ich einen Fluchtweg, doch nichts.

In dem Moment, als wir wieder zum Ausgang laufen wollen, zündet eine zweite Sprengung.

Wumms.

In letzter Sekunde bringen wir uns unter einem massiven Holztisch in Sicherheit, der in weniger turbulenten Zeiten wohl zur Außenbestuhlung dient. Es prasselt, als in direkter Folge eine Reihe von Gesteinsbrocken in verschiedensten Größen auf die Tischplatte treffen. Das ging gerade noch gut, sage ich mir, trotzdem ist das kein geeigneter Ort, um lange auszuharren. Ich bin mir sicher, bis sich die nächste Sprengung ereignet, ist es nur eine Frage der Zeit. Genau davon bleibt uns tatsächlich nicht viel. Kaum streckt Yoshi seinen Kopf unter dem Tisch hervor, erklingt ein Piepsen und kurz danach fliegt ein Stahlgeländer, das irgendwo abgesprengt wurde, direkt auf uns zu.

Bloß in Deckung, denke ich noch und verstecke mich hinter Yoshi. Es kracht markerschütternd, dann höre ich Splitter herunterrieseln. Als ich es nochmals riskiere, unter dem Tisch hervorzulinsen, fällt mir auf, dass die Stahlrohre dem gläsernen Burgbistro eine neue Optik verliehen haben.

Es liegt ein Bild der Zerstörung vor uns. Falls wir kein Bestandteil davon werden wollen, müssen wir hier weg, entscheide ich. Und stürme los. Ein rotes Blinken im Schatten des letzten verbliebenden Außenturmes lässt mich allerdings innehalten. Yoshi und ich könnten uns zwar vielleicht noch in Sicherheit bringen, aber für die drei Menschen dort oben ist Weglaufen keine Option.

Ich sprinte los und schnappe mir die rosa Stange, die in einem Loch im Mauerwerk steckt. Die blinkenden LEDs senden mir mit ihrem roten Licht beharrlich die Botschaft: »Es kann von einem Moment auf den anderen vorbei sein.«

Doch mit ein bisschen Gefahr muss man als Held wohl leben können. Als ich, ohne groß zu überlegen, zum Sprung über den Burggraben ansetze, bemerke ich etwas Silbernes. Blaue Augen leuchten mich an. Was macht Blues hier? Das ist viel zu gefährlich, denke ich noch. Kurz darauf bin ich allerdings wieder zu sehr mit mir selbst beschäftigt. Ich falle und lande tief unten im Burggraben. Selbstredend weiterhin mit dem teuflischen Sprengstoff in meinem

Maul. Reflexartig lasse ich die Stange los. Ich muss möglichst weit weg von diesem Ding.

Doch keine Chance. Ich komm nicht auf meine Beine, sie fühlen sich wie Pudding an. Das Leuchten des roten Lämpchens ist nur wenige Zentimeter von mir entfernt und lässt mich panisch werden. Ich muss mich aus dem Staub machen. Das Dynamit kann jeden Moment in die Luft gehen.

Dicht neben mir knallt es. Allerdings ist es nicht das laute Krachen, das ich erwartet habe, sondern das Geräusch von einem großen Körper, der unweit von mir gelandet ist. Es ist Yoshi. Mein Freund Yoshi. Nie habe ich mich so gefreut, den hässlichen Kerl mit dem Speichelproblem zu sehen. Mit seiner triefend nassen Schnauze beißt er mich im Genick. Ganz sachte.

Da allerdings donnert es ein zweites Mal. Zu spät, Yoshi, schießt es mir durch den Kopf. Du hast alles für mich gegeben, aber jetzt reißt es dich treuen Gefährten mit mir in den Tod. Doch ich täusche mich. Meine Augen wandern in die Höhe und wir sind uns mit einem Mal ungeheuer nah. Der meerblaue Zauber und ich, was mich für eine Millisekunde die unmittelbare Gefahr vergessen lässt, in der wir uns alle befinden. Blues ist mir zur Rettung geeilt, das zu wissen, ist fast noch besser, als gerettet zu werden. Yoshi allerdings, der mich mit einem Ruck in die Höhe reißt, bringt mich unsanft zurück ins Hier und Jetzt. Es ist Zeit zur Flucht. Der Sprengstoff kann jede Sekunde hochgehen. Nichts wie weg.

Es knallt und donnert aufs Neue, als wir den Innenhof erreichen. Die Druckwelle wirft uns zu Boden. Von oben hören wir Schreie, womöglich haben die drei inzwischen mit allem gerechnet.

»Keine Angst, ihr kommt auch noch an die Reihe ...«, ruft eine Stimme in der Ferne und kurz darauf: »Das war nicht perfekt. Aber was soll's. Nummer fünf ist der entscheidende Wurf.«

Fünf – das heißt, irgendwo steckt eine letzte Stange Dynamit. Wo, ist nicht schwer zu erraten – es muss unterhalb des rechten, noch stehenden Turmes sein. Ich laufe los – zum Glück gehorchen mir meine Beine wieder. Ein silberner Schatten folgt mir. Meine Augen suchen die Mauerstücke am Boden ab. Irgendwo muss es sein, ein weiteres Bohrloch.

Und ja, da entdecke ich die rosa Stange – ich schnappe mit meinem Maul zu. So vorsichtig, wie es mir in der Eile nur möglich ist. Jetzt muss es schnell gehen, koste es, was es wolle. Als ich mein Ziel, den Ausgang aus dem Innenhof, fast erreicht habe, baut sich etwas vor mir auf. Das schönste Geschöpf, das mir je unter die Augen gekommen ist, scheint der Teufel in Person zu sein. Mit einem unheilverkündenden Knurren und fletschenden Zähnen stellt Blues sich mir in den Weg und fordert das ein, was uns alle das Leben kosten wird, wenn ich es nicht so weit wie möglich wegbringe.

Ich bin machtlos. Warum tut sie das? Vielleicht würde es mancher Loyalität gegenüber ihrem Herrchen nennen. Ich finde, »der blanke Irrsinn« trifft es weit besser!

WENN ES SOWIESO UNSER ENDE IST

Antonia Kuppertz

Burg Montclair, Mettlach, 13. August um 22:23 Uhr

»… Nummer fünf ist der entscheidende Wurf«, tönt es aus der Ferne. Das ist Fiedler.

Um mich mache ich mir keine Gedanken, ich wüsste gar nicht, wer mich vermissen sollte. Da gibt es fast niemanden, stelle ich mit Bitterkeit fest. Aber Wolfgang und Gabriele mit in den Tod zu reißen, das bricht mir das Herz.

»Tut mir leid«, flüstere ich. Mir fehlt allmählich die Kraft. Alle Rettungsversuche waren vergeblich, und es klafft ein Riesenloch im Boden des Plateaus nur wenige Meter von uns entfernt. Einzig der letzte Turm steht noch und wird uns in Kürze, daran zweifle ich nicht im Geringsten, mit in die Tiefe reißen. Welche Wucht und Kraft eine solche Sprengung entwickelt, durften wir in den vergangenen Minuten hautnah miterleben.

»Du kannst nichts für diesen Irren, Toni«, sagt Wolfgang. »Eine Sache will ich noch loswerden, Gabriele, ich wollte dich schon die ganze Zeit etwas fragen.«

»Was denn?« Gabriele hebt den Kopf und schaut zu Wolfgang hinüber.

»Ich hätte dir einen zweiten Heiratsantrag machen sollen. Tut mir leid, dass dafür keine Zeit mehr geblieben ist.«

Sie lächelt. Ein bisschen schief. »Ich hätte vermutlich Ja gesagt«, antwortet Gabriele.

Bei so viel Gefühl ist mir danach, selbst etwas loszuwerden. Jetzt ist es ohnehin egal. »Wenn ich ehrlich bin«, sage ich, und meine beiden besten Freunde blicken mich erwartungsvoll an. Ich zögere. »Nun, dann wäre es vielleicht gar keine so dumme Idee gewesen, einmal mit diesem Dannhäuser auszugehen.«

Wolfgang lacht. »Dann ist es eventuell doch besser, wenn du keine Gelegenheit mehr dazu haben wirst«, erwidert er. Trotz dieser seltsamen Situation muss ich lachen. Seinen Sarkasmus mochte ich schon immer am meisten an ihm.

»Und außerdem muss ich zugeben, dass der Günther eigentlich ein …« Ich stocke, abermals höre ich ein Summen. Der Vorbote der nächsten Sprengung kündigt gleichzeitig unser Ende an. Ich schließe meine Augen. Es wird schnell gehen, sage ich mir, als der Donner zum letzten Mal zu grollen beginnt.

ZU ZWEIT

Blues

Burg Montclair, Mettlach, 13. August um 22:25 Uhr

Was ist richtig oder falsch – das frage ich mich schon seit
Tagen.

Ich trabe zurück zu ihm. Er war immer gut zu mir in
all den Jahren. Trotzdem war es an der Zeit, sich zu entscheiden. Ich konnte es nicht diesem Dackel überlassen.
Es tut mir leid. Alles. Ich hätte ihn gern näher kennengelernt. In einer anderen Zeit vielleicht und unter besseren
Umständen. Aber das ging nicht.

»Da bist du ja, mein Mädchen«, ruft mir Elias zu, als ich
näher komme. »Beeil dich, das musst du dir mitansehen!
Zu zweit ist es viel schöner.«

Ja, das stimmt, denke ich. Niemand sollte allein sein. Er
sieht unbekümmert aus, so richtig glücklich, sage ich mir,
als ich mich neben ihn stelle. Er erscheint weit fröhlicher
als in den ganzen letzten Jahren. Ich mag ihn, ja wirklich.
Auch wenn es für andere vielleicht schwer zu begreifen ist.
Kann sein, dass ich die Einzige bin, die ihn versteht. Nur
einen Freund auf dieser Welt, das ist nicht fair.

»Feuer frei.« Er drückt die Taste auf der Fernbedienung des verbliebenen Zünders. Erwartungsvoll richtet
sich sein Blick auf den letzten noch stehenden Turm. Ich

lege ab, was ich für uns mitgebracht habe. Im Apportieren war ich immer schon eine der besten.

»Jetzt ist Schluss mit lustig. Alles wird gut«, sagt mein Freund Elias beruhigend und streicht mir über den Kopf.

Das bekannte Piepsen erklingt ein letztes Mal.

Ich sehe Elias' meerblaue Augen im Glanz des Mondlichtes, als er begreift, was ich für uns beide vor uns abgelegt habe. Alles wird gut, stimme ich ihm in Gedanken zu. Wir bringen das gemeinsam zu Ende.

NEIN!

Günther, der Dackel

Burg Montclair, Mettlach, 13. August um 22:26 Uhr

Blues war nicht aufzuhalten. Keine Chance. Sie war so
entschlossen. Noch bevor ich »Wuff« sagen konnte, war
sie schon auf und davon. Den Sprengstoff zwischen ihren
Zähnen. Ich bin ihr laut bellend hinterhergestürmt, aber
sie war nicht einzuholen.

Beim Sprung über den Graben habe ich diesmal nicht
versagt, jedoch bei ihrer Rettung. Ich bin zu spät eingetroffen. Ich werde nie wieder in ihre Augen sehen können,
die schöner als das Meer waren.

Wie konnte sie mich allein lassen, frage ich mich verzweifelt. Ich bin verdammt wütend auf sie, und doch
gleichzeitig kann ich sie verstehen. Sie hatte mehr Mut
als wir alle zusammen.

Ich liege im Gras, neben dem Weg, wo meine große
Liebe eben noch stand. Ich will nie wieder aufstehen. Diese
allerletzte Sprengung hat mir mein Herz zerrissen. Ich
bleibe hier, für immer und ewig, und werde vor Liebes-
kummer und Trauer sterben.

Unversehens trifft mich etwas Feuchtes am Kopf. Regen,
das passt zu meiner Stimmung. Und noch einmal tropfen
nasse Spritzer auf meine Stirn und laufen mir das Gesicht

herab. Mir wurscht, ich rühre mich trotzdem nicht. Und wenn ich wegschwimme.

Da allerdings weht mir der Geruch nach Trockenfutter in die Nase. Das sind keine Regentropfen, denke ich, und plötzlich fühle ich neue Energie in mir. Was Ekel doch alles bewirken kann.

Ich springe auf und tatsächlich, es ist kein Regen, es ist Yoshi, der Speichler. Er hechelt mich unverdrossen an und leckt mir mit seiner Zunge quer übers Gesicht.

Echt, der Kerl ist der dümmste Hund der Welt, aber irgendwie bin ich in diesem Moment heilfroh, ihn zu sehen. Was soll's, ein paar Fehler hat schließlich jeder, sage ich mir und kuschle mich an ihn. Ich brauche jetzt Trost und Zuwendung. Wie auch immer das passiert ist, auf irgendeine seltsame Art und Weise ist Yoshi so etwas wie ein Freund für mich geworden – und einen Freund kann ich jetzt mehr als gut gebrauchen.

WIE WAR DAS NOCH?

Wolfgang Forsberg

Burg Montclair, Mettlach, 14. August um 5:14 Uhr

»Ich hab das Gefühl, es kann noch dauern, bis Hilfe anrückt«, stelle ich fest. Es ist nicht angenehm, dort oben auszuharren und zu warten. Rings um uns herum fällt es tief ab. Das noch verbliebene Mauerwerk macht keinen sehr soliden Eindruck – wir sollten uns bis zu unserer Rettung nicht allzu viel bewegen.

Egal wie, wir haben überlebt, und das ist weit mehr, als ich vor ein paar Stunden erwartet hätte.

»Irgendetwas wolltest du sagen, bevor die letzte Sprengung erfolgt ist, oder?«, hake ich bei Toni nach. »Was war da noch? Irgendwas mit Günther? Dass er eigentlich doch ein ganz …«

»Muss ich vergessen haben«, antwortet Toni frech.

»Die Schwärmerei für unseren Jan Alexander etwa auch? So viel schlechten Geschmack habe ich noch nicht mal dir zugetraut«, stänkere ich und punkte, denn Toni fällt keine schlagfertige Antwort ein.

»Wenn wir gerade dabei sind«, schaltet sich Gabriele in unser Gespräch ein. »Wie war das noch mit Hochzeit und so?«

»Wahnsinn, schaut euch das an!«, unterbreche ich sie

und weise mit meinem Kinn in Richtung Horizont. »Seht ihr das? Den Sonnenaufgang über der Cloef? Traumhaft! Vielleicht ist das jetzt genau der richtige Zeitpunkt, um zu schweigen und einfach nur zu genießen.«

DANK

Lieben Dank an die Herz-und-Nieren-Prüfer Adelheid, Bettina, Bea, Marc und Natalie und meine dackelliebende Lektorin Katja Ernst, die dem Manuskript – wie jedes Mal – noch eine gehörige Portion Professionalität und Pfiff verliehen hat.

Danke auch an die weiteren Unterstützer (aufgrund von meiner ausgeprägten Vergesslichkeit ohne Anspruch auf Vollständigkeit):

Heidi Böttcher von Infront B2Run GmbH für die wunderbar regionale »Laufsport-Kulisse«.

Dr. Frank Kuhn-Dietz, den Konstrukteur medizinischer Notfälle.

Lilian Franz, die Kräuterexpertin von der Kräuterschule »Wildblumenpfad«, die für gewöhnlich nur Heilsames im Blick hat und für ihren Buchpart eine Ausnahme machte.

Uwe Fixemer, der mich als »B2Run Dillingen-Dauerläufer« mit Insiderwissen versorgte.

Margarita Kling von der Agentur Margarita Kling, die (Geheim-)Agentin von Hinnerk Schönemann. Genau genommen ist ihre Arbeit als Agentin zwar nicht geheim, da Hinnerk Schönemann aber so was wie unser deutscher James Bond ist, passt es trotzdem.

Die Kulturstiftung Merzig-Wadern für die Bereitstellung der Burg Monclair – sorry, dass ich sie romantechnisch nicht in ganzen Stücken zurückgeben konnte. In echt ist sie natürlich weiterhin einen Ausflug wert.

Anita Willers vom Plattdüütskbüro in Auerk (Aurich) und das Lütt-Mariken-Team in Rostock für die Unterstützung in Plattdeutsch.

Andreas Dausend, Inhaber des Café Lolo, für die »Auslieferung« des hauseigenen Kuchenkartons.

Michael Leick für die Baumschulkulisse und den Gastauftritt.

Mein Inkognito-Berater vom Landespräsidium Saarbrücken, der diesmal besonders häufig zu Rate gezogen wurde und bemerkenswert geduldig blieb.

Blues, weit lieber Bluesi genannt, für deinen Namen. (Wir denken so oft an dich.)